제왕의 잔

제왕의 잔

박희 장편소설

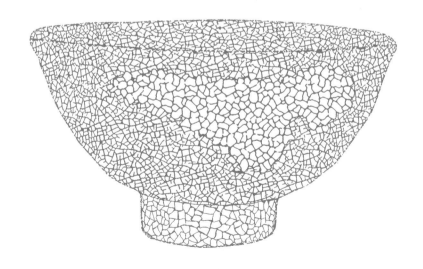

목차

프롤로그

일본 도요토미 히데요시의 절대적 신임을 받았던 다성茶聖* 센리큐**가 극찬했던 '이도다완井戶茶碗'은 그 생김새가 우물 모양과 같다고 해서 '이도井戶'라고 명명했다. 차를 따르면 그 투박함이 신비로운 기물이 되고, 햇살에 비치면 그 깊이가 우물 같은 환상을 불러일으키며, 자연스러움과 조용함과 청정함이 오롯이 담기는 그릇이라는 의미다.

현재까지도 일본 최고의 보물로 전해 내려오는 그 이도다완은 실은 조선의 막사발이다.

---

* 차 문화의 거장.
** 일본의 다도(茶道) 문화를 정립시키고 완성한 인물.

죽어야 사는 사내

1

보름달이 묘한 음기를 뿌리는 날이었다.

부산포 왜관*에 위치한 야트막한 구릉지를 몇 개 넘고 숨이 살짝 턱에 차오를 즈음, 마치 산기슭에 푹 싸인 듯 나타나는 숲 한가운데 일대에는 유명한 비밀 격투장이 있다.

이른바 주먹깨나 쓴다는 장정들은 다들 한 번씩 거쳐갔다는 혈전의 무대였다.

최근 사람들은 보름달이 뜨는 밤이면, 복면을 쓰고 홀연히 격투장에 나타나 거구들을 물리치고 돈을 싹쓸이해가는 '그자'에 대해 입을 모았다. 일찍이 본 적 없는 날렵한 몸동작과 단숨에 상대를

---

* 조선시대 일본인들이 머물며 외교 업무나 무역을 하던 곳으로, 부산포 왜관은 지금의 부산 초량에 있었다.

거꾸러트리는 기선제압은 참으로 신묘한 무술이라고 다들 침이 마르게 칭찬을 늘어놓았다.

삼남 일대 유명한 검계*의 두령이었다는 소문도 있었고, 얼마 전 세자 책봉과 관련한 '건저의 사건'**에 앞장섰다가 토사구팽 당한 익위사***의 대장이라는 말도 꽤 설득력 있게 사람들 입에 오르내리며 '그자'에 대한 소문은 점점 부풀려졌다.

오늘 밤 증산의 중턱을 따라 격투장을 향해 오르는 자들은 하나같이 자신의 운명이 그자에게 달렸다고 입을 모았다. 사람들이 뚜렷하지도 않은 그자에 대해서 이토록 관심을 갖는 이유는 따로 있었다.

오랫동안 왜국은 조선과의 교역을 주장하며 수시로 해안가 마을을 습격해왔다. 이에 골머리를 앓던 조선 조정은 결국 왜국에 삼포왜관****을 만들어주기로 하고 그 부역을 조선인들에게 시켰다. 그때 왜관을 짓다 죽어간 조선인들이 수백 명이 넘었지만 조정은 변변한 보상조차 하지 않고 입을 닦았다.

노략질을 일삼던 왜구들이 표면적으로 왜관의 주민으로 입성해 조선인들과 담 하나를 사이에 두고 나란히 기거하는 형국이 되고 보니, 조선인들 사이에서는 자기들 손으로 왜구를 먹여 살린다며 볼멘소리가 터져 나왔다.

---

* 조선시대 폭력 조직.
** 광해군의 세자 책봉을 주청하던 선비들이 유배 간 사건.
*** 세자의 호위와 안위를 책임지던 관청.
**** 제포(진해), 염포(울산), 부산포 왜관.

문제는 그다음에 생겼다. 조선인들이 피땀 흘려 세운 제포와 염포 왜관의 왜인들이 이권 다툼을 하다가 자기들끼리 칼부림을 일으켰고, 급기야 서로 쫓고 쫓기는 와중에 조선인 마을까지 침범해 조선인 몇을 인질로 잡는 일까지 벌어진 것이다. 가뜩이나 왜관 때문에 민심이 흉흉한데 계속 이렇게 방관했다가는 민란이라도 일어날까 싶어 조정은 서둘러 관군을 출동시켜 왜인들을 잡아들였다. 그리고 부산포 왜관만 남겨둔 채 제포와 염포 왜관은 폐쇄시켰다.

한편, 이러려고 왜관 짓는 데 그동안 아들을 바치고 아비를 바쳤냐며, 조선인들은 동헌에 몰려가 시위를 했다. 하지만 오히려 왜관을 짓는 데 협조했다는 누명을 쓰고 모두 끌려가 모진 고문을 받는 일까지 벌어지자 당연히 분노의 화살은 왜인들에게로 모아졌다. 그 이후로 평소 왜관 밖 출입이 통제된 왜인들이 밤에 몰래 조선인 복색을 하고 마을을 돌아다니다 발각되면, 그대로 몰매를 맞고 죽는 일도 다반사가 되었다.

그 절묘한 시점에 비밀 격투장에 나타난 그자는 거구의 왜인들만 골라서 묵사발을 내고 조선인들이 한몫 챙길 수 있게 해주니, 나라님보다 더 은혜로운 존재라고 다들 칭송하며 그자에게 거는 기대가 자못 컸던 것이다.

숲속의 새들도 날개를 접고 보름달도 살짝 숨 고르기를 하는 해시亥時(오후 9시~11시)가 가까워지고 있었다.

대마도에서 원정까지 왔다는 낯선 거구 왜인의 주먹에, 벌써 다섯 명이나 되는 조선인 사내들이 피투성이가 되어 나가떨어졌다. 마치 온 세상이 제 것인 양 두 팔 벌려 포효하는 거구에게, 왜인들은 미친 듯이 열광하며 판돈을 긁어모았다. 오늘은 어쩐 일인지 해시를 넘기고도 그자가 나타나지 않자 조선인들은 기가 죽어 일어설 기운도 없었다. 그사이 여섯 번째 장정이 엎어졌다.

분위기를 살펴보던 거간꾼이 소리쳤다.

"더 엄나? 오늘 저 미친놈만 팍 제끼뿔면 한몫 거하게 챙기는데 와 엄노? 퍼뜩 나온나! 이 거지 같은 인생! 오늘 마 끝장내고 더러븐 조선땅 팍 떠나삐는 기다! 엄나? 진짜 엄나?"

"우!"

거간꾼의 선동에 거구가 대놓고 조선인들을 조롱했다. 사위는 더욱 조용해졌다. 오늘은 틀렸다며 사람들이 하나둘 자리를 박차고 일어섰다. 그때, 날렵한 그림자 하나가 나무 위에서 내려섰다.

"그자다!"

누군가의 외침에 사람들이 일제히 한목소리로 떠들었다. 복면을 쓴 그자의 얼굴은 어둠 속에서 전혀 그려지지 않았다. 달빛마저 무색게 만드는 형형한 눈빛만이 광채를 뿌렸다. 거구는 자신을 훑어내리는 상대의 눈빛에 살짝 긴장한 듯했지만 혀를 날름거리며 더 과장된 몸짓으로 그자를 자극했다. 그자는 늘 그래왔듯이 부산스럽지 않았다. 호흡을 가다듬으며 이미 상대를 파악한 듯 재빨리 몸을 날려 거구의 급소를 정확히 가격하고 사뿐히 내려섰다. 거구가 시든 풀처럼 풀썩 주저앉았다. 잠시 후 놈이 다시 일어나려 기를 쓰자 그자의 발이 정확하게 거구의 뒤통수에 꽂혔다. 거구는 땅에 거꾸로 처박힌 새처럼 파닥거리다가 입에 거품까지 물고 끝내 정신을 잃었다.

멍한 표정으로 상황을 관망하던 조선인들은 동시에 환호성을 지르며 서로를 얼싸안고 펄쩍펄쩍 뛰었다. 너무 긴장한 탓에 마치 제급소를 맞은 듯 다리가 풀려 쓰러지는 이도 있었다. 그사이 그자는 판돈을 챙겨 사라졌다. 부지불식간에 일어난 일이라 사람들은 오늘도 그자의 얼굴을 보지 못했다고 안타까워했다. 다음에는 무슨 수를 써서라도 그자의 복면을 벗기자고 하릴없이 떠들면서 증산을 내려가는 무리들 머리 위로 보름달이 따라갔다.

2

그 시각, 사람들 눈을 피해 황령산°을 넘는 가마 행렬이 있었다. 가마를 멘 가마꾼 여섯에, 행렬 앞뒤로 붙은 사병이 족히 열은 넘어 보였다. 선발대에 서서 뒤를 단속하고 앞길을 터는 내상(동래 상인)의 대행수°° 강헌은 불안한 기색으로 가마꾼에게 물었다.

"가마 안은 아직 미동이 없느냐?"

"네, 대행수 나으리."

아무리 대의를 위한 일이라고 하지만 오늘 이 처사가 과연 옳은 것인가, 강헌은 대방°°° 송현섭에게 묻고 또 물었다. 무슨 생각을 하는지 한참 말이 없던 대방이 입을 열었다.

° 현재 부산의 수영구, 연제구, 진구에 걸쳐 있는 산.
°° 조선시대 상인들의 동업조합인 도중(都中)을 이끄는 우두머리.
°°° 내상의 우두머리.

"내가 가아를 거둔 게 벌써 10년은 넘었제. 가 애비가 내한테 빌린 돈이 있어 갖고 원금은커녕 이자도 못 갚았제. 마 됐다 카는데도 굳이 지 딸을 데려가라 카데. 내 차마 거절도 몬하고 데꼬 안 왔더나. 양반 핏줄이라 그런가 기지밴데도 하나를 알려주면 열을 곧잘 알아 묵으니 잘만 키우면 지 밥값은 하지 싶었는데… 지 키워준 은공을 이리 갚는기지, 뭐."

대방은 유난히 '키워준 은공'에 힘을 주었다. 대가를 바라고 연주를 거둔 것은 아니었지만, 내심 눈앞의 이익을 위해 수양딸을 팔아넘겼다는 비난이 두려운 눈치였다.

"그럼 송진사에겐 뭐라고 하실 낍니꺼? 딸이 갑자기 없어지면 의심할 텐데…….."

"그 양반도 오늘내일 안 하나. 죽으면 후하게 장례나 치러주면 되제 뭐."

대방은 깊은 신음을 흘리며 더는 말이 없었다.

대방 송현섭이 동래 부사를 찾은 건 달포 전이었다. 최근 부산포 왜관이 단장을 끝내고 본격적으로 거래를 시작할 참이었다. 그때 내상에 할당된 무역 거래권인 남상*을 좀 늘려 달라고 은銀 궤짝을 여러 개 준비했지만 부사는 눈썹 하나 까딱하지 않았다. 혹시나 다른 걸 원하나 싶어 이방에게 넌지시 운을 뗐지만 별 수가 나오지 않았다. 재차 독대를 요청해도 회신이 없자 송현섭은 속이 바짝 타들어갔다.

---

* 왜관에서 일본과 무역에 종사했던 동래 상인.

왜관의 무역을 주도할 수 있는 남상의 머릿수는 오직 동래 부사의 손과 귀와 마음에 달렸다. 부산포 왜관을 통해 왜국 전역으로 보내지는 물품의 수와 규모만 보면 개성의 송상(개성 상인)이나 의주 만상(의주 상인)에 비견할 만했는데, 최근 송상까지 동래 읍성 주변 상권을 탐문하고 다니고 있으니 대방 입장에서는 무슨 수를 쓰지 않으면 안 될 형편에 놓였던 것이다. 적어도 서른 명의 남상 중 8할은 내상의 몫으로 받아야 수지 타산이 맞았다. 하지만 뾰족한 묘책이 없던 차에, 도당 회의에서 '그렇게' 결정되었다. 그렇게.

육방六房들은 새로 부임하는 부사의 행렬이 낙동강을 넘었다는 소식이 전해지는 순간부터, 일종의 통과의례지만 인수인계할 서류들을 정비하고, 읍성의 당면 과제를 어떻게 소상히 고할 것인가로 자기들끼리 예행연습까지 마쳤다. 하지만 부사는 동래 헌軒을 밟는 순간부터 관기官妓*들을 들이라는 추상같은 명령으로, 자신의 성정과 취향이 어디에 있는지 단번에 까발렸다. 크고 작은 이권이라도 챙길 심산으로 읍성 주변을 어슬렁거리던 송상들은 재빨리 움직였다. 어느새 개성의 기생들을 은밀히 빼돌려 기적(기생 장부)에 자발적으로 올리는가 하면, 얼굴 좀 반반하다는 계집들을 헌납하면서 노골적으로 청탁을 하느라 동헌의 문지방이 닳아 없어질 지경이었다.

동래 부사는 날이면 날마다 뭔가 색다르고 아주 차별적인 것을 대령하라고 호통을 쳐댔다. 부사의 욕받이 임무를 맡은 이방은 자

---

* 궁중이나 관청에 속한 기생.

나 깨나 색다르고 차별적인 그 무엇이 도통 무엇인지 알 길이 없어서 노심초사했다. 마침 부사를 보고 돌아가던 부산포 왜관의 지주 地主 소우가 이방의 소매를 잡아끌고 부추겼다.

"들판의 흔한 꽃들이야 발길에 차이고 차여도 또다시 소생하여 지천을 이루니 무어 그리 색다르고 차별적이겠습니까?"

"내 말이 그 말 아인교. 헌데 날이면 날마다 저리 차별적인 것을 들이라고 패악질을 부리니 내 마 딱 죽고 싶소."

"깊은 산속 인적 드문 바위틈에 홀로 피어 바람에 흔들리지 않고 햇살에 빛바래지 않는 꽃! 그런 꽃이라면 최고로 색다르고 차별적이긴 하지요."

"엉? 그런 꽃이 있단 말인교?"

몸이 단 이방이 소우를 간절하게 쳐다보았다. 소우는 슬쩍 미소를 머금었다가 입을 뗐다.

"대방 어른의 수양딸이 있지 않습니까?"

"수양딸?"

"송연주."

"에끼, 이 사람이 지금 장난하나. 대방이라면 제아무리 중인이라 캐도 읍성의 돈줄을 쥔 사람인데 수양딸을 그리 호락호락 제물로 바치겠나? 그것도 도도하고 차갑고 당돌한 그 수양딸을? 가아는 비록 몰락했지만 근본이 양반이라카이."

"허니 부임하자마자 민생 탐방은 뒷전이고 관기 단속에만 눈독을 들이다, 이제 그마저 질려 새롭고 차별적인 것을 탐하는 부사의 입맛에 딱 들어맞는 조합이 아닙니까?"

"…그런가?"

이방은 그런 것 같기도 하고 아닌 것 같기도 해서 잠시 망설였으나, 이판사판이라는 심정으로 내상을 방문했고 내친김에 도당 회의까지 참석했다. 행수들은 방법이 없다며 '그렇게' 하자고 도당 회의에서 목소리를 높였다.

"우리도 뭔가 대비를 해야 합니더. 안 그라면 송상 아새끼들헌테 전부 다 빼끼뿔 껍니더."

대방은 체념한 듯 마른기침을 몇 번 하는 것으로 허락 아닌 허락의 답을 주었다. 답을 내리면서 대방은 '대의를 위해 소의를 버리는 것'이라는 비장한 말도 덧붙였다. 하지만 이번에는 수양딸을 바쳐 남상의 수를 채운다 해도 다음엔 또 무엇을 바쳐 남상의 수를 확보할 것이냐며 젊은 행수 몇은 흥분했다.

그때 대행수 강헌은 아무런 말도 하지 못했다. 연주를 처음 봤을 때 그 아이는 열 살이었고, 자신은 스물이었다. '오라버니' 하면서 살갑게 따르는 어린 것이 꼭 일찍 죽은 여동생 같아서 글을 가르치고 왜관에서 들어오는 서적이나 주전부리를 안겨주며 키우다시피한 게 15년. 스무 살 여인의 자태가 느껴지면서부터는 마주 대하는 것이 어색해 짐짓 데면데면했는데, 이렇게 제 손으로 잠을 재우고 가마에 태우는 게 옳은 일인지 여러 날 고민이 깊었다.

"이게 무엇입니까?"

한 식경 전, 연주를 불러 명나라에서 온 귀한 거라며 차를 권했다. 보름날 정자에 호젓하게 앉아 오누이 정을 나누는 게 얼마 만이냐며 연주는 물색없이 웃었다. 눈치가 빨라 자신의 심경 변화를 간파할까, 강헌은 유난히 휘영청 쏟아지는 달빛을 등 뒤로 버티며 앉았다. 달빛의 후광을 업은 강헌의 모습이 두드러지게 갈쟁갈쟁 해 보인다고 연주는 웃음을 흘렸다. 그 웃음을 오래오래 기억해두 려는 듯 강헌은 내내 말이 없었다. 몇 모금 마시다 말고 연주가 쓰 러졌다. 강헌은 만약 자신이 팔려간다는 사실을 알았다면 연주는 어떻게 반응했을까 생각했다.

"수양딸을 사지로 모는 무심한 장사치라고 원망하는 것도, 동래 부사의 눈에 들어 후실로 들어앉는 것도, 다 지 할 탓이지 뭐……."

연주에게 알려 마음의 준비를 시키자는 강헌의 말에, 대방은 그 렇게 혼잣말을 했다.

짐작으로 시각은 해시를 넘어서고 있으리라. 강헌은 마른기침을 삼키고는 서두르라며 행렬을 단속했다. 희한하게도 부사는 반드시 자정 무렵에 신방을 꾸며야 한다고 했다. 보름달의 음기가 최고로 이르는 순간에 여인을 품어야 강건한 하체를 부릴 수 있다나. 그가 한양에서 손수 데려온 박수무당의 점괘라고 했다.

"오늘 품을 연주 가아 사주가 그렇다 안 카나."

이방은 박수무당의 말을 그대로 옮겼다.

음기가 최고로 이르는 순간이라… 강헌은 보름달이 어디쯤 떠 있는지 허공을 올려다보았다. 순간 바람 소리를 내며 뭔가 날아왔 다. 동시에 가마꾼 여섯이 돌멩이를 맞고 엎어졌고, 가마는 언덕 아래로 굴렀다.

"누구냐?"

나무 아래로 시커먼 물체가 내려앉았다. 복면을 쓴 자였다.

"누구냐? 신분을 밝혀라!"

그자는 사병들 사이로 몸을 날렸다. 강헌은 어디로 몸을 숨겨야 할지 몰라 허둥대다가 가마도 버려둔 채 온 길을 되짚어 달아났다. 사병들도 모두 강헌을 따라 꽁무니를 뺐다.

3

별이 떨어져 내리는 자리마다 밤이슬이 똬리를 틀었다. 이슬을 쓸며 숲을 헤치는 그자의 숨소리가 바닥을 쳤다. 연주야, 연주야. 숨 가쁜 소리가 낮게 멍울져 내렸다. 혹여 발각될까 숨소리 끝에 입을 모아 내뱉는 결이 신음인지 분간이 안 갈 정도였다. 짐승처럼 울먹이며 숲을 헤치는 그자의 손길에 풀잎이 칼날을 세워 덤볐다. 어느새 손끝엔 피가 맺혔다.

연주야, 연주야. 그의 숨결이 숲의 호흡을 타고 부딪치는 곳에 덤불이 보였다. 거꾸로 처박힌 가마 안에서 낮은 신음 소리가 새어 나왔다. 그의 심장이 요동쳤다.

"연주야!"

덤불 속에서 가마에 몸이 반쯤 걸쳐진 여인을 발견하자 그는 참 았던 울음을 토해냈다.

연주가 동래 부사의 후실이 될 거라는 소문을 들은 것은 열흘 전이었다. 스승 해동의 심부름으로 이번 부산 왜관의 첫 개시대청* 때 내놓을 분청사기** 주문을 받으러 내상에 들렀을 때, 평소 친분이 두터운 젊은 행수로부터 도당 회의에서 '그렇게' 결정된 사실을 들었다.

누구 하나 토를 달지 않았다는 소리에 분개해, 당장이라도 대방의 문을 박차고 들어가 멱살잡이라도 하고 싶었지만 용케 참았다. 천한 사기장(도자기를 굽는 사람)이 감히 대방의 수양딸을 넘본다는 사실이 알려지기라도 하면 스승 해동의 민요民窯***도 타격을 입을 게 뻔했기 때문이다. 대충 눈치챈 사기장들은 적당한 때 연주를 데리고 도망가라는 측과, 스승님이 알고 경을 치기 전에 마음을 접으라는 측으로 나뉘어 자기들끼리 소란스럽게 떠들어댔다.

연주에게 곤란한 소문이 날까 사람들 눈을 피해 만나왔지만, 언제까지 이렇게 살 수는 없다고 생각한 지 오래되었다. 차라리 잘되었다 생각했다. 물꼬를 트는 게 어려운 일이지, 물꼬를 한번 트기만 하면 물은 어디론가 흘러가기 마련이었다. 연주를 데리고 당장 도망갈 자신은 없었지만 이렇게 된 마당에 도망가지 않을 이유도 없다고 생각한 게 바로 3일 전이었다.

"아서라! 니 진짜 이카면 우리 스승님도 망하고 여 가마터도 다 작살난다."

친구이자 같은 사기장인 덕배의 말도 귀에 들어오지 않았다. 그동안 민요에서 일하며 모아둔 것들을 챙겨두고, 마침 그날 비밀 격

---

* 조선과 왜관의 거래일로 매월 3일과 8일.
** 회색 또는 회흑색의 태토(胎土) 위에 백토로 표면을 분장한 조선의 도자기.
*** 조선시대에 민간에서 도자기를 굽는 가마.

투가 열린다는 말에 모든 계산을 마친 채 조용히 시간을 기다렸다. 물론 마지막까지 주문받은 분청도 모두 준비를 끝냈다. 최근 소나무 역병으로 인근에 땔감이 씨가 말랐다며 걱정하는 스승을 대신해 고성까지 가서 밤새 나무를 해다 가마터 뒤에 차곡차곡 쌓아놓아두었다. 그것으로 지난 세월의 은사恩師를 다할 수는 없겠지만, 언젠가는 반드시 스승에게 떳떳한 모습으로 돌아오리라 다짐했다.

"연주야!"

낯익은 목소리에 연주는 가까스로 정신을 차렸다. 드디어 그자가 복면을 벗었다. 연주는 눈앞에 도경을 보고는 안도의 울음을 터트렸다. 도경은 연주의 차가운 몸을 감싸 안았다. 언덕에서 떨어지면서 가슴을 다쳤는지 그녀가 신음을 흘렸다. 아니 절망하고 있었다. 자신의 신세가 언제든 버려질 수 있다는 걸 절감했다. 이 버거운 운명을 기어코 받아 안고 함께 겪겠다고 버티는 도경을 보며 연주는 그저 서러웠다.

내상의 분위기가 심상치 않게 돌아간다는 건 그녀도 진즉에 알고 있었다. 새로 부임한 동래 부사의 성정에 대해서도 소문이 돌고 돌아 연주의 귀에까지 들렸다. 도당 회의에서 '그렇게' 결정된 사실을 은밀히 전해주는 자도 있었다. 하지만 연주는 아는 체하지 않았다. 병든 아버지를 대신하여 자신을 살뜰하게 보듬어준 대방에게 은혜를 갚을 기회라고 생각했다. 시종 을년이 기회를 봐서 도망가라고 은근히 부추겼지만 연주는 반응하지 않았다.

다만 그녀에겐, 도경, 그를 등질 자신이 없었다.

개시대청 준비로 도경이 내상에 들렀을 때, 연주는 그를 붙잡고 함께 도망가자 말하고 싶었다. 그러나 먼발치서 그저 마지막인 양 그의 모습을 눈에 담았다. 그리고 대방 어른의 겨울 마고자를 짓고, 도당의 장부를 정리하고, 산사山寺에서 요양 중인 아버지를 보러 다녀왔다.

"죄송해요."

"아무 말 마라."

도경은 그녀의 볼을 가만히 어루만졌다. 그녀와 함께 여기서 눈을 감아도 서럽지 않았다. 하지만 천하디 천한 것들의, 죽음을 각오한 오늘을 반드시 살아남아 그들에게 증명해 보이고 싶었다. 시간이 없었다. 곧 군졸들이 숲에 들이닥칠 것이다. 서둘러야 한다. 도경은 연주를 안고 덤불 속에서 기어 나왔다.

"멀리 가지 못했을 것이다. 보이면 무조건 추포하라!"

멀리 토포청(포도청) 포도부장의 목소리가 들렸다. 도경은 연주를 안고 낮은 포복으로 기었다. 땔감을 하느라 수백 번도 더 오르내린 산길이었다. 눈을 감고도 방향을 잡을 수 있었고, 코끝에 와 닿는 작은 향에도 어디쯤인지 가늠할 수 있었다. 손바닥처럼 훤한 숲이지만, 오늘은 왠지 이 길의 끝에 무엇이 기다리고 있을지 불안했다. 도경은 애써 불안을 삼키며 말했다.

"연주야, 조금만 참아, 조금만."

도경은 고통스러워하는 연주를 반쯤 어깨에 메다시피 안고는 무조건 해안가 방향으로 길을 잡았다. 이제 이 구릉지만 지나면 황령산의 끝자락 붕께(부산 용호동)다. 물살이 빨라 일단 배만 타면 쉽게 해안을 빠져나갈 수 있었다. 사람들의 눈을 피하기에도 적당했다.

어느새 수평선 저 멀리 어슴푸레한 새벽빛이 감돌고 있었다. 도경은 바위 위에 연주를 내려놓고 상태를 살폈다.

"조금만 참아. 곧 밀선이 올 거야."

"밀선이라뇨?"

"함께 떠나자. 이 지긋지긋한 조선에서 떠나자!"

연주는 쉽게 고개를 끄덕이지 못했다. 도경과 함께라면 어디든 갈 수 있었지만 자신이 떠난 뒤 내상에 닥칠 위기는 불 보듯 뻔했다.

도경이 몸을 일으켰다. 수평선 너머로 밀선이 다가오고 있었다.

"저기 있다! 연놈들을 잡아라!"

포도부장의 목소리가 점점 가까워졌다. 도경은 다급한 나머지 연주를 안고 그대로 바다로 뛰어들었다. 하지만 거친 물살에 둘의 몸이 제각기 휩쓸렸고, 군졸들이 던진 그물에 연주가 먼저 포획되었다. 도경의 손을 놓치지 않으려고 안간힘을 썼지만 연주는 버티지 못하고 정신을 잃었다. 그사이 낌새를 눈치챈 밀선은 사라졌고, 도경마저 센 물살에 이리저리 떠밀리고 말았다. 연주는 그물에 끌어 올려지고, 도경은 그대로 심연으로 가라앉았다. 곧 해부海夫들이 바다로 뛰어들어 도경을 끌고 수면 위로 올라왔다. 수평선에 날이 훤히 밝아오고 있었다.

4

유난히 안개가 짙은 밤이었다. 낮에 죽은 사기장의 시체를 거두러 저잣거리로 나선 오작인仵作人*은, 이런 날엔 망자가 길을 잃고 헤매기 십상이라며 괜히 혼잣말을 했다. 시체를 거두기 전, 형식적이지만 두 번 절을 하고 마지막으로 상태를 확인하려 멍석을 젖혔다가 시체의 코와 입 주변에 낀 서리를 보고 화들짝 놀라 주저앉았다. 아직 온기가 남아 있다는 증거였다. 아니, 살아 있었다! 오작인은 그 길로 시체가 살아 있다는 사실을 토포청에 알렸다.

기생 치마폭에 싸여 고주망태가 되었던 동래 부사는 이 황당한 소식을 듣고 술이 확 깼다. 명목상 내상의 수양딸이지만 따지고 보면 양반의 여식을 첩으로 들이려다 일이 꼬였다. 유향소留鄕所** 양반들이 이 사실을 알기라도 하면 당장 벌떼처럼 몰려와 항의하고 조정에 상소를 올리겠다고 거품을 물 게 뻔했고, 그럼 조정의 감찰을 받을 일도 자명했던 것이다.

유향소 양반들, 그들이 누구인가. 지난 수십 년 동안 여러 번의 사화史禍를 거치면서 낙향하여 각자도생의 길을 걷고 있는 자들. 겉으로는 의리와 절개를 찾지만 실은 자신들이 가진 걸 지키는 데 혈안이 되어 수령과 향리***를 견제하느라 온갖 촉각을 곤두세우는 소름 끼치는 치들이 아닌가.

'그런 작자들에게 오늘의 이 추태를 들키는 날엔!'

부사는 생각만 해도 오금이 저렸다. 그날 음기가 최고조에 올랐을 때 여인의 속살을 탐해야 강건한 아랫도리를 유지할 수 있다는

---

* 지방 관아에 속하여 시체를 수습하는 일을 하던 하인.
** 지방 군(郡)과 현(縣)의 수령(守令)을 보좌하는 자문기관.
*** 지방의 하급 관리.

26

박수무당의 점괘에 흥분했던 게 패착이었나. 아랫도리만 움켜쥔 채 연주를 기다리던 정욕의 순간이 너무 조급했던가.

"죽일 연놈들!"

처음 연주와 도경이 도주했다는 소리에 부사는 눈이 뒤집혔다. 이것들이 진즉에 눈을 맞추고 급기야 배도 맞춘 게 아닌가. 허투루 점괘를 내놓아 자신을 능멸한 박수무당부터 감옥에 가둬버렸다. 그리고 당장 연놈들의 목을 묶어오지 않으면 토포청까지 불을 싸지르겠다고 발광을 했다. 형방은 버선발로 토포청으로 달려가 포도대장을 닦달했고, 포도대장은 포도부장을 재촉했다. 포도부장은 취침에 막 들려던 군졸들을 깨워 붕께로 내질러 갔던 것이다. 부사는 그렇게 잡아들인 연놈들의 목을 당장 비틀어버리라고 소리를 질렀다. 그러나 형방은 이런 일일수록 뒤탈이 없도록 해야 한다며 한사코 율문律文을 뒤적여 이렇게 결론을 내렸다.

감나무골 사는 진사 송수호는 빌려간 환곡과 이자를 여러 해 갚지 않고, 질병을 빌미로 산사에 기거한 채 관아의 소환에 불응하고 있으니, 이는 곤궁할 때 전하께서 베푸신 은공을 저버리는 불충이며, 무릇 아랫것들에게 본보기가 되어야 하는 양반으로서 스스로 체통과 명예를 심각하게 훼손하는 일이니, 다시는 이 같은 불상사가 발생하지 않게 하는 것이 수령된 자의 본분인 바, 불가피하게 송수호의 여식 송연주로 하여금 태형 스무 대와 갚지 못한 환곡과 그 이자를 쳐서 사기私妓*로 매도하여 변제할 것을 명한다.

---

* 민가의 술집 기생.

법을 어긴 자는 상하, 신분에 관계없이 엄정하고 공정하게 그 죄를 묻겠다는 부사의 판결에, 내막을 모르는 백성들은 가만히 입을 다물었다.

　더 큰 문제는 도경이었다. 도경이 투옥되자 느닷없이 유향소 양반들이 들고 일어났다. 그들은 해마다 가문의 품격을 유지하기 위해 새로운 제기祭器를 주문했다. 제기의 종류가 상당해 때론 벼락 맞은 물푸레나무를 깎아 만들기도 하고, 방짜유기를 주문하기도 했지만, 가장 으뜸은 사기로 장만하는 것이었다. 하여 그 일대에서 최고로 손꼽히는 해동의 민요는, 유향소 사대부는 물론 남해 일대의 양반들이 앞다투어 사기를 주문하는 곳으로 소문이 자자했다.

　그 민요의 주인 격인 해동이라는 자는 관요官窯*의 사기장 출신인데, 그자의 솜씨에 매료된 왜관 상인들로부터 해동의 민요와 거래하게 해 달라는 요청이 쇄도했다. 결국 내상은 해동의 민요와 거래를 트고 왜관의 개시대청 때마다 다양한 도자기를 팔아 짭짤하게 거간료를 챙겨왔다.

　도경은 그 민요의 사기장 중에서도 해동 다음으로 으뜸의 솜씨를 가진 자였다. 어느 양반은 도경의 분청사기를 두고, 질박한 성품과 날렵한 자태와 정제된 감정을 오롯이 담아냈다고 극찬했다. 심지어 사대부의 아녀자들은 혼수로 도경의 그릇을 장만하는 것이 무슨 유행처럼 번져 여러 달 전부터 예약을 달아두기까지 했다. 그런데 도경이 불상의 죄목으로 관아에 끌려갔으니, 정작 속이 타는

---

* 왕실용 도자기를 굽기 위해 정부에서 관리하던 가마.

것은 여식의 혼사를 앞둔 집안들이었다.

은연중에 도경의 석방을 요구하는 유향소 양반들의 압박과 탄원이 이어지자, 부사는 결단을 내렸다. 이왕 이렇게 된 이상, 누구도 감히 토를 달 수 없는 무시무시한 죄목으로 깔끔하게 처리해야 뒤탈이 없을 거라는 거였다.

부사는 곧 육방들을 소집하고, 여기서 밀리면 앞으로도 줄곧 유향소 양반들의 눈치를 봐야 하니 누가 봐도 경악할 만한 결과물을 내놓아야 한다고 소리를 높였다. 도경과 연주의 도주 사건은 점점 본질에서 벗어나, 이제는 부사와 유향소의 기싸움으로 번질 조짐까지 보였다.

이쯤 되니 어쩔 수 없이 이방이 나설 수밖에 없었다.

"자네는 유학儒學의 본질이 뭐라고 생각하노?"

밑도 끝도 없이 이방이 형방에게 질문을 던졌다.

"그야… 인과 예와 도를 되새기는 거 아임니꺼?"

"틀렸다! 개나 줘버리라 캐라!"

"네? 허면 이방 나으리는 뭐라고 생각하는데예?"

"첫째도 명분, 둘째도 명분, 셋째도 명분 아이가."

"그라믄 부사 나으리와 유향소 어른들이 서로 명분 싸움을 한다 이 말입니꺼?"

"하모! 바로 그기야! 부사는 양반의 여식을 첩으로 맞으려다 벼락을 맞았으니 이 일이 완전무결하게 묻히길 원하고, 유향소 어른들은 자기들 터전에 부사 나부랭이가 와서 분탕질을 치지 못하게 텃세를 부리는 거고."

"허면 양쪽 모두 만족할 만한 명분이 있습니꺼?"

"있지!"

참으로 알 수도 없고 개념 정리도 되지 않는 그들의 명분 싸움에서 가장 확실하게 접점이 맞아떨어지는 것이 딱 하나 있었으니, 바로 '아랫것들의 도전'에 대해 무차별적으로 짓밟는 것이었다. 천한 것들은 적당히 매질해서 다루고, 말이 먹히지 않으면 과감하게 도륙하여 자신들이 지켜온 신분 질서의 견고함을 유지하는 것! 천한 것들이 함부로 자신들의 뒤통수를 치지 못하게 단속하는 것! 그것이야말로 최고의 명분이었다.

명분이 만들어지자 형방은 다시 일사불란하게 움직였다.

사기장 도경은 평소 성품이 방자하고 오만하며 미천한 재주만 믿고 은밀히 밀무역을 주동하였으니, 이는 크게는 전하께서 왜관을 통해 왜국과의 교역에 힘쓰시는 동시에 백성들의 삶이 피폐하지 않도록 단속하시려는 뜻을 짓밟는 역모이자, 작게는 평소 자신의 재주에 열광하는 유향소 사대부들의 뒷배만 믿고 함부로 처신하여 오히려 사대부들의 명예를 더럽힌 것이니, 다시는 이 같은 무도한 일을 벌이지 않도록 가장 엄중하게 다스리는 것만이 종묘사직*을 바로잡는 것이다. 하여 사기장 도경을 투석형**에 처해 모든 백성들이 똑똑히 보고 확인케 한다.

---

* 왕실과 나라를 통틀어 이르는 말.
** 돌을 던져 죽이는 사형 방법.

5

투석형에 처해진 자가 다시 살아났다는 소식은, 부산포 왜관의 실질적인 지주이자 대마도주 소우의 귀에 가장 먼저 들어갔다. 삼남 일대 그의 손이 안 뻗는 데가 없으니, 가는 곳마다 간자間者들이 그의 눈과 귀가 되어 움직였다.

도경이 연주를 데리고 도망치기로 작정한 그날 밤, 소우는 은밀히 사람을 붙여 도경을 뒤쫓게 했다. 고성에서 땔감을 실어온 도경이 한나절 내내 방에서 나오지 않는다는 소리에, 놈이 뭔가 일을 낼 것 같다고 짐작했다. 저녁 무렵 왜관의 관리들과 내실에 들어 예배를 드리고 있을 즈음, 도경이 드디어 민요에서 나와 복면을 쓴 채 증산을 오른다는 소리를 들었다.

"생각보다 일이 재밌게 돌아가겠군."

소우는 혼잣말을 하며 늦은 저녁을 먹었다. 그가 이방을 부추겨 '새롭고 차별적인 그 무엇'을 대방의 수양딸 '연주'로 딱 짚어준 것은 다 나름의 계획이 있어서였다.

조선과의 무역으로 왜국 전역에 보내지는 물품의 수는 해마다 늘어났지만 본국에서 가장 원하는 것은 조선의 인삼과 도자기였다. 하지만 두 물목은 조선의 허가 없이는 단 한 점도 거래할 수 없는 금수품禁輸品이니, 차라리 왜관에 가마를 직접 만들고 자체적으로 사기장을 양성해보자는 의견들이 분분했다. 그즈음에 눈에 띈 것이 바로 도경이었다.

삼남 일대 해동의 솜씨에 대해서는 모르는 자가 없었지만, 이미 늙고 병든 해동에게 왜관의 가마를 맡기는 것은 무리였고, 젊고 패기 넘치는 도경이라면 승산이 있을 거라고 생각했다. 더욱이 조선에서 신분이 천한 사기장은 물건처럼 거래할 수도 있고 죽이고 살리는 것도 돈줄을 쥔 자의 판단이니, 놈을 돈으로 포섭하는 건 식은 죽 먹기라고 생각했다.

하지만 의외로 쉽지 않았다. 몇 번 거간꾼을 보냈지만 문전박대를 당했고, 도경을 납치하여 집을 주겠다, 돈을 주겠다, 사탕발림을 했지만 역시 거절당했다. 소우는 오기가 났다. 그래서 놈을 유심히 살폈다.

도경은 밤마다 은밀히 산을 탔다. 그리고 산 끝에 호젓하게 자리한 산사에서 연주를 만났다. 도경의 눈 속에 가득 담긴 연주의 모습을 보며 소우는 회심의 미소를 지었다. 도경을 손에 넣으려면 연주를 희생양으로 삼아야 한다! 그 계획은 일단 성공한 듯 보였다.

물론 동래 부사가 도경을 투석형에 처한 것은, 자신의 계획에는 없는 일이었다. 고민 끝에 수형리首刑吏•를 포섭했다. 그리고 맞아도 충격이 덜하도록 왜국에서 화산석을 들여와 별도로 가공까지 마친 뒤 왜관의 뒤뜰에 돼지를 끌어다놓고 몇 차례 실험까지 마쳤다. 화산석에 맞은 돼지들은 상처를 입긴 했지만 죽진 않았다. 소우는 곧 형 집행 때 쓰일 화산석을 수형리에게 건넸다. 일이 틀어지지 않도록 만반의 대비를 한다고 했지만 혹시나 도경이 잘못되면 어쩌나 노심초사했다. 그리고 시체가 살아났다는 소식을 듣자

• 조선시대 지방 관아의 형방에 속하여 일을 하던 형리의 우두머리.

마자, 곧장 동래 부사를 찾아갔다.

가뜩이나 골치가 아파서 미칠 판국인데 야심한 밤에 소우가 독대를 청하니 동래 부사는 당장 물러가라고 소리를 쳤다. 그러다 곧 생각이 바뀌었다. 혹시나 이 간사한 자에게 묘안이 있지 않을까 싶어 안으로 들였다. 부사의 속내를 간파한 소우는 목례를 마치자마자 몸을 바짝 내밀고 은밀하게 입을 뗐다.

"죽은 자가 살아나다니요? 이토록 해괴하고 망측한 일을 당하시어 얼마나 황망하십니까! 그 소리를 듣자마자 걱정이 되어 부랴부랴 달려왔습니다."

"그걸 어찌 들었는가?"

"지금 그게 중요한 게 아닙니다, 부사 나으리. 그 사기장 도경이라는 자가 투석형에도 죽지 않고 살았다는 유례없는 사실이 읍성 내 퍼지기라도 해보십시오. 저주가 내렸네, 새로 부임한 부사의 부덕의 소치네, 하는 갖은 소문이 더 얹어질 게 자명한 일 아닙니까?"

"허엄!"

부사는 헛기침으로 불편하다는 심기를 내비쳤지만 소우는 쐐기를 박듯 다시 말을 이었다.

"문제는 그다음입니다. 혹여 누군가 이 문제를 소상하게 따져야 한다고 상소라도 올리는 날엔… 정말 그렇게 되면……."

거기까지 말한 뒤, 소우는 또 잠시 부사의 안색을 살폈다. 몹시 불안하고 다급하지만 억지로 평온을 가장하려다 콧잔등에 땀방울이 송송 맺힌 부사의 모습은 가관이었다. 소우는 비어져 나오는 웃음을 가까스로 참으려 말을 이었다.

"어쨌든 죽인 놈이 다시 살았으니, 다시 죽일 수도 없고. 그렇다고 그대로 살려주자니 언제 부사 나으리의 발목을 쥐는 화근이 될지 알 수 없고. 허니 적당히 이유를 붙여……."

부사가 몸을 앞으로 바짝 당겨 앉았다. 묘안이 있으면 빨리 고하라는 무언의 재촉이었다.

소우는 짐짓 말꼬리를 잘라먹고는 부사를 넌지시 쳐다보았다.

"왜 말을 하다가 말어?"

몸이 바짝 달아오른 부사는 양 볼을 씰룩거렸다. 그놈이 살았다는 말에 술이 확 깬 뒤, 자꾸만 한기가 몰려오고 눈꺼풀이 내려앉아 죽을 판이었다. 그런데 이 소우라는 작자는 능청스럽게 제 속을 떠보는 짓거리를 하고 있으니 화가 치밀었다. 하지만 일단 얘기나 들어보고 내치든지 말든지 할 것이다. 어금니를 꽉 물었다가 헛기침을 했다가 하며 부사는 불편한 심기를 노골적으로 드러냈다.

"제가 그자를 왜관의 노비로 데려가면, 이 모든 문제는 말끔하게 해결될 것이옵니다."

"뭐? 아니, 다 죽어가는 천한 것을 뭣하러? 자네 무슨 다른 저의가 있나?"

"네, 저의가 있습니다."

"무슨?"

"제가 그자를 데리고 가면, 부사 나으리가 이기시게 됩니다."

"그게 무슨 말인가?"

"지금 이 싸움이 비단 천한 사기장의 목숨줄 때문에 벌어지는 게 아니지 않습니까? 여기서 지면 유향소 양반들의 텃세에도 지시는 겁니다."

"해서 자네가 데려가겠다? 그냥 놔두면 언젠가는 죽을 것을."

"동헌 내에서 죽으면 소문은 걷잡을 수 없이 더 부풀겠지요. 동헌 안에 유향소 양반들의 눈과 귀와 입이 없는 줄 아십니까?"

부사는 소우를 빤히 쳐다보았다. 유향소 양반들만큼이나 동헌 안에 이 작자의 눈과 귀와 입이 된 간자들도 많겠지. 물론 지금 그게 문제는 아니었다. 소우의 제안은 손해 보는 장사는 아니었다. 하지만 왠지 말려드는 것 같아 부사는 망설여졌다. 아직 속내를 터놓고 비밀을 나눌 사이도 아니거니와 이자가 누구 편인지 정확히 알 수도 없었다. 두고두고 발목 잡힐 일을 거래하는 게 영 내키지 않았다.

부사가 망설이자, 소우는 상자 하나를 조용히 내밀었다. 그 속에 가득 든 은을 보자 부사는 눈이 휘둥그레졌다. 그의 머리가 빠르게 움직였다. 자신의 화근을 사려 한다! 그 죽일 놈의 화근이 그만한 가치가 있다는 말인가? 부사는 괜히 헛기침을 하고는 소우에게 도로 상자를 밀어버렸다. 소우가 보이지 않게 미소를 지었다. 다행이었다. 새로 부임한 부사가 자신과 성정이 퍽 차이 나면 무엇으로 환심을 살까 노심초사했다. 화근을 대신 덮어주겠다는데도 실익을 따지다니. 속내를 간파한 소우는 서둘러 상자 하나를 더 내밀었다. 이번에도 은이 가득 들어 있었다. 부사는 잠시 숨을 고르더니 그제야 짐짓 의미심장하게 말했다.

"죽을 목숨이 살았으니 뭐, 하늘의 뜻이 있겠지."

그 길로 소우는 도경을 은밀히 부산포 왜관의 내실로 옮겼다.

그리고 저잣거리 의원까지 데려와 상태를 살피게 했다. 침을 잔뜩 맞은 도경은 이틀 내내 피똥을 싸고 몸이 퉁퉁 부어올랐다. 의원은 몸에 뭉친 독과 더러워진 피를 빼내야 한다며 밤낮없이 침과 뜸을 놓았다. 하지만 좀체 차도가 보이지 않았다.

소우는 사경을 헤매는 도경을 묵묵히 내려다보았다. 처음엔 그가 퍽 솜씨 좋은 사기장이라 탐이 났다. 하지만 이제는 진짜 이유가 따로 있었다. 조정에 심어둔 간자로부터 도경이 조정의 실세 이조판서 도윤수의 아들이라는 사실을 듣고 놀랐다. 아니, 궁금했다. 도대체 무슨 기구하고 절박한 사연이 있기에 실세의 아들이 신분을 속인 채 이 척박한 땅에서 버러지처럼 사는가.

이전에 소우의 지시로 도경을 납치했었던 검계 두령은, 왜관의 사기장 자리를 받지 않으면 죽이겠다고 협박까지 했지만 그는 꿈쩍도 하지 않았다고 했다. "왜놈들의 개가 되느니 차라리 혀를 깨물고 죽겠다"고 발악하는 놈의 눈빛이 얼마나 살벌하던지 오금이 다 저릴 정도였다고 했다.

'언제 죽을지 모르는 천한 주제가, 왜관의 개는 싫다?'

소우는 그 패기가 정말 마음에 들었다. 그래서 더 탐이 났다.

"새옹지마라더니, 그러고 보면 인생은 참 알다가도 모를 일이지."

보름 만에 겨우 정신을 차린 도경에게 소우는 그렇게 말했다. 도경은 가늠할 수 없는 자신의 처지에 할 말을 잃고, 초점 없는 눈으로 허공만 응시할 뿐이었다.

6

실로 얼마 만에 보는 하늘인가. 시리도록 푸른 하늘이 도경의 망막에 파편처럼 박혔다. 도경은 하늘에 대고 심호흡을 했다. 허공에 떠다니던 바람이 공기를 몰고 와 도경의 입속을 지나 폐 안으로 휘돌자 살짝 후련하기까지 했다.

마지막 가는 길.

미련이 남는다면, 마지막으로 연주를 보지 못한 채 생을 마치는 것뿐이다.

"도경아! 일마야! 이게 우찌 된 일이고?"

웅성거리는 사람들을 헤치고 덕배가 달려와 울부짖었다. 그 소리가 도경의 귓가에서 윙윙거렸다. 포졸들에게 끌려 나가는 덕배를 눈으로 배웅했다. 그리고 한편에 삿갓을 눌러쓴 채, 그저 묵묵히 염주만 돌리는 유정 스님을 보았다. 도경은 스님이 삿갓을 쓰고 있어 다행이라 생각했다. 눈이라도 마주쳤더라면 도저히 이 상황을 버틸 수 없을 거라고, 살려 달라고 소리를 지를지도 모른다고 생각했다. 피식, 웃음이 새어 나왔다. 이승에서의 짧은 인연이여, 안녕.

"투석형을 시행하라!"

형방의 목소리가 희미하게 들리고, 도경의 머리 위로 빽빽하게 돌들이 날아왔다. 피투성이가 된 도경은 얼마 못 버티고 정신을 잃었다……

눈을 떴을 때, 여기가 지옥이라 생각했다.

"질긴 목숨이군."

눈앞에 선 자가 대마도주 소우라는 걸 알아차리기까지 꽤나 시간이 걸렸다. 아니, 지금이 무슨 상황인지 알 수 없어 겁이 났다. 지옥이 아닌가.

"새옹지마라더니, 그러고 보면 인생은 참 알다가도 모를 일이지."

도경은 무엇이 새옹지마라는 건지 알 수 없었다. 다만 살아남았다는 게 더 두렵게 느껴졌다. 살아서 또 무엇을 감당해야 할지, 서둘러 여기서 달아나야 한다는 생각만 들었다. 도경은 몸을 일으켰지만 중심을 잡지 못한 채 바닥으로 나동그라졌다.

"여기가 어디요?"

"왜관의 내실이다."

"내가 왜 여기 있는 거요?"

"죽은 자를 내가 노비로 사들였다."

"죽은 자?"

"아니, 다시 살아난 자라고 해야 하나?"

소우는 자신도 그 말이 믿기지 않은 듯 허탈하게 웃었다.

"난 여기 있을 이유가 없소."

"이제 넌 내 소유물이다."

"소유물?"

도경도 허탈하게 웃었다. 살아서도 천하더니 죽어서도 제 뜻과 상관없이 천하게 거래되었구나.

"연주는 어떻게 됐소?"

"네 덕에 죽었지만 살았지."

"그게 무슨……."

"연주로서는 죽었다."

"그게 무슨 말이오?"

"양반의 딸로서는 죽었다는 말이다."

"그게 무슨 말이냐니까!"

헐렁한 포대 자루가 바람을 부풀리듯, 도경은 몸을 일으켜 소우의 멱살을 움켜쥐었다. 소우는 그를 흥미롭게 쳐다보았다.

"기생으로 팔려갔다."

"뭐?"

잠시 멍한 듯 서 있던 도경이 휘청거리며 주저앉았다. 그의 입에서 바람 빠지는 소리가 새어 나왔다. 고개를 숙인 채 소리도 낼 수 없을 만큼 고통스러운 울음을 토해내는 그를, 소우는 말없이 지켜보았다. 모든 것을 다 내려놓았던 자의 완벽한 절망. 소우는 그 절망을 잘만 이용하면 도경을 자기 뜻대로 움직일 수 있다고 확신했다.

"연주를 살리고 싶으냐?"

"……."

"연주와 도망가고 싶으냐?"

"……."

도경은 말이 없었다. 그저 바람 소리를 멈추고 벽에 몸을 기댄 채 가만히 앉아 있기만 했다.

"내 말대로만 하면 연주를 살리고 연주와 도망가 편안하게 살 수 있도록 해줄 것이다.”

　소우의 말에 도경은 아무런 반응도 하지 않았다. 소우는 슬슬
인내심에 한계를 느꼈다. 주인으로서 더이상의 배려는 없다고 생
각하고 돌아섰다.

　“그 방법이 무엇이오?”

　소우가 돌아보았다.

　“당신 말대로만 하면 된다는 그 방법.”

　그제야 소우가 회심의 미소를 지었다.

황제, 그리고 휘몰아치는 음모

1

　창강(양쯔강)을 가로질러 도착한 경덕진景德鎭*은 노상 황사 먼지로 뒤덮여 있어 숨을 쉴 때마다 목이 막히고 입속에서 모래가 서걱서걱 씹혔다. 항구엔 명나라 전역에서 온 크고 작은 선박들과 화란和蘭(네덜란드), 포도아浦萄牙(포르투칼) 같은 서역에서 온 무역선들로 도떼기시장처럼 부산스러웠다. 도자기가 잔뜩 실린 배 앞에선 색목인(아라비아인)과 명나라 상인들이 흥정을 하며 핏대를 올렸고, 울긋불긋한 안료가 든 통이 쏟아져 소동이 벌어지기도 했다.

　경덕진 거리는 영신성회迎新成會**를 맞아 드나드는 장사꾼들의

---

* 중국 최대의 도자기 생산지.
** 20년 만에 열리는 경덕진 축제.

수레 소리로 요란했다. 철창 안에 동물들을 잔뜩 몰아넣고 즉석에서 튀겨주겠다고 외치는 장사꾼들의 목소리도 거리에 연신 울려 퍼졌다. 그 옆으로는 떡, 국수, 야채 수레들과 갖은 장신구 수레들이 늘어서서 손님 맞을 준비에 여념이 없었다. 아직 아침나절이라 구경꾼들은 별로 없었지만 간간이 지나는 손님을 붙잡고 마수걸이라도 하겠다며 애걸하는 장사꾼들로 더없이 북적였다.

도경 일행은 스무 날을 꼬박 걸어 국경을 넘고 다시 배를 타고 달포가 지나서야 경덕진에 도착했다. 일행이라고 해봐야 친구 덕배와 도경을 감시하기 위해 소우가 붙인 간자 장돌이가 전부였다. 소우는 조선에서 성절단*을 보내는 것과 별개로 대마도주이자 부산 왜관의 지주로서 단독 성절단을 꾸렸고, 인솔자로 도경을 보냈다. 도경이 이미 죽은 자로 처리되어 위조 호패로 국경을 넘어야 했지만 아무도 눈치채지 못했다. 덕배는 죽은 줄 알았던 도경이 살아 돌아온 것도 믿기지 않았지만, 사기장이라면 누구나 소원하는 경덕진 어기창御器倉**에 갈 수 있다는 말에 앞뒤 재지 않고 따라나섰다. 스승 해동에게는 핑계를 대고 떠나온 길이라 송구한 마음도 있었지만 한 번만 눈을 딱 감기로 했다. 다들 오랜 여정으로 지친 기색이 역력했지만 난생처음 보는 대륙의 신기한 볼거리에 눈이 휘둥그레졌다.

때마침 사자탈을 쓴 무리가 북과 징을 치며 거리로 달려왔다. 그들이 든 깃발엔 '영신성회'와 '성절감축'이라는 글귀가 선명했다.

---

* 중국 황제의 생일을 맞아 보내는 축하 사절단.
** 중국 황실의 그릇과 도자기를 빚던 황실 전용 가마.

그때, 갑자기 작방*의 행수들이 몰려오며 외쳤다.

"어기창 파업으로 1만 작방 죽어난다! 파업을 중단하라! 파업을 중단하라!"

그러자 이를 본 상인들은 대목 장사를 방해한다며 행수들을 막아섰고, 수비병들까지 합세하면서 거리는 순식간에 아수라장이 되었다. 20년에 한 번 열리는 경덕진 축제는 성절례**를 받기 위해 황제가 직접 어기창을 찾는 것이 관례였다. 그러면 이때를 틈타 어기창에서 도자기를 빚는 도공들은 기다렸다는 듯이 공임이 적다며 시위를 했고, 작방의 행수들은 매상이 줄어들 것을 걱정해 이를 저지하려 들었다.

국수라도 먹을까 노점을 둘러보던 덕배와 장돌이는 때아닌 싸움 구경에 정신이 팔렸고, 도경은 홀로 떨어져 발길 닿는 대로 걸었다. 복잡하게 이어진 골목마다 주점이 넘쳐났고 아직 대낮인데도 홍등가의 여인들이 지나는 사내들을 붙잡고 호객행위를 하느라 소란스러웠다.

도경은 발길을 돌려 다른 골목으로 들어서다가 빼곡하게 늘어선 도자기 가게들을 보고 걸음을 멈추었다. 조선에서는 볼 수 없는 진기한 풍경에 상기되었다. 어느 도자기 가게 매대에서 푸르스름한 흰빛을 내는 다완을 발견하고 다가갔다. 강렬한 색과 선을 좋아하는 대륙의 다완답지 않아서 더 생경했다.

그때, 웬 백발노인이 다완을 집어들고 이리저리 살폈다. 예리한

---

* 어기창에 물건을 대주는 상인.
** 중국 황제의 생일을 축하하는 행사.

눈매가 인상적이었다.

"아이고, 그릇 볼 줄 아시네. 그게 바로 조선의 보성다완이라는 겁니다."

'저게 보성다완이라고?'

도경은 슬쩍 돌아선 채 주인의 말에 귀를 기울였다.

"이 보성다완에 물을 붓는 순간 그릇 안에 검은 반점이 생겨서 다들 귀신 들린 그릇이라고 하지요. 들리는 소문에는, 이 보성다완을 만든 조선 관요의 사기장들이 모두 참수됐다고 합니다."

주인의 말을 조용히 듣던 백발노인이 이상하다는 듯 물었다.

"허면 불길한 그릇이 아니오?"

"에구, 그러니까 희귀한 골동품이지요."

얼른 사가라는 주인의 재촉에 노인이 망설이자 장난기가 발동한 도경이 나섰다.

"내가 알기로 진짜 보성다완은 물을 담으면 검은 반점, 술을 담으면 붉은 반점이 생긴다던데?"

"당신이 뭘 안다고 떠드는 거요?"

도자기 가게 주인이 갑자기 나타난 도경에게 역정을 냈다. 하지만 도경의 말에 호기심이 동했는지 옆에 있던 국수 노점 주인이 즉석에서 술병을 건넸다.

"무슨 헛소리들인지, 안 살 거면 다완 이리 주시오!"

덜컥 화를 내는 도자기 가게 주인을 밀쳐내고 호기롭게 다완을 뺏어 술을 붓는 도경을, 백발노인이 유심히 지켜보았다. 어느새 모여든 사람들은 다완의 변화에 집중했다.

"에계?"

국숫집 주인의 맥 빠진 소리와 함께 다완은 회색으로 변해버렸다. 모두 도자기 가게 주인의 얕은 수작에 놀아날 뻔했다고 한마디씩 거들었다. 주인은 도경이 오늘 장사를 말아먹었다고 악다구니를 썼다.

"주인장! 원래 보성다완은 물을 담건 술을 담건 검은 반점이 생기는 거요. 이렇게 잿물처럼 변하는 걸 보니 처음부터 사기를 치려던 심산이었던 거지."

"뭐? 너 어디서 굴러먹던 놈이야?"

도자기 가게 주인이 도경의 멱살을 쥐고 달려드는 바람에 덕배와 장돌이 말리느라 한바탕 소동이 벌어졌다. 가까스로 둘을 떼어내고 보니, 백발노인은 이미 저만큼 가고 있었다.

가짜를 살 뻔한 걸 구해줬는데 아무런 말도 없이 가다니, 도경은 경우 없는 노인네라며 눈을 흘기고 돌아서다가 웬 사내와 어깨가 부딪쳤다. 묘하게 기분 나쁜 그 눈빛에 도경은 걸음을 멈추고 다시 사내를 돌아보았다.

2

사내는 저잣거리를 지나 골목 끝 화연각으로 들어갔다. 기생을 끼고 앉아 희희낙락거리던 태감*은 그를 보자 못마땅한 눈빛이 되었다.

---

* 경덕진 어기창 감독관.

"요시다, 여긴 또 무슨 일이냐?"

얼굴만 봐도 불쾌감이 드는지 태감은 미간을 잔뜩 찌푸렸다.

"황제께서 어기창에 온다는 소문이 퍼지면서, 화공*부터 불대장**, 탄화장***, 시유장**** 등 백 명에 가까운 고역부 도공들이 묵언 시위를 하고 있습니다."

태감은 요시다의 보고를 들으며 그저 술잔만 기울였다.

"그동안 공비가 적어 입에 풀칠하기도 힘들었던 도공들 입장에서는 20년 만에 오는 이 기회를 놓칠 리가 없지요."

"해서?"

"분란의 주동자와 그 배후 세력을 캐내야지요."

요시다의 말에 태감은 생각에 잠기는 눈빛이 되었다.

"그들의 시위를 묵인하다가 혹여 성절례를 망치기라도 하는 날엔, 그 뒷감당을 어찌하시겠습니까?"

성절례를 망치면 태감 자리를 보전하지 못할 것이다. 요시다가 강조하지 않아도 분란의 주동자와 배후 세력을 캐내야 하는 것도 맞다. 그런데 태감은 이상하게 찜찜함을 떨치지 못한 채 요시다를 노려보았다.

"왜? 또 배후 세력을 캔다는 빌미로 일을 대충 무마시키고 그 대가로 뭘 챙길 심산이냐? 이번엔 또 뭐냐? 혹시 비어 있는 숙도관*****

---

* 도자기에 그림을 그리는 장인.
** 가마에 불을 떼고 조절하는 장인.
*** 가마 불을 떼는데 필요한 목재의 용도를 맞추는 장인.
**** 사기에 유약을 바르는 장인.
***** 어기창의 우두머리 도공.

자리가 탐이 나느냐?"

태감은 요시다의 속내를 꿰뚫고 있었다.

오래전 황제의 명을 받고 일본에 사신으로 갔다가 태합*의 애첩을 건드린 게 화근이었다. 그때 요시다의 양부養父인 오사카 대상大商의 도움으로 일이 무마되었는데, 그걸 빌미로 요시다를 어기창에 꽂아 달라고 태감을 압박했다. 그때는 미개한 왜놈이 뭘 하겠나 싶어 대수롭지 않게 생각했지만 이놈은 영민한 만큼 사악하여 어기창 관리들의 신임을 얻더니 어느새 부관**자리까지 꿰차고 앉았다. 그러더니 이제는 시도 때도 없이 자신을 찾아와서 어기창의 대소사에 참견하려 드니 태감으로서는 미칠 지경이었다.

"얼마 전 태감께 내어드린 염료 가게는 장사가 잘됩니까? 경덕진에서 가장 목이 좋은 자리이니 안 될 수가 없긴 하지요?"

요시다는 태감을 넌지시 쳐다보다 태감의 눈을 피해 은밀히 술잔에 약을 타며 물었다. 그 사실을 모르는 태감은 코웃음을 치며 술잔을 들이켰다. 필요할 때마다 알아서 뇌물을 바쳐놓고 약점이나 잡은 듯 툭하면 거들먹거리는 꼴이라니.

"도공 한 명 없는 야만국에서 온 놈을, 어기창 부관까지 만들어줬음 됐지 뭘 또 바라는 것이냐? 도둑놈 심보지. 숙도관 자리는 절대 안 돼! 그렇게 야금야금 어기창 기밀을 빼갈 참이더냐? 내 네놈의 그 시커먼 속을 모를 줄 알아? 야만국에서 온 이 버러지 같으니."

---

* 일본 천황을 대신하여 정무를 총괄하는 관직. 여기서 태합은 도요토미 히데요시를 일컫는다.
** 어기창 어고의 부책임자.

흥분하던 태감은 갑자기 약 기운이 도는지 픽 고개를 떨구곤 엎어졌다. 잠시 그 쓰러진 모양새를 살피던 요시다는 가지고 온 서신을 펼치고 태감의 품에서 낙관을 꺼내 찍었다.

"야만국에서 온 버러지가 이제부터 뭘 어떻게 하는지 구경만 하시지요."

요시다가 나간 뒤, 태감은 창가에 붉은 기운이 스미도록 일어날 줄을 몰랐다.

3

오후 내내 무겁게 내려앉은 하늘에 땅거미가 지는 유시酉時(오후 5시~7시)가 되자 태합은 천수각 맨 위층 사당에 올라갔다. 들창에서 쏟아지는 빛이 그의 얼굴을 불콰하게 물들였다. 그는 이 시간이 좋으면서도 싫었다. 마음을 차분히 가라앉히기에 더할 나위 없었지만, 전투력을 담금질하기엔 지나치게 감상적인 시간이라 마뜩잖았다.

태합은 주군이었던 오다 노부나가의 초상화 앞에 향을 피우고 절을 올렸다. 전국을 누비며 정복 전쟁을 벌이던 시절이 떠올랐다. 하루라도 피비린내를 맡지 않으면 밤잠을 설치던 전장에서의 숱한 날들이 주마등처럼 지나갔다. 태합은 급격하게 노화가 진행되는 자신의 모습을 반추하며, 더 늙기 전에 숙원 사업을 끝낼 수 있을지 조급해졌다.

갑자기 벽이 흔들렸다. 지진이었다. 태합은 주군의 초상화를 품에 꼭 끌어안고 바닥에 납작 엎드렸다. 벽이 좌우로 흔들리고 선반의 물건들이 쏟아졌다. 자주 있는 일이기에 특별히 동요하지 않았다. 이내 지진이 잦아들자, 오사카 대상이 들어와 목례했다. 태합은 품고 있던 초상화를 뒤집어 내려놓았다. 초상화 뒤에는 '천하포무天下布武'라는 글귀가 적혀 있었다.

"이게 무슨 뜻인지 아느냐?"

태합은 오사카 대상이 사당에 들 때마다 매번 같은 질문을 했다.

"천하를 오직 힘으로 도모하라. 그런 뜻이 아닙니까?"

"그렇지. 헌데 여전히 그 힘이 부족해 천하를 내 발아래 놓지 못하고 있으니⋯⋯."

태합이 말꼬리를 흐릴 때는 딱 두 가지 경우였다. 정말 자책하고 있거나, 궁금한 일이 있는데 속내를 드러내는 게 비루해 보일까 자제할 때였다. 오늘은 후자였다. 태합은 오사카 대상이 빨리 오기를 기다리다 못해 먼저 사당에 올라온 참이었다. 오다노부나가의 유언을 빌미로 자신의 뜻이 천하에 있음을 내비쳤고 오사카 대상이 가져올 답에 '그 시작'이 있음을 은근히 압박했다.

"요시다에게 연락이 왔습니다."

태합의 뜻을 간파한 오사카 대상이 먼저 말문을 열었다.

"오호, 연락이 왔어?"

날카로운 외양에 비해 낮고 갈라진 목소리가 방 안에 울려 퍼졌다.

"예, 태합 전하. 지금 경덕진에 각국의 성절단들이 와 있고, 만력제[*]도 성절례를 받기 위해 직접 어기창을 방문한다고 합니다.”

“만력제가 직접 온다면 어기창의 경비가 그 어느 때보다 삼엄할 텐데 가능하겠느냐?”

“그것 역시 요시다가 감안했을 것입니다.”

“허면 오늘 밤이 되겠군.”

‘오늘 밤’이라는 말에 오사카 대상은 고개를 끄덕였다. 오늘 밤을 위해, 그는 요시다를 경덕진에 보냈고 10년을 기다렸다.

“이번 일만 무사히 끝나면……..”

오사카 대상은 말끝을 흐렸지만 왠지 상기되었다. 태합은 어느새 노을이 물들어가는 오사카 성 아래 강물을 내려다보고 있었다.

4

도경 일행이 어기창에 도착했을 때는 유시 무렵이었다. 어기창 안으로 들어가려는 짐꾼들과 일꾼들의 줄은 끝도 없이 이어졌고, 몸과 짐 수색까지 통과하려면 한 시진(2시간)은 더 걸릴 듯했다.

“한 번만 봐주십시오! 한 번만 봐주십시오!”

갑자기 한 사내가 울먹이며 바닥에 엎드렸다. 수비병들이 달려들어 그의 아랫도리를 벗기자, 그의 속옷에서 보자기에 싼 무언가가 떨어졌다. 보자기를 펼쳐보던 검문장의 표정이 험악하게 일그러졌다.

“이건 소마리청[**]이 아니냐? 이것이 어기창 최고의 금료라는 것

---

[*] 중국 명나라 13대 황제.
[**] 푸른색 안료.

52

을 몰랐느냐?"

"살려주십시오! 잘못했습니다, 살려주십시오!"

필사적으로 매달리던 사내는 수비병들의 격한 발길질에 피투성이가 되어 절명했다. 다들 놀라 얼어붙었다. 검문장이 사람들을 향해 소리쳤다.

"모두 똑똑히 들으시오! 여기는 천하제일의 어기창이요, 어기창! 황제 폐하의 허락 없이는 개미새끼 한 마리도 가지고 나갈 수 없소! 만약 이 명을 어기고 무엇이라도 숨겨 나가다 발각되는 날에는 죽음뿐이오!"

절명한 사내는 입구의 나무에 깃발처럼 걸렸다. 누구도 사내를 걱정하지 않았고, 사내를 죽인 자들을 비난하지 않았다. 묵시적인 규칙대로 흘러가는 풍경들에 도경은 소름이 돋았다. 이것은 천하제일 어기창에 위협이 되는 것은 결코 용납하지 않겠다는 경고를 넘어 인간의 목숨줄도 쥐고 흔드는 거만한 권위였다.

살벌한 검문을 겨우 통과하고 어기창 안으로 들어왔을 때, 서쪽 하늘에 달무리가 보였다. 달무리에 반사된 빛이 흐릿하게 숲길을 따라왔다. 도경은 불을 밝힌 어기창의 규모에 놀랐다.

산과 산이 이어지는 자리에 구릉지가 나타나고, 구릉지가 내려앉는 곳에 울창한 숲이 드리워졌다. 숲은 물길을 끼고 지나가고, 드넓은 들판이 펼쳐지는 곳마다 장작더미와 흙더미가 산처럼 쌓여 있었다. 수십여 개의 가마와 숙소들은 마치 커다란 마을을 옮겨놓은 것 같았다.

가는 길 한편에 백 명이 넘는 도공들이 묶언 시위를 하는 것도 보였다. 도경은 잠시 누굴 찾는 듯 살펴보았지만 이내 아는 얼굴이 없는지 그냥 지나갔다.

마지막 관문인 영선소˙에 도착했을 때는 도경과 덕배, 장돌이도 지친 기색이 역력했다. 영선소 관리는 성절례에 대마도주 소우가 짐꾼을 보낸 건 처음이라며 괜히 시비조로 말했다. 의도를 눈치챈 도경은 메고 있던 봇짐을 풀어 관리 앞에 내밀었다.

명나라는 황제부터 환관, 수문장에 이르기까지 모두 뇌물을 먹여야 한다고 소우는 강조했다. 관리는 봇짐 안에 든 조선 인삼을 보고는 입을 떡 벌리더니 즉석에서 허가증에 수결手決을 해주었다. 어고˙˙에서 하례품을 받아가라고 친히 가는 길까지 알려주었다.

숲길 끝에 어고가 있었다. 숲이 울타리처럼 둘러 있어 겉에서는 잘 보이지 않았고, 마치 숲의 전령들에게 보호를 받는 것처럼 신비로운 느낌이었다. 도경과 일행은 생전에 어기창 어고를 구경한다는 기대에 한껏 상기되었다.

성절례 기간에는 각국 사절단이 황제에게 선물을 올리고 황제는 하례품을 내렸는데, 이를 받으러 오는 사람들에게 잠깐씩 어고가 공개된다고 수문장이 안내했다.

이윽고 어고의 육중한 문이 열렸다. 동시에 무겁고 싸한 공기가 밀려 나왔다. 안으로 한 발 들여놓던 일행은 눈앞에 펼쳐진 광경에 입을 다물지 못했다. 어림잡아도 1정보町步(약 3,000평)는 넘어 보이는 내부의 크기는 압도적이었다. 천장을 제외하고 사면의 벽 칸칸

˙ 어기창 관리 부서.
˙˙ 왕실의 진귀한 도자기를 모아놓은 곳.

마다 청자, 청화백자, 분청, 유채색 자기, 각종 다완과 그릇들, 다구들, 동물의 모습을 한 도자기들이 빼곡히 들어차 있었다. 한편에는 사기의 변천사를 한눈에 볼 수 있도록 별도의 전시장까지 마련돼 있었는데, 크기와 용도별로 사기의 쓰임이 자세하게 기록되어 있어 더욱 흥미로웠다.

도경은 하나하나 유심히 살펴보면서 숨이 막히고 가슴이 벅차오르는 것을 느꼈다. 왜 사기장들이 살아생전 경덕진 어기창에 가보길 소원하는지 알 것 같았다.

덕배가 부르는 소리에 정신을 차렸을 때는 어고의 부관이 나와 있었다. 부관은 도경이 건넨 허가증과 하례품 목록을 살펴보더니 잠시 기다리라는 말을 남기고 안으로 사라졌다. 도경은 왠지 부관이 낯익다고 생각하다가 낮에 경덕진 거리에서 어깨를 부딪쳤던 사내라는 것을 알아챘다. 그자가 어기창의 부관이었다니.

어고의 밀실은 황제의 하례품을 검수하는 방과 검수가 끝나고 외부로 나가기 전에 포장하는 방으로 나뉘어 있었다. 황제의 하례품 검수와 포장은 특별히 승관*이 도맡아서 했는데, 승관의 허락 없이는 누구도 어고의 밀실에 함부로 들어올 수 없었다.

밀실로 들어선 부관 요시다는 내실 쪽을 조심스레 살폈다. 밀실 구석에 자그마하게 딸려 있는 내실은 승관이 잠시 휴식을 취하거나 눈을 붙이는 곳이었다. 며칠 째 황제의 하례품을 검수하느라 밤을 샌 초로初老의 승관이 세상 모르고 잠들어 있었다. 그가 깨기 전

---

* 어고의 총 책임자.

에 모든 일을 끝내야 한다고 생각하니 마음이 조급했다. 요시다는 검수 방에 놓여 있던 하례품 중 하나를 골라 상자에 담았다. 황제의 초청을 받지 않은 성절단이나 각국의 상단엔 일괄적으로 청화백자가 내려졌다. 물에 적신 무명솜으로 청화백자 표면을 감싼 뒤 짚으로 고정시키고 사이사이에 고운 모래를 집어넣어 운반 중에 깨지거나 파손되지 않도록 고정시켰다.

요시다의 손길은 빠르고 정확했다. 마지막으로 뚜껑을 덮고 전체적으로 한 번 더 단단히 봉한 뒤, 붉은 천으로 싸맸다.

"요시다! 미친 게냐? 여기가 어디라고 함부로 들어와! 빨리 나가지 못해?"

언제 깼는지 승관이 뒤에서 다가오며 잔뜩 역정을 냈다.

"아무튼 야만국의 종자들이란!"

승관의 빈정거림에 요시다의 표정이 굳어졌다.

"야만국의 종자라……."

그 말을 되씹으며 요시다가 돌아보았다. 전에 없는 요시다의 불손한 태도에 승관은 눈을 치켜뜨며 노려보았다. 이곳 어기창에서는 태감부터 숙도관, 승관, 도공들에 이르기까지, 왜국을 도공 한 명도 없는 야만국이라고 여겼다. 야만국에서 벗어나는 길을 알려달라고 뇌물을 바치고 애원하며 매달려도 안 통했다. 그렇다면 이젠 마지막 방법밖에 없었다.

"빨리 나가지 못하겠느냐? 에잇, 버러지만도 못한 놈……."

혀를 차며 돌아서는 승관을 향해, 요시다는 묵직한 청화백자를 내리쳤다. 비명 한 번 못 지른 채 승관이 앞으로 고꾸라졌다. 그의 머리에서 흘러나온 피가 바닥에 흥건히 고였다. 요시다는 승관의 시체를 내실의 침상 밑으로 밀어버린 뒤, 바닥에 고인 핏자국을 닦았다. 모든 것을 계획한 듯 조금의 동요도 없는 모습이었다. 곧이어 벽장을 열고 미리 준비해둔 상자를 꺼내 푸른 천으로 감쌌다.

잠시 후 어고에서 나온 부관이 도경을 불렀다. 그의 손에 붉은 천의 하례품과 푸른 천의 하례품이 나란히 들려 있었다.

"하례품은 각별히 조심해서 다루게."

"네, 나으리."

"그리고 여긴 술시戌時(오후 7시~9시) 이후 외부의 통행이 금지되니 오늘은 별채 숙소에서 묵고 가고."

부관은 숙소까지 안내하겠다며 앞장섰다. 숙소 앞에 도착하자 그는 덕배와 장돌이를 먼저 들여보낸 뒤 도경에게 은밀한 제안을 했다.

"붉은 천으로 감싼 것은 황제의 하례품이니 조심해서 가져가게. 그리고 푸른 천으로 감싼 것은 개인적인 것이니, 어기창 밖으로 무사히 가지고 나가주게. 사례는 섭섭지 않게 할 테니."

어기창은 황제의 허락을 받은 물품만 반입과 반출이 가능했다. 유일하게 반출이 가능한 하례품에 뭔가를 얹어 어기창 밖으로 빼내려는 부관의 의도가 수상해 보였다. 도경이 망설이자, 부관은 허가를 받은 반출품이니 문제 될 게 없다고 강조하며 돌아섰다.

"한데 누구신지 여쭈어도 됩니까?"

"요시다 부관이네."

그 말을 남긴 채 그는 휘적휘적 멀어졌다.

요시다… 도경은 그 이름을 입안에서 되뇌었다.

"어기창에 요시다라는 놈을 각별히 조심해야 한다."

소우는 '요시다'라는 이름을 여러 번 강조했었다. 도경은 불길한 기운이 느껴지는 상자를 들고 그가 사라진 길을 따라갔지만 이미 보이지 않았다. 도경은 일단 푸른 천의 상자를 별채 앞 숲에 은밀히 숨겨두었다.

5

달무리에 밀려난 바람이 숙소의 창을 흔들었다. 벽 틈에서 스며든 찬 기운 때문에 코끝이 시리고 발끝이 저렸다. 덕배와 장돌이는 웅크린 채 잠이 들었지만 도경은 뒤척이다가 눈을 떴다. 밖에서 들리는 바람 소리에 온갖 상념들이 그를 괴롭혔다.

"그 방법이 무엇이오?"

죽지 못하고 다시 살아났을 때 도경은 소우에게 물었다. 연주를 살리는 방법. 연주와 함께 이 지긋지긋한 조선을 떠날 수 있는 방법.

소우는 성절단 짐꾼으로 가라고 했다. 조선의 사기장이라면 한 번쯤 가보고 싶은 곳이 어기창이니, 연주와 상관없이 도경에겐 거절하기 어려운 제안이었다. 그곳에서 황제의 그릇을 감정하고 파쇄한다는 신비의 인물 '풍화선사'를 은밀히 데려오면 연주와 함께 조선을 떠날 수 있도록 돕겠다고 약속했다.

"그런 일이라면 칼잡이를 쓰면 되지 왜 하필 나요?"

"칼잡이는 대가만 많이 지불하면 언제든지 신의를 저버리지만, 너는 죽을힘을 다해 네 여인을 지키려고 할 테니 더없는 적임자지."

"그게 다요?"

"불행히도 너는 스스로 양반 자리를 버리고 천한 사기장이 됐지. 이번 일을 완수하면 너와 나는 더없이 좋겠지만, 만에 하나 일이 잘못되어도 이 조선에선 천한 사기장 하나쯤 죽는다고 눈 하나 깜짝할 사람이 없거든."

도경은 더 묻지 않았다. 경덕진으로 떠나기 전날, 그는 유정스님의 산사를 찾았다. 조선에서 명나라까지 가는 길은 멀고도 험했다. 오다가다 병사病死로 죽을 수 있고 도적떼를 만날 수도 있었다. 운 좋게 살아서 경덕진에 도착한다 해도 무슨 변고가 생길지 아무도 장담할 수 없었다. 제 몸이야 이미 죽은 거나 진배없으니 이승에 일말의 미련도 없지만, 자신 때문에 충격을 받았을 스승 해동과 연주만은 꼭 챙겨 달라고 유정스님에게 부탁했다. 연주에게는 자신이 살아 있다는 것을 알리지 말아 달라는 말도 덧붙였다. 부디 이번 일을 끝내고 돌아올 때까지, 연주가 잘 버텨주기만 바랄 뿐이었다.

들창을 두드리던 바람마저 잦아들었다. 도경은 답답한 마음에 숙소를 나왔다. 함부로 어기창을 돌아다녀선 안 된다는 사실마저 잊고 발길 닿는 대로 걸었다. 풍화선사. 그를 어디서부터 어떻게 찾아야 할지 막막했다.

"전설의 인물이라고 하지. 원래는 지방 귀족이었다는 말도 있고, 조선인이라는 소문도 있어. 황제가 그 풍화선사를 보겠다고 이번 성절례에 어기창에 온다지 아마.”

낮에 경덕진 노점에서 들은 말이었다. 소문만 무성할 뿐 실체도 정체도 알 수 없는 자를 소우는 찾고 있었다. 그를 왜관요(왜관의 가마) 책임도공으로 앉힐 수 있다면, 도자기에 열광하는 포도아와 화란과의 무역에서 우위를 점할 수 있다는 게 속내였다.

걷다보니 어둠 속에 불빛이 보였다. 다가가보니 일꾼들이 야간 작업을 하고 있었다. 커다란 수비통 안에 일꾼들이 직접 들어가 질퍽한 흙 반죽을 맨발로 질근질근 밟기도 하고, 뭉쳐진 흙 반죽을 3관貫*씩 어깨에 짊어지고 건조장에 늘어놓는 모습이 장관이었다. 건조장 아래 작은 연못과 그 위로 드리워진 투명한 막은 어디서도 본 적 없는 낯설고 신기한 풍경이었다. 순간 사기장으로서의 본능이 발동한 도경은 더 자세히 보기 위해 몸을 바짝 낮추고 조심조심 앞으로 기어갔다.

“누구냐? 꼼짝 마라!”

어둠 속에서 수비병이 소리쳤다. 잠시 주춤하던 도경이 두 손을 들고 일어서자, 수비병들은 그를 포박하여 편수** 앞으로 끌고 왔다. 도경은 이제 죽었구나 하는 생각에 고개를 떨구었다.

“아니, 자네는 도경이 아닌가?”

뜻밖의 말소리에 놀라 고개를 드니 눈 앞에 이장평이 서 있었다.

“어, 어르신?”

---

* 1관은 3.75킬로그램에 해당한다.
** 어기창의 우두머리 도공.

둘은 누가 먼저랄 것도 없이 서로를 끌어안았다. 어기창 편수가 이장평이라니! 도경은 믿기지 않았다. 죽다 살아난 기분이었다.

편수 덕에 어기창을 활보하고 다닌 죄는 묻지 않았다. 외부에 발설하지 않는다는 조건으로 어기창을 참관해도 좋다는 허락까지 받았다. 도경은 조용히 물러나 이장평과 일꾼들의 움직임을 예의 주시했다. 건조장 아래 연못이 있는 것은 처음 보는 터라 몹시 신기해서 눈을 뗄 수가 없었다.

"웬 연못입니까?"

도경은 궁금함을 참지 못하고 물었다.

"조선에서는 반죽한 흙을 퇴비처럼 한곳에 모아 숙성시키지만 여긴 별도의 건조장에서 숙성시킨다."

"헌데 연못 위에 있는 투명한 저건 무엇입니까?"

"초자硝子(유리)라고 하는 투명막이다. 낮에는 저곳에 햇빛을 모아 흙을 말리고, 또 밤이면 저 아래 연못에서 수증기가 올라와 반죽이 너무 마르지 않게 해주지."

도자기는 사기장의 손끝으로 빚고 흙과 물과 불의 힘으로 완성되는 것이라 믿었던 도경은, 초자라는 작은 유리막 앞에서 그 믿음이 바래지는 것 같아 당황스러웠다. 그러면서 명나라 사람이 다 된 것처럼 여유가 넘치는 이장평이 부러웠다.

5년 전, 이장평이 경덕진에 간다고 했을 때 민요의 사기장들은 대륙의 도자기 기술을 맹종한다며 험담을 늘어놓았다. 대륙이 형식과 색채를 추구한다면 조선은 자연스런 여백의 미를 중시하기 때문에 서로 우열을 가릴 수 없다는 게 대체적인 생각이었다.

하지만 5년이 지난 지금, 도경은 이장평을 이해할 수 있을 것 같았다. 자기가 원하는 곳에서 일하며 충분히 인정받는 자의 저 당당하고 기품 넘치는 모습은 왠지 경외심마저 들었다.

"자네가 성절례 짐꾼으로 왔단 말인가?"

"네, 어르신."

"사기장이 흙을 만지고 살아야지, 그 좋은 솜씨는 어쩌고?"

이장평은 무안한 듯 미소만 짓는 도경을 잠시 측은하게 보았다.

"자네가 원하면 어기창에 자리를 마련해줄 수도 있네."

도경은 대답 대신 그의 조촐한 방 안에 일렬로 서 있는 조선 분청사기들을 한참 들여다보았다. 어기창 편수로 살면서도 대륙의 정형성을 흉내내지 않고 조선의 질박함과 단아함을 섞어보려 한다는 그의 포부가 부러웠다. 도경이 분청 하나를 들고 이리저리 살폈다.

"조선의 분청은 달빛에 비춰보면 그 진가가 달리 보이는 법이지."

이장평은 특유의 너털웃음을 흘리며 말했다. 도경은 그 말이 좀 엉뚱하다고 생각했지만 그냥 흘려들었다. 이장평은 피곤한지 연신 손으로 얼굴을 쓸어내렸다. 고역부 도공들의 시위로 야간 작업까지 하느라 피로가 쌓인 터였다.

도경은 조선으로 돌아가기 전에 다시 찾겠다는 인사를 하고 나왔다. 민요의 사기장들이 이장평 편수의 소식을 듣게 되면 어떤 반응을 보일까 궁금해졌다. 그때, 문득 이장평이라면 풍화선사에 대해 알지도 모른다는 생각에 도경은 왔던 길을 되짚어 돌아갔다.

그 시각, 어기창 수비병들은 시위 중인 고역부 도공들을 모두 잡아들이라는 태감의 명령을 받고 몰려갔다. 이장평의 숙소로 돌아가는 길, 도경은 백여 명이 넘는 도공들과 수비병들이 한데 뒤엉켜 아수라장이 된 광경을 보고 아연실색했다. 경계가 소홀해진 틈을 타 괴한들까지 침투한 터였다.

"악!"

이장평의 비명을 듣고 도경이 그의 숙소로 달려갔을 때는 거기도 이미 난장판이었다. 이장평을 납치한 괴한들은 어기창의 비밀 통로로 빠르게 이동했다. 괴한을 발견한 도경은 나무를 타고 담벼락을 뛰어넘으며 놈들을 쫓아갔다. 정신을 잃은 이장평은 경덕진에 정박 중이던 오사카 상단의 배로 옮겨졌다. 배의 갑판 위에서 상황을 살피던 요시다는 이장평을 부르며 달려오는 도경을 발견하곤 서슴없이 조총을 쏘았다. 도경은 그대로 창강으로 떨어졌다.

6

달무리를 삼킨 밤안개가 경덕진 항구를 점령하고 있었다. 안개 때문에 앞을 가늠하기 힘들었지만 요시다와 수하들은 선박들 사이를 돌아다니며 창강으로 떨어진 도경을 찾았다.

항구 끝에 정박 중인 사카이 상단의 갑판 위로 피투성이가 된 손이 올라왔다. 도경이었다. 흐릿해지는 의식을 가까스로 부여잡고 몸을 일으켰지만 몇 걸음 걷다 이내 중심을 잃고 계단 아래로 굴러 떨어졌다. 무슨 소린가 싶어 선실 밖을 내다보던 아오이가 도경을 발견했고, 직감적으로 쫓기는 자임을 알아챘다. 잠시 망설였지만 아오이는 그를 자신의 선실로 데리고 들어왔다. 물에 흠뻑 젖은 그의 몸은 돌덩이처럼 무거워 침대로 옮길 수는 없었다. 급한 대로 바닥에 눕히고 피가 흥건한 옷을 벗겨 상처를 살펴보는데, 밖에서 발소리가 들렸다.

"문을 열거라!"

문을 두드리는 목소리가 위협적이었다. 아오이는 밖의 소리에 귀를 기울였다.

"열어보라니까!"

누군가의 목소리가 더 커졌다.

"문을 열지 않으면 부수고 들어가겠다!"

문이 덜컹거리는 순간, 아오이가 문을 열고 나갔다.

"아오이……."

문 앞에 요시다가 서 있었다. 아오이를 보자 그는 당황했다. 아오이는 뜻밖이라는 듯 물었다.

"무슨 일입니까? 이 야심한 밤에 남의 상선에서."

아오이의 차갑고 담담한 말투에 요시다는 잠시 머뭇거리다가 물었다.

"혹시… 총상을 입은 수상한 자가 들어오지 않았느냐?"

"그런 자는 본 적이 없습니다."

"정말 없느냐?"

아오이의 말이 믿기지 않은 건지 아오이를 만난 것이 믿기지 않은 건지, 요시다는 종잡을 수 없는 심정을 애써 눌렀다.

"더 소란을 피우면 차두茶頭님과 아버님도 깨실 텐데 괜찮으시 겠습니까?"

아오이의 냉랭한 눈빛에 요시다는 어쩔 수 없이 물러났다.

발소리가 멀어졌다. 문을 닫고 들어온 아오이도 가슴을 쓸어내렸다. 그제야 정신을 잃은 도경의 상처를 찬찬히 살폈다. 다행히 총알은 어깨를 살짝 비켜갔다. 상처 부위를 소독하고 약초를 붙이면서 도대체 이 자는 누구이길래 요시다에게 쫓기는 것인지 호기심이 동했다. 요시다가 저리 다급하게 쫓는 걸 보면 위험한 사람이거나 중요한 사람일 것이었다. 그리고 어깨에 총상을 입은 걸 보면, 전자에 속했을 것 같았다.

요시다가 죽여야 하는 사람. 그건 쉽게 버려질 수도 있는 사람이라는 말이었다.

아오이는 왠지 스산한 마음을 안고 들창 밖을 내다보았다. 꼭 10년 만이었다. 요시다를 그렇게 보내고 꼭 10년 만.

"만약 임의 혼이라도 꿈에 다녀간 흔적이 있다면, 문 앞의 돌길이 반은 모래가 되었겠네. 임의 꽃다운 얼굴이 생각나니 나 어찌할까……."

아오이의 입에서 바람 소리 같은 수심가가 흘러나왔다. 아직도 상처가 남아 있는 건가. 자신에게 물었지만 심장이 반응하지 않았다. 그런데 왜 가슴이 아리는 걸까. 아오이의 흥얼거림은 어느새 한숨으로 번졌다.

꿈결인 듯, 잠결인 듯, 도경의 귀에도 수심가가 들렸다. 어머니의 목소리였다.

"어머니!"

도경이 눈을 떴을 때, 아오이가 커다란 눈을 깜빡이며 그를 내려다보고 있었다.

낯선 여인을 보고 놀란 도경은 몸을 일으키려다 어깨를 잡고 고통스러워했다.

"움직이시면 안 됩니다."

기모노를 입었는데 조선말을 하는 여인. 도경은 본능적으로 경계했다.

"내가 왜 여기 있는 겁니까?"

"계단에서 정신을 잃고 쓰러져 있었어요."

그제야 도경은 자신이 총을 맞고 강으로 떨어졌던 것을 기억했다.

"혹시 조선인입니까?"

"아, 아니에요. 어릴 적 유모가 조선인이어서 조금 배웠어요."

도경은 그 말이 사실인지 의심이 들었지만 일단 여기서 나가야 한다는 생각으로 힘겹게 몸을 일으켰다. 그리고 머리를 숙였다.

"살려주셔서 고맙습니다."

"지금 나가면 위험해요. 당신을 쫓는 사람이 있어요."

나를 쫓는 사람? 요시다가 여기까지 왔다는 말인가. 그런데 왜 이 여인은 위험한 걸 알면서도 나를 구해준 걸까. 도경은 그녀가 고마웠지만 더는 지체할 수 없다고 생각했다.

"언젠가 이 은혜를 갚을 날이 있을 겁니다. 혹여 저에 대해서……."

"걱정 마세요. 당신에 대해서는 아무 말도 않겠습니다."

도경은 다시 깊은 목례를 하고 나갔다.

아오이는 갑판까지 배웅하며 어둠 속으로 멀어지는 그를 내내 지켜보았다.

7

오사카 상선으로 돌아온 요시다는 아오이 생각에 잠겨 있었다. 그녀를 뒤로하고 경덕진에 온 지 꼭 10년 만이었다. 반드시 돌아오겠다고 말하지 않은 것을 두고두고 후회했지만 그녀를 마음에서 놓지 않으려고 무던히 애쓰던 세월이었다. 하지만 오늘 그녀의 담담한 눈빛 속에 담긴, 소멸돼버린 감정의 끝이 내내 걸렸다.

'그건 뭘까? 아무것도 남아 있지 않은 날들에 대한 기억일까. 원망도 그리움도 말라버린 시간에 대한 외면일까?'

요시다는 왠지 조급해졌다.

그때 무사 하나가 문을 열고 들어왔다.

"무슨 일이냐?"

"그자가 사카이 상선에서 나왔습니다."

"하례품을 운반하러 온 왜관의 짐꾼이 맞더냐?"

"네, 그런 것 같습니다."

"빨리 그자를 잡아라! 반드시 잡아야 한다! 죽여선 안 된다!"

요시다는 명령을 내린 후 변장을 하고 경덕진 거리로 나섰다. 그의 뒤로 무사들 몇이 따라붙었다. 예상대로 거리는 경계가 삼엄했다. 수비병들이 골목마다 지키고 서서 오가는 사람들의 짐과 수레를 일일이 수색하고 있었다. 요시다는 경덕진 시전이 한눈에 보이는 염료 가게 2층에 몸을 숨겼다. 그곳은 오사카 상단이 은밀히 운영하는 가게였다.

거리는 조용했다. 이따금 떠돌이 개가 고양이를 쫓느라 잠시 소란스러웠지만 이내 사위는 정적에 휩싸였다. 조심스럽게 골목을 살피는데 긴 그림자가 벽에 스치는 것을 보았다. 도경이 모습을 드러냈다. 수비병들이 쫙 깔려 있는 것을 보고는 잠시 머뭇거리는 것 같았다. 요시다의 지시를 받은 무사들이 가게 뒷문으로 조용히 나갔다. 신속하게 도경을 덮칠 계획이었다.

도경은 골목 끝을 살피다가 2층 염료 가게에 있는 요시다를 보았다. 요시다는 얼른 몸을 낮췄지만 도경이 자신을 본 것 같아 긴장했다.

"여기요!"

도경이 갑자기 두 손을 번쩍 들고 소리쳤다. 수비병들이 달려와 그를 포박했다. 의도적인 자수였다. 요시다는 그가 왜 그런 판단을 내렸는지 짐작할 수 있었다. 자신에게 붙잡히는 것보다 차라리 어기창을 함부로 돌아다닌 죄를 받고 이장평이 납치된 과정을 소상히 고하겠다는 계산 같았다. 도경은 수비병들에게 끌려가며 2층 염료 가게를 돌아보았다. 요시다는 그가 만만한 상대가 아니라는 것을 직감했다.

어기창 지하 감옥으로 끌려온 도경은 이장평을 납치했다는 누명을 쓰고 고문을 받았다.

"어고 밀실에서 승관의 시체가 발견되었고, 시위 중인 고역부 도공들을 잡아들이라는 나의 거짓 명령서도 발견되었다. 정말 이 일에 대해 아는 바가 없다는 거냐?"

태감은 실성한 듯 날뛰며 소리를 질렀다. 도경은 도대체 무슨 말인지 알 수가 없었다.

하지만 태감의 분노는 도경에게 있는 게 아니었다. 그날 요시다 가 화연각으로 찾아왔을 때 너무 방심했던 게 낭패였다. 그놈이 술 에 약을 타고 정신을 잃게 만든 후 낙관을 찍은 게 분명했다. 언젠 가는 놈이 뒤통수를 칠 거라 예상했지만 이렇게 대책 없이 당할 줄 은 몰랐다. 정신이 아득하여 어디서부터 어떻게 수습해야 할지 막 막하기만 했다.

"승관을 죽인 자가 누구냐? 이장평을 납치한 자가 누구냐? 요시 다냐? 허면 네놈은 요시다와 한패냐? 하례품을 받는 것처럼 위장 하여 감히 어기창에 침입했느냐?"

"아닙니다, 태감 나으리. 정말 아닙니다. 믿어주십시오."

"믿어 달라? 헌데 네놈이 어찌 명나라 말을 할 줄 아느냐?"

"조선에서 조금 배웠습니다."

하례품을 받으러 온 짐꾼으로만 생각했던 자가 명나라 말을 유 창하게 하자 태감은 더욱 의심스러웠다. 태감은 뭔가 단서라도 잡 은 듯 야비한 미소를 지으며 다시 물었다.

"허면 그 야심한 밤에 어기창은 왜 활보하고 다닌 것이냐?"

"그건… 그저 너무 답답해서……."

"뭐라? 답답해?"

채찍이 곧장 도경의 등판에 내리꽂혔다. 수십 번, 채찍이 도경 의 등에서 춤을 추었다. 피범벅이 된 도경은 극심한 고통 속에서도 소리쳤다.

"저는 대마도주 소우의 심부름을 왔을 뿐입니다! 이장평 편수와는 조선에 있을 때 같은 가마에서 일한 사이요. 그것뿐입니다!
믿어주시오!"

태감에게 도경의 결백은 중요하지 않았다. 설령 그가 이장평 납
치와 전혀 상관이 없다 해도, 승관을 죽인 요시다와 모르는 사이라
해도 상관없었다. 이 일이 빌미가 되어 황제가 책임을 물을 경우를
대비해 누군가 희생양이 필요할 뿐이었다. 누명을 씌울 누군가가
필요했다.

"뭐가 되었든 상관없다. 넌 지금 이 순간부터 요시다와 한패인
것이다."

"전 아닙니다. 아닙니다!"

"저놈을 당장 거꾸로 매달아라!"

발악하는 도경은 거꾸로 매달린 채, 정신을 잃을 때까지 매질을
당했다.

8

명나라 황제 만력제가 성절례를 받기 위해 경덕진에 도착했다.
황제의 행렬이 지나는 거리는 그 어느 때보다 경비가 삼엄했다.
어기창 수비병들은 아직 잡지 못한 요시다의 행방을 수소문하느
라 분주했다. 태감은 성절례 기간 동안 요시다가 무슨 일이라도
벌일까 노심초사했다.

만력제 곁에는 어린 후궁 귀빈이 동행했다. 황제는 곧 다가올
귀빈의 생일에 특별한 도자기를 선물하고 싶어 했다. 그런데 그 특

별한 도자기를 빚을 이장평이 감쪽같이 사라졌으니, 며칠을 뜬눈으로 보낸 태감은 한껏 초췌해진 모습으로 황제 내외를 맞았다.

궁중가악대의 연주가 펼쳐지고, 어기창 연회장 상석에 황제 만력제와 귀빈이 착석했다. 태감의 안내에 따라 각국의 사절단과 상단의 행수들이 황제에게 진상품을 올리기 위해 차례차례 인사를 올렸다. 조선에서 온 성절단과 만상, 송상의 행수들도 보였다. 그 뒤로 도요토미 히데요시가 보낸 사절단인 차두 센 리큐와 사카이 대상 히사다, 그의 딸 아오이도 있었다. 히사다는 사카이 상단의 무용단까지 데려와 감축 연회무*를 선보였고, 센 리큐는 직접 말차를 타 시음회까지 열었다.

성절례에는 지하 감옥을 지키는 수비병들에게도 술이 내려졌다. 얼큰하게 취한 수비병들은 어느새 곯아떨어졌다.

잠시 후 요시다는 수비병의 복색을 하고 지하 감옥으로 잠입했다. 고문으로 망신창이가 된 도경은 목에 차갑고 날카로운 것이 닿는 느낌에 눈을 떴다.

"…요시다!"

도경의 입에서 신음 같은 말소리가 흘러나왔다.

"도대체 네놈의 정체가 무엇이냐? 소우의 간자냐?"

"이… 이장평 편수는?"

"내가 맡긴 하례품 상자는 어디 있느냐?"

"이장평 편수는 어디 있어?"

---

* 연회 때 추는 춤.

도경의 목소리가 밖으로 새어 나갈까 요시다는 칼날을 세워 겨누었다. 이내 도경의 목에서 피가 배어 나왔다. 도경의 비명이 신음 소리처럼 흘러나왔다.

간밤에 어기창의 비밀통로로 몰래 들어온 요시다는 도경이 묵고 있는 숙소에 은밀히 숨어들었다. 도경의 일행인 덕배와 장돌이마저 끌려가 고문을 받고 있어 숙소 안은 텅 비어 있었다. 푸른 천으로 감싼 하례품을 찾기 위해 이들 일행의 짐 보따리를 샅샅이 뒤졌다. 도경의 봇짐 속에서 풍화선사에게 전하는 소우의 편지를 발견했고, 요시다는 도경이 소우의 간자라고 생각했다.

풍화선사에 대해서는 요시다도 말만 들었지 본 적은 없었다. 어기창에 온 지 10년이 넘었지만 풍화선사는 그동안 모습을 드러낸 적이 한 번도 없었다. 그런 자를 부산 왜관의 지주이자 대마도주 소우가 탐낸다는 게 의아했다.

"이장평은 어디에 있느냐?"

"차라리 살려 달라고 해봐! 어차피 이제 이장평이 없으니 황제의 흠한欽限*을 받을 사람은 없다. 결국 넌 이장평을 죽였다는 누명을 쓰고 참담하게 도륙당하겠지. 그것보다는 내게 협조해 살 방도를 찾는 게 나을 텐데."

"이장평은! 이장평은 무사한 것이냐?"

"도대체 네놈이 여기에 온 목적이 무엇이냐? 하례품 상자는 어디에 있느냐?"

---

* 황제가 어기창 도공에게 내리는 도자기 주문서.

"이장평은 어디에 있느냐고!"

도경의 태도에 기가 질린 요시다가 칼을 치켜든 순간, 밖에서 고함소리가 들렸다.

"침입자다!"

수비병들이 지하 감옥으로 몰려오고 있었다. 다급해진 요시다는 감옥의 뒷문으로 빠져나갔다.

그 시각 태감은 연회장에서 황제로부터 황주皇酒를 받아 연거푸 들이켜고 있었다. 이미 불콰해진 얼굴로 각국 성절단의 자리를 돌며 주거니 받거니 하느라 이장평이 실종된 사실마저 잊고 있었다. 수비병 하나가 다가와 지하 감옥에 침입자가 나타났다고 은밀히 전하는 순간, 기어이 사달이 났다는 생각에 술이 확 깼다. 혹여 황제가 눈치챌까 조용히 연회장을 빠져나와 서둘러 지하 감옥으로 왔다. 이미 몰려와 있던 영선소 관리들은 술내를 풍기는 태감을 못마땅한 듯 쳐다보았다.

"태감 나으리, 요시다가 어기창을 활보하고 다니는데 지금 한가하게 술이나 마실 때입니까?"

관리 하나가 따지고 들었다.

"그럼 자네는! 황제께서 내리시는 것을 마다하겠나? 꺽!"

태감은 딸꾹질을 할 때마다 휘청거리는 몸을 벽에 비스듬하게 기댔다.

"황제께서 곧 이장평 편수를 들라 하실 텐데 도대체 누가 흠한을 받을 것입니까? 이편수가 없어진 사실을 황제께서 아시는 날엔 우리 모두 죽은 목숨이 아닙니까?"

"누가 그걸 모르나? 꺽! 나도 답답해 미칠 노릇이야, 나도! 꺽!"

"이게 다 그 요시단가 하는 놈 때문이 아닙니까? 그런 놈을 처음부터 어기창에 들인 사람이 누굽니까? 태감 나으리가 아닙니까?"

"해서? 꺽! 내가 그놈과 한패라도 된다는 말인가? 꺽!"

"아니라는 증거가 있습니까?"

"뭐라? 이놈이!"

흥분한 태감이 관리의 멱살을 잡았다. 관리도 참지 않고 태감의 앞섶을 잡고 악다구니를 쓰다가 중심을 잃고 함께 넘어졌다. 다른 관리들까지 나서서 둘을 말리느라 난장판이 되었다.

"제가… 제가 그 흠한을 받겠습니다!"

도경이 외치는 소리에 다들 황당하다는 듯 쳐다보았다. 관리와 엉켜 있던 태감이 힘겹게 몸을 일으키더니 어이없다는 듯 코웃음을 쳤다.

"네놈이 지금 무슨 말을 지껄이는 것이냐? 그게 가당키나 한 일이냐? 감히 대국의 어기창을 어떻게 보고. 네놈이 조선에서 사기장이었다고는 하지만 그 알량한 재주로 감히 황제를 속이겠다고?"

"그건 황제께서 판단하실 것입니다."

"뭐라?"

"저는 이미 죽기를 각오했습니다. 이렇게 억울하게 죽으나 흠한을 받고 죽으나 마찬가지이니, 제가 할 수 있도록 허락해주십시오."

태감은 이 황당하고 맹랑한 말을 하는 자를 뚫어지게 쳐다보았다. 그의 말대로 죽기를 각오한 그 눈빛 속에 담긴 무언가가 태감을 동하게 만들었다. 어차피 황제는 이장평의 얼굴을 모르니 누구라도 이장평으로 위장하면 그만이었다. 혹여 이자가 운 좋게 황제의 흠한을 만족시키면 그것을 자신의 공으로 만들면 되는 것이고, 황제를 실망시킨다고 해도 자신과는 무관한 일이니 손해 보는 장사는 아니었다. 영선소 관리들은 있을 수 없는 일이라고 핏대를 세웠지만, 태감은 오히려 뒤탈을 없애기 위해 이장평이 납치된 사실을 아는 자들을 감옥에 가두는 무리수까지 썼다.

아아, 가마의 여신이여!

1

"니 이제 우짤라고 이카노?"

피멍이 든 도경의 등판에 약초를 붙이다 말고, 덕배가 울컥해 소리를 질렀다.

"그래, 니 솜씨 내도 인정한다. 그래도 그건 조선에서나 먹히는 소리지, 여어가 어디고? 여어는 천하제일 어기창이다, 어기창! 니 지금 이게 말이 된다고 생각하나? 니 하나 객기 부리자고 한 말에 우리 모두 다 절단나면 누가 책임지는데, 어?"

"어차피 죽기 아니면 까무러치기야."

"뭐라카노? 이기 지금 미칫나?"

미치고 싶었다. 도경은 정말 미치지 않고서는 이 상황을 버틸 수가 없었다. 도대체 무엇 하나 말이 되는 게 없었다.

"돌에 맞고도 산 놈이 무슨 짓을 몬하노?"

장돌이까지 합세하여 도경을 비난했다.

"그렇게 살아났으니, 살려준 이유가 있겠지."

도경은 자조적으로 읊조렸다. 양반의 운명을 저버리고 천한 사기장이 되었으니 그 대가를 치러야 한다면 치러야겠지. 죽어서 갚는 게 아니라 살아서 처절하게 갚으라고 하면 그래야겠지. 그렇게라도 연주와 이 지긋지긋한 조선을 떠날 수 있다면 도경은 무엇이든 다 할 작정이었다.

다음날 태감은 도경에게 목욕재계를 시키고 편수의 옷을 입혔다. 황제 앞에 나갈 때의 몸가짐과 걸음걸이는 물론 말투와 시선까지 상세히 일러주었다. 황제가 이장평 편수의 분청사기에 반해 오래전부터 그를 만나보고 싶어 했다는 말도 전했다. 다행히 아직 그의 얼굴을 본 적이 없으니 주눅 들지 말고 자연스럽게 묻는 말에 대답만 잘하면 된다고 거듭 당부했다.

"황제께 흠한을 받으면 곧 필요한 태토와 유약과 장작이 주어질 것이다. 그리고 황제의 다완만 굽는 특별 가마로 안내될 것이야. 그곳에서 흠한이 완성되는 3일 낮밤 동안은 밖으로 나올 수 없다. 먹을 것은 하루 세 번 제공될 것이고, 별도의 숙소에서 자게 될 것이다. 네놈을 감시할 수비병이 항시 따라다닐 것이니 허튼 수작은 안 하는 게 좋겠지?"

"네. 헌데 태감 나으리, 태토는 제가 직접 고르게 해주십시오."

"직접? 태토야 충분히 마련돼 있는데 특별히 그래야 할 이유가 있느냐?"

"사기의 기본은 흙이니까요."

"내가 알기로 사기는 물과 불과 흙의 조화라고 하던데?"

"흙은 물길을 막고 불길을 덮지요. 흙의 성질이 그 물과 불을 다루지 못하면 온전한 사기를 빚을 수 없습니다."

"흙의 가치를 논하다니, 제법이구나! 좋다!"

태감은 도경을 다시 쳐다보았다. 대충 시간이나 때우는 것으로 위기를 모면할 생각은 추호도 없어 보이는, 죽기를 각오한 저 눈빛에 안심이 되었다.

황제와 귀빈은 벌써부터 연회장 상석에 자리를 잡고 앉아 있었다. 태감은 황제에게 도경을 이장평 편수라고 인사시켰다.

"오호, 이 편수! 그동안 편수가 올린 사기들을 보고 내 얼마나 그대를 보고 싶어 했는지 아느냐?"

"황공하옵니다, 폐하!"

황제는 마치 오랫동안 그리워하던 연인을 만난 듯 상기되었다. 황제의 소개로 도경은 각국의 성절단과도 인사를 나누었다. 조선의 성절단과 만상, 송상의 행수들은 어기창 편수가 조선인이라는 사실에 놀랐다. 태합의 차 선생 센 리큐도 황제의 총애를 한몸에 받는 조선인 편수를 유심히 보았다. 도경은 사절단에 목례를 하다가, 한편에 서 있는 아오이를 보고 놀랐지만 애써 모른 척했다. 아오이는 도경이 어기창 편수라는 사실에 매우 흥미로운 눈빛이 되었다. 그녀는 도경에게 직접 차를 대접하며 은근슬쩍 귓속말을 했다.

"이렇게 무사하시니 다행입니다."

도경은 잠시 목례하는 것으로 대답을 대신했다.

"편수!"

"네, 폐하."

"내 이번 성절례 흠한은 우리 귀빈에게 맡길 참이네."

"하명하여 주시옵소서."

새초롬한 눈매의 귀빈은 도톰한 입술을 씰룩거리며 도경을 훑어보았다.

"저자가 정말 폐하께서 침이 마르도록 칭찬하시는 그 도공입니까?"

"그렇소. 귀빈의 마음에도 들 것이오."

귀빈은 황제의 안목을 잠시 의심하는 듯했지만 이내 도도한 표정을 지으며 말을 이었다.

"편수."

"네, 마마."

"여인을 사모하는 사내의 마음을 빚어줄 수 있겠느냐?"

도경이 머뭇거리자 귀빈은 다시 강조했다.

"나를 생각하시는 폐하의 마음까지 담는 것이니 각별히 성심을 다해야 할 것이다."

"네, 마마. 성심을 다하겠습니다."

도경은 사대부 집안의 제기며 혼인 예물로 장만하는 온갖 사기를 다 빚었다. 그것은 사기의 목적이 분명한 주문이었다. 이를테면 조상을 잘 모시기 위한 사대부들의 명분이 담겨 있거나, 가문의 위세를 보여주려는 과시욕이 뚜렷했다. 하지만 사기에 마음을 담아달라는 것이 생소하여 생각이 복잡해졌다. 도경의 눈치를 살피던 태감은 이미 글렀다는 듯 혼자 고개를 저었다.

　황제는 귀빈의 흠한에 조선의 분청을 입혀 달라고 특별 주문까지 했다. 평소 도자기에 대해 안목이 높다고 자부하는 만력제는 정형미가 강조되고 강렬한 색채 일색인 명의 자기를 질색했다. 황제의 격조 높은 안목을 맞출 수 있는 것은 오직 이장평 편수뿐이라며 태감은 한술 더 떴다.

　황제의 다완을 위한 특별 가마는 어고에서 그리 멀지 않은 곳에 있었다. 그곳으로 도경을 끌고 온 태감은 어기창에서 본 것을 어느 것 하나 함부로 발설하면 죽음을 면치 못할 거라고 협박했다. 금료를 숨겨 나가던 사내를 처참하게 죽이는 것이 어기창의 권위를 지키는 것이니, 조선의 천한 사기장 하나 죽이는 것쯤은 일도 아니었다.

　도경은 태감의 협박을 흘려들으며 눈앞에 펼쳐진 가마에 온통 정신을 빼앗겼다. 가장 눈에 띄는 것은 돌가마였다. 조선에서는 흙가마를 사용했던 터라 생전 처음 보는 돌가마에 도경은 흥분되었다. 태감은 바람이 사방에서 불고 눈비가 잦은 탓에 흙가마 위에 돌을 쌓는 것이라고 말했다. 돌의 모양은 일정하지 않았지만 무겁지도 가볍지도 않은 걸로 봐서 현무암이었다. 여긴 화산지대도 아닌데 현무암을 사용했다면 분명 어딘가에서 공수해왔다는 뜻이었다. 흙가마는 밖에서 들어오는 공기를 자연스럽게 흡수해 가마 안 열기를 지속시켜주는데 용이했다. 돌가마는 자칫 밖의 공기를 차단할 수도 있지만, 현무암이라면 표면에 미세한 구멍이 뚫려 있어서 공기가 드나들 수 있었다. 외부 환경에 구애받지 않고 가마 안 열기를 온전히 지킬 수 있는 최적의 가마인 셈이다. 도경은 돌가마를 만져보면서 새삼 상기되었다.

"반드시 목숨을 걸고 흠한을 완수해야 할 것이다! 아니면 넌 죽은 목숨이야!"

태감은 시종일관 도경을 협박했다.

"못하겠으면 지금이라도 못하겠다고 해도 된다."

"허면 태감 나으리도 무사하지 못할 게 아닙니까?"

"뭐라? 지금 네놈이 내 목숨줄까지 쥐고 있다는 뜻이냐?"

그 말에 도경은 대답하지 않았다. 전혀 동요하지도 불안해하지도 않았다. 물론 자신만만한 표정도 아니었다. 자신의 운명이 자신을 어디로 끌고 갈지 그도 알 수 없었다. 다만 지금은 불속으로 뛰어드는 나방처럼 죽기를 각오할 수밖에 별 방도가 없다고 생각했다. 덕배와 장돌이도 흠한을 빚는데 동원되었다. 둘은 일이 잘못되면 죽은 목숨이라며 불안에 떨었다.

2

어기창은 멀리서 보면 세 개의 산줄기가 내려앉은 형국이었다. 내려앉은 자리마다 들판을 이루고, 들판을 따라 부채살처럼 펼쳐지는 곳에 낮은 구릉지와 허리를 감싸고 도는 강줄기가 따라붙었다. 물기를 빨아들인 땅의 기운을 업고 모여든 습지와 울창한 숲은 가마터로는 최적의 자리였다. 그중에서도 도경은 침엽수림을 눈여겨보았다. 큰 잎에 수분을 한껏 머금은 활엽수는 오히려 나무의 질이 퍽퍽하고 뿌리를 박고 있는 토양도 퍼석했다. 하지만 땅의 기운과 습기를 조금씩 머금어 올리는 침엽수는 가지와 줄기에 골고루 물기를 품고 있어서 땔감으로도 적당했고, 뿌리를 보듬고 있는 흙은 더없이 촉촉하면서도 부드럽고 향긋했다.

도경은 길고 곧게 뻗은 나무 사이사이를 반나절 이상 돌아다니며 땅을 밟아보았다. 숲의 허공에서 떨어지는 햇살을 따라 자리를 옮기기도 하고, 그 땅과 가장 가까운 곳으로 흘러가는 계곡의 물길을 유심히 살펴보기도 했다.

"아 정말! 니 여어 놀러왔나?"

도경의 뒤꽁무니만 졸졸 따라다니던 덕배는 도저히 이해할 수 없다는 투로 소리쳤다.

"조선의 분청사기는 흙이 중요해."

"흙이 중요한 게 어디 분청뿐인가?"

"여기처럼 낮과 밤의 온도 차가 크고 낮에도 습한 곳에서는 태토의 질이 보기와 다를 수 있어. 태토에 백토를 입혀야 하는 분청은 그래서 흙이 더 중요해."

도경의 말소리가 숲의 바람결에 흩어졌다. 덕배와 장돌은 잔뜩 인상을 쓰고 그를 노려보았다. 도경이 발아래를 내려다보았다.

"비가 그친 숲으로 햇살이 비칠 때, 빗물이 너무 빠르지도 느리지도 않게 스며든 그 흙 아래를 조심스럽게 살펴봐야 돼."

도경이 갑자기 춤을 추듯 땅을 밟고 다니다가 흙 한 줌을 퍼서 상태를 살피고 냄새를 맡았다.

"빗물이 다 스며들었는데도 발자국이 남아 있어야 흙이 단단하면서도 부드러운 거야. 또 냄새를 맡아서 고소한 내가 나는 것이 상품上品이지."

스승 해동의 말이었다. 흙에서 약한 개암 냄새가 나면서도 어딘가 향긋한 기운이 올라왔다. 도경은 흡족한 미소를 지었다. 덕배와 장돌은 그 흙을 퍼 날랐다. 음지에서 하룻밤 숙성시키고, 반죽을 하고, 다시 발효를 시켜 틀 위에서 모양을 잡았다. 적당히 말린 것을 백토로 분장하고 유약을 입혀 다시 그늘에 말린 뒤 가마 안에 넣고 불을 때는 시간이 계속되었다.

도경에게 주어진 마지막 3일째의 밤이 깊어가고 있었다. 가마 화덕 속 벌건 불이 맹렬히 타올랐다. 낮밤을 새느라 덕배와 장돌이는 잠에 곯아떨어졌다. 도경은 거세게 타들어가는 가마 속 불길을 보며 우두커니 앉아 있었다. 어쩌다가 여기까지 와서 이런 신세가 되었는지 자신도 모르게 헛웃음이 나왔다. 어디서부터 꼬이게 된 것인지 가늠할 길이 없었다. 어머니가 집을 나간 그 순간이었는지. 어머니를 찾으러 집을 나온 그 순간이었는지. 아니면 연주와 함께 미래를 꿈꾸고 턱없는 욕심을 부린 그 순간이었는지. 도경은 도대체 알 수 없는 운명에 스스로 주저앉게 될까 두려워졌다.

"…임의 꽃다운 얼굴이 생각나니, 나 어찌할까……."

도경의 읊조림이 어느새 어머니의 노랫소리로 바뀌어 내내 귓가를 맴돌았다.

3

그날 어머니는 하루 종일 수심가를 불렀다. 도경은 가슴이 두근 거렸다. 잠시 한눈을 파는 사이 어머니가 사라지기라도 할까 무서워서 일부러 그 품을 파고들었다.

"열 살이나 먹은 녀석이 에미 젖을 먹으러 왔느냐?"

아들을 품에 안고 미소 짓는 정부인貞夫人*의 눈가에 눈물이 고였다.

밤이 깊자 정부인의 수심가가 멈췄다. 잠든 아들을 아랫목에 눕힌 뒤 미리 싸둔 보따리를 들고 일어섰다. 잠시 어린 아들을 돌아보았지만, 이내 방문을 열고 바람처럼 나갔다. 다음날 어머니의 부재를 알게 된 도경은 동네 어귀까지 달려나가 울부짖었다.

"돌아오지 않을 것이다."

아버지 도윤수는 어린 아들에게 매몰차게 말했다. 이 모든 일은 어차피 정해진 수순이라는 말투였다. 왜 어머니가 돌아오지 않는다는 것인지 아버지에게 따져 물었다.

"그게 네 어머니다."

그게 네 어머니다. 도경은 풀 수 없는 문제를 받아 쥔 것처럼, 그 말에 매달려 10년을 버텼다. 그리고 어머니처럼, 바람처럼, 집을 나왔다. 아버지는 추노꾼을 풀어 도경을 끌고 왔다. 도경은 더 이상 가문을 더럽히지 말라는 아버지의 말에 발끈하여 대들었다.

---

* 정이품 문무관 아내에게 주어지던 봉작.

"가문! 가문! 가문! 그 가문을 지키기 위해 어머니를 버리신 겁니까?"

"이놈!"

순간 도경의 뺨이 화끈했다. 도윤수의 오른손이 허공에서 떨렸다.

"만약 또다시 저를 잡으려 하시면, 전 그 자리에서 죽어버릴 것입니다!"

도윤수는 멀어지는 아들을 보며 그 자리에 주저앉았다. 도경은 돌아보지 않았다. 가능한 더 멀리 달아나야 한다고 생각하며 이를 악물었다.

수소문 끝에 도착한 곳이 해동의 민요였다. 도경의 유모가 알려준, 어머니의 마지막 행적이 거기였다. 하지만 어머니는 거기 없었다. 어디로 갔는지 아무도 알지 못했다. 방향을 잃어버린 도경은 일단 거기서 어머니를 기다려보기로 했다. 잡일이라도 하겠다고 버텼지만 사기장이 아니면 받아줄 수 없다고 했다. 사기장이 되겠다고 했더니 해동 민요의 사기장들은 모두 코웃음을 쳤다. 어디서 굴러먹던 놈이 포악을 부리냐며 멱살을 잡힌 채 끌려 나갔다.

하지만 해동은 도경이 죽지 못해 살 자리를 찾아왔음을 알았다. 제 어미가 여기서 잠시 사기장을 했다는 말을 듣고 무작정 어미의 행방을 찾아왔을 거라고 짐작했다. 도경의 그 마음을 헤아린 듯, 해동은 정부인이 남긴 도자기 하나를 건네주었다. 어느 날 바람처럼 왔다가 그 사발 하나만 남기고 갔다는 해동의 말에, 도경은 투박한 분청사기를 품고 멍한 사람처럼 며칠을 앉아 있었다.

그때 해동의 제자였던 이장평은 그에게, 사기장의 운명인지 아

넌지는 오직 네 자신의 몫이라고 했다.

도경은 해동의 민요에서 흙을 나르는 일부터 시작했다. 다른 사기장들은 양반이 왜 자청해서 천한 사기장질을 하느냐고 도경을 괴롭히고 못살게 굴었다.

한번은 도경이 나무를 하러 갔다가 산에서 굴러 사경을 헤매다 깨어난 적이 있었다. 그때 해동은 왜 사기장이 되려 하는지 물었다.

"그냥요, 그냥 좋아요… 흙이 손가락 사이사이 파고드는 촉감도 좋고, 잿물을 만들 때 그 향도 좋고요, 불 속에서 다시 태어나는 그릇처럼……."

그릇처럼 자신도 다시 태어나고 싶다는 말은 혀 속에 묻었다. 해동은 그만두라는 말도, 열심히 하라는 말도 하지 않았다.

몸을 회복한 도경은 닥치는 대로 가마 일을 도왔다. 그러던 어느 날, 맹렬하게 불기운이 번져가는 가마 앞에서, 스승이 밤새 두 손 모아 기도하는 모습을 보았다. 가마의 여신에게 올리는 기도라고 했다.

"사기는 물과 불과 흙과 사기장의 정성이 들어가야 하는기라. 허나 가마의 여신이 도와주지 않으면 좋은 그릇을 못 얻는 기라."

해동의 말은 이상하게 도경의 심장을 뛰게 했다. 그럴 때마다 꿈결에 가마의 여신이 뿌연 안개 속에서 그를 쳐다보다 사라졌다.

"인생이란 한바탕 꿈이요, 세상의 명성은 부질없으니, 시냇가의 푸른 버들은 날이 갈수록 푸르게 변하고……."

해동의 민요에 온 지 벌써 5년이 지나고 있었다. 사기장 일이 조금씩 손에 익어갈수록 어머니의 수심가는 도경의 수심가가 되었다.

아침나절 내내 도경은 가마 안에 들어가서 수심가를 흥얼거리며 청소를 하고 있었다. 투시공(환기 구멍)을 열고 공기를 뺀 뒤 여기저기 늘어져 있는 사기 조각들을 줍고 칸마다 단의 균형이 흐트러지지 않도록 정리하고 있었다. 문득 인기척이 느껴져 돌아보니 웬 여인이 가마 안을 들여다보다가 도경과 눈이 마주치자 재빨리 사라졌다. 밖에서 스승님이 부르는 소리에 나가보니, 내상의 대행수 강헌과 좀 전에 본 그 여인이 서 있었다. 여인은 내상 대방의 수양딸 송연주라고 했다. 단아하지만 기품이 느껴지는 여인이었다.

최근 왜관에서 해동의 민요에 사기를 주문했는데, 내상이 중개자가 되어 개시대청에 내놓을 사기 목록을 정하러 왔다는 것이다. 대행수와 해동이 구체적으로 거래 계약을 의논하는 사이, 도경은 송연주를 가마의 전시장으로 안내했다.

여인을 대하는 것이 어색하여 도경은 말없이 앞장섰다. 그녀는 전시장 입구에 아무렇게나 쌓여 있는 사기들에 대해 물었다. 주로 표면에 흠집이 나거나 모양이 변형된 것으로 깨트리거나 버린다고 하자 그녀는 몇 점 가져가도 되는지 넌지시 물으며 쳐다보았다. 그 눈빛에 도경은 귓불이 벌게져 그저 고개만 끄덕였다.

며칠 뒤 도경은 사기의 주문장을 받기 위해 내상을 찾았다. 집사는 대방의 수양딸에게 주문장을 받아가라고 했다. 도경은 송연주를 찾아 뒷마당 쪽으로 갔다. 황령산의 끝자락이 내려앉은 뒷마당은 숲으로 이어져 있었다. 울창한 숲길을 따라 걷다가 그녀를 보았다. 땅을 파고 뭔가를 묻고 있었는데 자세히 보니 며칠 전 가져간 사기였다. 사기를 일정한 간격으로 땅에 묻고는 그 안에 물을 가득 채웠다. 그녀가 도대체 뭘 하는지 도경은 흥미롭게 지켜보았다.

휘리리. 휘리리. 그녀가 휘파람을 불자 숲 여기저기서 사슴과 노루가 모습을 드러냈다. 그런데 사슴과 노루의 모습이 조금 이상했다. 앞발을 다쳐서 절룩거리거나 몸 곳곳이 상처투성이었다. 송연주가 살짝 자리를 비켜주자 녀석들이 조심스레 다가오더니 사기에 담긴 물을 마시며 그렁그렁 소리를 냈다. 나무 위에서 쳐다보던 다람쥐도 슬쩍 내려와서 물을 마시다 사라졌고, 숲을 떠도는 야생고양이도 주위를 살피다가 물을 마시고 털을 핥으며 쉬었다 갔다. 동물들이 어찌나 맛나게 물을 마시는지, 도경은 혹시 사기 안에 꿀이라도 발랐나 싶어서 안을 들여다보았다.

"여기서 뭐 하세요?"

돌아보니 송연주가 뒤에 서서 미소를 짓고 있었다.

"아… 저기 주문장을 받으러 왔는데 여기 계시다고 해서……."

도경이 말끝을 흐리자 그녀는 소매부리에서 주문장을 꺼내 건네주었다.

"헌데 숲에 계곡도 있고 샘도 있을 텐데 왜 굳이 사기에 물을 담아서 묻어두는 것이오?"

도경이 주문장을 받으며 물었다.

"산짐승들이 두려워하는 것이 무엇인지 아십니까?"

도경의 물음에 연주는 오히려 되물었다.

"글쎄요."

"불이랍니다. 산을 온통 잿더미로 만들 수 있는 불이요. 그럼 그것보다 더 두려워하는 것이 무엇인지 아십니까?"

"글쎄요."

"흙입니다. 산사태가 나서 흙이 산길을 막으면 동물들은 가족과
도 헤어져서 구슬피 운답니다. 허면 그보다도 더 두려워하는 것이
무엇인지 아십니까?"

"……."

"그건 물입니다. 알고 보면 이 산의 짐승들은 먹이가 부족해서
죽는 것보다 물을 마시지 못해 죽는 경우가 더 흔한 일입니다. 숲
에도 동물들의 영역이 따로 있어서 약한 것들은 맹수들이 지키는
계곡이나 샘터에 감히 접근하지 못하고 참다가 죽어가지요. 아까
그 녀석들처럼 계곡에 갔다가 큰 상처를 입기도 하고요."

불과 흙과 물이 산짐승들에게 가장 두려운 것이었다니. 도경은
믿기지 않는다는 듯 비식 웃었다.

"왜 그렇게 웃으십니까?"

"산짐승들에게 두려운 불과 흙과 물이 정작 사기를 빚는데 가장
필요한 것이라서요. 세상 이치가 참 알 수 없다는 생각이 듭니다."

"그럼 불과 흙과 물만 있으면 최상의 사기를 빚을 수 있단 말입
니까?"

"아니, 또 한 가지가 있어야 하지만……."

"또 한 가지? 그게 무엇입니까?"

그 순간 후드득 소나기가 쏟아졌다. 도경은 자신도 모르게 그녀
의 손을 잡고 근처에 있는 나무 아래로 달려갔다. 잠깐이었지만 거
센 빗줄기에 둘은 흠뻑 젖었다. 연주가 무안한지 도경의 손을 밀어

냈다. 하지만 도경은 기분이 나쁘지 않았다. 좁은 나무 그늘 아래 그녀와 바짝 붙어 앉아 있자니 도경은 심장이 파르르 떨렸다.

"아직 말해 주지 않았는데, 또 한 가지에 대해서요……."

연주가 쳐다보았다. 그녀의 머리끝에서 흘러내린 빗물이 볼록한 이마를 적시고 오목한 콧잔등으로 떨어져 도톰한 입술로 내려 앉았다.

"그건……."

가마의 여신, 이라는 말을 삼키며 도경은 그녀의 눈 속을 들여다보았다. 순간 꿈속의 안개가 걷히는 느낌이 들었다. 늘 도경의 꿈길을 따라왔던 가마의 여신이 보였다.

'가마의… 여신'.

도경은 심장에서 북소리가 날 정도로 가슴이 벅차올랐다. 둘의 시선이 부딪쳤다. 발개진 그녀에게 입맞춤했다. 그 순간 온 우주가 멈추는 것 같았다.

그렇게 도경은 황제의 흠한을 빚는 내내 연주를 생각했다. '여인을 사모하는 사내의 마음'. 그 마음을 다하고 또 다했다.

4

어기창의 새벽은 조선의 새벽보다 몇 배는 더 선명하고 예리한 차가움으로 시작되었다. 잔뜩 움츠린 채 잠이 들었던 도경은, 뻣뻣하게 굳어버린 팔다리를 길게 내지르며 찬 새벽 기운을 밀어냈다. 입가에서 엷은 입김이 흘러나와 허공에서 사라졌다. 어슴푸레한 새벽빛이 하늘의 기운을 열고 있었다. 가마의 불도 꺼져 있었다.

이른 아침부터 가마 한편에 황제를 위한 단상이 마련되었다. 오시五時(오전 11시~오후 1시)가 되자 흠한을 감상하기 위해 황제와 귀빈이 먼저 단상으로 올라와 착석했다. 뒤이어 태감을 비롯해 각국 상단의 행수와 센 리큐, 사카이 대상 히사다와 그의 딸 아오이까지 차례로 황제 내외에게 문후問候를 드린 뒤 각자의 자리에 앉았다.

곧이어 도경이 나와서 황제 내외에게 절을 올렸다. 좀 고단해 보이는 그의 모습에 아오이는 잠깐 걱정스런 눈빛을 보냈지만, 도경은 여전히 모른 체했다.

드디어 가마의 투시공이 열리고 연기와 열기를 내보낸 뒤, 봉인된 가마가 열렸다. 덕배가 가마 안으로 들어갔다. 아직 남아 있는 희뿌연 연기 속에 분청사기 당초문병*이 모습을 드러냈다. 조심스럽게 문병을 살피던 덕배의 얼굴이 갑자기 파랗게 질렸다.

"뭘 그리 꾸물대느냐? 빨리 가지고 나오지 않고!"

태감은 황제를 기다리게 하는 것이 송구한 듯 가마 입구까지 와서 재촉했다.

덕배가 나왔다. 문병을 든 그의 손이 부들부들 떨리는 것을 본 도경은 뭔가 잘못됐음을 직감했다. 가장 먼저 문병을 살펴보던 태감도 사색이 되었다. 문병을 본 사람들이 술렁거렸다. 황제와 귀빈의 표정도 싸늘하게 굳었다. 분청사기의 빛과 자태는 아름다웠지만, 문병 전면에 분쇄된 듯 잔금들이 빼곡했다.

---

* 당나라 풍의 덩굴무늬를 새긴 분청사기.

"이 문병의 잔금들은 다 무엇이냐?"

황제의 물음에 도경은 어찌 된 일인지 알 길이 없어 당혹스러웠다. 침엽수의 기운을 머금은 흙은 분명 최상이었다. 숲의 물길이 모여 만든 샘물은 더없이 맑았다. 가마 안의 열기를 고루 돋우는 불은 극적으로 타올랐다. 여인을 사모하는 그 마음을 다하고 다했다. 도대체 무엇이 잘못된 걸까. 귀빈은 자신의 마음을 참혹하게 표현하여 자신을 음해했다고 울음을 터트렸다. 도경은 그 자리에 주저앉았다. 자신에게 화살이 튈까 전전긍긍하던 태감이 나섰다.

"폐하! 폐하의 총애만 믿고 흠한을 성실히 수행하지 않은 편수에게 그 죄를 엄하게 물으소서."

도경은 모든 게 끝이라는 듯 눈을 감았다.

"이편수는 할 말이 없느냐?"

황제의 물음에 도경은 아무 말이 없었다.

"이편수는 정녕 할 말이 없느냐?"

"폐하… 감히 죄인이 무슨 할 말이 있겠습니까? 허나 마지막으로 청컨대, 이 모든 것은 저의 불충이니 저를 죽이시고 제 일행은 살려주십시오."

"안 됩니다! 폐하, 이편수뿐만 아니라 흠한을 빚은 모든 자들을 참수하시어 다시는 이와 같은 불충한 일이 생기지 않도록 본을 보이셔야 합니다!"

태감이 두 눈을 부릅 뜨고 목소리를 높였다. 좌중은 찬물을 끼얹은 듯 조용해졌고, 아오이는 파랗게 질린 채 가슴을 짚었다. 황제가 결심한 듯 입을 열었다.

"이장평은 흠한을 성실히 수행해야 하는 편수로서 귀빈의 마음을 참담하게 만들어 나를 욕보였으니 백 번 죽어도 마땅하다! 당장 이장평을 참수하고 그 머리를 효시하여 모두가 내 뜻을 새길 수 있도록 하라!"

황제의 명령이 떨어지자 옆에 서 있던 덕배와 장돌이도 털썩 주저앉았다. 아오이는 낮게 비명을 지르며 휘청거렸다. 아버지 히사다가 놀라 그녀를 부축했다.

"당장 폐하의 명을 시행하라!"

태감이 소리쳤다. 덕배와 장돌이는 살려 달라고 울부짖다가 수비병들에게 짓밟혔다. 도경 또한 포박당했다. 여기가 끝인가. 절망에 휩싸인 도경의 몸이 축 늘어졌다.

"잠깐 멈추시오!"

모두 쳐다본 곳에 백발의 노인이 서 있었다. 노인은 단상을 향해 다가오더니 황제 앞에 머리를 숙였다.

"폐하를 뵀습니다."

"아니, 풍화선사!"

황제는 자리에서 일어나 그의 손을 덥석 잡았다. '풍화선사'라는 말에 놀란 도경이 고개를 들었다. 백발의 노인은 며칠 전 경덕진 도자기 매대에서 보성다완을 살펴보던 사람이었다.

"폐하! 소인이 조금 늦었습니다."

"안 그래도 그대를 기다리고 있었네."

"폐하! 제가 흠한을 좀 살펴봐도 되겠습니까?"

"그대가?"

황제는 이미 내린 명령에 대해 재차 묻는 게 체면이 서지 않는 듯 머뭇거렸다.

"풍화선사. 폐하의 하명이 내려진 일이네. 물러서시게."

태감이 나섰다.

"천하제일 어기창 편수를 처단하는 일입니다. 폐하께서 아끼던 편수인데 이 일로 성심에 폐가 되지 않도록 엄격하게 처리해야 하지 않겠습니까."

그러자 황제는 허락하는 뜻을 내비쳤다.

풍화선사가 문병을 집어 들었다. 모두 숨을 죽인 채 그의 행동을 지켜보았다. 문병을 이리저리 살펴보는 풍화선사의 눈빛이 흔들렸다. 풍화선사가 도경을 잠시 쳐다보았다. 그의 눈 속에 담긴, 형언할 수 없는 물음들이 도경을 숨 막히게 했다. 풍화선사는 뭔가 낮은 신음을 흘리더니 말을 이었다.

"폐하! 이건 요변자기*라는 것입니다."

요변이라는 말에 다들 웅성거렸다.

"사기는 흙과 불과 물과 사기장의 솜씨로 빚는 것이지만, 요변이라는 것은 가마신의 은혜로 만들어지는 것이요. 이 사기에 난 잔금들은 가마신의 손길입니다. 소인도 칠십 평생 이토록 귀한 자기는 빚어본 적도 없고, 눈으로 직접 본 적도 몇 번 되지 않습니다. 폐하! 감축드리옵니다! 가마신께서 폐하께 아주 귀한 선물을 주셨습니다."

---

* 가마 속 불길이나 온도로 인해 의도하지 않은 오묘한 빛깔이나 문양을 얻게 된 도자기. 그 희귀성으로 인해 더욱 특별한 것으로 인정받는 경우도 있다.

풍화선사의 말에 좌중들은 모두 "폐하! 감축드리옵니다."를 연발하며 엎드렸다.

"이게 정말 요변이란 말인가?"

"네, 폐하."

황제와 귀빈은 믿기지 않은 듯 다시 문병을 살펴보며 기쁨을 감추지 못했다.

"그러니까 가마의 신께서 주신 귀한 선물이라는 것입니까?"

귀빈이 다시 확답이라도 받으려는 듯 풍화선사에게 물었다.

"네, 귀빈마마."

그제야 귀빈은 문병을 끌어안고 벅찬 마음에 설핏 눈물까지 훔쳤다. 덕배와 장돌이는 이제야 살았다며 서로 얼싸안았다. 아오이도 괜히 울컥하여 돌아서서 눈물을 닦았다.

"폐하, 감축드리옵니다. 흠한을 완수한 이장평 편수에게 비어 있는 숙도관 자리를 천거하심이 마땅하다고 사료되옵니다."

태감은 재빨리 잔머리를 굴려 이장평에게 상을 내려 달라고 목소리를 높였다.

"그래야지요, 암요. 짐이 미련하여 편수를 죽일 뻔했습니다. 미안하오, 편수."

"황공하옵니다."

황제가 손수 도경의 손을 잡아 일으켰다. 죽음의 길에서 살아 돌아온 듯, 도경은 손이 떨리고 다리가 후들거렸지만 황제 앞이라 간신히 중심을 잡고 고개를 숙였다.

"이편수, 소원이 있는가? 내 무엇이든 들어주겠다. 숙도관 자리든 무엇이든."

"폐하!"

"어서 말하거라."

"조선으로 돌아가고 싶습니다."

황제는 실망한 낯빛이 되었다. 하지만 무엇이든 들어주겠다고 스스로 말한 이상, 그 말을 되돌릴 수도 없었다.

"정녕 조선으로 가겠단 말이냐?"

"네, 폐하."

"그럼 여기 어기창은 어쩐단 말이냐?"

"여긴 저보다 숙련된 사기장들이 더 많이 있습니다."

태감은 도경을 물끄러미 쳐다보았다. 조선으로 돌아간들 천한 사기장으로 살 게 뻔했다. 천하제일 어기창에서 숙도관 자리를 맡는다면 평생을 호의호식하며 부귀영화를 누릴 수도 있는데, 도대체 왜 조선으로 돌아가려는 것인지 이자의 속내가 궁금했다. 하지만 도경은 황제에게 머리를 조아리고 물러난 뒤, 자신 때문에 가슴을 졸였을 각국의 상단과 행수들에게 깊이 목례했다. 모두 뜨거운 박수로 그를 응원했다. 아오이는 마치 자신이 살아 돌아온 듯 벅차오르는 마음을 감출 수 없었다.

5

"선사께 은혜를 입었습니다."

지옥문까지 갔다가 살아 돌아온 도경은, 어기창 별궁에서 황제를 만나고 나오던 풍화선사 앞에 머리를 조아렸다.

"그게 어디 내 덕인가? 가마신께서 자넬 살린 게지."

그러자 풍화선사는 담담히 말했다.

"허나 그 엄중한 상황에 선사께서 나서주지 않으셨다면 저는 지금 이 자리에 없었겠지요."

"황제의 다완을 감정하는 것이 내 일이니, 나는 그저 내 일을 했을 뿐이네."

"헌데 선사님, 그 흠한이 정말 요변이 맞습니까?"

도경의 물음이 당돌하게 느껴졌는지 풍화선사는 잠시 미간을 찌푸렸다.

"그리 묻는 의도가 무엇인가? 설마 내가 자넬 일부러 살려주었다는 건가?"

"아니, 아닙니다. 무례했다면 송구합니다. 그저 저는 아직 미천한 솜씨인데 선사께서 요변이라고 하시니 믿기지가 않아서⋯⋯."

"그건 내가 아니라 가마신께 여쭈어야지."

"네?"

"가마신께서 자넬 살려주셨으니, 이제 자네 운명은 그분의 손에 달려 있지 않겠나? 불행한 사기장의 운명대로 살지, 불안한 사기장의 운명대로 살지. 그것 역시 그분의 뜻이 아니겠나.

"허면 저는 이제 어떻게 해야 합니까?"

"어쩌긴 뭘 어쩌겠나? 불행하고 불안한 사기장의 운명대로 죽을 각오로 버텨야지."

'불행하고 불안한 사기장의 운명.'

도경은 그 말을 되뇌었다. 천한 사기장의 목숨은 파리만도 못하니 언제나 불행했고, 자신의 인생이 다른 사람의 손에 달려 있어 쉽게 버려지거나 거래될 수 있으니 충분히 불안했다. 마치 풍화선사의 그 말은, 그토록 불행하고 불안한 사기장을 왜 죽을 각오로 하려는지 묻는 것 같았다. 문득 풍화선사가 도경에게 물었다.

"헌데 자네가 정말 이장평이 맞는가?"

도경은 어떻게 말해야 할지 잠시 망설였다.

"그건 어기창을 나가서 다시 뵙고 말씀드리겠습니다."

풍화선사는 그 말에 담긴 뜻이 궁금했는지 선뜻 다시 만날 것을 약속하고 돌아섰다.

도경은 짐을 챙겨 어기창을 떠나기 전에 태감을 찾아갔다. 성절례를 끝내고 긴장이 풀렸는지 태감은 취기가 살짝 오른 낯빛으로 도경을 맞았다. 서로가 살기 위해 잠시 전략적 관계를 맺었지만, 이대로 이장평이 돌아오지 못하면 어떻게 해야 할지 태감은 두서없는 마음이었다.

"자네 덕분에 나도 고비는 넘겼지만, 내가 자네의 약점을 쥐고 있다는 것을 잊지 말게."

태감은 마지막까지 시비를 걸었다.

"언젠가 조선에 오시면 들러주십시오. 그때는 거하게 대접하겠습니다."

"당연히 그래야지. 내가 온갖 뇌물 다 받아먹으면서도 이렇게 구차하게 버티는 이유가 뭔데… 그건 오직 자네처럼 숨은 원석을 발견했을 때의 벅참을 만끽하기 위함이네. 아직 연마되지 않았지만 조금만 다듬으면 본연의 빛을 드러내고야 마는 그런 원석을 만나면 나는 수단과 방법을 가리지 않고 반드시 어기창에 잡아다놓지… 그래서 말인데, 지금이라도 어기창을 맡아보는 건 어떤가? 누이 좋고 매부 좋은 일이 아닌가?”

“마음만 받겠습니다.”

“마음만 받겠다? 할 수 없지 뭐. 허나 언제든 마음이 바뀌면 다시 돌아오게나.”

“고맙습니다.”

도경은 감사의 표시로 다시 머리를 숙였다.

“고마움은 풍화선사에게 전해야지. 그때 그자가 나타나지 않았다면 자네는 이미 구천을 떠돌지 않았겠나?”

“헌데, 그 풍화선사라는 분은 어떤 분이십니까?”

“왜? 또? 뭐가 그리 궁금해?”

“그토록 대단하신 분이 왜 어기창을 지키지 않고 바람처럼 떠돌고 계시는지 이상해서 여쭙는 것입니다.”

도경의 말에 태감은 잠시 생각에 잠겼다가 운을 뗐다.

“그자의 본명은 이평관이네. 한때 조선 관요 최고 사기장이었어.”

선조가 즉위하고 10년이 되던 1577년, 조선에서 보내온 조공이 마음에 들지 않는다는 것을 트집 잡아 명나라에서는 사신을 보냈다. 조정에서는 백자에 음식을 담아 사신을 대접하는 관례에 따라 관요에 주문을 넣었다. 백자를 빚을 태토가 귀한 시절이다 보니 당시 관요의 사기장이던 이평관과 해동은 고민 끝에 백자와 비슷해 보이는 보성다완을 급하게 구워 올렸다. 하지만 다완에 물을 붓자 내부에 까만 점이 생겼다. 그것이 보성다완의 특징이었지만 귀신이 붙은 그릇으로 오해를 받았고, 이평관과 해동은 사신단을 음해했다는 누명을 쓴 채 참수될 위기에 처했다. 이평관의 솜씨를 눈여겨본 당시 태감이 관리에게 뇌물을 주고 그를 몰래 빼돌렸는데, 그때 해동은 유정스님의 도움으로 이미 사라진 뒤였다.

그렇게 명나라로 온 이평관은 곧 황제의 눈에 들었고, 어차피 조선으로 돌아가면 죽을 목숨, 어기창 편수와 숙도관 자리를 맡았다가 지병을 얻은 뒤부터는 바람처럼 명나라 곳곳을 떠돌았던 것이다.

"그자는 가끔 황제가 부를 때만 어기창으로 돌아왔지. 워낙 바람처럼 떠돈다고 해서 사람들이 그를 '풍화선사'라고 부르는 거야."

한때는 스승 해동과 함께 관요에 있었다는 이평관의 얘기를 들으면서, 도경은 자신이 몰랐던 스승의 아픈 과거를 알게 된 것이 왠지 착잡했다.

"참, 풍화선사가 바로 이장평 편수의 부친이야."

"네?"

"자네도 몰랐군. 조선에서 그렇게 사라졌으니 아는 사람이 없을 법도 하지. 근데 풍화선사에 대해서는 왜 묻나?"

"그분께 깊은 은혜를 입었는데 어떻게 갚아야 할지 몰라서……."

"갚기는 뭘 갚아? 그건 가마신이 도와준 건데."

태감은 다음에 꼭 다시 보자는 말을 하며 처소 밖까지 도경을 배웅했다.

도경은 이장평이 사람들의 비난을 받으면서까지 왜 굳이 어기창에 가려고 했는지 이해가 되었다. 그리고 풍화선사가 자신을 뚫어지게 쳐다보면서 '이장평'이 맞는지 물었던 이유도 알 것 같았다. 도경은 하례품을 챙겨 서둘러 어기창을 나왔다.

6

풍화선사는 경덕진 골목, 조선인이 운영하는 주점 구석방에 앉아 있었다. 오랜만이라며 주인장이 국밥과 조선 소주를 내왔다. 소주를 홀짝이며 풍화선사는 '이장평 편수'라는 젊은 사기장을 떠올렸다. 조선에서 온 사기장이라는 것과 이름이 같아서 혹시라도 아들이 아닐까 기대했는데 아니라니 실망스러웠다. 쫓기듯 조선을 떠나오느라 두고 온 아들이 내내 눈에 밟혔다. 떠나올 때 서른이 넘었으니 지금은 마흔이 족히 넘었을 거라는 생각에 그 회한의 세월이 먹먹했다. 무엇보다 이번이 마지막 성절례 참관이 될 터였다. 이제는 나이도 들고 지병도 악화되어 언제 죽어도 이상할 게 없었다. 황제는 자금성에 가서 어의에게 치료를 받자고 권유했지만 이제 쉬고 싶다는 간절한 그의 말에 더는 잡지 못했다. 풍화선사는 깊은 한숨을 내쉬며 술잔을 기울였다.

그때 방문이 열렸다. 웬 사내가 들어와 목례를 하더니 마주 앉으며 말했다.

"처음 뵙겠습니다. 풍화선사님. 저는 요시다라고 합니다."

"나를 아는가? 나는 초면인 것 같은데"

"네. 뵌 적은 없으나 어기창에서 선사님에 대해 들었습니다."

풍화선사는 버릇처럼 요시다의 손부터 살펴보았다.

"사기장인가?"

요시다는 움찔하며 주먹을 쥐었다.

"손끝이 무디고 손마디가 힘이 없어. 천한 사기장이 되긴 글렀군. 헌데 내게 무슨 볼일이 있는가?"

"풍화선사님을 쫓는 괴한들이 있습니다."

"괴한? 그들이 누군가?"

"그건 일단 안전한 곳으로 피신한 후에 고하겠습니다. 서둘러 경덕진을 떠나야 합니다."

"그게 무슨 말인가? 내가 일면식도 없는 자네와 여길 왜 떠나?"

풍화선사의 목소리가 높아졌다. 갑자기 나타나서 떠나야 한다고 말하는 것도 의심스러운데 어딘가 초조해 보이는 그의 모습이 더욱 수상해 보였다. 요시다는 풍화선사를 어떻게 설득해야 할지 잠시 생각을 집중했다. 애초에 풍화선사를 데려갈 계획은 아니었지만, 기회가 온 이상 데려가지 않을 이유도 없었다. 황제의 다완을 감정하고 파쇄하는 유일한 존재이니 오히려 이장평보다 풍화선사를 데려가는 것이 태합의 기대에 더 부합하는 일일지도 몰랐다.

"선사님이 필요합니다."

"내가 필요해?"

"저랑 같이 가신다면 부귀영화를 누리실 수 있습니다."

"부귀영화라? 몹시 구미가 당기는군."

풍화선사는 요시다를 뚫어지게 쳐다보았다.

그로부터 한 식경이 지난 뒤, 도경이 주점으로 들어섰다. 주인장이 안내해준 구석방엔 풍화선사가 없었다. 먹다 남은 국밥과 술병이 그대로 있는 걸로 봐서 잠깐 뒷간에 갔나 싶어 기다렸지만 돌아오지 않았다. 주인장 말로는 어기창의 요시다 부관이 풍화선사를 찾아왔다고 했다.

'요시다'라는 이름을 듣는 순간 도경은 머리끝이 쭈뼛 서는 것 같았다. 자신이 한발 늦었다고 생각했다. 혹시라도 이장평처럼 풍화선사도 납치됐다면 큰일이었다.

두 사람이 나가는 것을 아무도 보지 못했다면 분명 뒷문을 이용했을 것이다. 도경은 뒷문으로 나가 골목을 샅샅이 살펴보았다. 불현듯 요시다를 보았던 염료 가게가 떠올라서 그쪽을 향해 뛰었다. 가게로 들어가는 골목 어귀에 사람들이 모여 있는 게 보였다. 어기창 수비병들이 다급하게 달려오는 모습도 보였다.

불길한 기운이 도경을 엄습했다. 사람들을 헤치고 들여다보던 도경은 파랗게 질려버렸다. 풍화선사가 쓰러져 있었다. 수비병들이 풍화선사의 시신을 수습하고 들것에 실어갔지만 도경은 차마 나서지 못했다. 자칫 풍화선사의 죽음과 연루되었다는 누명을 쓸 수 있었다.

도대체 어떻게 된 일인가. 설마 요시다 이놈이! 도경은 당장 염료 가게로 달려가 문을 두드리며 요시다를 불렀지만 누구 하나 내다보지 않았다.

도경은 생각을 집중시켰다. 무슨 이유인지는 알 수 없지만 요시다는 푸른 천의 상자를 어기창 밖으로 빼돌리려 했다. 그리고 이장평을 납치했다. 풍화선사도 납치하려다 변이 생겼을 것이다. 이놈이 무슨 계략을 꾸미고 있는 것인가. 도경은 풍화선사를 지키지 못했다는 자책감에 빠져들었다. 풍화선사를 소우 앞에 데려가야 하는데 이제 어쩐단 말인가. 경덕진 항구에서는 덕배와 장돌이가 초조하게 기다리고 있었다. 도경은 둘을 먼저 조선으로 보낸 뒤 오사카 상단의 배를 확인하기 위해 서둘러 발길을 옮겼다.

7

바람이 없는데도 창강의 잔물결이 갑판까지 밀려왔다. 경덕진에 정박 중인 각국의 상선들은 성절례를 끝내고 돌아갈 채비를 서두르고 있었다. 오사카 상선의 일꾼들도 본국으로 가져갈 짐들을 싣느라 늦은 밤까지 분주했다.

요시다는 밤바람을 맞으며 오사카 상선의 갑판 위에 서 있었다. 죽어가던 풍화선사의 마지막 모습이 내내 머릿속을 떠나지 않았다. 부귀영화를 누릴 수 있다고 말했을 때, 풍화선사는 구미가 당긴다고 했다. 자신의 제안을 너무 쉽게 받아들여 좀 의외였지만, 탐욕 앞에 인간의 중심은 언제나 흔들리기에 대수롭지 않게 생각했다. 잠시 뒷간에 다녀오겠다는 그의 말을 믿었지만 한 식경이 지나도록 돌아오지 않았다. 속았다는 생각에 주점의 뒷문으로 나가 골목을 살피다가 쓰러져 있는 그를 보았다. 심장을 움켜쥐고 고통스러워하는 모습에 당황했다. 파랗게 질려서 온몸이 뻣뻣하게 굳어가는 모습이 심장발작 같았다. 이내 그의 손발이 축 늘어졌다. 설마 하는 생각에 조심스럽게 살펴보는데 그 순간 풍화선사가 두 눈을 번쩍 뜨고 요시다를 쳐다보았다. 깜짝 놀란 요시다는 그대로 주저앉았다. 풍화선사의 마지막 눈빛은 도저히 무어라 형언할 수 없었다. 숱한 죽음을 봤지만 그런 죽음은 처음이었다. 원망과 회한이 가득하지만 모든 것을 내려놓은 자의 홀가분한 눈빛이었다. 사람들이 몰려오는 것을 보고 급하게 자리를 피했다.

오사카 상선으로 돌아온 요시다는 납치한 이장평이 무사한 것을 확인하고 본국으로 출항할 준비를 시켰다. 하지만 도경이 가지고 있는 푸른 천의 상자를 아직 찾지 못했다. 만약 도경이 그 상자를 가지고 조선으로 가버리면 큰일이었다. 놈을 쫓아서 조선으로 가야 할지, 아니면 놈을 유인하여 결판을 내야 할지 판단이 서지 않았다. 경덕진 곳곳에 자신의 용모파기容貌疤記*가 붙어서 함부로 나다닐 수 없지만 이대로 가만있을 수도 없는 노릇이었다.

잠시 후 웬 노인이 오사카 상선에서 조심스럽게 내려왔다. 구부정한 허리를 지팡이에 의지한 노인은 띠주모(중국의 전통 모자)를 쓰고 치파오(중국의 전통 의상)를 입고 있었다. 항구 한편에 몸을 숨긴 채 오사카 상선을 주시하고 있던 도경은 직감적으로 노인의 뒤를 밟았다. 연신 주위를 두리번거리던 노인은 주막촌으로 들어갔다.

성절례와 영신성회가 끝난 경덕진 거리는 늦은 시각인데도 가게마다 사람들로 넘쳐났다. 음식 냄새와 기름 냄새가 진동하는 골목마다 사람들이 모여서 먹고 마시며 왁자하게 떠들었다.

노인은 그 골목을 익숙하게 빠져나오더니 이내 도자기 상점들이

---

* 어떠한 사람을 잡기 위해 그 사람의 용모와 특징을 기록하거나 그린 것.

즐비한 쪽으로 발길을 옮겼다. 도경은 일정한 거리를 두고 노인을 계속 따라갔다. 각 상단의 행수들은 도자기 상점마다 돌아다니며 흥정을 하느라 분주했다. 성절례 기간에는 경덕진이 개점휴업 상태나 마찬가지였기 때문에 출항을 앞둔 상단들은 주문받은 물품들을 서둘러 구매하느라 장사진을 이루었다.

노인은 도자기 골목을 빠져나갔다. 거기서부터는 염료 가게 골목이었다. 지름길을 두고 노인은 돌아가고 있었다. 도경은 저 노인이 요시다일 거라고 확신했다.

"요시다!"

도경의 목소리에 노인이 걸음을 멈추었다. 그는 이내 들고 있던 지팡이를 놓더니, 구부정한 허리를 쫙 펴고 천천히 돌아섰다.

"드디어 걸려들었군, 도경!"

그의 말이 떨어지자마자 도경 뒤로 사내들이 둘러섰다. 함정이었다. 사내 셋에 요시다까지 넷이다. 도경은 그들과 거리를 재면서 한껏 경계했다.

요시다는 낮에 사람들 속에서 도경을 보았다. 풍화선사의 주검을 보고 사색이 된 그의 모습에서 풍화선사가 기다리던 자가 도경임을 직감했다. 이장평 편수가 빚은 흠한이 요변자기라는 소문이 경덕진 거리에 퍼져 있었다. 그 요변을 감정한 자가 풍화선사였느니 어쩌면 둘의 만남은 지극히 당연한 일이었다. 요시다는 도경을 잡을 계획을 세웠다. 그를 유인하여 푸른 천의 상자도 찾고 요변자기를 빚은 그 솜씨도 확보할 수 있다면 일석이조였다.

"잡아라!"

요시다가 소리쳤다. 동시에 도경의 몸이 솟구치더니 달려드는 사내들의 머리통을 차례로 후려치고 내려섰다. 사내들이 고통스러워하며 엎어졌다. 요시다가 칼을 빼들고 달려들었지만 도경의 발길질에 나가떨어졌다. 골목으로 다른 무리들이 몰려왔다. 도경은 담을 넘어 달렸다.

"저기다!"

사내들이 몰려가는 앞으로 도경이 달아나는 게 보였다. 요시다는 사슴을 몰듯 도경을 한곳으로 몰았다. 아무리 미로 같은 경덕진 골목이라도 그 끝은 있기 마련이다. 이곳 지리를 잘 모르는 도경은 골목 사이사이를 무작정 달렸다.

골목을 도는 순간, 누군가 그를 끌어당겼다.

"쉿! 몸을 낮추세요!"

아오이였다. 아오이는 놀란 도경을 감싸 안고 낮은 담과 담 사이로 몸을 구겨넣었다. 사내들이 그 옆을 스쳐 지나갔다. 발소리가 멀어지고, 골목은 이내 조용해졌다. 달빛이 희미하게 쏟아지는 담장 사이, 둘의 숨결이 부딪쳐 서로의 심장까지 전달되었다. 꼭 껴안고 있어서 서로의 심장 소리가 더 크게 들렸다. 도경은 몸을 뗐지만 공간이 워낙 좁은 탓에 뜻대로 되지 않았다.

"아, 정말 미안합니다. 고맙습니다."

도경의 말에 아오이가 작게 웃었다.

"이장평님은 항상 미안합니다, 고맙습니다,라는 말씀만 하시네요."

"아, 그렇네요. 제가 자꾸 신세만 지는 것 같아서……."

"그럼 갚으시면 되겠네요."

"네?"

그때 다시 사내들의 발소리가 가까워졌다. 이번에는 도경이 아오이를 푹 안고 몸을 낮췄다.

"여기는 없습니다! 다른 곳으로 간 것 같습니다."

멀어지는 발소리를 들으며 도경은 조용히 안도의 한숨을 쉬었다.

아오이는 경덕진을 떠나기 전에 주문해둔 도자기를 찾으러 나온 길이었다. 수레에 도자기를 실어 보낸 뒤 도경을 생각하며 경덕진 거리를 홀로 걸었다. 그가 선실로 무작정 뛰어들었던 그 순간부터, 황제의 연회장에서 만났던 일과 요변을 선보였던 일까지 모든 시간들이 그녀의 가슴을 설레게 했다. 그를 다시 보지 못하고 가는 것이 서운해서 괜히 경덕진 골목을 헤매다가 뛰어가는 도경을 보았다. 곧이어 그를 쫓는 무리가 있다는 걸 확인하고 조용히 뒤를 밟았다.

담장 사이에서 빠져나온 둘은 혹시라도 요시다의 눈에 띌까 조심히 걸었다.

"어떻게 신세를 갚으면 좋을지 말해주시면……."

"다음에요."

아오이는 비시시 미소를 지으며 말했다.

"지금 말하면 너무 아까워서요. 혹시 운명 같은 거 믿으세요?"

"네? 아… 네, 뭐……."

"사실 오늘 이장평님을 만나게 된다면……."

아오이가 잠깐 말끝을 흐리더니 다시 씩씩하게 말했다.

"저는 지금부터 제 운명을 믿어보려고요. 만약 우리가 다시 만나게 된다면 그때 꼭 신세 갚으세요."

"아, 네……."

그게 언제가 될지는 모르지만 도경은 약속을 하고 먼저 돌아섰다. 아오이는 멀어지는 도경을 향해 손을 흔들었다. 그리고 본국으로 가는 길에 조선에 들러야겠다고 결심했다.

엇갈린 운명

1

누가 부르는 소리에 눈을 떴을 때, 연주는 산사의 구석방에 누워 있었다.

"니 언제까지 여어 있을 낀데? 어?"

홍루의 행수기생이 문밖에서 소리를 질렀다.

"내는 뭐 땅 팔아 장사하나? 양반을 기녀로 받아들일 때 내는 뭐 땅 짚고 헤엄치는 기분이었겠나? 이방이 하도 반 협박을 해서 어쩔 수 없이 받기는 했지만서도, 어려운 자식놈 같아서 웬만하면 손님 시중은 안 들일라꼬 했는데, 우짜겠노? 우리 집에 오는 사내놈들은 죄다 양반년 손모가지라도 한번 잡아보자고 저래 쌌는데, 니도 아버지 장례 끝나고 대충 추슬렀스먼 언자 마 내 따라 내리가자."

태형을 맞고 사기로 팔려갔을 때, 행수기생은 연주를 보자마자 혀를 찼다. 딱하다는 뜻인지, 양반도 돈이 없으면 별수 없다는 뜻인지 알 수 없었다. 도경이 허망하게 죽고 아버지마저 세상을 떠나자 연주는 무슨 정신으로 상을 치렀는지 기억나지 않았다. 겨우 정신을 차리고 보니 산사의 구석방이었다.

"니 뭐 하노? 내 말 안 들리나? 퍼떡 준비하고 나오라카이."

참다못한 행수기생이 문을 벌컥 열고 안을 들여다보았다. 그제야 연주는 몸을 일으켰지만 어지러운 듯 잠시 벽에 기대앉았다.

"내일 갈게요."

"내일? 와 내일인데?"

"여기도 정리 좀 하고……."

"그라믄 낼은 꼭 와야 된다. 쯧쯧, 양반으로 태어나믄 뭐 하노, 사는 게 지옥인데. 마, 맘 독하게 묵고 온나. 언자는 지옥보다 더 못할지도 모른다. 그래도 우짜겠노, 그기 니 운명인데. 그 도경인가 뭔가 하는 놈도 마 싹 잊자뿔고 새 출발 하는기다. 알았나?"

행수기생은 핏기 없는 연주의 얼굴을 측은한 듯 쳐다보다가 연신 혀를 차며 돌아섰다. 연주는 말없이 그녀를 배웅했다. 어느새 온 산은 푸른 치맛자락을 펼치고 그 안에 하늘을 담았다가 구름을 담았다가, 가끔은 훨훨 앞섶을 풀어 헤쳐 살랑살랑 숲을 흔들었다.

"휴우……."

연주는 자신도 알 수 없는 한숨을 내쉬었다. 정처 없이 걷다 보니 황령산 끝자락을 따라 내상의 뒷마당으로 연결되는 숲이 나왔다. 혹시나 내상의 사람들과 마주칠까 조심하며 여기저기 묻어두었던 사기그릇을 살펴보았다. 산짐승들을 위해 사기에 물을 채우고 주변의 잡풀을 치운 뒤 돌아서는 길이 헛헛하여 숲 한가운데 한참이나 서 있었다.

불이 숲을 잿더미로 만들고 흙이 숲길을 묻어버리면 물길마저 막혀서 숲의 영혼들은 죽어갔다. 약한 것들의 생존에 두려움이 될 수도 있는 불과 흙과 물이, 사기장의 손끝에서는 그릇이 되고 다완이 된다는 사실이 믿기지 않았다.

"왜 양반이 사기장이 되었는지, 물어봐도 되나요?"

어느 날 그렇게 물었을 때, 도경은 말없이 그녀를 꼭 안아주었다. 그의 심장에서 느껴지던 뜨거움과 아픔이 너무 생생해서 연주는 울었다.

"허접한 양반의 껍데기를 안고 사는 것보다 차라리 바람처럼 강물처럼 원하는 곳까지 달려갈 수 있는 천한 사기장이 낫지."

연주는 도경의 말을 이해했다. 타고난 신분 때문에 원하지 않는 것을 받아들이며 사는 삶은 차라리 죽음보다 못한 것이었다. 양반의 권위와 출세의 꽃길을 버리고 여기까지 와서 손에 흙을 묻히며 사람들에게 천한 대접을 받으면서도, 도경은 항상 행복한 미소를 지었다.

"네가 내 진심을 받아주었으니, 나는 여기서 더 바닥으로 떨어져도 상관없다."

이번에는 연주가 도경을 꼭 안아주었다. 양반의 여식이 장사꾼의 수양딸이 되었을 때, 사람들은 수군거렸다. 천한 사기장을 마음에 품었다고 하면 또 얼마나 손가락질을 할까 싶었지만 그런 건 상관없었다. 오직 도경만 곁에 있다면 참을 수 있었다.

하지만 둘의 마음이 깊어질수록 미래에 대한 불안감도 커졌다. 도경이 도망가자고 손을 잡아끈다면, 눈을 딱 감고 따라갈 수 있을지 확신할 수 없었다. 병든 아버지가 마음에 걸렸고, 은혜를 입은 대방에게도 못할 짓 같았다.

그러나 이제 와서 돌이켜보니 도경이 떠나자고 했을 때 그의 손을 잡고 달아나지 못한 것이 사무치게 한이 되었다. 그랬다면 그를 잃지 않았을까. 이젠 그를 만져볼 수도, 만나볼 수도 없게 되었다. 그의 시체조차 찾지 못했으니 더욱 절통했다. 연주는 끝내 주저앉아 오열했다.

<h1 style="text-align:center">2</h1>

파도가 거칠게 밀려왔다 밀려가는 곳에 뱃고동 소리가 들렸다. 부산 왜관의 선착장으로 사카이 상선이 불빛을 흘리며 접안했다. 갑판에 서 있던 차두 센 리큐는 어둠 속에 잔뜩 웅크린 조선의 첫인상이 뭔가 신비롭고 왠지 두렵다고 생각했다. 그 신비로움이 생경하고 그 두려움에서 오히려 힘이 느껴진다고 말하는 쪽은 사카이 대상 히사다였다. 아오이는 조선 땅에 발을 내딛는 순간, 다채로운 물상들의 냄새에 한껏 상기되었다. 이 땅 어딘가에 이장평 편수도 있다는 생각에 들떴다.

사카이 상단이 온다는 소식에 소우는 꽤 늦은 시각인데도 나와서 일행을 영접했다.

"어서 오십시오, 차두 어르신. 이렇게 누추한 곳까지 친히 오시니 몸 둘 바를 모르겠습니다."

"너무 늦은 밤에 폐를 끼치게 되어 미안합니다."

"아닙니다."

소우는 차두에게 깊이 머리를 숙였다.

"사카이 대상께서도 오랜만입니다."

"네, 도주께서 이렇게 직접 마중을 나오시니 송구합니다."

히사다와 인사를 나눈 뒤 소우는 자신에게 목례하는 아오이를 보고 잠시 미소를 지었다. 아들이 없어 상단의 앞날을 걱정하면서도 사카이 대상은 늘 딸 아오이를 데리고 다녔다. 붙임성 있어 보이는 인상과 귀엽고 해맑은 느낌이 호감이었다.

소우는 특별히 마련한 왜관의 숙소로 일행들을 안내했다. 사카이 상단의 일꾼들도, 상선을 지키는 몇을 제외하고는 모두 하산하여 정해준 거처에서 잠시 고단한 여정을 풀었다. 소우는 집사에게 차두 일행을 각별히 모시라 당부하고 처소로 돌아왔다. 곧 있을 개시대청에 거래할 물목을 살펴보는데 갑자기 차두가 처소로 찾아왔다. 칠순의 나이에 긴 뱃길이 고단했을 터인데 늦은 시각에 찾은 걸 보면 할 말이 있는 듯했다.

센 리큐는 자신들을 환대해준 소우를 위해 직접 차를 대접했다.

"차두님의 대접을 다 받고, 영광입니다."

"제가 고맙지요. 불현듯 들이닥쳤는데도 내치지 않으시니."

"내치다니요? 말도 안 되는 소립니다."

소우는 센 리큐가 내민 다완을 손안에 그러쥐고는 조용히 한 모

금 마셨다. 혀끝에서 시작해 입 안으로, 몸속으로 퍼져가는 향긋함
이 노곤함을 한껏 풀어주었다.

"혹시 제게 하실 말씀이라도?"

차두가 망설이는 것 같아 소우가 먼저 입을 열었다.

"사실은 경덕진 어기창에서 이장평 편수라는 자를 보았습니다."

센 리큐의 입에서 이장평이라는 이름이 나오자 소우는 혹시라도
그자가 도경이라는 것을 알고 묻는 건지 잔뜩 긴장했다. 경덕진에
서 먼저 입국한 장돌이를 통해 이장평 편수가 납치당하고 도경이
대신 황제의 흠한을 받았다는 소릴 들었다.

"솜씨도 출중하지만 담대하고 뭔가 사람을 끄는 매력이 있었
지요. 젊은 사람이 어떻게 그런 재주를 가진 건지, 부럽기도 했습
니다. 도공 하나 없는 우리 입장에서는 더욱 그랬지요."

"네, 조선의 사기장들이 명나라 사기장에 결코 뒤지지 않긴 합
니다."

"사실 그자가 조선으로 돌아가고 싶다고 했을 때, 마음 같아서
는 어떻게든 본국으로 데려가고 싶었습니다. 헌데 고국으로 가고
자 하는 그 눈빛이 너무 간절해 보여 그냥 돌아섰는데, 그자의 요
변자기가 내내 잊히지 않고, 가는 길에 조선에 들르면 혹시 이편수
를 볼 수 있지 않을까 기대를 한 것도 사실입니다."

"그런 일이 있었군요."

"일전에 제가 부탁드린 건 알아보셨습니까?"

그제야 센 리큐가 본심을 드러냈다. 이장평 편수를 들먹이며 운
을 뗐지만 실은 '부탁한 일'이 궁금해서 왜관을 찾아왔던 것이다.

1년 전, 본국에 들렀던 소우는 돌아가는 길에 센 리큐와 독대했다. 센 리큐는 오사카 대상이 양자인 요시다를 경덕진에 보낸 지가 10년이 다 되어 가는데도 아직 가시적인 성과가 없다며, 차라리 소우와 사카이 상단이 서로 협조하여 부산 왜관에 민요를 만들어 보는 건 어떠냐고 물었다. 태합이 오사카 상단에 힘을 실어주는데 사카이 상단도 마냥 손 놓고 있을 수는 없는 노릇이었다. 센 리큐도 사카이 상단 사람인 만큼 돌파구가 필요하다고 생각했고, 그러기 위해서는 자체적으로 도공을 기르고 기술을 익혀야 한다고 판단한 것이다.

　소우도 센 리큐의 생각에는 동의했다. 하지만 왜관이 민요를 운영하기 위해서는 밟아야 하는 절차도 복잡했고, 해당 왜관을 관할하는 동래 부사의 추천과 힘 있는 조정 대신들의 협조도 필요했다. 물론 적절히 뇌물도 바쳐야 했기 때문에 재물도 적잖이 있어야 했다.

　"왜관 입장에서도 자체적으로 민요를 운영하면 여러모로 이득이 있으나, 조선의 허락을 받는 것이 쉬운 일은 아닙니다."

　소우의 대답에 센 리큐는 예상했다는 듯 고개를 끄덕였다. 왜관에 민요를 세울 수 없다면 솜씨 좋은 사기장을 본국에 데려가는 방법밖에 없다고 생각한 모양이었다. 그런 상황에서 이장평이 조선에 간다고 하니, 센 리큐의 입장에서는 탐이 날 법도 했다. 그러나 그자가 이장평이 아닌 왜관의 노비 도경이라는 사실을 알게 되면 그의 탐욕이 어떻게 부풀지 알 수 없었다. 고고한 기품과 단아한 품성 때문에 모두의 존경을 받는 차두였지만, 그런 자일수록 돌변의 폭이 예상을 뛰어넘을 수 있었고 흑심의 깊이가 경악을 금치 못할 수도 있었다. 소우는 도경이 이장평이라는 사실을 함구했다.

3

어둠이 깔리기 시작한 오사카 성 곳곳에 호위병들이 등불을 내걸었다. 불빛에 반사된 천수각의 지붕과 망루의 그림자가 성벽 아래 연못으로 길게 내려앉았다. 성을 둘러싼 숲속 작은 오솔길은 길 잃은 고양이가 뛰어갈 때만 잠시 소란스러울 뿐, 사위는 이내 침전물처럼 가라앉았다.

저녁 내내 침소에서 두문불출인 태합은 식사도 거른 채 눈을 감고 깊은 생각에 잠겨 있었다. 꾹 다문 입술 사이로 간간이 신음 소리가 새어나왔지만, 가부좌를 튼 채 벌써 반 시진을 버티고 있었다. 조금의 흐트러짐도 없는 태합의 모습에 호위무사 켄타는 숨소리마저 죽인 채 주군의 심기를 살피느라 온 정신을 집중했다.

때마침 오사카 대상이 안으로 들어서다가 잠시 머뭇거렸다. 방 안 가득 서린 무거운 분위기를 감지했는지 잔뜩 긴장한 채 목례한 후 무릎을 꿇고 앉았다.

인기척을 느낀 태합이 눈을 떴다.

"물건은 도착했느냐?"

목소리는 침착했지만 억양 속엔 왠지 초조함이 담겨 있었다.

"저… 그게 계획에…… 차질이 생겨서."

"차질이라니?"

태합의 얼굴이 일순 일그러지고 목소리가 심하게 갈라졌다. 오사카 대상은 몸을 바짝 낮추며 대답했다.

"요시다가 물건을 찾으러 조선으로 갔습니다."

"조선이라니? 물건이 조선에 있단 말이냐?"

"네, 태합 전하."

"이런! 허면 그 이장평인가 하는 자는?"

"그자는 이미 도착하여 지금 별채 지하에 있습니다."

"그자를 당장 끌고 와!"

10년을 기다린 일이 허사가 되는 건 아닌지 태합의 목소리가 다급해졌다. 이 일을 주관해온 오사카 대상은 자신에게 무슨 불똥이라도 떨어질까 전전긍긍했다.

곧 이장평이 끌려왔다. 머리에 씌웠던 검은 천을 벗기자 갑자기 쏟아지는 불빛이 겨운 듯 두 손으로 눈을 가리며 힘들어했다.

"자네가 이장평 편수인가?"

태합의 말소리가 이장평의 귀에 윙윙거렸다. 영문도 모른 채 납치되어 험난한 뱃길을 오느라 이미 탈진해버린 이장평은 알아볼 수 없을 정도로 수척했다.

"자네가 이장평 편수인가?"

태합이 재차 물었지만 이장평은 간신히 고개를 들고 되물었다.

"여기가… 어디오?"

"일본이다."

"일본? 내가… 왜 여기 있는 거요?"

이장평은 그 몇 마디를 내뱉는 것도 몹시 고통스러워했다. 도대체 자신에게 무슨 일이 생긴 건지 알 수 없어서 두려운 눈빛이었

다. 상석에 앉아 자신을 내려다보는 저 비루한 눈빛을 가진 자는
또 누구란 말인가.

이장평은 정신을 집중시키며 간신히 물었다.

"당신은… 누구요?"

"이놈! 감히 태합 전하께! 무엄하다!"

오사카 대상이 소리를 질렀다.

"태합…?"

저 볼품없어 보이는 자가 태합이라니. 이장평은 믿을 수 없다는
듯 고개를 저었다.

태합이 턱짓을 하자 켄타가 이장평 앞으로 종이와 붓을 내밀었다.

"여기에 기억나는 대로 그 물건의 내용을 쓰라."

"물건? 무슨 물건 말이오?"

"경덕진에서 네가 만든 그것을 기억하고 있겠지?"

그것? 이장평은 잠시 기억을 떠올리는 듯했다.

"요시다 부관이 나를 협박하여 만들게 한 그것 말이오?"

협박이라는 말에 힘을 주며 이장평은 자세를 고쳐 앉았다. 생사
를 알 수 없는 상황에서도 평정을 찾기 위해 애쓰는 그의 태도에
태합은 괜히 호기심이 동했다.

"네 이놈! 여기가 어딘 줄 알고 막말을 하느냐."

오사카 대상이 지레 놀라 소리를 높였지만 태합은 그만두라는
손짓을 했다.

"이장평 편수."

태합이 감정을 삼키며 부드럽게 말을 이었다.

"협박을 했다면 아마 요시다의 불찰일 것이다. 천하제일의 편수를 내 곁으로 데려오기 위해, 자네를 다소 불편하게 했을지도 모른다. 하지만 내게 협조만 해준다면 여기 나의 나라에서 평생 부귀영화를 누리며 함께할 것이다."

"나는 황제 폐하를 위한 진상품인 줄 알고 만들었을 뿐, 태합이 시킨 줄 알았다면 하지 않았을 것이오. 또한 그게 나를 겁박해 여기까지 끌고 온 이유라면 목에 칼이 들어와도 하지 않았을 것이오."

이장평은 최대한 감정을 절제하며 말했지만 온몸이 부들부들 떨렸고 분한 듯 두 주먹까지 꽉 쥐어 보였다.

그의 무례한 태도에 켄타는 당장이라도 칼을 뽑을 듯 위협적으로 이장평을 노려보았다. 오사카 대상은 내내 얼굴을 씰룩거렸다. 하지만 태합만은 넌지시 이장평을 지켜볼 뿐이었다.

석 달 전, 요시다가 이장평의 숙소로 찾아왔다. 그때 이장평은 성절례에 내릴 황제의 하례품을 준비하고 있었다. 각국 사절단에 보낼 것과 각 상단에 내릴 것을 따로 정하고 개수와 종류별로 어기창 도공들에게 일을 배분하느라 눈코 뜰 새가 없었다. 잠시 시간이나 눈이라도 붙이려는데 요시다가 문을 두드렸다. 그는 이번 성절례에 황제께 특별한 선물을 진상하자는 데 태감과 영선소 관리들의 의견이 모아졌다며 그것을 맡아 달라고 했다. 이장평은 어차피 황제가 성절례에 어기창을 방문하면 흠한을 내리실 텐데 왜 군이 진상품을 올리는 것인지 의아했다. 이장평은 하례품을 빚는 것만으로도 벅차다며 단번에 거절했다.

"황제 폐하께서 몹시 실망하시겠습니다. 이장평 편수를 각별히 총애하셨는데…….”

“무슨 말이 하고 싶은 겐가?”

요시다가 장부 하나를 내밀었다.

“그간 편수께서 경덕진 작방과 몰래 거래한 내역입니다.”

“지금 나를 협박하는 것인가?”

“협조를 구하는 것이지요. 어기창은 황제의 허락 없인 개미 새끼 한 마리도 나갈 수 없는 곳인데, 이렇게 편수께서 황제의 총애만 믿고 작방들과 뒷거래를 하셨으니 이런 불충이 어디 있겠습니까?”

이장평은 요시다를 노려보았다. 작방과 거래는 했지만 사사로운 거래는 아니었다. 안료 공급이 원활하지 않은 어기창은 필요한 안료가 조달되기까지 거쳐야 할 절차가 복잡했다. 무엇보다 황제의 재가를 받아야 하니 적어도 반년 이상은 두 손을 놓고 있어야 했다. 몇 번 태감에게 시정을 요구했지만 그저 관례라는 응답만 돌아왔다. 답답한 마음에 시전의 작방을 통해 새로운 안료를 부탁했고, 그 대가로 사기를 내어준 것은 사실이었다.

“허나 그건 어기창의 물량과 상관없이 내가 개인적으로 거래한 것이네.”

“어기창 편수에게 사사로운 거래가 어디 있겠습니까?”

모두의 약점을 쥐고 뇌물을 주며 입 안의 혀처럼 굴다가, 또 언제든지 뱀의 독을 품어내는 비열한 자. 언젠가 태감은 요시다에 대해 그렇게 말했다. 그제야 이장평은 그 뜻을 알 것 같았다.

“이 사실은 저만 알고 있으니 황제의 진상품만 만들어주시면 아무 일도 없을 것입니다.”

요시다는 진상품을 만들 때 사람들의 눈을 피해 각별히 은밀하게 만들라고 주문했다. 어차피 황제께 올릴 텐데 그가 왜 그런 말을 하는지 의아했다. 그때 진상품에 대해 더 자세하게 따져 묻지 못한 것이 두고두고 찝찝했다. 하지만 이미 늦었다. 지금 이 순간 왜국에 끌려와 있는 자신의 처지를 생각하면서 이장평은 덫에 걸려들었음을 알았다.

"자네가 만든 그 물건은 지금 조선에 있다."

"조선?"

"허나 이제 그 물건은 찾기 힘들게 되었다. 오직 자네만이 그 물건에 대해 알고 있는 셈이지."

태합은 물건에 대해 소상히 기록하라고 재차 재촉했다. 하지만 이장평은 완강히 버텼다. 더이상 참지 못한 듯 태합이 주먹으로 바닥을 내리치자 호위무사 켄타가 이장평을 덮쳤다. 그대로 지하로 끌려가 죽지 않을 만큼 매질을 당했다. 이장평의 비명소리가 바람을 타고 태합의 처소에까지 들렸다.

"태합 전하! 제 상단의 모든 것을 걸고라도 반드시 그 물건을 찾아 바치겠습니다! 조금 더 시간을 주십시오!"

오사카 대상이 바들바들 떨며 말했다. 태합은 내내 말이 없었다.

4

절영도(부산 영도)에 밀선이 도착한 것은 경덕진을 출발하고 꼭 달포만이었다. 조선으로 가는 배편을 놓친 사람들끼리 모여서 선주船主를 물색하고 운임을 협상하여 나선 그 길이 순탄치는 않았지만, 도경은 무사히 조선으로 돌아온 것에 안도했다. 같이 온 사람들은 뿔뿔이 흩어졌고, 도경은 푸른 천의 상자가 든 봇짐이 바닷물에 젖지 않게 머리에 매달고는 부산포 해변까지 헤엄쳐갔다.

일단 날이 밝기 전까지 거기서 잠시 눈을 붙일 생각이었다. 해안가 자갈 위에 누워 바라보니 왜관의 선착장에 사카이 상단의 배가 정박해 있는 게 보였다. 도경은 경덕진에서 자신을 도와준 아오이를 잠시 떠올렸지만 이내 무겁게 내려앉은 눈꺼풀을 감당하지 못한 채 고단한 잠에 빠져들었다.

다음날 날이 밝자마자 도경은 동래성으로 향했다. 일단 덕배네 집에 들러 상황부터 살필 참이었다. 도경이 일행과 함께 돌아오지 않았으니 분명 소우 입장에서는 여러 가지 변수에 대비하고 있을 것이다. 장돌이에게 그간의 일을 소상하게 전하라고 일러두었지만 그놈도 소우의 수하인 만큼 온전히 믿을 수 없었다. 마음이 다급해진 도경은 발길을 재촉했다.

그새 조선은 봄기운이 완연했다. 동래성으로 들어가는 길가에 나풀거리는 개나리 떼와 먼 황령산 자락의 진달래꽃 무리가 햇살을 품고 불길처럼 번져가는 모습을 보니, 그제야 조선에 온 게 실감이 났다. 성으로 들어가는 입구는 사람들과 짐을 실은 수레의 행렬로 길게 이어졌다. 도경은 이미 죽은 자로 처리되어 있지만, 혹여 알아보는 사람이 있을까 패랭이를 푹 눌러쓴 채 위조 호패를 내밀고 무사히 통과했다.

시전은 여전히 뛰어다니는 아이들의 웃음소리로 소란스러웠고 노점은 흥정을 하는 사람들로 부산스러웠다. 여리꾼이 국밥을 먹고 가라며 행인의 옷깃을 붙잡고 늘어지는 통에 가벼운 실랑이도 벌어졌다. 거리 한쪽으로 기생 행렬이 지나가고 있었다.

규모가 큰 한양의 기생집은 권력을 쥐락펴락하는 자들의 은밀한 회합과 뇌쇄적인 모임으로 세를 불리고 재물을 모았지만, 한적한 지방의 기생집은 끈 떨어진 몇몇 유지들만 보고 살기가 고달픈 게 현실이었다. 어쩔 수 없이 행수들은 달포에 한두 번은 새로운 기생을 선보일 겸, 자신들이 거느린 기생들의 자태를 선전할 겸, 화려하게 치장 시키고 줄지어 나비처럼 거리를 활보하게 했다. 더러는 사당패를 앞세워 분위기를 띄우기도 했는데, 동래 최고 홍루의 기생들이 행렬하는 것은 드문 일이라 물색없이 사내들이 몰려갔다.

도경은 사람들의 눈에 띌까 잰걸음으로 시전의 뒷골목으로 향했다.

"양반 기생이 왔대! 양반 기생!"

양반 기생! 도경은 직감적으로 심장 한쪽이 덜컥 무너지는 것을 느꼈다. 사내들이 향해 가는 곳을 쳐다보다가, 기생 행렬 속에서 한 여자를 발견하고 놀랐다.

'연주…….'

연주가 사기로 매도된 것은 들었지만 이렇게 치장을 하고 저잣거리에서 사내들을 몰고 다니거나 손님에게 술을 따를 거라고 상상해본 적은 없었다. 아니 그럴 일은 없을 거라고 생각했기에, 직접 눈으로 보니 충격이 컸다.

'연주야!'

당장 달려가 데려오고 싶었지만 그럴 수 없었다. 멀어지는 그녀를 애써 눈으로 붙잡으며 울분을 삼켰다. 일단 덕배 집으로 가서 다음 계획을 세워야 했다.

돌아서는데 왈패 두목이 도경을 알아보고는 실실 웃으며 다가왔다. 보름달만 뜨면 비밀 격투장에 나타나 돈을 싹쓸이하고 사라지던 복면이 도경이었다는 사실을 뒤늦게 알고 잔뜩 벼르던 참이었다. 돌에 맞아 죽은 줄 알았던 놈이 살아난 뒤 갑자기 명나라로 갔다는 소문이 무성했지만 연주를 두고 혼자 떠날 놈이 아니었기에 기다리고 있었다. 왈패 두목은 좋게 말할 때 오라는 듯 손짓을 했다. 도경은 반가운 척 손을 들다가 달려드는 왈패를 재빨리 후려치고 골목 안쪽으로 도망쳤다. 두목은 왈패들을 풀어 시전을 샅샅이 훑었지만 도경을 또 놓치고야 말았다.

가까스로 덕배 집으로 피신한 도경은 다시 밤이 되기를 기다렸다. 이제 믿을 것은 푸른 천의 상자뿐이었다. 요시다가 이것을 은밀히 어기창 밖으로 빼돌리려고 했다면 이 안에 뭔가 있는 게 분명했다. 풍화선사가 죽었으니 소우가 어떻게 나올지 알 수 없었다. 그러니 이 상자만이 자신과 연주가 살 수 있는 유일한 방도였다.

그 시각 소우는 왜관의 지하 내실에서 예배를 드리고 있었다. 주로 왜관에 기거하는 왜인들이나 왜관과 거래를 하며 먹고사는 조선인들이 참석했다. 한 달에 한 번 정도, 성서의 말씀을 나누고 기도를 올리며 찬송가를 부르는 것이 전부였지만, 그 안에서는 상하가 없고 차별이 없었다. 아무리 비루하게 머리를 굴리면서 살아가는 자들도, 그 속에서는 다들 새로운 세상을 꿈꿨다. 물론 그 새로운 세상이 어떤 것인지는 정확하게 알 수 없었다.

예배가 끝나고 모두 돌아가자 밖에서 기다리던 사내들이 조용히 들어왔다. 소우에게 목례하고 앉은 그들은 소우가 조선과 일본에 풀어두었던 간자들로, 서로 얼굴을 공개하지 않는다는 규율에 따라 하나같이 가면을 쓰고 있었다.

"그래, 한양 공기는 어떤가?"

소우가 제일 앞줄에 앉은 사내에게 물었다.

"지난번 광해군 건저의 사건으로, 정철을 비롯한 서인들은 유배를 가고 동인들이 다시 판세를 잡은 듯합니다."

"그래? 쯧쯧쯧."

소우는 괜히 혀를 차며 고개를 저었다. 다시 그 옆의 사내에게 물었다.

"요즘 태합께서는 무고하신가?"

"최근에 오사카 상단과 모종의 일을 도모하신 듯합니다."

"모종의 일?"

"네, 경덕진 어기창에 부관으로 있는 오사카 대상의 양자와 관련이 있는 듯합니다."

"오사카 대상의 양자라면 요시다 말이냐?"

"네."

요시다… 소우는 낮게 그 이름을 읊조렸다. 경덕진에서 먼저 돌아온 장돌이에 의하면, 요시다가 어기창의 승관을 죽이고 이장평을 납치한 뒤 풍화선사까지 죽였다고 했다. 도경마저 놈의 손에 희생이 된 건 아닌지 소우는 불안함을 애써 삼키며 차를 한 모금 마셨다.

"그리고 작년에 태합의 정책에 반대하던 기무라 장군이 할복한 뒤, 반대 세력들이 은밀히 결집하고 있습니다."

"반대 세력이라면… 혹시 사카이 상단과 관련이 있느냐?"

"아직 거기까지는 알 수 없습니다."

소우는 잠시 생각에 잠겼다가, 뒤쪽에 조용히 앉아 있는 사내를 넌지시 쳐다보았다.

"대방은 어떠합니까?"

"동래 부사에게 수양딸을 바치려다 실패하고, 왜관과 거래할 수 있는 남상의 수를 절반 정도만 허락받았지예. 대방 어른은 자리보전하고 누우셨고, 남상의 나머지 절반은 송상들이 차지하는 바람에 손해가 막심합니더."

담담하게 상황을 알리는 사내는 대행수 강헌이었다.

소우는 강헌에게 은이 든 상자를 내밀며 다시 말했다.

"대책을 세우시는 데 보탬이 되었으면 합니다."

강헌이 말없이 상자를 자기 옆으로 끌어다놓자 소우가 말을 이었다.

"어차피 송상은 우리 왜관과 인삼 거래만 하고 있습니다. 왜관이 바라는 것은 해동의 민요에서 나오는 도자기들이지요. 개시대청일에 가능한 많은 물량을 풀어주면 어느 정도 손해를 만회할 수 있을 것입니다."

"허나 동헌이 물량을 감시하고 있으니 그 또한 녹록치 않을 낍니더."

"그러니 그 어려운 일을 꼭 완수하시라고 제가 그 상자를 드리는 것 아닙니까?"

소우가 묘한 미소를 지으며 강헌을 쳐다보았다.

그때 집사가 황급히 들어왔다. 집사의 다급한 표정을 본 소우는 서둘러 간자들을 내보냈다.

"무슨 일이냐?"

"도주님, 방금 도경이 밀입국하여 저잣거리에 나타났다가 왈패들에게 쫓겨 달아났다고 합니다."

"밀입국이라니?"

"놈을 잡아오겠습니다."

"아니다. 놈이 무슨 생각으로 왔는지 모르니 섣불리 행동해선 안 돼! 괜히 놈을 찾는다고 휘젓고 다니다간 일을 그르칠 수도 있다. 도경은 영악하고 눈치가 빨라. 그놈이 제 발로 오게 해야지."

"허면?"

어떻게 하면 이놈을 제 발로 오게 할 것인가. 소우는 이내 계획이 선 듯 지시를 내렸다.

"너는 지금 동헌에 가서 오늘 밤 왜관 연향정에서 연회가 열리니 동래 부사께 꼭 참석하시라고 전해라."

"네."

"그리고 숙소에 가서 센 리큐 차두와 사카이 대상에게도 연회 소식을 전하고. 연회 준비에 특별히 만전을 기하도록 해라."

"네, 도주님."

집사를 내보내고 나서 소우는 생각이 복잡해졌다. 분명 자신이 기다리고 있을 것을 알면서도 도경이 밀입국을 했다면 둘 중 하나였다. 다른 속셈이 있거나, 정말 빈손으로 와서 적당한 때를 기다렸다가 연주를 데리고 도망칠 궁리를 하고 있거나. 하지만 후자는 실현 불가능하다는 걸 도경도 알고 있을 것이다. 그렇다면 뭔가 다른 속셈이 있다는 말인데… 소우는 도경이 요변자기를 빚었다는 사실을 듣고는, 풍화선사를 데려오지 못해도 그저 후하게 맞아주리라 생각하던 참이었다. 황제 만력제도 감탄하고 풍화선사도 인정했다는 그 요변을 단 한 번만이라도 볼 수 있다면, 도경이 어떤 요구 조건을 달아도 다 들어줄 생각을 굳히고 있었다. 하지만 자신을 배신하고 홀로 다른 짓을 꾸민다면, 얘기가 달랐다. 당장 전략을 바꿀 수밖에 없었다. 묵묵히 성호를 긋고 묵주를 챙기는 소우의 눈빛에 왠지 살기가 어렸다.

5

왜관에는 네 개의 문이 있었다. 동문은 항거왜인*들이 사는 왜리倭里로 이어졌고, 남문은 배가 접안하는 선착장과 포구로 이어졌다. 서문은 개운진**으로 나갔고 북문으로 올라가면 오른편으로 숙배소***가, 왼편으로는 연향정 마당으로 내려앉는 길이 있었다. 연향정은 팔각지붕의 정자 형태로 지어졌는데 왜관에서 가장 높은 곳에 있다보니 왜관의 전경뿐만 아니라 선착장과 두모진****까지 한눈에 내려다볼 수 있었다. 연향정 뒷길을 타면 곧바로 황령산 줄

* 왜관에 상주하는 왜인.
** 부산시 동구 좌천동 일대.
*** 조선 왕의 위패를 모셔놓고 일본의 사절단이 올 때마다 예를 표하는 곳.
**** 부산 동구 수정동 일대.

기와 만나는 지점이 있어서, 연향정은 그야말로 배산임수의 명당이었다.

달빛이 쏟아지는 술시가 되자 센 리큐와 히사다가 소우의 안내를 받으며 연향정으로 올라왔다. 잠시 후 동래 부사가 말을 타고 시종 한 명만 대동한 채 모습을 드러냈다. 센 리큐와 히사다는 허리를 깊이 숙여 동래 부사를 영접했고, 동래 부사는 마치 잠행을 나온 왕처럼 별스럽게 조심하며 연향정 대청 상석에 자리를 잡았다. 곧이어 홍루의 행수기생이 차례로 술을 따라 올렸다.

"부사 나리, 이렇게 몸소 오셔서 자리를 빛내주시니 광영입니다."

센 리큐가 목례를 하고 인사를 올렸다. 그의 어눌한 조선말에 부사는 건성으로 응답했다.

"뭐, 나도 차두를 보니 반갑긴 하구먼. 조선말을 배운 거요?"

"네, 아주 조금 배운 거라 어눌합니다. 송구합니다."

부사는 연신 겸손하게 머리를 조아리는 차두를 곁눈질했다. 외양은 흔하디 흔한 노인네 같지만 왠지 그에게서 묻어나는 기운은 범상치 않다고 생각했다.

"부사 나리, 오늘 뜻깊은 자리를 맞이하여 건배사라도 하시는 게 어떻습니까?"

소우의 말에 부사는 괜히 헛기침을 하며 상기되었다. 원래 주목받는 것을 좋아하는 관족觀族인 데다 주동적으로 나서는 것 또한 즐기는 부류이니, 소우는 적당히 부사를 부추기고 구슬려서 분위기를 띄우려 했다.

"오늘 달빛도 곱고, 술맛도 좋고, 이렇게 차 선생과 행수까지 직접 대면하니 기분이 대낄이오! 대낄이! 자자 한잔들 합시다."

부사는 평소에 천박하다고 입에 담지도 않던 사투리까지 구사하며 잔을 높이 들었다. 일부러 센 리큐를 '차 선생'이라고 지칭하고 히사다를 그냥 '행수'라고 무시하며 혼자 신이 난 모양새였다.

"그래, 태합은 잘 있소?"

한술 더 떠서 부사는 본 적도 없는 태합을 괜히 들먹이며 하대를 했다. 그건 명나라가 조선의 어버이국을 자처하듯, 조선이 왜국보다 한 수 위라는 것을 은근히 과시하려는 의도였다. 소우는 빤히 속이 들여다보이는 부사의 행동을 간파하고 있었지만 센 리큐는 아마도 속으로 당황했을 거라 생각했다. 그런데도 센 리큐는 시종일관 부사의 맥락 없는 말에 솔깃하게 반응하고 겸손하게 굴었다. 어느새 부사도 마음이 풀어지는 눈치였다.

"내 오늘 기분이 몹시 좋소. 혹시 차두 내게 부탁할 게 있으면 하시오. 내 특별히 차두의 소원은 다 들어주겠소."

"그렇게 말씀해주시니 몸 둘 바를 모르겠습니다. 허면 청을 하나 올려도 되겠습니까?"

"말해보시오."

"여기 조선 제일의 민요가 있다고 들었습니다."

"민요? 아! 해동의 민요 말이오?"

"네, 부사 나으리. 왜관에 머무는 동안 하루만이라도 그 민요를 좀 방문할 수 있도록 허락해주신다면 큰 광영이겠습니다."

"설마, 우리 사기장들을 빼갈 심산은 아니겠지?"

부사의 느닷없는 말에 다들 당황하여 사뭇 분위기가 어색해졌다.

"허허허허, 농이오, 농! 차두! 생각보다 순진하시구먼."

"송구합니다……."

"그렇게 하시오. 허가증을 써줄 테니 언제든 가서 구경하시오."

"고맙습니다. 이 은혜를 무엇으로 갚을지……."

"맨입으로는 차두 입장에서도 찝찝할 테니 적당히 생각해주시오."

"네, 나으리."

소우는 속으로 코웃음을 쳤다. 이제 대놓고 뇌물을 요구하다니, 참 쉽고 허접하기 이를 데 없는 위인이었다. 부사도 괜히 무안한지 행수기생에게 왜 이렇게 적적하냐고 호통을 쳤다.

행수기생이 손뼉을 치자, 대기하고 있던 풍악재비들이 북과 장구, 꽹과리를 치며 연향정 주위를 빙빙 돌아 흥을 돋우었다. 곧 연향정 위로 홍루의 기생들이 차례차례 올라와 큰절을 올렸다. 연거푸 술을 들이켜며 어깨춤을 추던 부사는 기생들 속에서 연주를 보고는 술맛이 딱 떨어진 듯 표정을 일그러뜨렸다.

"감히 나를 배신하고 천한 놈과 눈이 맞아 도망가더니 참 꼴좋구나!"

부사의 빈정거림에 영문을 모르는 센 리큐와 사카이 대상은 당황해서 서로를 쳐다보았다.

"부사 나으리, 아랫것들은 그저 상전의 은혜를 입고 사는 미물이 아닙니꺼? 오늘 저년의 술 한잔 받으시고, 지난날의 악연은 훌훌 털어버리소. 연주 니는 뭐하노? 어서 부사 나으리께 술 한잔 올리지 않고."

행수기생의 눈짓에, 연주는 마지못해 부사에게 담담히 술을 따랐다. 연주를 이리저리 훑어보던 부사는 괜히 입맛을 다시며 노골적으로 들이댔다.

"어떠냐, 지금이라도 지난날의 악연을 풀어보는 것이. 누가 알겠느냐, 하룻밤 만리장성이라도 쌓고 나면 운우지정雲雨之情이라도 생길지?"

"아유! 부사 나으리, 저년에게 묻고 말고가 어디 있습니꺼. 그저 광영이지예, 광영!"

괜히 행수기생이 나서서 호들갑을 떨었지만 동래 부사는 연주의 답을 직접 듣고 싶어했다.

"나으리의 뜻이 정 그러시다면 어찌할 도리가 있겠습니까. 허나."

"허나?"

"굳이 나으리께서 이 천한 것의 의향을 물으시니 제 솔직한 마음을 말씀드리겠습니다."

행수기생은 불안하여 고개를 저었지만, 연주는 부사를 빤히 쳐다보며 말을 이었다.

"대소인 불난어엄 이난어불오待小人 不難於嚴 而難於不惡*. 이것이 제 대답입니다."

"뭐라?"

연주의 말에 소우는 슬며시 미소를 지었다. 평소 온갖 패악을

---

* 소인을 대함에 있어 엄격하기는 어렵지 않지만, 미워하지 않기는 어렵다.

다 부리는 부사에게 그처럼 당돌하게 말하는 연주를 보고, 다른 기생들 역시 속이 시원하다고 생각했다. 사카이 대상은 웃음을 참느라 고개를 돌렸다. 센 리큐는 무안해서 헛기침을 했다.

결국 자신이 조롱당했다고 생각한 부사는 연주의 뺨을 후려쳤다. 찬물을 끼얹듯 분위기는 삽시간에 얼어붙었지만 소우는 느긋하게 이 광경을 구경했다.

"이, 이년이! 뚫린 주둥이라고 함부로 지껄여?"

오히려 때린 부사는 억울한 듯 방방 뛰었고, 맞은 연주는 미동 없이 차분했다.

그때 서편 하늘에 불꽃이 터졌다. 기생들은 무슨 일인가 싶어 일제히 밤하늘을 올려다보았다.

"한식날* 웬 불꽃이고? 뭔 일 있나?"

"저기 숲 근처 강가 같은데?"

소란스럽게 떠드는 기생들 머리 위로 다시 불꽃이 솟아올랐다. 불꽃이 환한 꽃가루가 되어 떨어지는 모습에 다들 탄성을 지르며 넋을 잃었다.

연주가 갑자기 일어났다. 어둠 속에서도 하얗게 질린 그 얼굴 위로 다시 불꽃이 터지자, 연주는 뭔가에 홀린 듯 자리를 박차고 나와 숲 쪽으로 뛰어갔다.

"저년이! 아직 내 말이 끝나지도 않았는데 어디로 도망치는 것이냐?"

---

* 설날, 단오, 추석과 함께 우리나라 4대 명절 중 하나.

동래 부사가 고래고래 소리를 질렀지만 돌아보지 않았다. 행수 기생이 부르는 소리도 들리지 않는 듯했다. 소우의 사병들이 연주의 뒤를 은밀히 쫓아갔다.

소우는 분통을 터트리는 부사의 잔에 넘치도록 술을 따라주며 묘한 미소를 지었다.

6

황령산은 줄기마다 숲이 다르고 바람이 머물다 가는 능선마다 기운이 다른 탓에, 물안개가 피어오르는 곳, 햇살이 부서지는 곳, 여우비가 소란스럽게 지나가는 곳이 다 달랐다. 그중에서도 숲의 전령이 쉬어가는 곳, 바람의 호흡이 잦아드는 곳에 물길을 따라 기슭이 이어졌다.

누군가 거친 숨결을 쏟아내며 그 기슭으로 달려왔다. 연주였다. 그녀의 머리 위로 다시 불꽃이 피어올랐다. 끊어진 나뭇가지에 그녀가 걸려 넘어졌다. 허공에서 부서지는 불꽃 자리를 더듬느라 앞길에 소홀했던 탓이었다. 버선발로 내달린 길, 이미 버선은 너절해지고 발끝에는 피멍까지 맺혔다. 연주는 이를 앙다물고 다시 일어나 숲을 헤치고 달려갔다. 산자락이 끝나는 지점, 들판을 끼고 호수처럼 잔잔하게 흘러가는 강물 위로 달빛이 떨어졌다. 연주는 누굴 찾기라도 하듯 잰걸음으로 강가를 두리번거렸다.

차츰 물소리가 숨소리처럼 낮게 흐르며 잦아들었다. 강의 상류 쪽에서 두 사람이 걸어왔다. 그 옛날 풋풋했던 도경과 연주였다.

시간이 멈춘 것처럼 강기슭에서 두 사람이 멈춰 섰다. 둘은 마치 우주 같은 경이로운 그 밤의 분위기에 취했다.

도경은 들뜬 표정으로 돌멩이 하나를 주워 물수제비를 떴다. 통, 통, 통, 돌은 물을 가로지르며 날아가다 물속으로 곤두박질쳤다. 연주가 비식 웃으며 돌아서자, 갑자기 장난기가 발동한 도경이 그녀를 번쩍 들어 물속으로 뛰어들었다.

"꺄악!"

도경은 바둥거리는 연주를 꼭 끌어안았다. 순간 세상의 모든 소리는 잦아들고, 오직 서로의 심장 소리만 서로의 가슴으로 전달되었다.

"연주야, 우리 이대로 그냥 도망갈까?"

"어디로 갈까요?"

"어디든. 너와 함께라면 어디든 상관없어. 지옥이라고 해도."

"에구, 이거 어쩌나. 전 지옥은 싫은데요?"

말이 끝나기도 전에 도경의 입술이 그녀의 입술을 덮쳤다. 달빛이 누운 꽃자리에 그녀를 눕히고, 한껏 상기된 숨결을 그녀의 목덜미에 묻으며 그녀의 앞섶을 풀어헤쳐 뭉클한 젖가슴을 훑을 때, 낮게 들려오던 신음 소리는 도경의 심장을 부추겼다.

"연주야……."

도경의 뜨거운 기운이 그녀의 몸속 깊숙이 퍼졌다. 연주가 그를 꼭 끌어안았다. 온몸과 온 마음으로 서로를 받아 안고 서로를 꿈꾸며 서로를 향해가는 시간이었다.

"우리 다음 한식날에도 또 오자. 그땐 내가 하늘에 불꽃을 쏘아

올릴게. 그게 신호야. 그럼 나에게 달려와야 해. 알겠지?"

연주가 고개를 끄덕였다. 달빛을 받은 그녀의 모습에 도경은 숨이 막혔다. 그녀의 두 볼을 다정하게 감싸고 오래오래 입맞췄다.

그 숲과 강물엔 어둠만이 떨어지고 있었다. 연주가 도경을 부르며 물속으로 뛰어드는 순간, 환영幻影이 사라졌다. 끝내 그녀의 가녀린 어깨가 들썩였다. 새삼 도경이 이 세상 사람이 아니라는 사실이 절망처럼 온몸으로 스며들었다. 불꽃이 터지면 기다리고 있을거라던 그의 말은 허무하게 물 밑으로 가라앉았다. 그때 숲 쪽에서 인기척이 났다.

"연주야!"

바람결에 도경의 목소리가 들리는 것 같았다. 연주가 가슴을 그러쥐었다.

"연주야!"

도경이 숲에 숨어 그녀를 지켜보고 있었다. 약속을 잊지 않고 달려온 연주를 보자 가슴이 벅찼다. 그녀를 향해 모습을 드러내려는 순간, 숨어 있던 소우의 사병들이 쥐도 새도 모르게 도경을 끌고 갔다. 기척에 연주가 돌아보았을 땐, 바람만 숲을 흔들 뿐이었다. 휘청하며 그녀가 강물 위로 주저앉았다. 끝내 오열하는 그녀의 머리 위로 달빛만 내려앉았다.

7

소우는 끌려온 도경을 보며 한동안 말없이 차를 마셨다. 그의 침묵이 무엇을 의미하는지 도경은 알고 있었다. 풍화선사가 뜻하지 않게 죽게 된 것이 도경의 탓은 아니었지만, 소우의 명을 완수하지 못한 채 밀입국까지 했으니 그냥 눈감을 일도 아니었다.

"생각보다 머리가 나쁜 놈이구나."

소우가 찻잔을 내려놓으며 입을 열었다.

"네놈이 밀입국하면 내가 모를 줄 알았느냐?"

소우는 입을 꾹 다문 채 자신을 빤히 쳐다보는 도경의 눈빛에 화가 치밀었지만 놈이 무슨 패를 쥐고 있는지 알 수 없어 가까스로 감정을 억눌렀다.

"풍화선사는 죽었고."

"……."

"네놈은 어기창에서 이장평 편수로 위장한 채 황제의 흠한을 받았고."

"……."

"가마신의 도움으로 요변을 빚었다지?"

대답이 없자 소우의 호위무사가 도경의 목에 칼을 겨누었다.

"잊었느냐? 이 조선 땅에서 천한 사기장 하나쯤 죽는다고, 아니! 죽인다고, 눈 하나 깜짝할 사람 없다는 거?"

"그런 곳에 제 발로 밀입국을 했다면 내가 뭘 쥐고 있는지 궁금하실 텐데?"

이놈 봐라? 의외로 느긋한 도경의 태도에 소우의 표정이 살짝 굳어졌다.

"쥐고 있는 게 무엇이냐?"

소우가 단도직입적으로 물었다.

"요시다가 황제의 하례품 속에 어떤 상자 하나를 숨겨 나가 달라고 부탁을 했소."

"상자?"

"그렇소. 아마도 이장평 편수의 납치와도 관련이 있을 것이오. 오사카 상선이 경덕진 항구에 정박해 있었으니, 그 상자를 가지고 왜국으로 갈 계획이었던 것 같소."

"허면, 그 상자는 어디에 있느냐?"

다급한 마음을 감추지 못하고 소우가 묻자 도경은 미소를 지었다.

"그 상자는 어디에 있느냐?"

"이 칼부터 치우시오."

"이놈! 지금 나랑 뭘 하자는 것이냐?"

"그럼 죽이시오."

"뭐?"

소우는 기가 막힌 듯 헛웃음을 흘렸지만 생각을 가다듬었다. 죽기를 각오한 저 되바라진 태도. 큰 패를 쥐고 있다는 자신감. 저 기고만장한 태도의 이유가 그 상자라면 흥정을 해야 할 터였다. 소우의 눈짓에 호위무사가 슬며시 칼을 치웠다. 도경은 그 상자가 자신의 살길임을 확신했다.

"내가 그 상자를 주면, 도주는 내게 무엇을 줄 것이오?"

"나랑 거래를 하자는 게냐?"

"그렇게 들으셨소?"

"네 말을 아직 믿을 수 없다. 그러나 만약 그 상자 안에 내가 욕심을 낼 만한 것이 있다면⋯⋯."

"있다면?"

"너를 왜관의 노비에서 면천시켜주고 처음 약속한 돈의 열 배를 주겠다."

소우의 말에 도경이 코웃음을 쳤다.

"부족한 것이냐? 한낱 사기장에게는 다시 오지 않을 기회일 텐데."

"모레 자시子時(오후 11시~오전 1시)까지 몰운대(부산 사하구)에 밀선을 대시오. 그리고 약속한 돈과 함께 연주를 데려오시오. 그럼 그 상자를 넘기겠소."

소우도 어이가 없다는 듯 코웃음을 쳤다. 필시 그 상자 속에 뭔가가 든 것 같긴 한데, 그렇다고 그의 말만 믿고 무조건 그 조건을 들어줄 수도 없었다. 머리가 비상한 놈이 상자를 빌미로 무슨 일을 꾸밀지 알 수 없었기 때문이다.

"그 상자에 든 물건이 그 정도의 가치가 있는지 먼저 확인부터 해야 하는 게 아니냐?"

"날 못 믿겠다는 거요?"

"장사꾼은 결코 손해 보는 거래를 하지 않는다."

"허나 날 믿지 못하면 아마 손해를 볼 텐데?"

소우는 도경의 당당한 태도에 더 구미가 당겼다. 그것은 상자를 본국으로 보내려 했던 요시다의 계략 속에, 적어도 태합과 오사카 대상이 연결돼 있을 거라는 확신 때문이었다. 간자로부터 그들이 무엇을 도모한다는 소리는 이미 들었고, 그 '무엇'이 상자와 관련되어 있다면 도경의 거래에 응하지 않을 수 없었다.

"만약 이번에도 약속을 지키지 않으면……."

"그럴 일 없소. 괜히 사람을 시켜 내 뒤를 밟거나 허튼 수작을 부리면, 당신은 솜씨 좋은 사기장도 잃고, 그 상자도 잃게 될 것이오."

"나를 겁박하는 것이냐?"

"나는 이미 한 번 죽었던 몸이오. 이제 더는 잃을 게 없소."

더 잃을 게 없다는 그의 말에 오히려 소우는 안심이 되었다. 소우의 입장에서 손해 보는 거래는 아니었다. 거래를 하는 척하고 다른 속셈을 부릴 수도 있었다. 그 정도는 도경도 짐작하고 있을 것이다. 다만 이 싸움에서 누가 이길 것인가는, 속임수를 쓰는 자가 아니라 죽을 만큼 무언가를 갈망하는 자임을, 도경도 소우도 둘 다 알고 있었다.

8

도경이 왜관을 나왔을 때는 서쪽 하늘에 별이 기울며 옅은 새벽빛이 어둠을 밀어내고 있었다. 그 길로 스승의 민요를 찾아갔다. 아직 이른 시각이라 사기장들의 모습은 보이지 않았다. 대부분의 사기장들은 민요 내 숙소에 기거했지만 가정을 일군 몇몇은 민요 근처에 집을 구해 살고 있었다. 주문량이 많거나 개시대청일이 가까워지면 대개 밤낮없이 가마 일에 매달리다보니 민요를 중심으로 작은 사기장 마을이 만들어지는 건 자연스러운 일이었다.

민요의 마당으로 들어선 도경은 밭은기침 소리를 듣고 불빛이 새어 나오는 쪽으로 다가갔다. 스승이 홀로 가마를 지키고 있었다. 왜관의 개시대청에 보낼 사기들을 최종적으로 점검하느라 밤을 지새운 듯했다. 원래는 도경의 일이었다. 흙을 반죽하고 빚고 유약을 입히는 과정도 중요했지만, 그것들이 가마신의 손길을 잘 받을 수 있도록 열기를 조절하고 시간을 가늠하는 일은 사기의 완성도를 높이는 가장 어려운 작업이었다. 주로 민요에서 가장 솜씨 좋은 사기장에게 이 임무가 맡겨졌는데 도경이 없으니 스승이 자청하고 나선 것 같았다.

해동은 열기에 벌겋게 익은 얼굴을 쓸어내리며 뜻 모를 한숨을 쉬었다. 늙고 병든 스승이 가마를 지키는 것은 무리라고 다른 사기장들이 만류했지만, 해동은 도경에 대한 걱정 때문에 가마를 떠나지 못하고 있었다. 경덕진에 같이 갔던 덕배가 돌아온 지 여러 날이 지났는데 도경은 여태 감감무소식이니, 혹여 신변에 문제라도 생긴 건 아닌가 싶어 답답했다. 덕배 말로는 이장평이 납치되고 도경이 이장평 대신 황제의 흠한을 받아 요변을 빚었다고 했다. 살아생전에 자신조차 해보지 못한 요변자기를 빚은 제자 도경에 대한 애틋함과 걱정스러움에 더욱 애가 타던 참이었다.

"스승님."

해동이 놀라 돌아보았다.

"스승님, 용서해주십시오."

어슴푸레한 새벽빛을 등지고 도경이 무릎을 꿇었다.

숙이도 그랬었다. 무릎을 꿇은 도경을 보자 해동의 젖은 눈에 숙이가 겹쳐졌다. 그 아이가 아버지인 동래 부사를 따라 이곳에 온 것이 열여섯이었다. 유난히 흙을 좋아했다. 흙을 만지면 마음이 가라앉고 머릿속이 투명해지는 것 같다며 해맑게 웃었다. 괜히 부사의 외동딸을 부추긴다며, 해동은 여러 번 동헌에 끌려가 곤장도 맞았다. 그때마다 자신의 편을 들며 울부짖던 숙이는 아버지의 임기가 끝나자 한양으로 떠났다. 한양으로 가기 전, 다시 돌아오겠다며 양반 댁 규수가 천한 사기장에게 큰절을 올렸다. 해동은 송구하여 마주 보지도 못했다.

"헌데 애기씨. 왜 그토록 흙을 좋아하심니꺼?"

해동은 처음이자 마지막으로 물었다. 숙이는 마치 기다렸다는 듯이 미소를 지으며 대답했다.

"그냥요. 좋은 것에 이유가 있으면 진짜 좋은 게 아니지요."

숙이가 떠나고, 한양에 볼일이 있어 잠시 다녀갔던 어느 해에 해동은 우연히 저잣거리에서 숙이를 다시 보았다. 정부인이 된 그녀의 품엔 어린 아들이 안겨 있었지만, 그녀는 어딘지 모르게 불안해 보였다.

몇 년 뒤 그녀가 해동을 정말 다시 찾아왔을 때, 그녀는 가마 앞에 무릎을 꿇고 앉아서 자신을 받아 달라고 여러 날 애원했다. 무언가에 쫓기듯, 아니 무언가로부터 벗어난 듯, 위험하고 홀가분한 모습으로 해동의 민요로 뛰어들었다. 그때도 해동은 그녀를 어찌지 못하고 받아들였다. 마치 불 속으로 뛰어드는 듯한 그 불나방을 쫓아내지 못했다.

"너는 왜 천한 사기장이 되려 하느냐?"

언젠가 해동은 도경에게도 그렇게 물었다.

"그냥요, 그냥 좋습니다. 흙이 손가락 사이사이 파고드는 그 촉감도 좋고, 잿물을 만들 때 그 향도 좋고요, 불 속에서 다시 태어나는 그릇처럼……."

다시 태어나는 그릇처럼… 도경은 끝내 그 다음 말을 입속에 묻었지만, 해동은 분명하게 느낄 수 있었다. 스스로 상처를 내고 피가 터져 죽어갈지라도 결코 거부할 수 없는 운명의 처절한 민낯을. 그 운명에 치여 제자 도경이 죽었을 때도, 다시 살아났을 때도, 이렇게 돌아온 지금도, 해동은 그 모든 순간들이 도저히 믿을 수 없어서 말문이 막혔다. 아니 마음이 쓰라렸다.

"와 그러고 섰노? 오늘 개시대청일이라 눈코 뜰 새 없이 바쁠 낀데."

해동은 반가움을 밀어내고 괜히 퉁명스럽게 도경을 대했다.

"네, 스승님."

도경은 퉁명스러운 나무람 속에 담긴 스승의 마음을 읽고 울컥했다. 그는 부산포 왜관의 개시대청일을 맞아 주문받은 도자기를 왜관까지 운반하는 일을 자청했다. 연주를 데리고 조선을 떠나기 전까지는 최선을 다해 스승을 돕는 것이 자신의 마지막 일이라고 생각했다.

9

1만 평 부지에 달하는 부산 왜관은 남동쪽으로는 바다를 끼고 있는 왜관 선착장이 있었고, 나머지는 담으로 둘러싸여 있어 왜관과 조선인 마을의 경계가 분명하게 나뉘어 있었다. 왜관의 내부는 동관과 서관이 있었는데, 동관에는 대관옥臺館屋이 자리잡고 있었고, 서관으로는 상점가들이 즐비했다.

개시대청일을 맞은 왜관의 상점가는 거래할 물건들이 잔뜩 쌓여 있고 목록을 분류하는 내상과 송상의 행수들로 북적였다. 인삼 판매점은 오늘도 문을 열자마자 왜국 각지에서 온 장사꾼들이 먼저 사겠다고 몸싸움을 벌이는 통에 난장판이 되었다. 그 옆으로 기모노, 장신구, 잡화, 약재와 쌀, 스시 가게들이 이어져 있었다.

마침 왜관 구경을 나온 아오이는 생기 넘치는 풍경들을 신기한 듯 둘러보다가, 풍경들을 재빨리 화선지에 담아냈다. 센 리큐와 히사다도 집사의 안내를 받으며 상점가를 구경하고 있었다.

"매달 3일과 8일에 개시대청이라 하여 왜관에 큰 장이 섭니다. 조선과 본국의 교역품 8할이 여기 왜관에서 거래되지요. 매일 아침에는 조시朝市라고 하여 수문 밖에 작은 장도 섭니다."

"생각보다 규모도 크고 거래 물목도 다양하군요."

센 리큐는 새삼 대마도주 소우의 역량과 추진력에 감탄했다. 그가 조선의 조정에 뇌물을 바치면서까지 왜관을 운영하는 이유를 알 것 같았다. 사카이 대상 히사다는 본국에서 인기가 높은 인삼을 구경하느라 몇 걸음 뒤처져 있었다. 조선의 허가 없이는 구매할 수 없는 인삼과 도자기는, 왜국에서는 생산할 수 없는 물품이었다. 인삼은 토양이 빈약하여 그렇고 도자기는 도공이 없어서 그랬지만 조선이 부러운 건 사실이었다.

센 리큐는 도자기 가게 앞에서 발길을 멈추었다. 조선의 백자와 분청사기부터 각종 다완과 제기에 이르기까지 종류별, 크기별로 진열된 모습에 황홀한 표정이 되었다. 자기 하나하나에 새겨진 솜씨에서 장인의 숨결이 오롯이 느껴지는 것 같아 상기되었다.

"수고하십시오. 주문서는 별도로 보내주십시오."

익숙한 목소리에 고개를 돌려보니 맞은편 도자기 가게에서 도경이 나서고 있었다.

"이장평 편수!"

뜻밖의 장소에서 도경을 보고 놀란 센 리큐는 신음처럼 그 이름을 내뱉었다. 좀 야윈 듯 보였지만 분명 이장평이었다.

"이장평 편수! 이편수!"

센 리큐는 사람들을 헤집고 쫓아갔지만 그를 놓치고야 말았다. 평소 골염骨炎을 앓고 있어 좀체 뛰는 일이 없는 그였다. 사카이 대상은 무슨 일인가 놀라 달려왔다.

"왜 그러십니까, 차두 어르신."

"이장평… 이장평 편수를 본 것 같아서요."

"네? 그럴 리가요? 여긴 왜관입니다. 설령 그자가 조선에 왔다고 한들, 여기 있을 리가 없지 않습니까?"

"그러게 말입니다… 내가 잘못 본 거겠지요."

"그자에 대해 너무 많이 생각하시다보니 헛것을 본 듯합니다."

히사다의 말을 흘려들으며 센 리큐는 허탈한 듯 상점가를 다시 눈으로 훑었다.

'분명 이장평이었는데. 아니지, 히사다 말처럼 그자가 여기 있을

리가 없지.'

센 리큐는 오락가락하는 마음을 보듬었다.

"고개 쳐들어라! 뭐하노?"

아오이가 소리를 따라간 곳은 왜관 내 어학당이었다. 조선과의 원활한 거래를 위해 왜관에 거주하는 왜인들에게 조선말을 가르쳐 주는 곳이었다. 어학당은 상점가를 지나 선착장으로 나가기 전에 큰 대청마루를 끼고 지어진 정자 모양의 건물에 있었다. 어학당이 열리지 않을 때는 왜인들이 낮잠을 자거나 본국으로 돌아가는 배 편을 기다리며 꽃패(일본 화투)를 치고 와자하게 떠드는 곳으로 쓰곤 했다.

아오이는 꼬장꼬장해 보이는 초로의 훈장과 열 명 남짓 되는 왜인들이 머리를 맞대고 앉아 책을 읽는 모습이 신기한 듯, 걸음을 멈추고 구경 삼매경에 빠졌다.

"자자! 자부리지 말고! 다시 해보자! 배가 부른데도 자꾸 묵으라 카믄 우짠다꼬?

훈장이 회초리를 탁탁 내리치며 소리를 높이자 왜인들이 한목소리로 말했다.

"마, 됐심더! 역슈로 마이 묵어서 배가 터지뿔랍니더!"

"역슈로가 아이고! 억! 억수로! 목구멍이 칵 맥히는 기분으로 억! 해봐라!"

"억!"

"억! 하면서 주둥이를 내밀고 확 숨을 뿌리면서 수로!"

"억수로!"

훈장의 시범에 따라 왜인들이 일사불란하게 소리를 맞추었다.

억수로! 아오이도 혼자 따라 하며 그들의 모습들을 연신 화선지에 담아냈다.

"삼세번은 거절하고! 그캐도 자꾸 묵으라 카면 묵어삐라!"

"와예?"

왜인들이 의아하다는 듯 쳐다보았다.

"조선에서는 너무 거절하는 것도 인정머리 없다 칸다! 알겠제?"

"알겠심더."

"가만, 뭐가 허전하다? 누가 안 왔노?"

"스시 배달 아가 안 왔심더."

"누구?"

"기마이요."

"기마이? 가가 가가?"

"야! 가가 가암니더!"

무슨 암호 같은 말들을 주고받으며 소리를 꽥꽥 지르는 모습에 아오이는 자기도 모르게 웃음을 터트렸다.

"니는 누꼬?"

의아한 눈빛으로 훈장이 물었다. 분위기를 파악한 듯 아오이는 공손하게 인사를 올렸다.

"처음 뵙겠심더. 아오이라고 함니더."

서툰 사투리로 붙임성 있게 구는 아오이가 밉지 않은 듯, 훈장이 넌지시 그녀를 넘겨다보았다. 아오이가 슬쩍 화선지를 들어 보이자 훈장의 입가에 비시시 미소가 걸렸다. 화선지 속엔 인자한 모습의 훈장이 그려져 있었다. 훈장이 아오이에게 눈을 찡긋해 보였다. 왠지 그녀를 또 볼 것 같다는 생각이 훈장의 뇌리를 스쳐 지나갔다.

어학당 구경을 끝낸 아오이가 상점가로 막 접어들었을 때, 도경이 짐수레를 끌고 지나가는 모습을 보았다. 놀란 아오이가 다급하게 쫓아갔다.

"이장평님! 이장평님!"

목이 터져라 이름을 부르며 달려갔지만 그새 도경의 모습은 사라지고 없었다. 급하게 달려가느라 아오이가 들고 있던 화선지가 와르르 쏟아졌다. 화선지가 바람에 여기저기 날아가자 사람들과 아오이가 화선지를 줍느라 한바탕 소동이 벌어졌다. 도경의 얼굴이 그려진 화선지를 누군가 밟고 지나가는 바람에 아오이는 울상이 되었다. 그때, 지나가던 스시 배달원 기마이가 그 모습을 보고 다가왔다.

"어? 나 이 그림 속 남자 아는데."

"정말입니까?"

"하모요."

"저 이분 만나야 합니다. 이분을 좀 만날 수 있게 해주십시오."

"근데 왜인들은 왜관 밖으로 함부로 못 나가는데……."

"그럼 어떡하죠?"

아오이의 눈가에 눈물이 그렁그렁 맺히자 기마이가 몹시 심각한 표정으로 가까이 오라고 손짓했다. 아오이가 바짝 다가가자 귓가에 대고 조심스럽게 속삭였다.

"서문 뒤쪽으로 가면, 개구멍이 하나 있는데……."

10

초저녁 내내 구름에 가려 있던 달이 바람다리를 타고 서쪽 하늘에 걸렸다. 짐작으로 술시를 넘기고 있으리라. 주문받은 다완을 왜관에 납품하고 숙소로 돌아온 도경은 떠날 채비를 모두 마쳤다. 마지막으로 푸른 천의 상자를 봇짐에 넣다가 문득 생각에 잠겼다. 이 상자 안에 도대체 무엇이 들었기에 요시다는 어기창 승관을 죽이고 이장평을 납치하면서까지 지키려 했을까. 도경은 열어보지도 않고 소우에게 넘기는 것이 맞을지 망설이다가 상자를 감싼 푸른 천을 풀었다. 상자를 여니 모래먼지가 뿌옇게 피어올랐다. 상자가 흔들려서 안에 든 내용물이 상하지 않도록 짚으로 묶어 감싸고 빈 공간에 모래를 넣어 완충 역할을 하게 한 것이다. 모래를 털어내고 꽁꽁 감싼 짚을 풀어보니 또 무언가를 감싼 무명 솜이 나왔다. 습기가 날아가고 푸석해진 솜털이 사방으로 날렸다. 솜을 일일이 걷어내는 데만 한 식경이 걸렸다.

그렇게 모습을 드러낸 것은 너무나 평범해 보이는 분청사기 한 점이었다.

'겨우 이걸 가지고 나가려고 그 소동을 벌인 건가.'

도경은 머리를 한 대 얻어맞은 것처럼 멍해졌다. 허탈한 마음에 다시 상자를 봉하다가, 문득 이장평이 납치되기 전에 했던 말이 떠올랐다.

"조선의 분청은 달빛에 비춰보면 그 진가가 달리 보이는 법이지."

그 말을 들었을 당시에는 앞뒤 맥락이 맞지 않는다고 생각하고 그냥 흘려들었다. 그런데 일이 이렇게 된 지금 다시 생각해보니, 이장평이 자신의 신변에 변고가 생길 것을 예감하고 그런 암호 같은 말을 던진 건 아닐까 하는 의심이 들었다.

도경은 무작정 분청을 들고 밖으로 나갔다. 환한 달빛에 분청을 비춰보았지만 특별한 변화는 없었다. 이리저리 각도를 바꿔 다시 비춰보자, 뭔가가 섬광처럼 빠르게 스쳐 지나갔지만 그뿐이었다.

"분명 뭔가가 있어. 달빛에 숨겨진 뭔가가……."

"뭐가 있는데?"

덕배가 뒤에 와서 물었다.

"덕배야."

"와?"

"이장평 편수가 납치되기 전에 나한테 이상한 말을 했어."

"뭐라캤는데?"

"조선의 분청은 달빛에 비춰보면 진가가 달리 보인다고."

"뭔 소리고? 저 달빛에 이걸 비춰본다꼬?"

"근데 내가 지금 비춰보니까 뭔가가 있어."

"뭔 개풀 뜯는 소리고?"

덕배가 분청을 높이 들더니 한쪽 눈을 지그시 감고 쳐다보았다. 환한 달빛이 고스란히 분청사기에 내려앉았다.

"어? 진짜 뭐가 있네?"

"있어? 보여?"

"아니. 근데 뭐가 있는 것도 같다."

맥이 빠진 도경은 다시 분청을 들고 달빛에 이리저리 각도를 맞춰보았다.

"달빛이 너무 멀어서 잘 안 보일 수도 있는 거 아이가? 뭐 다른 빛에 비춰보든가."

"다른 빛?"

"등잔 밑이 어둡다는 말도 있다 아이가?"

"지금 그 말이 왜 나오는데?"

도경은 어이가 없다는 듯 돌아서다가, 갑자기 무언가에 얻어맞은 듯 멈춰 섰다.

"등잔불? 맞아 등잔불! 고맙다, 덕배야!"

도경이 재빨리 방 안으로 들어갔다.

"내가 뭘 또 했나?"

덕배는 괜히 우쭐해져 도경을 따라 방 안으로 들어갔다. 도경이 등잔불을 분청사기 안에 조심스럽게 내려놓았다. 조금 긴장되고 상기된 그의 얼굴이 씰룩거렸다. 덩달아 덕배도 숨을 죽이고 지켜보았다. 순간 불빛을 투과한 분청의 안쪽 표면에 음각이 되살아나면서 글자가 차례로 벽에 그려지기 시작했다. 도경과 덕배는 눈이 휘둥그레졌다. 벽에는 온통 글자의 향연이 펼쳐졌다.

"이기 다 뭐꼬?"

덕배는 헛것을 본 건 아닌가 싶어 여러 번 눈을 비비고 다시 벽에 새겨진 글자들을 확인했다.

"바로 이거였어!"

"이게 뭔데?"

"사기를 빚을 때 먼저 음각으로 글자를 새기고 그 위에 전사지*를 입혀 초벌구이 한 거야. 그리고 유약을 입히고 재벌구이를 한 다음 마지막으로 표면에 회칠을 해서 평범한 분청처럼 보이게 만든 거지."

"와아! 그런 게 다 있나? 첨 본다."

"지금은 쓰지 않지만 송나라 때 밀지**를 전달하던 방법이었대. 예전에 스승님께 들었어."

"그니까 니 말은, 겉으로는 그냥 분청인데 불빛에 비춰보면 숨겨진 글자가 보인다 그 말이가?"

"그렇지."

"근데, 뭘 쓴 긴데 무슨 글자가 저리 많노?"

도경은 찬찬히 벽의 글자에 집중했다.

一五 九四十 十三四九十…

글자는 숫자들이었다. 그러나 단순한 숫자는 아니었다. 숫자와 숫자를 조합하여 새로운 글자를 만드는 구조였다. 그건 이장평 편

---

* 겉으로는 알 수 없지만 빛을 비추었을 때 안에 새겨진 글씨나 그림이 드러나도록 특수 가공된 종이.
** 임금이 비밀리에 내리던 명령.

수가 즐겨 사용하던 암호였다. 오래전 우연히 그 암호를 본 적이 있었다. 도경이 신기해하자 이 편수는 암호를 보는 방법을 가르쳐 주었다. 은밀히 전해야 할 내용을 암호로 기록해두면 아무도 알아 볼 수 없다고 했던가.

도경은 숫자를 결합하면서 내용을 새겨보다가 놀랐다.

"와? 뭔데? 어? 말 좀 해봐라! 답답해서 미치겠다!"

도경은 말이 없었다. 그저 놀랍고 경이롭고 두려웠다. 이것을 정말 이장평 편수가 만들었다는 것인가. 요시다는 이것의 정체를 다 알고 빼돌리려 했단 말인가. 분청을 앞에 놓고 도경은 깊은 고민에 빠졌다. 이것은 소우의 손에 넘겨서는 안 되는 물건이었다.

"덕배야."

"와?"

"너 지금 유정스님께 좀 다녀와야겠다."

"이 밤에? 내 혼자?"

도경은 서둘러 분청사기를 봉한 뒤, 종이에 뭔가를 써서 덕배 편에 보냈다. 가기 싫다고 볼멘소리를 하는 덕배를 달래서 보낸 뒤, 도경은 진정되지 않은 심장을 겨우 추슬렀다. 그리고 분청사기 와 무게가 비슷한 돌덩이를 찾아 빈 상자 안에 넣고, 봇짐을 짊어 지고 약속 장소로 향했다.

11

해시가 가까워지는 시각, 요시다는 동래 읍성의 북쪽 마안산* 줄기를 타고 올라갔다.

그는 경덕진에서 이장평을 오사카 상선에 태워 보낸 뒤, 사카이 상단에 심어둔 간자의 도움을 받아 배의 짐칸에 숨어 조선에 도착했다. 간자로부터 구한 조선인 복색으로 바꿔 입고 위조 호패를 지닌 채, 두모진 거리의 객관에 며칠 묵었다. 간자가 전해준 말에 의하면, 본국에 도착한 이장평 편수가 좀체 입을 열지 않아 오사카 대상이 몹시 곤란해졌다고 했다. 이 일에 사활을 건 대상의 입장에서 이장평이 묵비권을 고집한다면 이제 남은 것은 그 푸른 천의 상자를 찾는 길밖에 없었다. 이런 상황에서 빈손으로 돌아간다면 오사카 대상의 손에 살아남지 못할 게 뻔했다.

객관 골방에 누워 있자니 온갖 상념이 요시다를 괴롭혔다. 언젠가 한 번은 조선에 오게 될 거라 생각했지만 막상 조선 땅을 밟고 보니 막막함과 먹먹함이 동시에 밀려왔다.

사카이 상단에서 태어나고 자랐지만 어머니를 죽인 오사카 대상에게 복수하기 위해 칼을 품고 그의 양자가 되었다. 힘을 기르기 전까지는 죽은 듯이 그의 개가 될 결심을 했지만 10년 가까이 경덕진에 기거하면서 오랜 타국 생활에 지쳐갔다. 어느 순간 요시다는 자신이 왜 경덕진에 있는지, 왜 복수를 하려는 건지 희미해지기 시

---

* 부산 동래구에 있는 산.

작했다.

'그 상자를 찾지 못하면 돌아올 생각을 하지 말아라! 그땐 오직 죽음뿐이다.'

오사카 대상은 간자를 통해 그처럼 비정한 서신을 보냈다. 그에게 부정父情을 바란 적은 한 번도 없었지만 자신의 존재가 그저 이용 가치로만 재단된다는 사실이 새삼 허탈했다. 요시다는 헛헛한 가슴을 쓸어내리며 자신이 왜 복수를 하려는 건지 다시금 상기했다.

'오사카 대상, 내 언젠가는 당신의 심장에 칼을 꽂을 것이다!'

요시다는 어느새 마안산 중턱에 다다랐다. 동래 읍성이 한눈에 들어왔다. 숲길로 조금 더 들어가면 왈패의 소굴이 나온다고 했다. 주막에서 들은 말인데 그 말을 한 자들도 소문만 들었지 가본 적은 없다고 했다. 어둠 속에 꽃 향이 날아오고 계곡 물소리가 들렸다. 요시다는 일단 목이라도 축일 생각으로 발길을 서두르다, 그만 구덩이 속으로 빠졌다.

쏟아지는 흙먼지에 숨이 막혔다. 정신이 들었을 때는 왈패 두목 앞이었다. 왈패 소굴까지 제 발로 찾아온 자는 처음이라며 두목은 요시다를 위아래로 훑었다. 도경을 찾는 중이라는 요시다의 말에 회가 동하는 눈치였다.

며칠 전 요시다는 동래 읍성에 들렀다가 왈패에게 쫓기는 도경을 보았다. 둘 사이에 무슨 일이 있는지 모르겠지만 도경을 잡으려면 일단 왈패 두목부터 만나야겠다고 생각했다.

"그러니까 당신 말은, 도경을 잡아오면 은 열 냥을 주겠다는 말인교?"

두목은 어이가 없다는 듯한 눈빛이었다. 요시다는 주머니 하나를 내밀었다. 주머니 속에 든 은을 보자 두목의 낯빛이 일순 바뀌었다.

"헌데 도경은 왜 잡으려고 하능교? 내도 글마를 잡으라꼬 발바닥에 땀이 나도록 쫓아다니고 있지만 원체 눈치도 빠르고 마빡도 잘 돌아가는 양반 출신이라 쉽지가 않는데."

"양반? 도경이 양반 출신이라는 말인가?"

"그런 것도 모르는 걸 보니 여어 사람은 아닌갑네? 그 거룩한 사연도 모르고?"

"말해보게."

"이거 또 말하라면 엄청시리 긴데."

괜히 뜸을 들이는 두목 앞에, 요시다가 은 한 냥을 더 던져주었다.

양반이었던 도경이 무슨 사연으로 해동의 가마에 머물게 되었는지는 알 수 없다고 했다. 내상의 수양딸과 정분이 났지만 수양딸이 동래 부사의 첩으로 팔려갈 위기에 처하자 그녀를 데리고 도망치다 잡혔다고 말할 때, 두목은 마치 자신이 잡히기라도 한 것처럼 온몸을 떨었다. 악에 받친 동래 부사가 도경에게 전례 없는 투석형을 명했다고 말하는 대목에서는 자신이 억울하기라도 한 양 흥분했다.

"지금이사 하는 말이지만 부사도 미쳤지. 아무리 그래도 돌로 사람을 쳐서 죽이는 벌이 어딨노?"

"그런데도 살아났다는 말인가?"

"내도 이 대목에서는 뭐에 홀렸나 싶어가꼬, 소름이 쫙 끼치더라카이. 여 사람들은 그 소리를 듣고부터는 한동안 밤에 나다니지도 못했다 아인교."

양반이 스스로 천한 사기장이 되었다는 것도 기막힌 노릇인데 투석형에 처해지고도 살아남았다는 말까지 듣자, 요시다는 그 불사조 같은 생명력에 숨이 막히는 것 같았다.

양반. 천한 사기장. 불사조. 요변자기……

도대체 도경 그자의 정체는 무엇이란 말인가. 불현듯 도경을 잡는다는 것은 그자의 운명과 맞서야 하는 것인지도 모른다는 생각이 들었다. 아니, 자신의 모든 생애를 걸고 덤벼도 도경을 잡지 못할지도 모른다는 불안감과 두려움, 그리고 묘한 경쟁심이 자꾸만 요시다를 부추겼다.

"저를 찾으셨습니까?"

왈패의 소굴에서 나온 요시다가 기생집 홍루에 도착한 것은 해시를 넘긴 이후였다. 무작정 연주를 불러 달라 청한 뒤 구석방에서 술잔을 기울인 지 한 식경이 지났다.

연주가 조용히 들어와 마주 앉았다. 단아하고 기품이 넘치는 첫인상이었다. 이 여인을 마음에 품고 죽어갈 때, 도경은 어떤 마음이었을까. 아오이를 마음에 품고 오사카 대상의 양자가 되었을 때 자신의 마음과 비슷했을까. 요시다는 사뭇 감상적인 생각에 사로잡히는 스스로를 다잡으며 술잔을 내밀었다. 연주는 차분히 술을 따르고 뒤로 물러나 앉았다.

"내 술 한잔 받겠나?"

요시다가 내민 술잔을 연주가 받았다. 술을 넘치도록 따라주며 그녀를 살폈다. 흘러내린 술이 손을 타고 바닥으로 떨어졌지만, 그녀는 전혀 동요하지 않았다. 아무 일도 없다는 듯이 손수건을 꺼내 요시다에게 내밀었다.

　"손을 닦으시지요."

　"그대 손부터 닦아야겠는데?"

　"술을 넘치도록 따를 때는, 술을 받는 자에게 원한이 있거나, 의문이 있거나, 관심을 끌기 위함이거나, 도전한다는 뜻이지요."

　연주가 요시다를 빤히 쳐다보며 말을 받았다.

　"허면? 나는 어느 쪽 같은가?"

　"초면이니 저와 원한이 있거나 관심을 끌려는 건 아닐 것이고… 의문이십니까?"

　"제법이군. 그 술을 다 마시면 얘기해주겠네."

　연주가 술잔의 술을 다 마시고는 답을 요구하는 눈빛으로 요시다를 쳐다보았다.

　"그저 처음엔 바람결에 들은 말로 그대에게 개인적인 의문이 있었는데, 막상 이렇게 보니 그저 접어야겠구나 싶네……."

　이 기품 있고 꼿꼿하고 흐트러지지 않는 여인을 잃게 되면, 도경은 살 수 있을까. 문득 요시다는 그런 생각을 했다.

　"혹시 노래 한가락 들어볼 수 있는가?"

　요시다의 요청에 연주는 낮은 숨소리처럼 담담하게, 고달픈 강을 건너는 바람 소리처럼 애달프게 수심가를 부르기 시작했다.

　"인생이란 한바탕 꿈이요, 세상의 명성은 부질없으니, 시냇가의 푸른 버들은 날이 갈수록 푸르게 변하고, 복숭아꽃은 점점 붉어지는구나……."

아오이도 곧잘 수심가를 불렀었다. 어머니를 일찍 여의고 요시다의 어머니에게 의지하면서 함께 자랐던 그 나날들이 수심가 속에 아련히 새겨졌다. 요시다는 연주를 보면서 아오이를 떠올렸다. 어쩌면 도경과 자신의 삶의 궤적이 그 어느 순간에는 소름 끼치도록 닮았을지도 모른다는 생각이 들었다.

"혹시 기적에 오르기 전에 마음에 품은 정인이 있었는가?"

요시다의 물음에 연주는 대답하지 않았다. 그리고 순간 앞이 흐릿해지는지 이내 정신을 잃고 쓰러졌다. 약을 탄 술을 마신 탓이었다. 갑자기 밖이 소란스러웠다. 때를 기다리고 있던 왈패 무리가 홍루에 들이닥쳐 난장을 부렸다. 행수기생이 나와서 왈패들과 실랑이를 벌이는 사이, 요시다는 연주를 안고 홍루 밖으로 사라졌다.

불사조와 푸른 천 상자의 비밀

1

　도경이 돌덩이를 넣고 봉한 상자를 메고 몰운대에 도착했을 때
는 자시가 가까워지고 있었다. 칠흑 같은 어둠 속에 밀선 한 대가
바닷가 방죽 아래 정박해 있는 게 보였다. 밀선엔 사공과 쓰개치마
를 쓴 여인이 앉아 있었다. 도경이 밀선에 다가가려 하자 방죽 위
에서 기다리고 있던 왜관의 집사가 막아서며 물었다.

　"가지고 왔느냐?"

　"배에 오르면 주겠다."

　"물건 먼저 주고 가라."

　집사의 완강한 태도에 도경은 뭔가 이상함을 감지했다.

　"연주 아씨! 연주 아씨!"

　도경이 소리치자 쓰개치마를 쓴 여인이 살짝 돌아보며 고개를

끄덕였다. 도경의 표정이 굳어졌다. 도경은 연주를 '아씨'라고 부르지 않았다. 소우의 함정이었다.

"저 여인은 누구냐?"

도경의 말에 집사가 멈칫하더니 소리쳤다.

"잡아라!"

방죽 아래 몸을 숨기고 있던 왜관의 사병들이 동시에 뛰어오르며 도경의 앞을 막아섰다. 사병은 일곱이었다. 좁은 방죽 위에서 잘못 움직였다가는 바다에 빠질 위험이 컸다. 도경이 망설이는 사이 사병 하나가 몸을 날려 그의 봇짐을 낚아채려 했다. 도경도 봇짐을 뺏기지 않으려 필사적으로 방어하면서 달려드는 사병들을 물리쳤다. 또 다른 사병이 도경의 뒤에서 칼을 내리치려는 순간, 어디선가 날아온 활이 사병들의 어깨와 다리에 줄줄이 꽂혔다. 사병들은 쓰러지고, 놀란 집사는 떨어진 봇짐을 챙겨 방죽 아래 배로 뛰어내렸다. 사공은 얼른 배를 저어 어둠 속으로 사라졌다. 도경도 왔던 길을 되짚어 뛰었다.

"아이고! 우리 불사조 이 밤중에 어델 그리 바쁘게 가노?"

방죽을 벗어나 숲으로 들어서자 기다리고 있었던 듯 왈패 두목이 모습을 드러냈다. 도경의 등 뒤로 왈패 무리가 둘러섰다.

"좀전에 네가 한 짓이냐?"

"와, 말하는 꼬라지 좀 보소! 생명의 은인한테 '니 짓'이 뭐꼬?"

"그러니까 이게 지금 뭐 하는 짓이야!"

"니는 내가 안 반갑나? 내는 억수로 반갑구만. 니가 돌 맞고 박터져 죽은 줄 알고 내 얼매나 걱정했는 줄 아나? 이렇게 멀쩡히 살아갖꼬 눈물이 다 날라카구만."

두목은 괜히 우는 시늉을 했다.

"비켜!"

"니 까묵었나? 니캉 내캉 계산할 꺼 있다 아이가?"

"무슨 계산?"

"이 봐라, 봐라! 내 이럴 줄 알았다. 니! 보름달만 뜨면 우리 영업장에 복면 쓰고 와갖꼬 온갖 분탕질을 쳤제? 니가 싹쓸이해가는 바람에 내는 손가락만 쪽쪽 빨았다 아이가? 니 그카면 안 되제. 니캉 내캉 알고 지낸 세월이 얼만데, 안 글나?"

그가 왈패이긴 했지만 도경과는 나름 막역한 사이였다. 이 척박한 땅에서 오며 가며 눈인사를 하며 지내다가, 산에 땔감을 하러 갔다가 멧돼지 덫에 걸린 두목을 구해준 것이 계기가 되어 둘은 동무처럼 지냈다. 가끔 두목이 복면 쓴 사내 얘기를 할 때도 도경은 아는 체하지 않았다. 동무를 속이고 비밀 격투장을 휩쓸며 돈을 챙길 때마다 미안한 마음도 들었다. 언젠가는 복면이 자신이라는 것을 말해야지 하면서도 차일피일 미루다 이렇게 되었다.

"네가 섭섭했다면 내 잘못이다. 허나 자금을 마련해 연주와 떠나기 위해서는 어쩔 수 없었다."

"내도 알제. 근데 니가 복면이라면 이바구가 달라지지. 내가 니 앞에서 복면에 대해서 수백 번도 더 말했는데 니는 그 주둥이 딱 처박고 앉아서 모른 체했제?"

"그랬다."

"와? 내가 니 돈 뺏어묵을까봐? 니 내를 그리 띄엄띄엄 봤나?"

"아니. 내가 복면이라는 걸 알면, 넌 너의 동무가 죽을지도 모르는데 그 짓을 계속하게 했을까? 내가 아는 넌, 왈패이긴 해도 비열하거나 비루하지는 않으니까."

"이기 뭐라카노? 괜히 사람 맴 복잡하게. 내는 비열하고 비루한 왈패가 맞다."

두목이 울컥하는지 코를 훌쩍였다. 자신이 짓밟히는 상황이 되면 가장 비열하게 행동하지만, 그 거친 심성 한편엔 한없이 여린 구석도 있다는 것을 도경은 알았다. 하여 그를 조금 이용한 것도 맞고, 그를 동무처럼 의지한 것도 맞았다.

"그래서 어쩌라고?"

도경은 이럴 시간이 없었다. 달아난 왜관 집사가 도경이 꾸민 가짜 상자를 소우에게 전달하기 전에 연주부터 구해야 했다. 가뜩이나 초조해 죽겠는데 두목이 길을 막고 허튼소리를 하니 화가 났다.

"어쩌긴 뭘 어째? 가는 날이 장날이라꼬 오늘이 딱 보름 아이가? 대마도서 괴물이 왔는데……."

두목이 말꼬리를 흐리며 도경의 눈치를 살폈다.

"알았다. 알았으니까 연주부터 구하고 격투장으로 갈게. 약속 지킬 테니 비켜라!"

"연주 아씨? 아씨는 그 요시단가 뭔가 하는 자가 데리고 있을 낀데?"

"뭐? 요시다? 그걸 왜 이제 말해?"

도경의 목소리가 커지자 두목은 살짝 긴장했다.

"그놈 지금 어딨어? 어딨냐고?"

"아마… 연주 아씨를 격투장에 판돈 대신 건다고 했던가?"

"뭐? 이 미친놈!"

도경이 두목을 밀치고 숲으로 재빨리 달려갔다. 그 뒷모습을 쳐다보며 두목은 비시시 미소를 지었다. 요시다는 도경을 끌고 오라고 했지만, 그는 도경을 부추겨 돈을 좀 만질 생각이었다. 두목은 왈패들을 데리고 느긋하게 격투장이 있는 숲길을 밟아 올라갔다.

2

어둠을 뚫고 들려오는 사내들의 함성을 쫓아가면 증산 중턱에 동굴이 나왔다. 망을 보는 왈패 몇이 나와 있는 걸 제외하면 동굴은 완전히 나무들에 둘러싸여 있어 밖에서 보면 그 안에서 무슨 일이 일어나는지 알 수 없었다. 사람들의 함성으로 들끓는 비밀 격투장 엔 반상班常*의 구분 없이 둘러앉아 환호하는 사람들로 빼곡했다. 울타리를 친 격투장 한가운데, 거대한 대마도 괴물의 주먹 한 방에 사내들이 연거푸 나가떨어졌다. 괴물이 포효하는 소리가 하늘을 찌를 듯했다. 징과 북소리가 요란하게 울려 퍼지고, 말뚝이탈을 쓴 거간꾼이 사람들 앞으로 나섰다.

"훠어이! 대마도 괴물 승승장구! 공자 맹자 암만 찾아봐라! 타고 난 팔자 요지부동! 인생 한 방! 천재일우! 겁내지 말고 나와라! 훠

---

*양반과 상민을 아울러 이름.

어이! 훠어이!"

말뚝이의 장단에 맞춰 고수鼓手는 격하게 북을 쳐댔고, 사람들은 복면의 주먹 한 방이면 저 괴물도 끝장이라며 웅성거렸다. 도경은 격투장을 돌아다니며 연주를 찾았지만 보이지 않았다. 그제야 왈패 두목에게 속은 것을 알고 격투장을 빠져나가려 할 때였다.

"저자가 바로 복면이오! 돌에 맞고도 살아난 불사조!"

왈패 두목이 입구를 막고 도경을 가리키며 소리쳤다.

사람들이 술렁거렸다. 말뚝이가 도경을 유심히 살피더니 의미심장한 눈빛으로 외쳤다.

"어허이! 진시황이 울고 간다! 불로초도 필요 없다! 돌을 맞고도 살아난 불사조가 나오신다! 불사조가 나오신다! 어허이!"

말뚝이의 입담에 사람들의 환호성이 터지고 징과 북 소리까지 더해져 동굴 안은 열기로 후끈 달아올랐다. 대마도 괴물이 가소롭다는 듯 큰 혓바닥으로 자신의 입술을 훑으며 도경을 조롱했다.

사람들은 이번에야말로 복면을 놓치지 않겠다는 듯 도경을 막아섰다.

"어허이! 불사조 그냥 가면 후회막급! 십 리도 못 가서 발병 난다! 발병 나! 훠어이! 훠어이!"

말뚝이가 좌중들을 향해 부채질을 하자 모두 일어나 소리쳤다.

어느새 왈패들은 사람들 사이를 돌며 자루에 판돈을 담았다.

"잠깐 기다리시오!"

그 와중에 사내 둘이 들어왔다. 그중 한 명이 가져온 포대 자루를 열며 호기롭게 소리쳤다.

"왜녀요! 왜녀! 왜관을 나와 저잣거리를 떠도는 것을 잡아왔소! 이년도 판돈으로 걸겠소!"

포대 자루 안에서 겁에 질려 바들바들 떠는 여인이 나왔다.

'아오이!'

뜻밖의 장소에서 아오이를 본 도경은 놀랐다. 도경이 비밀 격투장에 갔다는 소리를 듣고 동굴로 들어서던 요시다도 아오이를 보고 당황했다.

날이 어둡기를 기다렸다가 왜관의 개구멍으로 빠져나온 아오이는 어디로 가야 할지 난감했다. 해동의 민요로 가는 길을 물었다가 그녀가 왜녀라는 것을 알아챈 사내들에게 납치를 당한 것이다. 가끔 돈이 없는 작자들이 가축이며 집문서를 판돈으로 건 적은 있었지만 왜녀는 처음이었다. 몸을 잔뜩 웅크린 채 바들바들 떨고 있는 아오이를 보자 도경은 차마 돌아설 수 없었다.

갑자기 흥분한 괴물이 아오이에게 달려들었다.

"악!"

아오이의 비명소리와 사람들의 함성이 어지럽게 엉키는 순간, 도경이 괴물을 향해 몸을 날렸다. 육중한 괴물과 도경이 함께 나가 떨어지면서 간이 울타리가 부서지고, 몰려 있던 사람들이 놀라 몸을 피했다. 흥분한 괴물이 커다란 돌을 집어 들고 도경을 향해 공격했지만 도경의 뒤차기에 얼굴을 정통으로 맞고 무너졌다.

"죽여라! 죽여라!"

사람들은 모두 한목소리로 도경을 응원했다. 괴물이 피를 토하며 일어서려고 안간힘을 썼다. 도경도 다리가 풀려 휘청했다. 돌아서는 도경의 다리를 괴물이 거머쥐었다. 그대로 앞으로 고꾸라진 도경이 꼼짝을 하지 않았다. 괴물이 다시 커다란 돌을 집어 들었다. 그 장면을 보고 있던 사람들은 일제히 얼어붙었다. 아오이는 자신을 구하려고 몸을 던진 사람이 도경이라는 것을 알고 충격에 휩싸였다.

"이장평님… 이장평님!"

아오이의 낮은 흐느낌이 도경의 귀에 들렸다. 괴물이 돌로 내리찍는 순간 도경이 간신히 몸을 피했다. 괴물이 커다란 발로 도경의 목을 내리눌렀다. 아오이의 울음소리가 더 커졌다. 숨이 멎을 것 같은 고통을 참아내며 도경이 아오이를 보았다. 경덕진에서 그녀에게 약속했었다. 다시 만나게 되면 은혜를 꼭 갚겠노라고.

도경이 괴물의 발목을 움켜쥐었다. 죽을힘을 다해 놈의 발목을 꺾었다. 두둑, 뼈 부러지는 소리와 함께 괴물이 비명을 지르며 넘어졌다. 발이 완전히 돌아간 채 고통에 몸부림치던 괴물이 축 늘어졌다. 장내는 찬물을 끼얹은 듯 조용해졌다. 잠시 후 도경이 휘청하며 몸을 일으키자, 사람들은 일제히 떠나갈 듯 함성을 질러댔다. 지켜보던 요시다는 표정이 굳어졌다.

"모두 잡아들여라! 모두 잡아들여!"

난데없이 포졸들이 들이닥쳤다. 환호성을 터트리던 사람들은 서로 도망가겠다고 싸우며 난장판이 되었다. 돈 자루를 챙기던 왈패 두목도, 정신을 잃은 괴물도 모두 포졸들에게 잡혔다. 그 와중에 한쪽에 피워둔 장작불까지 쏟아져 동굴 안은 매캐한 연기로 가득 찼다. 그 아수라장 속에서 요시다는 아오이를 부르며 돌아다녔다.

도경도 아오이를 찾고 있었다. 매연 속에 넘어진 아오이가 손을 휘저었다. 도경이 달려가 그녀를 붙잡는 순간 동굴 안은 완전히 불길에 휩싸였다.

"아오이! 아오이!"

사람들에게 밀려 동굴 밖으로 나온 요시다는 목이 터져라 아오이를 불렀다. 동굴 속 불길은 더욱 거세지고, 미처 빠져나오지 못한 사람들의 비명이 밤하늘을 흔들었다.

3

동래 동헌 앞마당에 구경꾼들이 구름떼처럼 몰려들었다. 간밤에 비밀 격투장에서 잡혀온 왈패 두목과 사람들이 밧줄에 묶여 줄줄이 끌려 나왔다. 이윽고 동래 부사가 모습을 드러냈다.

소우도 변장한 채 사람들 속에 서 있었다. 형방이 형문을 읽기 시작했다.

"국법이 지엄하거늘 감히 비밀 격투장을 열어 풍속을 어지럽힌 죄, 가혹하게 다스리는 것이 마땅하나, 불시의 화재로 사망자가 몇 명인지 추정하기 쉽지 않고 진상을 제대로 가리기도 어려운 바, 이번만은 경각심을 주는 차원에서 모두에게 곤장 오십 대를 내린다. 단! 비밀 격투장을 직접 운영한 왈패 두목은 곤장 백 대에 처한다."

"살려줍소! 나으리! 살려줍소! 이게 다 그놈이 꾸민 짓입니더."

"그놈이라니?"

왈패 두목의 필사적인 하소연에 부사가 솔깃하여 물었다. 두목은 엉겁결에 말해놓고도 덜컥 겁이 나는지 망설였다.

"저놈에게 곤장 이백 대를 쳐라!"

"요시다! 요시다의 짓입니더."

"요시다?"

왈패 두목은 일단 상황을 모면할 생각으로 생각나는대로 '요시다'를 외쳤다. 그의 입에서 뜻밖의 이름이 튀어나오자 소우의 표정이 굳어졌다.

"요시다? 그놈이 누구냐? 왜놈이냐?"

"네. 아주 지독한 놈입니더. 그놈이 도경을 죽이겠다고 꾸민 짓임니더."

"도경?"

도경의 이름까지 나오자, 당황한 소우는 슬그머니 모습을 감추었다.

"도경 그놈은 지금 어디에 있느냐?"

"그게……"

"빨리 말하지 못할고?"

"불이 나서… 아마도 불에 타 죽었을낍니더……."

"그래?"

도경이 죽었다는 말에 부사는 10년 묵은 체증이 확 내려가는 것 같았다. 애써 표정 관리를 하며 다시 목소리를 높였다.

"형방은 지금 당장 요시다라는 놈의 용모파기를 저잣거리에 붙이고 그의 소재를 파악하라! 감히 왜놈들이 왜관을 나와 조선인들을 죽이다니. 반드시 범인을 잡아 조선인의 억울함이 없도록 하라!"

"네!"

눈엣가시 같은 도경이 죽었다는 것도 속이 시원한데 그게 전부가 아니었다. 이 일에 정말 왜놈이 관여했다면 왜관도 무사하지 못할 터. 속을 알 수 없는 소우의 약점까지 잡게 된 것에 부사는 콧노래가 절로 나왔다.

비밀 격투장이 무너졌다는 말에 소우도 왜관의 사병들을 풀어 은밀히 도경을 찾았다. 이미 다 타버린 자리엔 남아 있는 게 없었다. 잡혀온 자들이 동헌 마당에서 취조를 받는다는 소리에 신분을 숨기고 부랴부랴 달려갔지만 요시다가 이 일에 연루되어 있다는 것을 듣자 당황했다.

요시다가 조선에 왔단 말인가. 도경을 잡는 것도 벅차고 푸른 천의 상자를 손에 넣는 것도 요원한데 요시다까지 설치고 다니니 갈수록 태산이었다. 게다가 부사가 이번 일을 빌미로 또 무엇을 요구할지 벌써부터 머리가 아팠다.

간밤에 집사가 도경의 봇짐을 낚아채 왔을 때만 해도 기대에 잔뜩 부풀었지만 그 안에 든 커다란 돌덩이를 보자 분통을 터트렸다. 놈에게 속은 것을 안 소우는 도경이 비밀 격투장에 갔다는 소리에 동헌에 신고를 했다. 하지만 요시다가 정말 푸른 천의 상자를 찾으러 왔다면, 자신이 오히려 일을 크게 만든 셈이었다. 다만 요시다의 등장으로 그 상자 속에 어마어마한 것이 있다는 건 확실해졌다. 아직 도경의 생사는 알 수 없지만, 상자의 행방은 오직 도경만 알고 있다.

소우는 생각을 집중했다. 이대로 있다가는 필시 음흉한 부사가 이번 일에 왜관을 엮을 게 뻔했다. 부사부터 해결하고 난 뒤 도경을 찾든 요시다를 잡든 해야 했다.

소우는 다음날 댓바람부터 부사를 찾아갔다.

"내가 참 이상해서 그러는데…….."

부사는 넌지시 소우를 쳐다보며 괜히 말꼬리를 흐렸다.

"예전에도 도경이 밀선을 탈 거라고 제보한 자가 자네였고. 이번에도 비밀 격투장이 열린다고 제보한 자가 자네고. 도대체 자네, 그 천한 놈과 무슨 작당을 꾸미는 것인가?"

"작당이라뇨, 나으리. 소인은 그저 왜관의 노비 놈을 잡으려 한 것뿐입니다."

"허면, 요시다는 또 누군가?"

"저도 잘 모르는 자입니다."

"혹여 왜관에서 내가 모르는 일을…….."

"나으리, 그런 일은 추호도 없습니다. 믿어주십시오. 이번 일과 왜관은 아무 관련이 없습니다."

부사는 꼬리를 바짝 내린 개처럼 안절부절못하는 소우의 꼴이 우스워 헛기침까지 했다.

"그동안 왜관에 크고 작은 문제가 생길 때마다 내 자네와의 정리情理를 생각해 그냥 넘어간 게 한두 번이 아니야. 헌데! 이번에는 달라. 이번엔 조선인들이 죽었어. 내 목민관으로서 나의 백성들이 그리 참혹하게 죽은 것을 가만히 두고 볼 수가 없네. 하여 이번에는 당장 왜관을 폐쇄시켜 달라고 조정에 건의를 할 생각이네."

"아이고 부사 나으리! 이번 일은 정말 왜관과 무관합니다. 믿어 주십시오! 제발!"

소우는 부사의 속셈을 간파했지만, 죽으라고 하니 일단 죽는 시늉을 하며 장단을 맞추었다. 그러다 이 정도면 되겠지 싶어 은근슬쩍 상자 하나를 내밀었다.

"이게 뭔가?"

일부러 되물으며 상자를 열던 부사가 화들짝 놀랐다.

"조, 조총!"

"그냥 조총이 아닙니다. 포도아에서 온 것입니다."

"포도아에서?"

"기존의 조총과는 차원이 다른 것이지요."

"차원이 달라? 그만큼 살상력이 뛰어나다는 것이냐?"

"그렇습니다."

소우는 조총을 들어보고 조준해보며 감탄하는 부사를 묵묵히 지켜보았다. 최근 포도아가 신형 조총을 생산하고 있다는 정보를 듣고 구형 조총 수십 자루를 헐값에 사들였다. 조총에 문외한인 부사가 신형과 구형을 구분할 리 없을 테니 일단 그것으로 입막음을 할 생각이었다.

"마음에 드십니까?"

"그러니까 이게 조선에서 내가 가장 처음 가지는 것이지? 포도아?"

"네, 포도아."

부사는 소매로 총신을 닦고 상자 속에 고이 다시 담았다.

"나으리 제 성의를 봐서 이번 일은⋯⋯."

"그깟 조선놈들 몇 명 죽었다고 하늘이 무너지겠나? 대충 몇 놈 족쳐 마무리시킬 테니 다시는 왜인들이 탈출하는 일 없도록 단속이나 잘하게."

"네 나으리, 망극하옵니다."

겨우 부사를 입막음하고 왜관으로 돌아온 소우는 이번에는 아오이의 아버지인 히사다가 혼절했다는 소리를 듣고 달려갔다.

센 리큐는 황망한 듯 숙소 앞을 서성이고 있었다. 지난밤 아오이가 납치되어 불법 격투장에 판돈으로 내걸렸다는 말에 히사다는 그럴 리 없다고 고개를 저었다. 하지만 이번 일에 요시다가 개입돼 있다는 소식을 듣자 그 자리에 털썩 주저앉았다.

"아이고 아오이⋯ 아오이! 이놈⋯ 요시다 이놈이!"

어느 날 요시다가 오사카 상단의 양자로 가겠다고 했을 때, 사카이 상단의 사람들은 은혜를 원수로 갚은 놈에게 자비를 베풀면 안 된다고 흥분했다. 하지만 히사다는 요시다를 순순히 보내주었다. 요시다가 그럴 수밖에 없는 이유가 있다고 이해했다. 물론 어릴 적부터 요시다를 믿고 따르며 마음에 품었던 아오이가 상처받는 건 아비로서 가슴이 아팠다. 영민하고 야망 깊은 요시다가 아오이의 짝이 되어서 자신의 뒤를 이어 사카이 상단을 잘 이끌어주기를 바랐기에 미련을 버리지 못한 것도 사실이다. 그랬는데 기어코 놈이 아오이를 죽게 만들었다는 생각에 혼절까지 하고 말았다. 왜관의 의원이 치료하고 있었지만 아직 히사다는 의식이 돌아오지 않은 상태였다.

"도주는 요시다가 조선에 입국한 것을 몰랐습니까?"

소우를 본 센 리큐가 초조한 낯빛으로 물었다.

"네. 몰랐습니다. 최근에 경덕진 어기창에서 나와 종적을 감췄다는 소식만 들었습니다."

"요시다가 왜 조선에 온 것일까요?"

"글쎄요……."

"숲은 수색해보셨습니까?"

"아무런 흔적이 없었다고 합니다."

소우는 자신이 알고 있는 것을 다 말하지 않았다. 오사카 대상은 탐욕으로 똘똘 뭉친 음흉한 자였다. 그런 자가 사카이 상단에서 자란 요시다를 굳이 자신의 양자로 들이고 경덕진에 보냈을 때는 뭔가 큰 그림을 그렸을 것이다. 도경이 가지고 왔다는 푸른 천의 상자가 그 그림에 종지부를 찍게 될 거라는 확신이 들었다. 아마도 요시다는 그 상자를 찾기 위해 조선에 왔을 것이다. 거기까지 생각이 미치자 소우는 다급해졌다.

4

바람이 불 때마다 불탄 자리에서 매캐한 연기와 열기가 올라왔다. 열기에 지친 듯 숲의 허공으로 잠시 소나기가 지나갔다. 나무 위에서 비가 그치기를 기다리던 청설모 한 마리가 꼬리를 곧추세우고 있다가 이내 나무를 타고 사라졌다. 그 아래 덤불 구덩이로 풀잎에 맺힌 물방울이 또르르 떨어졌다. 찬 느낌에 도경이 눈을 떴다.

'여기가 어디지……'

몸을 움직이는 게 고통스러웠다. 무언가가 발에 걸려서 보니, 아오이가 쓰러져 있었다.

그제야 도경은 지난밤 불 속에서 아오이를 안고 동굴 밖으로 뛰어나와 숲으로 달렸던 것을 떠올렸다. 구덩이에 빠진 것은 기억나지 않았다. 아마도 그 순간 정신을 잃은 것 같았다. 꽤 깊고 좁은 구덩이였지만 덤불로 가려져 있어서 밖에서는 눈에 띄지 않았다.

아오이를 살짝 흔들어 깨웠지만 반응이 없었다. 재차 흔들자 낮은 신음을 흘리며 그녀가 눈을 떴다. 눈앞에 도경을 본 아오이는 깜짝 놀라 꿈인가 싶어서 눈을 비비고 다시 쳐다보았다.

"이장평님…?"

아오이는 지난 밤 격투장에서 괴물을 물리치고 자신을 구해준 사람이 정말 도경이라는 사실이 믿기지 않은 듯 감격하여 울먹였다. 도경은 난감했지만 일단 여기서 빠져나가는 게 급선무였다. 지금쯤 아오이를 찾으며 속을 끓이고 있을 센 리큐 차두와 사카이 대상을 생각해서라도 빨리 그녀를 왜관으로 돌려보내야 했다.

도경은 잠시 덤불 위를 살펴보았다. 아오이 혼자 올라가기에는 가파르고 위험해 보였다. 자신이 먼저 올라가 무언가 붙들 것을 만들어 다시 내려오는 게 더 안전할 것 같았다. 도경이 일어서자 불안했는지 아오이도 따라 일어서다가 중심을 잃고 넘어졌다. 그녀를 부축하여 발목을 살피자 아오이는 부끄러운 듯 귓불이 발개졌다. 아오이의 왼쪽 발목이 부어 있었다. 아무래도 간밤에 덤불로 떨어질 때 접질린 것 같았다. 아오이는 혹시라도 자신이 짐이 될까 염려되는지 큰 눈에 눈물이 맺혔다.

"일단 내가 먼저 올라가서 줄을 만들어 내려올 테니 잠시만 기다리시오. 참을 수 있겠소?"

그녀가 고개를 끄덕였다. 도경이 나뭇가지와 바위를 잡고 덤불 위를 올라가다가 미끄러질 뻔하자 아오이가 낮게 비명을 지르며 눈을 질끈 감았다. 겨우 올라온 도경이 그녀를 향해 조금만 기다리라고 소리쳤다. 아오이는 도경을 안심시키려는 듯 일부러 씩씩하게 수심가를 부르기 시작했다.

"강산은 변하지 않고 봄은 다시 찾아오건만 떠나간 님은 소식이 없구나… 생각을 해보니 세월 가는 것이 서러워 나 어이 할까."

아오이의 수심가를 들으며, 도경은 경덕진부터 여기까지 이어진 그녀와의 인연이 남다르다고 생각했다.

도경이 칡으로 줄을 엮어 나무에 묶은 뒤 다시 덤불 아래로 내려오자 아오이는 한치의 망설임도 없이 그의 손을 잡았다. 도경의 품에 안겨 올라가는 내내 그녀의 심장이 방망이질했다. 혹시라도 자신의 심장 소리가 들릴까봐 몸을 뒤척이다 순간 칡 줄기가 휘청했다. 아오이가 비명을 지르며 도경의 품을 파고들었다. 도경은 그녀를 꽉 끌어안고 가까스로 덤불 위로 올라왔다. 그제야 도경은 다리에 힘이 풀려 주저앉았다. 지난밤 괴물과 혈전을 치르느라 온몸이 상처투성이였다. 더이상 걸음을 떼지 못하고 힘들어하는 도경을 보고 어쩔 줄 몰라 하던 아오이는 퉁퉁 부은 다리를 끌고 근처 계곡을 찾았다. 손수건에 물을 적셔와 도경의 입가를 닦아주며 눈물이 그렇해졌다. 도경은 괜찮다며 그녀를 위로하다가 숲 맞은편에서 낯선 인기척을 느꼈다. 아마도 소우가 자신을 쫓고 있으리라. 이 다리 상태로 산을 내려가는 것은 무리였다.

도경은 나뭇가지를 찾아 쥐고는 가까스로 몸을 일으켰다. 그리고 아오이를 앞세워 숲의 다른 방향으로 들어갔다.

요시다는 지난밤 불탄 자리를 살펴보다가 숲길을 잘못 들었다. 어디선가 말소리가 들려 따라가보니 도경이 보였다. 예상대로 놈은 살아 있었다. 그 곁에서 물에 적신 손수건으로 도경의 입가를 닦아주는 여인은 아오이였다. 기척을 느낀 도경이 서둘러 숲으로 사라지고 난 뒤 곧장 뒤쫓았지만 놓쳤다. 워낙 산세가 험하고 길조차 없는 숲이라 어디가 어딘지 가늠할 수 없었다.

그때 눈에 들어온 것이 바로 산사였다. 바위산을 병풍처럼 등 뒤에 두르고 앉은 산사는 맞은편에서 보면 커다란 절벽 위에 엎드려 있는 형국이었다. 수시로 산안개가 시야를 방해해서 평소에는 잘 보이지 않는 곳이지만 다행히 날씨가 맑았다. 분명 거기에 도경과 아오이가 숨어들었을 거라고 짐작한 요시다는 은밀히 산사의 뒤편으로 잠입했다. 그러나 구석방부터 해우소, 곳간까지 샅샅이 뒤졌지만 아무도 발견하지 못했다. 낮은 염불 소리를 따라 돌아나가자 본당이 나왔다. 본당 안에서는 고깔을 쓰고 장삼을 입은 스님들과 동자승이 불사의식을 올리는 중이었다. 의식을 집도하던 유정스님이 염불을 멈추고 소리쳤다.

"신성한 법당에 누구냐?"

요시다가 본당 밖에서 합장하며 예를 갖추었다.

"무례를 용서하십시오, 스님. 죄인을 쫓고 있습니다. 혹시 여기로 사내와 여인이 들어오지 않았습니까?"

유정 스님은 요시다를 뚫어지게 쳐다보았다.

"살기가 느껴지는구나!"

요시다의 얼굴에 당황한 기색이 스쳤다. 범접할 수 없는 스님의 기운에 왠지 기가 질리는 느낌이었다. 유정은 이내 아무 일도 없다는 듯이 다시 목탁을 두드리며 염불을 외기 시작했다. 요시다가 돌아섰다.

"언젠가는 그 살기가 너의 숨통을 끊을 것이다. 두려움과 괴로움을 과장되게 써버리지 마라! 그건 오히려 너를 죽이게 될 터이니."

요시다의 발길을 붙드는 독설이었다. 지금까지 충분히 두려웠고 괴로웠다. 얼마나 더 그래야 한단 말인가. 요시다는 마치 마음이 털려버린 것 같아서 서둘러 그곳을 빠져나왔다.

그제야 고깔을 쓴 스님 하나가 쓰러졌다. 도경이었다. 옆에서 그를 부축하는, 고깔을 쓴 또 다른 스님은 아오이었다. 처사가 도경을 부축해 뒷방에 눕혔다. 도경은 온몸이 불덩이처럼 끓어올라 밤새 사경을 헤맸다. 새벽 무렵 열이 내린 뒤에는 내내 신음 소리처럼 누군가의 이름을 부르며 악몽을 꾸는 듯했다. 아오이는 그 이름이 누굴까 생각하며, 연신 찬 수건으로 그의 몸을 닦아내고 상처에 다진 약초를 붙여주며 곁을 지켰다.

문 밖에서 개 복실이가 컹컹 짖는 소리가 들렸다. 도경이 눈을 떴다.

"이장평님, 정신이 좀 드십니까?"

도경은 아오이를 보고서야 지난밤 산사에 왔던 것을 기억했다.

"이장평님 잠시 계셔요. 먹을 거라도 좀 가져오겠습니다."

"잠시만……."

도경이 힘겹게 일어나 앉았다.

"밤새 날 간병한 것이오? 다리는 좀 괜찮소?"

"네… 이장평님 덕분에… 전 괜찮습니다."

"저, 실은… 난 이장평이 아니오… 난 평범한 사기장, 도경이오."

영문을 모르는 아오이가 그를 잠시 쳐다보았다. 도경은 속일 생
각은 없었지만 말 못 할 사정이 있었다며, 언젠가 모두 말해주겠다
고 했다. 그를 물끄러미 쳐다보던 아오이의 눈에 눈물이 맺혔다.

"왜 그러시오?"

"아… 아닙니다. 언젠가 말해주시지 않아도 괜찮습니다. 그냥
전 이렇게라도 도경님과 작은 인연이라도 되면 좋겠습니다……."

그 말을 해놓고 왠지 쑥스러운지 아오이가 방을 나갔다.

인연. 도경은 그 말을 가만히 읊조렸다. 문을 열어보니 불길처
럼 번져 오르는 진달래 숲과 그 숲을 바라보고 서 있는 아오이, 그
리고 그 곁에서 꼬리를 살랑거리는 복실이의 뒷모습이 그림 같았
다. 도경은 그림 속 그녀를 가만히 보았다.

"저 처자는 누구냐? 왜인 같던데?"

방문 앞에 유정 스님이 다가서며 물었다. 도경은 몸을 일으켜
목례했다.

"아직 성치도 않은데 그냥 있어."

"경덕진에서 은혜를 입은 사람입니다. 발목이 다 나을 때까지만 여기 머무르게 해주십시오."

유정은 아오이에게 잠시 눈길을 주다가 다시 말을 이었다.

"그래, 너는 견딜 만하느냐?"

그 간단한 말 속에 깃든 수많은 질문들이 도경의 가슴으로 날아와 박혔다.

'다시 살아났으니 더 큰 운명에 부대낄 자신이 있느냐?' 하고 묻는 것 같았다.

'이제 정말 천한 사기장의 운명대로 살아갈 준비가 되었느냐?' 그렇게 묻는 것도 같았다.

'아직도 목숨을 걸고 연주와 도망칠 작정이냐?' 그런 물음 같기도 했다. 도경은 너무 많은 물음에 아무 대답도 하지 못했다.

5

사내가 낙동강 하류 지역에 도착한 것은 이른 새벽이었다. 여기만 건너면 곧 동래 읍성으로 가는 지름길이 있다고 사공이 알려주었다. 사내의 갸름한 턱선 위로 범상치 않은 눈매가 인상적인 듯, 사공은 노를 저으면서 내내 그를 흘낏거렸다. 사내를 호위하는 무사가 사공을 노려보았지만 사공은 그의 시선을 뭉개며 넌지시 물었다.

"어디서 오시는 길입니꺼?"

"진양(진주)에서 오는 길이네."

"진양요? 동래는 뭐 하러 가는데예?"

사공은 한양 말투의 사내가 퍽 이상한지 초면인데도 이것저것
귀찮게 물어댔다.

"미안심더. 마 여어 사람들은 정이 엄청시리 많아 갖꼬 첨 보는
사람한테도 꼬치꼬치 캐묻고 그랍니더. 오해는 마소."

사공은 이내 시선을 먼 강둑으로 옮기며 흥얼흥얼 타령을 부르
고 노를 저었다.

배가 강 중간쯤 다다르자 다소 둔탁했던 햇살이 점점 환해지며
강물을 따라 번졌다.

이틀 전, 사내는 진양에 유배 중인 송강(정철)을 은밀히 만났다.

건저의 사건으로 유배되고 처음 보는 길이었다. 배포 두둑하고
넉살 좋아 보이던 얼굴은 다소 야위었고 호탕하던 목소리도 차분
하게 가라앉아서 딴사람 같았다. 송강은 지나치게 오지랖을 부려
사사건건 조정의 시비거리를 만들었지만 자신이 옳다고 생각하는
것에 대해서는 네 편 내 편 없이 동의를 구하고 자신의 뜻을 관철
시키는 사람이었다. 다만 주군을 잘못 선택한 게 그의 패착이었다.
선조가 광해군을 아들이 아닌 영민한 군주로서 늘 견제하고 있다
는 것을 알면서도 송강은 세자 책봉의 선봉에 섰다. 가뜩이나 광해
군을 탐탁지 않게 생각하는데 누군가가 나서서 목소리를 높이니,
선조는 괜히 부아가 치밀어 송강부터 잡았다.

광해군은 명색이 한 나라의 대군 자리에 있어도 아버지에게 미
운털이 박힌 탓에 자기 사람에게 힘이 되어주지 못하는 것이 마음

저렸다. 서자로 태어나 아버지의 총애를 구걸하는 것도 지치고, 그 아버지를 외면하는 것도 괴로워 잠행에 나선 길이었다. 발길 닿는 데로 가다보니 가뭄에 지치고 생활고에 시달리는 백성들의 처마 밑 사정을 훤히 알게 되었다. 그래서 더욱 간절해졌다. 이 나라 조선을 가지고 싶다는. 아니 온전히 가져서 백성들에게 제대로 돌려주고 싶다는.

송강은 근자에 명과 오랑캐의 국경 분쟁이 심상치 않다는 소릴 들었다고 했다. 만약 명이 위태로워지면 조선도 온전하지 못할 것이고, 그렇게 되면 저 아래 섬나라 것들이 무슨 짓을 할지 알 수 없다고 걱정했다.

얼마 전 왜국에 통신사로 다녀온 황윤길과 김성일은 너무 다른 의견을 내놓아 조정이 시끄러웠다. 황윤길은 미개한 왜인들의 폭력성을 의심하고 만약을 대비해야 한다고 보고했지만, 김성일은 작은 것에 연연하고 개념 없는 자들이라 감히 대의를 품기에는 가당치 않다고 핏대를 세웠다. 서인인 황윤길과 동인인 김성일이 당색에 빠져 논쟁을 벌이는 통에 조정은 내내 뒤숭숭했다. 실세 동인의 입김이 작용하여 왜국은 조선을 넘보지 못할 거라는 결론이 났지만 광해군은 불안했다.

송강은 동인들이 종묘사직은 안중에는 없는 허접한 자들이라고 혀를 찼다. 왜국은 조선을 먹을 궁리만 하는 비루한 족속이라고 말했다. 광해군은 가늠하기 어려운 조선의 앞날이 다가오는 것 같아서 한동안 말문을 닫은 채 술잔만 기울였다.

강 이편과 저편의 바람이 새삼 다르게 느껴졌다. 진양에서 송강을 만나고 오는 길, 광해군은 머릿속을 헤매는 숱한 상념들로 괴로웠다.

"저 산을 넘어가면 곧 동래성이 보일 낌더."

사공이 가리키는 곳에 구름에 가려진 산등성이가 보였다. 적당히 셈을 치르고 돌아서는 길, 희뿌연 빗줄기가 쏟아지기 시작했다. 오늘은 가까운 주막에서 눈을 붙일까 생각하며 저잣거리를 돌아보다가, 마침 국밥 냄새가 회를 돋게 하는 주점을 발견하고 들어갔다. 벌써 비를 피해 사내 몇 명이 모여 앉아 술국을 들이켜며 왁자하게 떠들고 있었다.

광해군과 무사 동주가 구석 자리에 앉자, 주모는 시키지도 않은 탁주와 국밥을 던지듯이 놓고 갔다. 광해군은 그 투박함이 왠지 정겨워 미소를 지었다. 국밥을 한술 뜨니 따뜻한 기운이 온몸에 퍼지면서 노곤해지는 것 같았다.

"니 글마 불사조 봤다메?"

"하모! 와, 내 복면, 복면 하다가 첨 봤다 아이가."

"우찌 생깄는데?"

"멀건히 생긴 게 우째 그리 손발이 빠른지 기똥차더라."

"글마가 돌 맞고도 살았다메?"

"마 말도 마라. 그 내상의 수양딸 안 있나? 가하고 눈이 맞아가 둘이 야반도주하다가 딱 걸리삤다아이가."

"그래도 투석형은 너무 심했제. 부사가 미친기라."

"하이고 마, 지 첩을 데리고 도망가뿌스이 눈이 확 돌아삔기지."

"근데 그 불사조가 해동 가마에 사기장이라메?"

"내 그 소리 듣고 또 마 기함을 했다 아이가?"

"와?"

"그 해동 가마에 내 저짝 사돈의 팔촌이 있는데, 가 말이, 그 불사조가 돌 맞고 살아나가 왜관 지주 소우가 노비로 사갔다는 기라."

"뭐?"

"그카더만 명나라 경덕진 어기창까지 또 갔다 왔다 카데."

"와따야, 노비가 출세해뿟네."

"근데 더 기가 막히는 건, 그 불사조가 원래는 양반이라 칸다."

광해군은 국밥을 먹으며 사내들의 말에 귀를 기울였다.

"양반?"

"그것도 이조판서 댁 자제."

"참말이가?"

"그렇다카이. 그 사돈의 팔촌이 그카더라. 근데 또 기막히는 건."

"뭐가 자꾸 기가 막히노?"

"그 불사조가 어기창에서 도자기를 빚어갖꼬 중국 황제에게 억수로 칭찬을 받았다 안 카나?"

"맞나?"

"맞지. 황제가 조선에 못 간다고 발목을 잡는 걸 몰래 도망쳐왔다 안 카나."

"와!"

사내들은 감탄을 하며 자기 일 인양 괜히 흥분해서 탁주를 들이 컸다.

광해군은 그 불사조가 누구인지 점점 궁금해졌다. 양반의 자제가 천한 사기장이 되었다는 것도 믿기지 않는데 그자가 이조판서의 아들이라니, 그것도 정인을 데리고 도망치다가 투석형에 처해졌는데 그런데도 살아났다니, 놀라운 일이었다. 왜관의 노비로 팔려가 경덕진 어기창에서 황제의 마음에 드는 자기를 빚었다는 대목에서는, 광해군도 그 사돈의 팔촌이라는 자가 지어낸 얘기겠거니 흘려들으며 혼자 미소를 지었다.

"글마 이름은 뭐꼬?

"덕배."

"덕배? 뭐 그리 순박하노?"

"아니, 우리 사돈의 팔촌이 덕배라꼬."

"아니, 그 불사조 말이다."

"그…… 도경인가 뭐라 카던데."

그새 비가 그쳤다. 광해군은 국밥집을 나서며, 여유가 되면 해동의 가마 구경이라도 가봐야겠다고 생각했다.

6

아침 공양을 마친 유정이 도경을 본당으로 불렀다. 일전에 덕배 편에 받은 분청사기를 어떻게 처리할 것인가 의견을 구했다. 분청사기에 새겨진 내용을 감안한다면 분명 왜국이 뭔가 일을 꾸미고 있는 것이 분명했다.

도경이 경덕진에서 겪었던 일을 모두 들은 뒤 유정은 더욱 고심이 깊어졌다.

"네 말대로라면 요시다인가 하는 자의 손에 이 분청사기가 들어가선 안 되는 게 아니냐?"

"네, 저도 어찌할 바를 몰라서 일단 스님께 이것을 보낸 겁니다. 그자가 절 죽일 듯이 찾아다니는 것도 이 분청 때문이지 제 목숨 때문이 아닙니다."

"그자의 눈에 살기가 가득했다."

"위험한 자입니다. 그자에게 납치된 이장평 편수의 안위도 걱정입니다."

지금쯤 이장평은 어떻게 되었을까, 도경은 잠시 먹먹해졌다. 아니, 그보다 연주가 걱정되어 가만히 있을 수가 없었다. 이제 어느 정도 몸을 추슬렀으니 산을 내려갈 생각이었다. 왈패 두목의 말을 다 믿을 수는 없지만 요시다가 연주를 납치한 게 맞는지 확인해야 했다. 그게 사실이라면 연주를 이용해 자신을 잡고 푸른 천의 상자를 되찾으려는 계략일 것이다.

유정은 도경을 말리지 않았다. 연주를 지키기 위해 얼마나 더 많은 고비를 넘겨야 할지 가늠할 수 없었지만 그것 역시 도경의 몫이었다. 유정도 도경과 같이 산을 내려갈 채비를 서둘렀다. 분청사기에 대해 반드시 알려야 할 사람을 만나기 위해서였다.

도경은 산사 일을 봐주는 보살에게 아오이를 부탁했다. 다리가 낫기 전에는 무리하지 말라고 단단히 일렀지만, 아오이는 혼자 남게 되는 게 서운한 눈빛이었다.

요시다는 언덕에 서서 맞은편의 산사를 지켜보고 있었다. 비밀 격투장 사건 이후 자신의 용모파기가 저잣거리에 붙어서 함부로 나다닐 수 없었다. 서둘러 두모진 객관에서 나와 산속 화전민 마을로 왔다. 저잣거리 소식에 둔감한 화전민 마을은 요시다가 산사의 동태를 살피며 은신하기에 최적의 장소였다. 나이 든 중 하나가 독한 말로 심기를 건드렸지만 산사 어딘가에 도경과 아오이가 있는 건 확실해 보였다. 때로는 물증보다 심증이 더 정확했다.

연주를 납치하여 폐가에 묶어두고 있었지만 언제까지 그렇게 둘 수는 없었다. 며칠째 곡기를 끊고 있어서 탈진하면 일을 더 망칠 수 있었다. 오늘 중으로 다시 산사에 잠입할 생각이었다.

"복실아! 복실아!"

그때 아오이가 산사 마당으로 나왔다. 아오이는 다리가 불편한지 약간 절룩거렸지만 복실이가 꼬리를 흔들며 다가오자 개를 쓰다듬으며 환하게 웃었다.

그 모습을 지켜보던 요시다는 오래전 자신과 손을 잡고 들판을 뛰어다니며 깔깔대던 그때의 아오이를 보는 것 같아서 눈을 떼지 못했다.

'조금만 기다려라. 푸른 천의 상자를 찾고 복수가 끝나면 내 반드시 너에게 갈 것이다.'

요시다는 아오이의 모습을 오래오래 눈 속에 담았다.

잠시 후 산사에서 삿갓을 쓴 스님과 쓰개치마를 쓴 여인, 동자 승이 모습을 드러냈다. 처사와 늙은 보살, 아오이가 합장하며 이들을 배웅했다.

196

요시다는 일행을 유심히 지켜보았다. 삿갓을 쓴 스님은 분명 독설을 내뿜던 그 늙은 중일 것이다. 그렇다면 쓰개치마를 쓴 여인은… 도경이다! 스님과 여인의 조합은 누가 보더라도 이상했다. 나란히 걷기만 해도 눈에 띌 텐데 굳이 저런 차림으로 산을 내려간다는 건 무슨 속셈이 있는 것이다. 요시다는 숲길을 앞질러가서 적당한 곳에 몸을 숨기고 기다렸다. 마침 산을 내려오던 심마니 둘이 스님 일행을 보고는 지나쳐갔다. 쓰개치마를 쓴 여인을 빠르게 훑는 심마니의 눈길이 예사롭지 않았다.

"심봤다! 심봤다! 심봤다!"

스님 일행이 지나가고 난 뒤, 심마니 한 명이 긴 호흡을 가다듬고 산 아래를 향해 소리쳤다. 그 소리는 메아리가 되어 멀리 퍼져갔다.

산 아래쪽에 있는 또 다른 심마니가 소리를 집중해 듣더니 의미심장하게 중얼거렸다.

"암자에서 세 명이 나왔구먼."

심마니는 통에서 전서구傳書鳩*를 꺼내 다리에 길이와 색이 다른 세 개의 실을 묶어 날려 보냈다.

스님 일행의 걸음이 빨라졌다. 해가 기울기 전에 저잣거리에 도착하려면 서둘러야 할 것이었다. 산 계곡쯤에서 이들의 행선지가 갈라졌다. 스님과 여인은 숲의 오른쪽 길로 가고, 동자승은 왼쪽으로 총총 뛰어 내려갔다.

---

* 편지를 전달할 수 있게 훈련된 비둘기.

그들의 뒤를 밟던 요시다는 잠시 멈추고 생각을 가다듬었다. 누가 진짜 이 길의 목적에 가닿을 자인가. 누가 그 목적을 위장하려는 자인가. 요시다는 곧 동자승을 쫓아갔다. 목적에 닿은 자들 뒤로는 분명 또 다른 목적을 가진 자들이 따라붙기 마련이었다. 차라리 위장하려는 자의 뒤를 캐어, 우회적으로 그 목적을 알아내는 것이 더 빠를 거라고 판단했다.

다른 한편에선 심마니 둘이 스님과 여인의 뒤를 조용히 따라갔다. 이상하게 울창한 숲길로만 가는 통에 산세를 훤히 꿰고 있는 심마니들도 길을 잃을까 불안해했다. 갑자기 스님과 여인이 사라져 덤불을 헤치다보니 둘이 으슥한 숲에 나란히 앉아 있는 게 보였다. 좀 떨어진 곳에서 이들의 동태를 살피던 심마니들은 기다리는 게 지겨운 듯 기지개를 켜고 몸을 뒤틀었다.

"아따 와 이리 안 나오노?"

"암튼 암컷이나 수컷이나 그저 눈만 맞으면 붙어먹는다니까."

"좀 더 기다려야 하나? 오래 걸리겄제?"

심마니 둘은 적당한 곳에 퍼질러 앉았다. 가지고 온 주먹밥을 먹고는 졸음에 겨워 잠깐 눈을 붙였다가 깨보니 주위에는 그새 어둠이 깔리고 있었다. 자신들도 황망하여 길을 잃고 헤매다가 뭔가 벌건 빛이 달려드는 순간, 언덕으로 굴렀다. 산 아래서 기다리고 있던 다른 심마니 한 명은 멀리서 들리는 비명에 지레 놀라 다급하게 하산했다.

7

술시가 다 되어서 삿갓 스님과 쓰개치마를 쓴 여인이 도착한 곳은 저잣거리 푸줏간 뒷방이었다. 웬 사내가 먼저 와 둘을 기다리고 있었다. 푸줏간 여주인은 사내가 미리 주문한 고기를 적당히 구워 탁주와 함께 내놓은 뒤 돌아서며 중얼거렸다.

"희한타 희한해……."

"뭐가 희한한데?"

"아이고야!"

말뚝이탈을 쓴 자가 불쑥 들어서자 여주인은 귀신이라도 본 듯 화들짝 놀랐다. 말뚝이탈을 벗고 여주인을 와락 끌어안는 자는 왜관 어학당 훈장이었다.

"아이고, 놀래라. 니 제발 그거 좀 쓰고 다니지 마라. 아 떨어지겠다."

"임자 아아 뺐나?"

"어이구. 내 주둥이만 아프제. 니 여 좀 보고 있어라."

"어델 갈라꼬?"

"그건 묻지 말고. 내 퍼뜩 댕기 올께."

"뭐 어데 서방이라도 숨겨놨나?"

"고마 시끄럽따."

푸줏간 여주인이 사라지고 난 뒤 훈장은 잠시 바깥을 살피더니 가게 문을 닫아걸고는 내부로 연결된 마당 쪽으로 나갔다.

"그간 강녕하셨습니까?"

뒷방에서는 스님이 삿갓을 벗은 뒤 기다리고 있던 사내에게 예를 갖추어 절을 올렸다.

"오랜만입니다, 유정스님."

"여기까지 오시느라 고단하지는 않으셨습니까?"

"고단했지만 의미 있는 여정이었습니다."

"네, 오늘은 특별히 인사시켜드릴 사람이 있습니다."

유정스님이 눈짓을 하자 여인이 쓰개치마를 벗고 저고리와 치마까지 벗은 뒤 앞으로 나섰다.

"인사 올려라. 광해군이시다."

"처음 뵙겠습니다. 사기장 도경이라고 합니다."

"도경?"

광해군이 뜻밖이라는 듯 도경을 쳐다보았다.

"허허허, 자네가 그 불사조 도경인가?"

"네?"

"오는 길에 어느 주막에서 자네 얘기를 들었네. 아주 이 일대에서 유명 인사더군."

"송구합니다."

밖에서 듣고 있던 훈장이 헛기침을 하며 인기척을 냈다.

"어서 들라."

광해군의 말이 떨어지자 훈장이 다시 말뚝이탈을 쓰고 방 안으로 들어섰다. 그의 손에는 일행의 신발이 들려 있었다. 신발을 한쪽에 내려놓더니 대군을 향해 목례를 했다.

"대군을 뵙심니더."

말뚝이는 넙죽 절을 한 뒤 유정 스님과도 목례했다.

"처음 뵙겠심더 스님. 혹여 밖에 염탐하는 자가 있을지 몰라 신발을 안으로 들였심더."

"네, 이해합니다."

말뚝이가 잠시 도경을 곁눈질하자, 도경이 목례를 했다.

"양해 바라네. 이자가 나의 간자라서 부득불 얼굴을 가렸네."

도경은 자신의 간자라고 허물없이 얘기하는 대군의 배포가 남달라 보였다. 늘 말로만 들었던 대군을 이렇게 눈앞에서 보니 감개무량하기도 하고, 분청사기의 정체를 대군까지 알아야 할 정도면 뭔가 거국적인 일이 벌어지고 있는 것 같아 사뭇 긴장이 되었다.

"자자, 한잔씩 들고 마저 얘기를 나눔세."

광해군이 도경과 말뚝이에게 술을 따라주었다. 말뚝이는 단숨에 술잔을 비우고는 대군의 술잔을 채웠다. 그리고 도경에게도 술을 따라주었다.

"자네의 무예 솜씨가 억수로 인상적이던데."

말뚝이의 말에 도경은 무슨 소리인가 싶어 그를 쳐다보았다.

"비밀 격투장. 기억 안 나나?"

도경은 그제야 그날 격투장에 입담 좋던 거간꾼이 말뚝이탈을 쓰고 있었다는 것을 떠올렸다.

"대군마마, 이자의 무예가 억수로 출중합니더."

말뚝이의 말에 대군은 허허, 웃고 나서 말을 이었다.

"나도 풍문을 들어 알고 있네. 어기창에서 요변을 빚어 황제를 감복시켰다더니, 무예는 또 언제 배웠는가?"

"그저 미미한 수준입니다. 송구합니다."

광해군은 도경을 찬찬히 살폈다. 다부진 듯 부드러운 눈매와 의지가 느껴지는 입매, 반듯한 콧매가 인상적이었다. 한낱 사기장으로 살기에는 아까운 인물이라는 생각이 들었다.

"대군마마, 지난번 서신으로 잠깐 말씀드렸던……."

유정이 말끝을 흐렸지만 광해군은 알고 있다는 듯 고개를 끄덕였다.

"안 그래도 그 서신을 받고 여기 오는 내내 생각이 많았습니다. 직접 내 눈으로 보기 전에는 믿기지도 않고요."

유정이 눈짓을 하자 도경은 봇짐 속에 가지고 온 상자를 꺼내놓았다. 겉 보기엔 평범한 분청사기가 나오자 광해군과 말뚝이는 반신반의하는 눈빛이 되었다. 이윽고 도경이 방 안의 등잔불을 끈 뒤 촛불 하나만 켜고 분청사기 안으로 집어넣었다. 일순간 빛이 사기의 표면을 투과하더니, 빛의 모양을 따라 일제히 벽에 글자들이 그려졌다. 그 광경을 본 광해군과 말뚝이는 놀라 입을 다물지 못했다.

"헌데 글자들이… 모두 숫자가 아닌가?"

광해군이 벽에서 눈을 떼지 못하고 물었다.

"네 숫자는 암호입니다."

"암호?"

암호는 언문반절표*를 사용했는데, 한글의 초성, 중성, 종성에 각각 숫자를 매긴 뒤 이 숫자들을 연결해 글자를 만드는 방식이었

---

* 한글의 초성, 종성에 쓰인 자음과 중성에 쓰인 모음을 결합한 글자들을 배열해 만든 표.

202

다. 이 방법은 숫자만 표시하면 되기 때문에 한정된 지면에 많은 내용을 기록하는데 용이할 뿐 아니라, 암호를 알아야만 해독할 수 있기 때문에 유출 위험도 적었다. 도경은 직접 언문반절표를 그려 보이며 글자를 어떻게 조합하여 원하는 뜻을 새기는지 차근차근 시범을 보였다. 광해군과 말뚝이는 시종일관 호기심 가득한 눈빛으로 도경을 주시했다.

그렇게 알게 된 암호의 내용은, 경덕진 어기창의 구조와 다완에 따른 땔감의 종류, 태토의 종류와 반죽 기법, 태토를 섞는 비율, 유약의 원재료, 유약의 비율, 가마의 위치별 사기의 분류, 가마의 종류, 가마 온도에 따른 다완의 완성 정도, 각종 안료를 섞는 비법, 건조장의 구조 등을 기록한 어기창의 비밀이었다.

사기장도 없고 도자기 기술도 없는 왜국이 어기창의 기밀을 빼돌리기 위해 이장평 편수까지 납치했다는 것은, 앞으로 도자기를 직접 빚겠다는 속셈이었다. 여기에 기록된 모든 정보는 명나라에서 철저하게 통제하고 있는 일급 기밀에 속했고, 만에 하나 왜국이 이 것을 유출한 사실이 알려진다면 명은 왜국과의 전쟁도 불사할 일이 었다.

"왜국이 이렇게까지 어기창에 눈독을 들이는 걸 보면, 단지 도자기만 생산하겠다는 심뽀는 아닐 낍니더."

말뚝이가 흥분해서 말했다. 도자기는 유럽과의 무역에서 막대한 이윤을 가져다주는 품목이었다. 무엇보다 도자기 한 점이면 조총 수십 정을 살 수 있다고도 했다. 조총의 수는 곧 전쟁에서 승리할 수 있는 원동력이었다. 말뚝이는 왜관의 훈장 노릇을 하면서 나름

보고 들은 것들이 많았다. 왜국의 일차 목표는 어기창의 기술을 빼돌려 도자기를 직접 생산하는 것일 것이다. 그렇게 생산한 도자기로 무기를 사들여 대륙을 정복하겠다는 것이 왜국의 최종 목표일 거라고 말뚝이는 판단했다.

"그게 사실이라면, 통신사로 다녀온 황윤길의 말에 더 무게를 두어야 하지 않겠는가? 미개한 저들의 폭력성이 지금 당장은 드러나지 않고 있지만 언제 어느 때 무슨 짓을 할지 모르니 대비를 해야 한다는 의견이 자꾸만 맘에 걸리는군."

광해군이 유정을 쳐다보았다. 의견을 구하는 눈빛이었지만, 유정은 고민이 많은 표정이었다.

"이 분청을 빚은 이장평 편수라는 자도 왜국에 납치를 당했다고 하지 않았나?"

광해군이 도경에게 물었다.

"네, 대군마마. 분청에 새겨진 기밀이라는 것도, 실행하지 않으면 아무 소용이 없습니다. 그러니 그 기밀을 가장 잘 알고 있는 이장평 편수를 납치하여 왜국이 저들만의 가마를 만들고 본격적으로 도자기를 생산하려는 게 분명합니다."

"허면 이장평 편수가 저들의 요구를 들어준다면 큰일이 아닌가?"

"그분은 그렇게 호락호락하지 않습니다. 차라리 죽기를 각오할 것입니다."

"허면 이장평 편수의 신변이 위험하다는 건데."

"아직은 그렇지 않을 겁니다."

"어째서?"

"비록 이 편수가 분청의 기밀을 토설하지 않는다고 해도, 어렵게 납치해온 유일무이한 사기장을 제거하면 다시는 그들에게 도자기를 빚을 기회는 오지 않을 테니까요. 분청의 기밀은 포기하더라도, 저들만의 가마를 만들려면 반드시 이 편수를 살려야 하겠지요."

광해군과 유정, 말뚝이는 어느새 도경의 말에 집중하고 있었다. 사기장의 직감을 동원하여 현재 상황을 짐작하고 향후 흐름까지 예상한 그의 말에 다들 고개를 주억거렸다.

"히데요시는 왜국 전역을 통일하기 위해 전쟁터에서 산전수전을 다 겪은 인물입니다. 그의 야망은 아마도 우리의 예상을 훨씬 뛰어넘을 것입니다."

유정이 드디어 입을 열었다.

"작금의 명나라는 만력제의 방탕함과 환관들의 부정부패가 도를 넘었고, 민심은 극도로 흉흉해진 상태입니다. 후금(청나라)의 동태도 심상치 않습니다."

전쟁은 이유가 명확하고 목적이 확고해야 준비되지만, 정작 그 전쟁을 감당할 만한 명분이 있어야 가능해지는 거사였다. 왜국이 아무리 도자기에 미쳐 있고 그 도자기로 무기를 사들이는 것에 골몰해 있다고 해도, 명의 기운이 쇠퇴하지 않는 한 감히 섬 밖을 넘겨다보기는 역부족일 것이다. 하지만 지금이라면 말이 달라졌다.

'히데요시… 만력제… 후금… 그리고 조선.'

광해군은 뭔가가 맞물려 돌아가는 듯한 느낌에, 자꾸만 이 말들을 곱씹었다.

8

심마니들이 스님과 여인을 놓쳤다는 소리에 소우는 발끈했다. 심마니들은 발이 빠르고 행동이 기민해서 필요한 곳의 소식을 전하거나 알아보는 데 용이했다. 또 점조직으로 활동해 은밀히 정보를 캐내거나 사람을 미행하는 데도 안성맞춤이었다. 며칠 전, 두모진 객관의 주인이 저잣거리에 붙은 용모파기와 닮은 자를 보았다고 전해왔다. 혹시나 해서 심마니를 시켜 뒤쫓게 했더니 요시다였다. 심마니들은 일부러 탈진한 척 화전민 마을에 들어가 요시다의 동태를 살폈다. 심마니들은 그가 수시로 산사를 살펴본다고 전했다.

그 산사는 유정스님이 기거하는 곳이었다. 해동과 긴밀한 사이인 유정스님은 도경의 후원자이기도 했다. 소우는 모든 정황을 맞춰보면서 도경이 살아 있다고 확신했다. 심마니가 전서구에 날려보낸 세 가닥 실을 보고 더욱 확신했다. 긴 것은 유정을 의미하는 것이고, 붉은 실은 여인을 의미했다. 짧은 것은 동자승이 분명했다. 소우는 그 여인이 도경이라고 생각했다. 스님과 여인을 놓치면 안 된다고 심마니들에게 신신당부했지만 결국 놓쳤다는 소식에 입맛이 떨어져 저녁상도 물렸다.

그런데 저잣거리 푸줏간 여주인이 불현듯 찾아왔다. 그녀 역시 소우의 간자였다. 왜관에 필요한 고기를 전담하는 대신 저잣거리에 떠도는 사소한 소식을 물어오는 일을 했다. 이를테면 시전에서 가장 화제가 되는 게 무엇인지, 여인들이 열광하는 세책방*의 잡문

* 책을 필사해서 돈을 받고 빌려주던 곳.

은 어떤 내용인지, 밤이 되면 시전의 뒷골목에서 은밀히 거래되는 것들은 무엇인지 등등, 어찌 보면 시시콜콜한 일들이었다. 소우는 그 시시콜콜한 소식에 스민 조선인들의 생각을 듣고 싶어 했다. 민심은 가장 밑바닥에 있기 때문이었다. 여주인은 때때로 왜인들을 푸줏간 뒷방에 재워주기도 했는데, 왜관에서 정탐을 위해 저잣거리로 나갈 때, 그곳은 은밀한 중간 지점이 되었다.

오늘 뒷방을 차지한 사내가 왠지 범상치 않다는 게 그녀의 첫 마디였다. 게다가 그 사내를 찾아온 삿갓 스님과 여인의 조합이 퍽 황당하다는 사견까지 덧붙였다.

삿갓스님과 여인? 소우는 솔깃했다.

"스님이 옆구리에 여인을 차고 왔으니, 십중팔구 땡중이거나 그기 아니면……."

"아니면?"

소우가 여주인을 넌지시 보며 물었다.

"아니면 뭐가 있겠지예. 마 내는 거어까진 모르게꼬 쪼매 이상한 건 맞심더."

"먼저 와서 기다리고 있던 사내의 얼굴은 봤는가?"

"하모예. 제가 이래뵈도 눈썰미 하나는 끝내준다 아임니꺼"

소우가 용모화 몇 장을 꺼내 여주인 앞으로 밀었다.

"혹시 이중에 자네가 본 그 사내의 얼굴이 있는지 살펴보게."

여주인은 여러 장의 용모화를 찬찬히 훑어보더니 손가락으로 하나를 짚었다.

"이 사람임니더. 이 사람!"

용모화를 본 소우의 눈이 커졌다.

"확실한가?"

"하모예. 확실함니더. 제가 눈썰미 하나는 끝내준다 아임니꺼."

그 용모화의 주인은 광해군이었다. 조정의 신료들의 용모화를 일일이 그려놓은 것이 이렇게 요긴하게 쓰이다니. 한데 광해군이 은밀히 여기까지 와서 도대체 뭘 하고 있는 것인가, 소우는 생각에 잠겼다. 뭔지 모르지만 도경이 가지고 왔다는 그 물건과 관련이 있다는 심증이 들었다. 도대체 뭘 해야 그 물건을 손에 넣을 수 있을까 소우는 더 깊은 고민에 빠졌다.

덕배는 집까지 찾아온 동자승이 일러준 대로 푸줏간으로 들어갔다. 내내 동자승의 뒤를 밟던 요시다는 푸줏간 주변을 조용히 둘러보았다. 저잣거리 상점들도 거의 문을 닫은 시각이라 지나가는 사람은 없었다. 요시다는 혹시라도 보는 눈이 있을까 싶어 근처 느티나무 위로 올라가서 푸줏간의 안의 구조를 살폈다. 가게 안쪽에는 담이 둘러쳐진 마당이 있었고 한쪽에는 방과 창고도 보였다. 겉보기에는 푸줏간으로 통하는 앞문 이외에 들어가거나 나가는 통로는 전혀 없었다. 물론 앞문으로 들어가거나 나오는 사람도 없었다.

변화가 생긴 것은 자시를 조금 넘긴 시각이었다. 복면을 쓴 무사들이 은밀히 푸줏간을 포위했다. 일이 묘하게 돌아가자 요시다는 나무 위에서 숨을 죽이고 지켜보았다.

숨어서 경계를 살피던 광해군의 무사 동주가 다급하게 들어와 푸줏간을 포위한 무사들에 대해 고했다. 근처 느티나무 위에서 상황을 살피는 웬 사내도 수상하다고 했다.

도경은 아마도 소우가 보낸 자들일 거라고 말했다.

"허면? 나무 위에 있다는 사내는 또 누군교?"

말뚝이가 도경에게 물었다.

"아마도 요시다일 겁니다. 어기창의 부관인데 이 분청사기를 몰래 빼돌리려 한 자입니다."

도경은 자신 때문에 대군의 신변에 변고가 생길까 송구한 마음이 되었다.

"푸줏간이 포위되었다면 큰일이 아닙니까? 무슨 방도가 있습니까?"

웬만해선 감정을 잘 드러내지 않는 유정스님의 목소리가 갈라졌다. 말뚝이가 일어나 아랫목에 깔려 있는 볏짚 단을 걷어냈다. 뜻밖에 나무 문이 나왔다. 문을 열자 지하로 이어지는 통로가 보였다.

"여기 푸줏간 자리가 원래 제가 위장을 위해 서당을 했던 곳 아임니꺼, 아무도 모르게 비밀통로를 만들어놨는데, 푸줏간 여주인도 모르는 일임니더."

곧 무사 동주가 푸줏간 밖으로 모습을 드러냈다. 복면무사 열댓 명이 빠르게 동주를 둘러쌌고, 격투가 벌어졌다.

나무 위의 요시다는 푸줏간 주변을 면밀히 살폈다. 푸줏간 안으로 들어간 사람이 어림잡아도 다섯 명은 넘었다. 그런데 무사 한 명만 모습을 드러냈다면 나머지는 분명 은밀히 움직였을 것이다. 그때 푸줏간에서 조금 떨어져 있는 어물전 뒷문에서 말뚝이탈을 쓴 자가 나왔다.

'혹시 푸줏간에서 어물전으로 통하는 비밀통로가?'

요시다는 재빨리 나무에서 내려가 그를 쫓았다.

말뚝이탈을 쓴 자가 시전의 뒷골목으로 들어갔다. 발소리에 놀란 고양이 몇 마리가 담장을 넘어 달아났다. 다급하게 걸음을 옮기던 말뚝이 앞을 요시다가 막아서며 말했다.

"드디어 만났군, 도경."

동시에 요시다의 칼이 허공을 갈랐다. 말뚝이탈이 반쪽으로 쪼개지며 바닥으로 떨어졌다. 너무 놀라 얼어버린 덕배의 얼굴이 드러났다. 요시다의 얼굴에 당황의 빛이 끼쳤다.

"드디어 만났군, 요시다."

요시다의 목에 칼이 겨누어졌다. 그의 등 뒤에 도경이 서 있었다.

"왜 날 쫓는 것이냐?"

"알고 있을 텐데?"

"아! 그 분청사기?"

"그걸 본 것이냐?"

"보기만 했을까? 그 속에 무엇이 새겨져 있는지도 알지."

"이놈!"

"움직이면 이 칼이 네 목을 벨 것이다."

"나를 죽이면 너는 정인을 영영 못 찾을 텐데?"

"뭐? 네놈이 정녕 연주를 납치한 것이냐?"

"이 칼부터 치우지!"

요시다가 조롱하듯 말했지만 도경은 물러서지 않았다.

"이 천하의 무도한 놈! 빨리 연주가 있는 곳을 대라! 어서!"

도경이 칼끝에 힘을 주자 요시다의 목에서 피가 배어나왔다.

"차라리 날 죽여라, 도경."

"빨리 말해!"

"그냥 죽여! 어차피 네 정인은 지금쯤 이 세상 사람이 아닐 것이
니. 흐흐……."

"이 죽일 놈!"

도경의 칼이 허공을 갈랐다. 덕배는 놀라 얼어붙었다.

마음을 움직이는 그릇

1

아침 이슬이 내려앉은 산사 마당에 늙은 보살이 좁쌀을 흩뿌리자 새들이 햇살처럼 모여들었다. 새들이 아침 공양을 하는 동안 복실이도 느긋하게 앉아서 햇살 아래 졸린 눈을 가물거렸다.

아오이는 발목이 어느 정도 회복되자 도경도 없는 산사에서 더 머무르는 게 폐가 되는 것 같아 오늘은 내려갈 생각을 했다. 자신의 생사도 모른 채 가슴을 졸이고 계실 아버지를 생각하면 불효를 저지르는 것 같아 죄송한 마음이었다.

"그동안 신세를 많이 졌습니다. 스님. 오늘은 내려갈까 합니다."

"그렇게 하시게. 도경이 언제 올지도 모르고. 아버지가 기다리실 테니."

유정은 넌지시 아오이를 쳐다보았다. 맑고 순수하지만 강단이 느껴지는 인상이 처음 볼 때부터 남달랐다. 도경과 무슨 인연으로 여기까지 왔는지는 가늠할 수 없지만, 그녀 스스로 운명의 굴레 속으로 뛰어들었다고 생각했다. 유정은 아오이를 배웅할 겸 산사 마당으로 나섰다.

"아이고 부처님! 이기 무신 일이고?"

늙은 보살의 고함소리에 쳐다보니 도경이 정신을 잃고 축 늘어진 연주를 업고 산사 마당으로 뛰어 들어왔다. 처사가 다급히 이들을 구석방으로 안내하고, 보살이 물수건을 들고 따라 들어왔다. 도경이 아랫목에 연주를 눕히자 유정 스님이 맥을 짚어보다가 굳은 표정이 되었다.

"어떻게 된 일이냐?"

"폐가에 쓰러져 있었습니다."

도경은 정신을 잃은 연주의 손발을 연신 주무르며 흐느꼈다. 아오이는 가슴을 졸이며 방 밖에서 그를 지켜보았다. 도경의 애달픈 눈길을 따라 정신을 잃은 여인을 조심스럽게 살폈다. 헝크러진 머리와 흙이 잔뜩 묻은 의복으로 봐서는 어딘가에서 도망쳐 나온 것 같았다. 아오이의 시선을 의식한 듯 유정스님이 헛기침을 하자 보살이 문을 닫았다.

유정스님은 연주의 손과 발에 뜸을 놓으며 물었다.

"무슨 일이 있었던 것이냐?"

도경은 고개를 떨구고 울먹였다. 그의 손이 온통 피투성이었다.

"제가 요시다를 죽, 죽이려 했습니다……."

도경은 분한 듯 주먹을 꽉 쥔 채 온몸을 떨었다. 칼을 후려치는 순간에도 눈 하나 깜빡하지 않던 요시다의 배포에 기가 질렸다. 억지로 놈을 앞장세워 연주가 있는 폐가를 찾아갔다. 정신을 잃고 쓰러진 연주를 보자 눈이 뒤집혔다. 숨도 쉬지 않는 것처럼 온몸이 축 늘어져 있었다. 순간 놈을 죽이려고 목을 움켜쥐었지만 덕배가 말렸다. 용모파기까지 붙은 놈이니 동헌에 넘기자고 했다. 놈은 덕배에게 맡기고 도경은 연주를 업고 산사로 내달렸다. 연주의 심장은 금방이라도 멈출 듯 미약하게 뛰었다. 자기 때문에 연주가 희생되었다고 생각하니 더이상 살고 싶지도 않았다.

도경의 얘기를 다 듣고 난 뒤, 유정은 아무런 말이 없었다. 연주의 호흡이 고르게 돌아온 것은 두 시진이 지나서였다. 하지만 여전히 의식은 돌아오지 못한 채, 깊은 잠에 빠진 듯했다.

아오이는 산사 마당을 서성이며 도경이 업고 온 여인을 생각했다. 도경의 정인인가. 괜히 울적한 마음이 들었다. 더이상 기다릴 수 없어서 보살에게 대신 하직 인사를 전해 달라고 당부하고 돌아서는데 방문이 열렸다. 초췌한 모습의 도경이 나왔다.

"방 안의 그분은 괜찮으십니까?"

아오이가 다가서며 물었다.

"네……."

"그럼 저는 이만 내려가봐야 할 것 같습니다. 스님께 대신 인사를 전해주세요."

"저……."

무슨 말인지 도경이 잠시 망설였다.

"혹시… 부탁 하나만 해도 되겠소?"

"……."

도경은 연주가 당분간 왜관에서 묵을 수 있게 해 달라고 부탁
했다.

"미안하오. 지금으로선 아무리 생각해도 믿고 맡길 때가 그쪽
밖에 없어서……."

아오이는 그 말이 무슨 뜻인지 이해하지 못했다. 산사에 유정스
님도 있는데 왜 자신밖에 없다는 건지 알 수 없었다. 도경은 이대
로 연주를 산사에 두면 소우의 표적이 될 거라고 생각했다. 요시다
처럼 연주를 미끼로 도경을 잡으려 할 것이다. 그러나 아오이가 머
무는 곳이라면 소우가 의심하지 못할 거라고 판단했다.

"네, 알겠습니다."

아오이는 도경이 원하는 대로 다 해주고 싶었다.

"처사께서 저 대신 함께 동행하실거요."

"도경님은요…?"

"저는 따로 할 일이 있어서… 일이 끝나는 대로 찾아갈 테니 그
때까지만 부탁하오. 그리고 내가 살아 있다는 것은 당분간 저 사람
에게 알리지 말아주시오. 지금은 아무것도 말해주지 못하지만 언
젠가는 다 얘기해주겠소."

그 말은 또 무슨 뜻인지 아오이는 점점 더 궁금했지만 끝내 묻지
않았다.

"네. 걱정 마세요. 저분은 제가 잘 돌보겠습니다."

"고맙소."

도경이 잠시 목례했다. 아오이도 답례를 했지만 왠지 코끝이 찡

해졌다.

숲에 어둠이 깔리고 나서야 아오이가 산사를 나섰다. 처사가 연주를 업고 뒤따랐다. 돌아보니 유정스님만이 홀로 멀어지는 일행을 배웅하고 있었다. 아오이는 한마디 인사도 없이 어디론가 사라져버린 도경을 생각하며 무슨 이유가 있을 거라고 애써 마음을 다잡았다.

하산 도중에 계곡이 나오자 처사가 잠시 쉬어 가자고 했다. 어느새 연주도 정신이 돌아왔는지 어렵게 눈을 떴다. 처사의 부축을 받으며 바위 한편에 몸을 기댔다. 아오이가 쪽박에 물을 떠서 기대어 있는 연주에게 내밀었다.

"고맙습니다……."

연주가 가쁜 숨을 내쉬며 목례했다. 밤바람을 타고 날아온 반딧불이 계곡 위에서 유영하듯 날아올랐다. 그때마다 별이 파편처럼 쏟아지는 것 같았다.

"초면에 너무 많은 신세를 지는 것 같아서… 송구합니다……."

"아닙니다. 그런 마음은 조금도 갖지 마세요."

아오이가 안심하라는 듯 미소를 지었다. 이 여인은 도경에게 어떤 존재일까. 왜 이토록 아픈 모습일까. 왜 도경은 이 여인을 자신에게 맡긴 걸까. 너무 많은 질문이 아오이의 머릿속에서 엉켰다. 연주를 부축하고 산을 내려가는 길, 아오이는 이상하게 마음이 혼란스러웠다.

아오이의 부축을 받으며 산을 내려가는 길, 연주는 이상하게 마음이 저몄다.

2

산사에서 나온 도경은 왈패의 소굴을 찾아가기 위해 마안산을 올랐다. 칠흑 같은 숲을 더듬어가는 내내 온갖 상념에 휩싸였다. 요시다를 동헌에 끌고 갔던 덕배는, 도경의 생사를 집요하게 캐묻는 형방 때문에 난처했다고 전했다. 요시다가 너무 담담해서 마음에 걸린다는 말도 했다. 최근 민요 주변에 낯선 사내들이 간간이 보이는 것이 아무래도 소우의 패거리들 같다면서, 이게 다 연주 탓이라고 혀를 찼다. 연주의 팔자가 박복해서 엮이는 사내마다 작살난다는 소문이 이미 시전에 쫙 떠돈다는 것이다. 홍루의 행수기생이 떠들고 다니는 것을 덕배의 노모가 우연히 듣고는 전해주었단다. 이제 정말 어떻게 살 거냐며 덕배는 심란해했다.

"휴우."

도경은 자신도 알 수 없는 앞날에 한숨만 나왔다.

가까운 숲 쪽에 불빛이 보였다. 왈패의 산채였다. 도경은 일부러 소리를 질러 자신의 존재를 알렸다. 잠시 후 왈패들이 나타나 도경을 두목 앞으로 끌고 갔다. 그날 밤 화재로 죽은 줄 알았던 도경이 버젓이 나타났지만 왈패 두목은 이제 놀랍지도 않다는 듯 고개를 내저었다.

"죽다 살고 죽다 살고 무슨 팔자가 그리 엿같노? 니도 이번 생은 망한기다, 망한기야."

왈패 두목은 도경에게 탁주를 따라주며 측은한 듯 연신 혀를 찼다.

도경은 두목을 찾아온 이유부터 말했다.

"뭐어? 비밀 격투장? 아서라. 지난번 그 난리를 치고 또 그 짓을 한다꼬? 내는 인자 때리 직이도 몬한다. 동헌에서 눈을 시뻘개 뜨고 감시를 하고 있는데 우째 판을 까노?"

도경은 마지막으로 한몫 크게 챙겨서 연주를 데리고 조선을 떠날 생각이었는데, 뜻밖의 난관에 부딪히자 난감해졌다. 마지막 방법마저 물 건너 간 건가.

"돈이 필요하면 딴 방법도 있기는 한데……."

도경의 눈치를 보며 왈패 두목이 슬쩍 운을 뗐다.

"뭔데?"

"아니 그기 좀… 니 입장에서는 쫌 납떡도 안 되고 뭐랄까, 양심도 파는 거고."

"아, 뭔데! 빨리 말해!"

이제는 도경도 찬밥 더운밥 가릴 처지가 아니었다.

"뭐? 모사模寫?"

"요새 그게 젤루 돈 왕창 땡기는 방법 아이가."

"너 미쳤어? 사기장에게 모사라니?"

"뭐 내도 기대는 안 했다. 니가 하도 딱해서 슬쩍 말해본 긴데 할 수 없지 뭐."

최근 왜리에서는 왕실의 다완과 그릇을 모사한 제품들이 은밀히 거래되었다. 왜관에서 거래되는 것은 품목과 수량이 한정적이다 보니 왜국 전역에서 몰려드는 장사꾼들의 수요를 다 감당하지 못했다. 돈 냄새를 맡은 거간꾼들이 민요에서 쫓겨난 사기장들을 부추겨 모사품을 생산하고 있었다. 모사는 중죄에 속해서 발각되는 날에는 죽음을 면치 못했지만 부르는 게 값이다 보니 갈수록 거래 규모가 커지는 것도 사실이었다.

"인자 왕실 꺼는 쪼매 지겁고… 황제의 다완만 기똥차게 모사하면 완전 인생 한 방인데… 그걸 할 수 있는 사기장이 없다 아이가. 뭐 황제 꺼를 봤어야 모사를 하든가 말든가 하제…….."

아무리 다급해도 모사는 아니다… 도경은 고개를 저었다. 하지만 그것 말고는 한몫을 챙길 방법이 없었다.

문득 경덕진 어기창에서 그 화려하고 눈부신 다완과 그릇 들을 봤을 때의 황홀함과 벅참이 떠올랐다. 단 한 번만이라도 빚어봤으면 하는 그릇들도 많았다. 주문받은 대로 빚는 것이 아니라, 원하는 것을 자유롭게 빚어보고 싶은 욕망은 사기장으로서 도경을 부대끼게 만들었다. 그런 갈증을 홀로 삭이며 남은 태토로 투박하게 그릇을 만들어, 술도 부어 마시고, 물도 부어 마시는 것으로 인내하기에 도경은 자기 안의 욕망이 너무 큰 것을 알고 있었다. 하여 황제의 흠한을 빚을 때, 도경은 마치 살아서 숨 쉬는 것 같았다. 늘 살아 있었지만 제대로 살기를 원했던 나비가 마침내 허공을 향해 질주하는 듯한 착각이 들 정도로, 그는 들떠 있었다. 경덕진을 나오면서 '언젠가는 여기로 돌아올 수 있을까' 잠깐 생각도 했다. 아니, 기회가 된다면 어기창에서 본 것들을 다시 해석하고 새롭게 변형해 만들어보고도 싶었다. 그래서 눈과 머리와 마음 속에 꼭꼭 새겨 담았다.

"…할게."

"참말이가?"

왈패 두목의 목소리가 커졌다.

"잘 생각했다! 잘 생각했어! 내가 판을 기똥차게 깔 테니까, 니는 그 요변 빚은 솜씨로 확 뒤집어뿌자! 어? 됐나? 마 이참에 왕창 땡기고 이 더러븐 조선 확 떠나뻐라! 내 다 도와주꾸마!"

도경은 연주를 데리고 경덕진 어기창으로 갈 생각을 굳혔다. 언제든 생각이 바뀌면 돌아오라고 했던 태감의 말을 잊지 않았다. 하여 모사꾼 아닌 모사꾼이 돼보기로 했다. 양심은 팔되, 영혼을 팔지 않는 것. 형식은 차용하되, 기법은 달리 할 것. 그러고도 완벽하게 황제의 다완을 재연한다면, 모사 아닌 모사가 되는 것이다.

도경은 제일 먼저, 아쉬운 대로 지금은 사용하지 않는 옹기장의 가마를 빌렸다. 옹기가마는 가마 측면에 구멍이 뚫려 있어서 불을 땔 때면 밖에서 들어오는 공기와 가마 안의 열기가 적절히 섞였다. 가마 전체를 봉해 안팎의 공기를 차단하는 사기 가마와는 달랐다. 옹기가마의 측면 구멍을 어떻게 완벽하게 메울 건지가 관건이었다. 도경은 가마 전체에 여러 번 흙을 덧바르고 말리는 과정을 반복하면서 구멍을 메웠다. 가마가 완성되자 이번에는 어기창에서 본 것들을 차분하게 떠올렸다. 명나라 황실의 다완은 형태와 색감의 조화를 최고로 쳤다. 최근에는 특수 안료인 소마리청을 이용하여 푸른빛을 띤 청화백자를 빚어내고 있었다. 소마리청은 경덕진 어기창에서도 금료로 취급되어 반출이 결코 쉽지 않았다. 물론 아직 조선에서도 그런 기법이 상용화되지 않아서 사실상 모사하기란 쉽지 않았다.

의복에 푸른 물을 들일 때 쪽*을 사용하긴 했지만 사기에도 쪽빛을 입힐 수 있을지 자신이 없었다. 고민 끝에 도경은 일단 뒷산에 올라 쪽을 뜯어왔다. 염색장이를 찾아가 쪽물을 들이는 방법까지 알아왔다. 쪽의 일부는 삶아서 물을 내고 나머지는 날 것을 그대로 물에 불려 색이 우러나기를 기다렸다. 그사이 굴 껍데기를 스무 시간 불에 태워 말린 것을 가루로 만들었다. 굴 껍데기 가루는 색을 더욱 선명하게 해주는 효과가 있었다. 어느 정도 쪽물이 우러나자 쪽 삶은 물과 날 물을 섞고 굴 껍데기 가루를 넣어가면서 열 시간 이상 저은 뒤 하루 더 발효시켰다. 다음날 쪽물 바닥에 가라앉은 뭉글한 덩어리만 거둬 잿물을 넣고 다시 하루를 더 발효시켰다. 푸른빛을 만드는 데만 무려 나흘의 시간이 걸렸다. 드디어 끈적한 액체 덩어리가 완성되었다. 푸른빛이 더없이 영롱하여 눈이 부실 지경이었다.

도경은 미리 준비한 다완에 그 빛을 입히고 유약을 바르고 건조하기를 세 번, 마지막으로 가마에 다완을 넣고 불을 때는 모든 과정에 오롯이 몰입해 있었다. 이미 온몸은 쪽빛으로 흥건히 젖어 있었고, 입안에서도 쪽빛 침이 나왔다. 며칠째 잠도 자지 않은 탓에 혓바늘마저 파랗게 돋아났다.

새벽녘 가마의 불이 잦아들었다. 투시공이 열리는 소리만 들어도 완성도를 예상할 수 있었다. 이번에도 덕배가 먼저 들어가 다완의 상태를 살폈다. 도경이 모사를 하는 것도 모두 연주 탓이라며

---

* 푸른색 염료를 만드는 식물.

노골적으로 그녀를 헐뜯기도 했지만, 덕배는 다완의 경이로운 푸른빛 자태에 숨이 막혔다.

3

왈패 두목은 보름날 왜리의 주점에서 황제의 다완을 경매한다는 소문을 은밀히 퍼트렸다. 소문을 들은 전국의 수집가들은 일찌감치 동래 읍성에 모였다가 왈패 두목에게 거간료를 내고 왜리로 속속 들어왔다. 경매 당일 아침에 덕배가 보자기에 싼 것을 가지고 왔다. 도경은 기진맥진하여 쓰러져 잠이 들었다고 했다.

이번 경매에 참가한 수집가들 중에 관요의 감수관을 지낸 자가 있는데, 왈패 두목은 그에게 먼저 다완을 보였다. 보자기를 풀자 영롱하고 청아한 푸른빛의 다완이 모습을 드러냈다. 감수관은 입이 떡 벌어지더니 할 말을 잃었다. 사기에 문외한인 왈패 두목이 보기에도 예사롭지 않았다. 감수관은 모사품이 아니라 진품이 아니냐며 되묻기까지 했다. 오래전 경덕진 어기창에서 본 황제의 다완 그대로라며 경매에 내놓지 말고 그냥 자신에게 넘기라고 했다. 모사품을 본 사람들의 반응도 예상을 뛰어넘었다. 그야말로 부르는 게 값이었다. 서로 다완을 사겠다고 나서는 바람에 몸싸움까지 벌어졌다.

왈패 두목은 이제야 도경을 물심양면 도와준 보람이 있다며 덩달아 신이 났다.

"모두 잡아들여라! 모두 잡아들여!"

포졸들이 들이닥친 것은 정말 뜻밖이었다. 놀란 왈패 두목은 재빨리 주점의 뒷문으로 도망쳤고, 당황한 사람들은 제대로 저항 한 번 못 해보고 모두 체포되었다.

그 시각, 옹기장의 폐가에도 포졸들이 기습했다. 며칠 밤샘 작업으로 쓰러져 자고 있던 도경은 기척을 느끼고 반사적으로 몸을 일으켰지만 곧바로 포졸들에게 포박당했다.

"놔라! 이거 놔! 무슨 일이냐? 왜 이러는 것이냐?"

"네놈이 감히 모사품을 만들었느냐? 그것도 황제의 다완을? 너는 이제 죽은 목숨이다!"

포도부장이 몸부림치는 도경의 얼굴을 발로 밟고 짓이겼다. 도경은 동헌으로 끌려갔다.

한 시진 전, 지금은 사용하지 않는 옹기가마에서 무언가를 만든다는 제보가 들어왔다. 제보자는 옹기가마 근처에 사는 사람이었다. 며칠 전부터 가마에서 연기가 나고 불빛이 보여서 살펴보니 사기장 도경이 무엇을 만드는 것이 예사롭지 않아 보였다고 했다.

지난 비밀 격투장 사건으로 도경이 죽었다고 생각한 동래 부사는 또다시 그의 이름이 들려오자 화들짝 놀랐다. 매번 죽여도 다시 살아나는 놈의 정체에 소름이 쫙 끼쳤다. 이번에는 반드시 놈을 잡아서 모든 화근을 없애버리겠다 작정하고는 옹기가마를 덮쳤던 것이다.

도경이 잡혔다는 형방의 보고를 들은 동래 부사는 감옥에 갇혀 있는 요시다를 먼저 불렀다. 그가 경덕진에서 부관까지 지냈으니, 다완의 진품 여부를 가려줄 작자는 요시다밖에 없는 셈이었다. 부사는 도경이 만든 황제의 다완을 감정하라고 명령했다. 아니, 그것을 '모사품'이라고 말하라고 강요했다.

'도경이 모사품을 만들었다?'

요시다는 믿기지 않았다. 그가 모사품을 만들었다면 한몫 단단히 챙겨서 조선을 떠날 생각임이 분명했다. 그가 목숨보다 아끼는 연주를 데리고 훌훌 떠날 생각을 하다가 또 실패한 것인가. 요시다는 회심의 미소를 지었다. 죽으라는 법은 없는 것이다. 자신이 도경을 죽이려 들지 않아도 그의 처절한 운명이 매번 그의 목에 칼을 겨누니 말이다.

"제가 그렇게 하면 부사 나으리께선 저에게 무엇을 주실 것입니까?"

"요놈이!"

부사는 요시다의 당돌한 태도에 발끈했지만 차라리 잘되었다고 생각했다. 사실 요시다의 처리 문제로 고심하고 있었다. 저잣거리에 그의 용모파기를 붙이고 험악한 분위기를 잡은 것은, 비밀 격투장의 화재 사건에 소우와 왜관을 엮을 심산이었다. 하지만 소우에게 조총을 받고는 유야무야 넘길 참이었는데, 느닷없이 요시다가 붙잡혀오는 바람에 난감했던 것이다.

"네가 모사품이라고 확실하게 감정만 해주면 즉시 방면해주마!"

요시다는 부사에게 고개를 숙였다.

곧 해동도 동헌으로 끌려왔다. 제자의 솜씨를 누구보다 잘 알 것이니 도경의 모사품을 판별하는 데 해동만큼 적합한 자는 없다는 게 부사의 생각이었다. 요시다는 도경의 스승이라는 해동을 보았다. 꼬장꼬장하지만 결코 비루하지 않은 품격이 느껴졌다. 도경에게 그런 스승이 있다는 사실이 잠시 부러웠다.

곧이어 포도부장이 모사품을 들고 왔다. 부사는 요시다에게 먼저 감정하라고 명령했다.

요시다는 차분하게 다완을 살펴보았다. 날 것 그대로의 푸른빛이 영롱하다 못해 숨이 막혔다. 선을 따라 흐르는 기품과 기교의 정형성, 차갑고 도도한 푸른빛은 권위마저 느껴졌다. 정말 완벽한 황제의 다완이었다. 어기창에서 스치듯 본 것을 이토록 정교하고 정확하게 모사해내다니. 그는 도경의 솜씨에 절로 혀를 내둘렀다.

"정말 완벽한……."

부사가 긴장한 듯 요시다를 쳐다보았다.

"정말 완벽한 모사품이옵니다."

부사는 흡족한 표정을 짓더니 다음으로 해동에게 감정하라고 명령했다.

해동은 모사품을 가만히 들어 찬찬히 살폈다. 제일 먼저 눈에 띄는 것은 눈부시게 푸른 색감이었다. 어기창에서 사용한다는 소마리청은 소문으로만 들었다. 아직 조선에서 그런 색감을 구현한 적이 없는 탓에, 진색眞色이 어떤 것인지 정확하게 알 수 없었다. 하지만 모사품에서는 한 번도 보지 못했던, 아니 상상조차 하지 못했던 청아한 남빛이 금방이라도 뚝뚝 떨어질 것 같았다. 마치 시퍼런 강물이 용솟음치듯, 웅장한 입체감과 생생한 느낌으로 한 폭의 그림과 같은 청화백자를 탄생시켰다. 푸르게 덧대어진 자리마다 용의 비늘이 떨리는 듯하고, 엷게 색감을 조절한 곳에서는 물방울이 더해져 용의 기운은 더욱 선명하고 장엄했다. 기품 있는 정형미에 자유로움이 더해진 완벽한 다완이었다. 그건 영락없는 도경의 솜씨였다. 도경만이 할 수 있는 것이었다.

해동은 자신도 모르게 감탄하며 탄식했다. 그것은 모사품에 대한 감탄이었고, 그런 재주를 가지고도 스스로를 모사꾼으로 전락시킨 제자에 대한 탄식이기도 했다. 제자였으나 어느 순간 자신이 버거울 정도로 재주를 부리는 통에 해동은 그를 늘 자제시키기만 했다. 해동은 도경이 이미 어떤 경지를 뛰어넘어 자신만의 세계를 구축했음을 알았다. 모사품을 내려놓는 해동의 손이 떨렸다.

모두 해동을 쳐다보았다. 그의 입에서 어떤 말이 나올지, 다들 숨 죽이고 그를 쳐다보았다.

"…도경의 솜씨가 맞심더."

해동은 그 말을 마치고 털썩 주저앉았다.

곧 도경이 끌려 나왔다. 요시다를 본 도경의 표정은 굳어졌고, 스승을 본 도경은 고개를 숙였다. 도경은 황제의 모사품을 만들어 시정의 풍속을 어지럽히고 불법을 자행한 죄로 투옥되었다.

4

센 리큐는 황제의 다완을 완벽하게 모사했다는 자가 '이장평'이 아닌 조선의 사기장 '도경'이라는 사실에 놀랐다. 아오이는 생명의 은인인 도경을 살려달라고 센 리큐에게 간청했다. 아버지 히사다는 괜히 개입했다가 동티 난다며 아오이를 다그쳤다. 히사다는 가뜩이나 아오이가 데리고 온 연주 때문에 신경이 곤두서 있었다. 처음에는 그저 아오이를 돌봐준 스님의 부탁이니 은혜를 갚자는 마음으로 연주를 받아들였다. 하지만 곧 연향정 연회에서 동래 부사에게 뺨을 맞고도 눈 하나 깜짝 안 하던 그녀를 기억하고는 왠지 꺼림칙했다. 조선인을 왜관에 함부로 숨겨주었다가 무슨 봉변을 당할 수도 있으니 소우에게 알리고 싶었으나, 왜관으로 피신해야 할 조선인이라면 뭔가 깊은 사연이 있을 거라는 차두 때문에 억지로 참았다.

"도경님이 모사를 했다면 그럴 이유가 있었을 겁니다. 지주님께 말해 그분을 구해야 합니다."

"아오이! 이 일에 너까지 섣불리 개입하지 마라!"

아오이와 히사다의 갈등은 점점 커졌다. 한 번도 부녀지간에 이토록 첨예하게 대립해본 적이 없었던 터라 히사다는 더욱 속을 끓였다. 그것을 옆에서 지켜보는 센 리큐의 한숨도 깊어졌다.

다음날 아침부터 센 리큐는 왜관을 나갈 채비를 서둘렀다. 일전에 동래 부사를 만났을 때 해동의 가마에 가보고 싶다고 청하자 부사가 즉석에서 허가증을 내주었다. 왜인의 신분으로 조선의 저잣거리를 함부로 활보할 수 없어서 차일피일 미뤄왔던 일을, 오늘은 할 작정이었다.

아니, 사실 그보다는, 사기장으로서의 양심을 지키기 위해 제자를 모사꾼이라고 인정해버린 해동의 그 담대함에 느끼는 바가 컸다. 도경을 가르친 스승은 어떤 사람일까 내내 궁금했다.

하지만 해동은 낯선 왜인과의 만남을 거부했다. 센 리큐와 동행한 대행수 강헌은, 해동이 제자를 받고한 뒤로 곡기마저 끊고 누워 있다는 소식을 전했다. 센 리큐는 그 마음이 오죽할까 이해되었다. 조선을 떠나기 전에 이곳을 다시 찾을 수 있을지, 막막해진 눈빛으로 돌아섰다.

"이리 오너라, 업고 놀자!"

그때 해동의 가마 쪽에서 구성진 노랫소리가 들렸다. 센 리큐가 담장 안을 슬쩍 들여다보았다.

춘향가 한 대목을 구성지게 부르며 흙 반죽을 하던 연장鍊匠*이 땀에 절은 웃통을 훨훨 벗어젖혔다. 옆의 수비장水飛匠**은 괜히 씰룩거리며 춘향가의 합방 대목을 흐드러지게 이어 불렀고, 합방의 상상 속에 온몸을 비틀던 조기장造器匠***은 "아차!" 발 리듬을 놓쳐 헛물레질을 했다며 투덜거렸다. 화청장畵靑匠****은 도저히 못 참겠다는 듯 아래춤을 움켜잡고 뒷간으로 달려가다 넘어졌고, 그가 그리다 만 도자기 속 나비는 꽃향기에 취한 듯 꽃 속으로 숨었다. 그렇게 덤벙 유약 속에 얼굴을 씻은 도자기는 차곡차곡 가마 안으로 포개졌고, 어느새 막걸리 한 사발씩을 들이켜며 해맑게 웃는 사기장들의 모습은 평화롭고 자유로워 보였다.

센 리큐는 가슴이 벅차는 걸 느꼈다. 수비장이 센 리큐를 흘낏거렸다. 내내 목을 빼고 담장 안을 훔쳐보는 늙은이가 이상한지 다

* 흙 반죽을 단련하는 장인.
** 흙을 곱게 거르는 장인.
*** 그릇의 형태를 만드는 장인.
**** 그릇에 그림을 그리는 장인.

가왔다. 센 리큐가 슬쩍 물러나자 수비장은 담 너머로 막걸리 한 사발을 내밀었다. 가마 구경은 못 시켜줘도 온 김에 목이나 축이라는 듯한 수비장의 눈빛이 고마웠다. 센 리큐는 목례를 하고 한 모금 마시다가, 막걸리가 든 커다란 다완을 보았다. 투박한 듯 단아하고 큼직한 듯 깊이가 있고 오묘한 듯 격이 있는 그런 다완은 처음 보았다. 이리저리 돌려보고 만져보다가 마침 흙을 실어다주고 나가는 일꾼에게 다완에 대해 물었다. 도경이 남은 태토로 심심풀이 삼아 만든 거라고 말했다.

"그냥 물도 담아 먹고, 술도 담아 먹고, 이가 깨지면 개 밥그릇으로도 던져주고 마 그렇게 막 쓰는 사발인데, 와예?"

왜관으로 돌아온 센 리큐는 그 다완이 눈앞에 아른거려서 도저히 가만있을 수가 없었다. 생각다 못해 소우를 찾아가서 도경을 빼낼 방법이 정녕 없는지 물었다. 소우는 도경을 탐내는 센 리큐의 욕심을 한눈에 읽었다. 어기창에서 본 이장평이 도경이라는 사실이 센 리큐를 더욱 욕망하게 했으리라.

"차두께서는 이 일에 나서지 않으시는 게 좋습니다."

"해서 내가 도주의 힘을 빌리려는 게 아닙니까?"

"그자를 구하시려는 생각에 다른 의도가 있습니까?"

"내 평생 차와 함께하는 인생이다 보니 수천 개의 다완을 잡아보고 온갖 그릇을 다 만져봤지만, 그 요변자기는 내내 잊히지가 않았습니다. 그런 솜씨를 가진 자를 저렇게 죽게 내버려두는 건 아니지요."

"정말 그뿐이십니까?"

"실은… 그자가 탐이 납니다."

센 리큐는 이미 모든 것을 다 알고 묻는 소우에게 속내를 드러냈다. 도경이 왜관의 노비라는 것도, 소우의 소유물이라는 것도 알면서 센 리큐는 욕심을 부리는 자신을 노망했다고 생각하지 않았다. 물론 이장평이 도경임을 알고도 내색하지 않은 소우를 탓하지도 않았다.

소우는 생각이 복잡해졌다. 매번 도경 때문에 부사와 엮이는 게 싫어서 저대로 죽게 내버려두려 했다. 하지만 센 리큐가 저토록 도경을 탐을 내니 갑자기 생각이 달라졌다. 버릴지언정 남에게 뺏길 수는 없는 노릇이다. 문제는 도경이라면 치를 떠는 동래 부사의 성격상, 이제 금이나 은을 바쳐도, 조총 수십 자루를 바쳐도 더는 먹힐 리가 없다는 것이었다.

5

동래 부사는 서둘러 도경을 처결하기 위해 육방과 포도대장을 불러들였다. 이번 모사 사건은 반역에 준하는 일이라며 흥분했다. 도경이 연주를 데리고 도주하다 잡혔을 때도, 부사는 자신에 대한 반역이라며 과하게 열을 올리다가 전례 없이 투석형을 명했다. 그때 화근을 뿌리 뽑지 못한 게 지금까지 자신의 발목을 잡는다며 당장 그를 처형하라고 명했다. 서슬 퍼런 부사의 태도에 아무도 토를 달지 못했다.

형리가 처형이 내려졌음을 알렸지만 정작 도경은 반응이 없었다. 죽는 것은 두렵지 않았다. 매번 죽었다가 살아나는 부질없는 목숨줄이 덧없게만 느껴졌다. 마지막으로 연주라도 보고 싶었지만, 죽은 사람으로 되어 있는 처지에 괜히 일을 만들어 그녀에게 상처를 주고 싶지 않았다. 이대로 조용히 사라지는 것이 낫다고 생각했다.

밤이 깊어갈수록 빗줄기가 서럽게 울었다. 간수가 조용히 다가와 술병을 내밀었다.

"마 아무도 원망 마소. 다 팔자려니 하고. 가는 길에 너무 한이 맺히면 구천을 떠돈다카니, 이승에서 술이나 한잔 묵꼬 가소."

며칠째 곡기마저 끊고 있던 도경은 덤덤하게 술병을 받았다. 단숨에 술을 털어 넣고 그대로 정신을 잃고 쓰러졌다.

새벽 무렵이 되어서야 비가 그쳤다. 여름의 초입이었지만 비가 그치고 난 뒤라 바닥에서 제법 찬 기운이 스멀스멀 올라왔다. 도경의 신음 소리에 놀란 간수가 옥문을 열고 들어왔다. 도경의 몸이 펄펄 끓었다. 곧 의원이 달려왔지만, 도경의 몸 곳곳에 난 발진을 보고는 사색이 되었다. 형리가 다급하게 동래 부사의 침소로 달려가서 도경에게 변고가 생겼다고 아뢰었다. 잠결에 무슨 일인가 내다보던 부사는 아무래도 역병 같다는 의원의 말에 머리끝이 쭈뼛섰다. 초저녁까지 멀쩡했는데 갑자기 이게 무슨 날벼락이냐며 당장 감옥을 폐쇄하고 도경과 접촉한 자를 격리하라고 난리를 쳤다. 도경은 아직 죽지도 않았는데 오작인을 불러 화장을 하라고 재촉했다.

오작인이 도경을 가마니에 둘둘 말아 동헌을 나간 시각은 인시

234

寅時(오전 3시~5시)였다. 도경을 실은 오작인의 수레는 화장터가 아닌 왜리 근처 숲으로 향했다. 숲 초입에 기다리고 있던 사병 둘이 도경의 상태를 확인하고는 오작인에게 돈이 든 자루를 던져주었다.

도경은 왜관의 감옥으로 옮겨졌다. 의원이 서둘러 도경에게 해독제를 먹였다. 도경이 역병이라고 진단한 바로 그 의원이었다. 해독제를 마신 도경의 숨소리가 편안해졌다.

"괜찮겠는가?"

언제 왔는지 소우가 도경의 상태를 살피며 의원에게 물었다.

"독초물을 탄 술을 마셨으니 신열이 오르고 발진이 난 것뿐임더. 육안으로는 꼭 역병 같지예. 인자 해독제를 묵어쓰니께 곧 회복될 낍니더."

소우는 의원에게 묵직한 돈 자루를 건네주었다. 의원은 고개를 숙인 뒤 왜관의 감옥을 빠져나갔다.

도경이 무사히 왜관 감옥으로 돌아왔다는 소식을 들은 센 리큐는 한시름 놓았다. 소우의 계획에 동조하지는 않았지만 도경을 죽게 내버려두는 것보다 낫기에 묵인했다. 이 일을 동래 부사가 알게 된다고 해도 소우는 맞설 각오를 한 것 같았다. 소우만큼 부사의 약점을 많이 쥐고 있는 자가 없으니 나름 복안이 있을 거라고 짐작했다.

잠시 후 센 리큐의 전갈을 받고 해동이 왜관의 감옥으로 들어섰다. 제자가 무사한 것을 본 해동은 그제야 안도했는지 다리가 풀려 주저앉았다. 핼쑥해진 도경의 모습에 눈시울을 붉혔다. 제자를 모사꾼이라고 발고한 스승의 마음은 지옥이었다. 아무리 천한 사기장이라고 해도 지켜야 하는 명분이 있는 것인데, 평생 그것을 지켜온 해동에게 도경의 모사 행위는 자신의 존재마저 송두리째 뒤흔드는 충격이었다. 제자로 받아 달라고 했을 때 내쫓지 못한 게 한이 되었다. 천한 사기장으로 살기에는 그 운명이 두고두고 복병이될 거라고 진즉에 일러주지 못해 가슴이 아팠다.

"내 죄가 많다. 내 죄가 많아……."

해동은 그 말만 읊조리다가 돌아섰다.

스승이 나가고 난 뒤 도경이 눈을 떴다. 또 살아남았구나. 심장을 뚫고 하염없이 눈물이 쏟아졌다. 이제는 스승을 볼 면목도 없었다. 가만히 벽에 기대앉은 채 들창 밖에서 들어오는 아침 햇살에 멍한 눈길을 던졌다.

"그 사람은 잘 있는 거요?"

아오이가 도경을 보기 위해 감옥으로 찾아왔을 때, 도경이 내뱉은 첫 마디였다. 여전히 아오이는 안중에 없었다. 어떻게 말해야할지 아오이가 머뭇거리자 도경이 쳐다보았다.

"그 사람… 몸은 회복된 거요?"

"네… 그런데 지금 왜관에 없어요."

"그게 무슨 말이오?"

"몸을 회복한 뒤 왜관을 떠났어요."

"어디로? 어디로 간다는 말은 없었소?"

"네."

도경이 허탈한 듯 고개를 벽에 기댄 채 눈을 감았다.

아오이는 더이상 아무 말도 건네지 못하고 돌아섰다. 실은 연주가 떠났다는 말은 거짓말이었다. 연주의 부탁이었다. 왜관에서 몸을 회복한 연주는 틈틈이 숙소를 청소하고 담을 넘어 들어온 들고양이에게 밥과 물을 챙겨주며 지냈다. 단아하고 속 깊은 연주를 보면서 아오이는 도경과 어떤 인연일까 궁금했지만 묻지 않았다.

어느 날 아오이는 연주의 모습을 남겨두고 싶어서 화선지를 펼쳤다. 연주는 아오이가 그린 화선지 속 조선의 하늘과 구름, 산사복실이의 모습에 미소를 지었다. 왜관 어학당 훈장의 익살스런 모습에는 웃음을 터트렸다. 다음 장을 넘기던 연주의 얼굴이 일순 사색이 되었다. 화선지엔 도경의 얼굴이 그려져 있었다.

"이분을… 아십니까?"

연주의 목소리가 떨렸다. 아오이는 어떻게 말해야 할지 잠시 혼란스러웠다.

"이분이… 혹시 살아 계십니까?"

아오이는 그녀가 왜 그렇게 묻는지 알 수 없었다. 이분을 잘 아느냐는 물음에, 어기창에서 본 그의 요변자기는 황홀했다고 말했다. 이분이 살아 있느냐는 물음에, 사경을 헤매던 그 순간에도 오롯이 누군가의 이름만 불렀다고 대답했다. 연주는 넋이 나간 사람처럼 아오이의 말을 들었다. 그 지옥 같은 날들을 도경 혼자 버텼다고 생각하니 고통보다 더한 절망이 심장을 난도질하는 것 같았다.

"이제 모사꾼이 되었군요……."

도경은 그럴 사람이 아니었다. 하지만 그럴 수 있는 사람이라고 그녀는 생각했다. 또다시 자신을 살리기 위해서 도경은 죽기를 각오했을 것이다. 연주는 오열했다. 그를 끝없는 나락으로 떨어트리는 자신의 위험한 운명이 저주스러웠다.

아오이는 아무것도 묻지 못했다. 묻지 않아도 너무 절실하게 와 닿는 연주의 울음소리가 모든 것을 말해주는 것 같았다.

도경을 보고 나온 아오이는 왜관의 주점에 들렀다. 사케 한잔을 시키고 앉아 있자니 헛헛함이 더했다.

"그놈을 보고 오는 길이냐?"

언제 왔는지 요시다가 마주 앉았다. 동헌에서 풀려난 뒤 요시다는 왜관에 머물고 있었다. 가끔 먼발치서 그와 마주쳤지만 아오이는 아는 체하지 않았다. 요시다는 아오이가 남긴 사케를 단숨에 털어 넣었다. 찌릿한 느낌이 목덜미를 타고 심장으로 쏟아지는 것 같았다.

"왜 그 천한 사기장에게 집착하느냐? 그런 놈과 네가 어울린다고 생각하니?"

"……."

"그놈과 너는 아무런 인연도 아니야. 그냥 스쳐 지나가는, 흔하고 흔한 사람일뿐이야."

"저와… 당신처럼요?"

아오이의 힐난하는 태도에 요시다의 표정이 굳어졌다. 그녀의 마음에 담긴 자신의 무게가 그처럼 가볍고 허접하다는 사실에 씁쓸해졌다.

"정말 그렇게 생각하느냐? 너와 나의 기억을, 그 숱한 추억을… 그 마음을… 정말 그렇게 생각하느냐?"

"어떤 기억요? 어떤 추억요? 어떤… 마음요?"

"아오이, 너 정말……."

더이상 들을 필요가 없다는 듯 아오이가 차갑게 일어섰다.

"해서 그 천한 사기장을 마음에 품었느냐?"

"무엇이 천한 것입니까? 자신의 욕망을 위해서 사랑을 버리는 것은 도대체 얼마나 고귀한 것입니까!"

"아오이! 정녕 그자를 흠모하는 것이냐? 동정심이 아니고?"

"그분은, 제가 동정하거나 감히 흠모할 수도 없는 그런 분입니다."

그건 무엇이었을까. 스치는 인연이라도 기대고 싶은 듯한 아오이의 눈빛은. 감히 동정도 흠모도 할 수 없지만 그 곁에 있고 싶어하는 저 위험한 진심은. 요시다는 문득 길을 잃어버린 아이처럼 어디로 가야 할지 막막해졌다. 아오이를 붙잡지도 못하고 화도 내지 못하는 이 답답함이 도대체 어떤 마음인지 알 길이 없어 가슴이 터질 것 같았다. 멀어지는 아오이를 우두커니 바라보면서 도경에 대한 분노가 불길처럼 거세게 타올랐다.

6

본국으로 돌아가기 전 센 리큐는 한 번 더 해동의 민요를 찾아갔다. 해동은 일전에 문전박대했던 자신의 무례함을 사죄하고, 도경의 목숨을 구해준 고마움을 담아 정중하게 고개를 숙였다.

"전날에는 무례를 범했심더. 용서할소."

"아닙니다. 당연한 일이지요. 낯선 왜인이 갑자기 찾아와서 가마 구경을 하고 싶다고 청하니, 이상한 일이지요. 전혀 괘념치 마십시오."

"암튼 도경도 살리주고. 그날은 경황이 엄서가 선생에게 사은도 몬해서 내내 맴에 걸렸는데, 이렇게라도 와주시니 고맙심더."

"반갑게 맞아주셔서 제가 고맙습니다."

"내 가진 건 없어가… 다완이라도 몇 점 드릴 테니 받아줄랍니꺼?"

"아아… 아닙니다……."

"받아줄소. 그래야 내도 맴이 편합니더."

"저어……."

"말해볼소."

"그럼… 지난번에 가마에 들렀을 때 큼직한 다완을 봤는데, 혹시 그걸 한번 볼 수 있을까요?"

"큼직한 다완요? 그기라면… 아마 도경이 빚은 걸낀데… 가만 있어볼소."

해동이 나갔다가 잠시 후 다완 하나를 들고 들어왔다.

"이기 말씀하신 그거 같은데… 맞습니꺼?"

"네에……."

해동으로부터 다완을 건네받은 센 리큐의 표정이 상기되었다.

"이 다완은… 혹 부르는 명칭이 있습니까?"

"뭐라 카는지는 뭐 빚은 놈만 알것지요. 우리는 그저 막사발이라 캅니더"

"막사발……."

"거어다 물도 퍼마시고 술도 퍼마시고, 개밥도 퍼주고, 막 쓴다

240

고 캐서 그리 부른다 아임니꺼."

"그러니까… 이게 사기장 도경이 빚은 것입니까?"

센 리큐의 물음에 해동은 막사발의 뒷면을 보여주었다. '景'(경)이라는 글자가 뚜렷하게 보였다.

"원래 다완이나 사기를 만들문 밑바닥에 지 흔적을 남긴다 아입니꺼."

센 리큐는 두 손 가득 알맞게 들어차는 막사발을 쥐고 경이로운 눈빛이 되었다.

"헌데 격식 있는 다완들도 많은데 와 하필 이 투박한 것을……."

해동이 말끝을 흐렸다.

"글쎄요… 그저 언뜻 보이는 그 볼품없음이 그윽하고, 투박한 것이 모난 것을 감싸니, 부족한 제 마음마저 오롯이 담기는 것 같습니다."

해동은 센 리큐의 안목에 말없이 고개를 끄덕였다.

왜관으로 돌아온 센 리큐는 생각에 잠겼다. 도경을 마냥 왜관 감옥에 둘 수만는 없는 일이었다. 소우의 생각을 들어봐야겠다는 마음에 그의 처소로 발길을 옮겼다.

마침 소우는 요시다와 독대 중이었다. 요시다가 서신 하나를 내밀자 소우는 당황했다. 그건 일전에 소우가 태합에게 보냈던 밀서였다. 요시다가 조선에서 심각한 중죄를 지었으니, 하루빨리 본국으로 소환해 달라고 간청하는 내용이었다. 자신의 밀서를 전하는 자가 오사카 대상의 간자였다니. 소우는 오사카 대상이 이미 왜관까지 손을 뻗었다는 사실에 한 방 얻어맞은 듯 멍해졌다. 소우의 반응을 살피던 요시다가 또 다른 밀지를 내밀었다. 그 속엔 왜관요를 만들고 요시다를 책임도공으로 임명하라는 태합의 명령이 있었다.

"왜관요?"

"그것이 궁극에는 도주의 목표가 아닙니까?"

"허나 왜관요를 만드는 건 조선의 허락이 필요한 일이고, 설령 허락을 받는다 해도 책임도공은 네가 아니다."

"물론 도경이겠지요."

"그걸 알면서 태합을 이용했느냐? 이제 네놈이 왜관요까지 좌지우지하겠다?"

"좌지우지하겠다는 게 아니라 다 같이 살 방법을 도모하자는 것이지요."

"혹여 오사카 대상의 계획이냐?"

"누구의 계획이면 어떻습니까? 어차피 도경을 데리고 와서 원래대로 왜관요의 노비로 삼고, 그것을 발판으로 왜관요를 부흥시키면 모두에게 이득이 되는 것 아닙니까?"

요시다는 잘 생각해보라는 말을 남기고 나갔다. 오사카 대상보다 더 비루하고 비열한 놈이 아닌가. 소우는 요시다가 판 함정에 걸려든 것 같아 불안하고 찜찜했다. 그렇다고 해도 이대로 요시다를 왜관요의 책임도공으로 앉힐 수는 없는 노릇이었다. 그건 왜관을 오사카 상단에 고스란히 갖다 바치는 짓이나 진배없었다. 허나 태합의 명령을 어길 수도 없으니 머리가 아팠다.

때마침 센 리큐가 처소로 들어섰다. 그는 소우의 낯빛을 예사롭지 않게 주시했다.

"들어오다가 요시다를 만났는데. 무슨 일이 있었던 거요?"

센 리큐의 말에 잠시 망설이던 소우가 태합의 밀지를 내밀었다. 밀지를 읽은 센 리큐의 표정도 굳어졌다.

"해서 요시다를 왜관요의 책임도공으로 앉힐 생각이오? 그자를 책임도공으로 앉히면 그 다음엔 필시 왜관을 집어삼키려 할 것이오."

"허나 태합 전하의 명령을 어길 수도 없는 일이 아닙니까?"

"그건 내가 해결하겠소."

소우는 뭔가 희망을 찾은 듯 간절한 눈빛으로 센 리큐를 쳐다보았다.

"전국을 통일하시려는 태합 전하께는 많은 재물이 필요하지요. 도주께서 정말 왜관요를 꾸릴 생각이라면 책임도공은 도경, 그자여야 할 것입니다. 그래야 왜관의 수익도 몇 배로 불어날 테니까요."

왜관의 수익이 커지는 만큼 태합에게 바치는 조공도 많아질 테니 정치적 입지를 위해서라도 태합은 소우를 함부로 하지 못할 거라는 센 리큐의 생각은 일리가 있었다.

"허나 요시다 저자가 가만 있겠습니까?"

"그것도 제가 해결하지요."

소우는 센 리큐의 말에 안도하면서도 사카이 상단 사람인 그를 믿어도 되는지 불안했다.

소우의 처소를 나오던 센 리큐는 그때까지 자신을 기다리고 있던 요시다와 마주했다.

"자네가 책임도공이 될 자격이 있다고 생각하는가?"

다짜고짜 힐난하는 센 리큐의 태도에 요시다는 당황했다. 늘 진중하고 사려 깊은 센 리큐답지 않은 말투였다.

"경덕진 어기창에서 보낸 세월만 10년입니다. 그런 제가 자격이 없다고 보십니까?"

"솜씨야 있겠지. 서당 개도 3년이면 풍월을 읊는다던데 그보다 못하겠는가?"

"허면 어찌하여 자격을 운운하십니까?"

"책임도공이 어디 솜씨만으로 되는 자린가?"

"허면 무엇이 더 필요합니까?"

"기다리게. 그것이 무엇인지는 곧 알게 될 테니."

요시다는 당장 저 늙은이의 목을 비틀어버리고 싶었지만 태합의 차두에게 함부로 할 수 없기에 일단 물러났다. 푸른 천의 상자를 찾지 못한 상황에서 살 궁리를 찾고자 태합에게 서신을 띄웠다. 자신을 왜관요의 책임도공으로 명해준다면 충심을 다 바치겠다고 간청했다. 자체적으로 도자기를 생산하는 것은 태합의 숙원이었다. 소우도 손해 보는 장사는 아니라고 생각했다. 그런데 센 리큐가 복병이 될 줄은 상상도 못했다.

7

다음날 센 리큐는 왜관의 모든 사람들을 다 불러 모았다. 소우, 히사다, 아오이를 비롯하여 상점가와 주점가, 왜리 주민들과 일꾼들까지 모두 왜관의 큰 마당으로 모였다. 요시다도 모습을 드러냈다. 센 리큐의 눈짓에 따라 소우가 먼저 나섰다.

"그간 우리 왜관은 조선과의 교역에서 내상을 통해 도자기를 거래해왔소. 하지만 자체적으로 왜관요를 만들고 직접 사기를 생산하는 것이 숙원이었소. 하여 왜관요를 만들면 책임도공은 모두가 인정할 만한 가장 합당한 방법으로 뽑기로 했소."

곧이어 왜관 감옥에 갇혀 있던 도경이 끌려 나왔다. 며칠 새 한층 더 수척해지고 수염마저 덥수룩하게 자라 몰골이 말이 아니었다. 그 모습을 본 아오이는 가슴이 아파 눈물을 글썽였다. 이미 왜관에는 도경에 대한 소문이 자자했다. 그가 비밀 격투장의 복면이고, 투석형에 처해지고도 불사조처럼 살아남았다는 사실이 알려지면서 왜인들 사이에서는 은근히 도경을 응원하는 자들도 생겨났다.

이번에는 센 리큐가 나섰다. 왜관 사람들은 모두 태합의 차두에게 예를 갖춰 목례했다.

"도주의 말씀은 백번 지당합니다. 앞으로 왜관요를 만들면 우리 부산 왜관의 주요 수입원이 될 것이고, 도공 한 명 없는 나라라는 치욕에서도 벗어날 수 있습니다. 그런 막중한 자리에 실력을 검증하지 않고 아무나 앉힐 수는 없는 노릇입니다. 하여 제가 그 합당한 방법을 제안할까 합니다."

요시다는 마치 자기 들으라는 듯이 '아무나'라고 강조하는 센 리큐를 노려보았다.

"맞습니다! 옳소!"

센 리큐의 말에 사람들은 동조하기 시작했다. 상황이 이쯤 되면 요시다도 별수가 없을 거라고, 센 리큐는 생각했다.

"하여 공평하게, 여기 도경과 요시다가 경합을 벌여 결정하는 게 합당하다고 생각합니다."

왜관 사람들은 격하게 반응하며 박수를 쳐댔다.

요시다는 어이없는 웃음을 흘렸다. 이미 도경을 왜관요 책임도공으로 점찍어두고서 이렇게 대놓고 판을 깔며 '자격'을 운운하다니. 하지만 오히려 잘되었다. 제아무리 도경을 염두에 두었다 해도 보는 눈이 많으니 섣불리 센 리큐가 나서서 결과를 재단하지는 못할 것이다.

요시다는 센 리큐가 자신을 너무 만만하게 본 것 같아서 헛헛했다. 어기창에서의 세월만 10년이었다. 밑바닥에서부터 부관까지 그냥 올라간 게 아니었다. 이왕 이렇게 판이 깔린 이상 저 늙은이와 왜관 사람들 모두에게 자신의 실력을 똑똑히 확인시켜주리라, 요시다는 입술을 꽉 물었다.

도경은 자신의 뜻과는 상관없이 경합이 벌어지는 것을 거부했다. 책임도공 경합에 나서지 않는다면 왜관의 법대로 처리하겠다는 소우의 협박에도 꿈쩍하지 않았다. 이제 정말 모든 것을 내려놓고 싶었다. 곡기도 끊고 물 한 모금 입에 대지 않았다. 차라리 죽여달라고 소리를 지르고 감옥 벽에 이마를 짓이기는 통에 사병들이 달려와 그를 붙잡았다. 소우는 도경이 극단적인 일을 벌일까 손발을 묶고 사병들에게 밤낮으로 지키게 했다.

감옥 안으로 후덥지근한 바람이 불어 들어왔다. 바닥에 널브러져 있는 도경은 미동도 없었다. 어디선가 소쩍새가 울었다. 녀석도

사는 게 버거운 건가. 도경의 눈에서 땀이 아닌 눈물이 흘러내렸
다. 아직도 눈물이 남아 있다는 게 신기할 정도였다.

"도경님."

아오이구나. 도경은 일어날 힘도 없었다.

도경이 다 죽게 생겼다는 소리를 듣고 무작정 달려왔다. 무슨
말부터 해야 할지 막막했지만, 아오이는 오직 그를 살려야 한다는
생각으로 입을 뗐다.

"도경님, 제발… 이번 경합에 나가주세요. 오직 연주님을 위해
서요."

도경이 힘없는 눈을 들어 아오이를 보았다. 아오이는 도경의 눈
빛에 담긴 물음을 읽었다.

"실은… 연주님은 왜관에 있습니다……."

"저… 정말이오?"

신음처럼 내뱉는 그의 목소리가 떨렸다. 아오이가 고개를 끄덕
였다. 도경이 힘겹게 몸을 일으켰다. 묶여 있는 손으로 바닥을 짚
고 무릎으로 겨우 기어와 창살 밖의 아오이를 쳐다보았다. 연주가
정말 무사하냐고 묻는 눈빛이었다.

"네. 무탈히 잘 있습니다. 그러니 꼭 경합을 하셔요. 연주님을
위해서라도!"

아오이는 경덕진에서 도경이 빚은 요변자기를 떠올렸다. 빼곡한
잔금들 속에 서린 가마신의 손길이 황홀경을 일으키는 분청이었
다. 어떤 심장을 가진 도공의 손길이기에 이토록 절절한 요물을 빚
었을까 감탄스러웠다. 누구를 사모하는 마음이 깃들었기에 이토록

숨 막히게 가슴 저미는 자태일까 궁금했다. 아오이는 도경의 마음에 담긴 여인이 연주라는 사실을 알고 묘한 부러움과 질투심이 들었다. 그래서 연주가 자신이 왜관을 떠났다는 거짓말을 부탁했을 때, 차라리 잘됐다고 생각했다. 하지만 지금 이 순간, 죽어가는 도경을 살리기 위해서라면 무엇이든 다 할 수 있을 것 같았다.

"고맙소."

도경이 어깨를 들썩이며 울음을 터트렸다. 아오이도 따라 울었다.

"제가 고맙습니다."

연주 때문에 다시 살기로 마음먹은 도경이, 아오이는 고맙고 고마웠다.

도경이 경합에 나서기로 했다는 소식에 소우는 당장 그를 편안한 처소로 옮기고 의원을 불러 병을 치료하게 했다. 아오이는 연주가 일러준 치수대로 왜관의 상점에서 도경에게 맞는 의복을 사고, 연주가 직접 만든 죽을 나르며 온갖 수발을 도맡았다. 센 리큐는 본국으로 돌아가는 것마저 미룬 채 이번 경합의 심판관으로서 경합의 주문장을 냈다.

주문장은 '마음을 움직이는 그릇'이었다.

도경과 요시다에게는 용미산*에 마련된 두 개의 가마를 각각 사용하게 했다. 소우는 왜관요를 염두에 두고 미리 가마를 지어두었다.

3일간의 시간이 주어졌고, 그 3일 동안은 외부의 출입을 금했다. 요시다는 도경을 위해 깔린 판에서 절대 희생양이 되지 않겠다

---

* 부산 왜관에 딸려 있는 작은 섬산.

며 이를 갈았다. 왜관에 심어둔 간자를 시켜 도경의 태토에 잿물을 붓고 유약을 훔치는 등 방해를 일삼았다.

센 리큐와 소우는 요시다의 그런 졸렬한 행적을 알았지만 참견하지 않았다. 그 어떤 돌발 상황도 온전히 극복할 수 있어야 책임도공이 될 수 있다는 게 모두의 생각이었다. 도경이라면 다 이겨낼 수 있을 거라고 믿었다.

하지만 도경은 더이상 참지 못하고 요시다를 찾아가 주먹을 날렸다.

"적어도 책임도공이 되겠다면 최소한의 예의는 지켜라!"

"예의? 천한 사기장 주제에 왜관요의 책임도공이 가당키나 한 것이냐?"

"나는 책임도공이 되기 위해서 이 경합에 나선 게 아니다."

"거 참 묘한 말이군. 너를 책임도공으로 앉히기 위해 차두까지 판을 깔았는데, 책임도공이 되기 위해서가 아니라니."

"너에게 일일이 해명할 필요는 없어. 다만 너도 사기장이라면 이 경합에서 양심을 지켜."

"이미 넌 양심을 버린 모사꾼이 아니냐? 그런 네가 이런 말을 할 자격이 있다고 보느냐? 명심해라! 넌 수단과 방법을 가리지 말고 날 이겨야 할 것이다! 그렇지 않으면 내 손에 죽을 테니!"

요시다는 수단과 방법을 가리지 않고 간자들을 시켜 도경을 방해하면서 3일을 보냈고, 도경은 수단과 방법을 가릴 새도 없이 3일을 그대로 허탕을 쳤다.

드디어 3일이 지났다. 왜관 사람들이 용미산으로 모여들었다.

그 사이 더 초췌해진 도경의 표정은 굳어 있었다.

요시다는 여유롭고 자신만만한 모습으로 등장했다. 그는 '백자 국화 상감문 다완'을 선보였다. 백자에 국화 무늬를 새겨 넣은 것으로, 손안에 쏙 감겨드는 아담한 자태에 기품마저 넘치는 다완이었다. 요시다는 그것을 아오이에게 주고 싶어 했지만 거절당했다. 그는 실망스러웠지만 내색하지 않았다.

다음은 도경의 차례였다. 그는 아무것도 내놓지 못했다. 어리둥절해하는 사람들 앞에 도경은 갑자기 웃통을 벗고 나섰다. 그의 구리빛 가슴이 햇살 아래 드러났다. 도경은 좌중을 압도하는 눈빛으로 자리를 잡고 앉더니, 흙 반죽을 물레 위에 척척 걸쳐놓았다. 그의 손에서 흙은 항아리가 되었다가, 학이 되고, 다시 또아리를 튼 뱀이 되어 혀를 내밀더니 새끼를 품은 뻐꾸기로 그 모습을 바꾸어 울었다. 마술처럼 흙이 변할 때마다 사람들은 도경의 손에서 눈을 떼지 못했다. 흙은 마지막으로 매병*의 모양을 갖추었다. 그는 매병을 들고 아오이에게 다가갔다.

"이 매병은 세상에 단 한 사람을 위한 것이오. 아오이 매병."

세상에 오직 하나뿐인 매병을 받아든 아오이는 손이 떨리고 마음이 상기되어 끝내 눈물을 흘렸다. 그 자리에 모인 사람들은 도경이 사람의 마음을 움직이는 재주가 있음을 알게 되었다. 소우와 사람들은 심판관 센 리큐의 판단을 기다렸다. 하지만 센 리큐는 경합의 승패를 내기 어려웠다. 요시다는 그릇을 완성했으나 사람의

---

* 주둥이가 좁고 어깨가 넓으며 밑이 홀쭉하게 생긴 병.

마음을 얻지 못했고, 도경은 그릇을 완성하지는 못했으나 사람의 마음을 움직였다. 따지고 보면 누구도 완벽하게 주문장을 완수한 것은 아니었다.

"도경! 도경!"

센 리큐의 판단이 늦어지자 왜관의 사람들이 한목소리로 외쳤다. 정작 도경은 담담한 표정이었다. 도경을 외치는 사람들을 보며 요시다는 패배를 인정할 수밖에 없었다. 차라리 깨끗하게 승복하고 다음을 도모하는 게 낫다고 생각했다. 애써 분노를 삼키며 먼저 다가와 도경의 손을 들어주고 깊이 안아주었다. 사람들의 함성과 박수가 터졌다.

"오늘은 네가 이겼을지 모르지만 이제 시작이다, 도경. 널 반드시 내 손으로 죽이고야 말 테니."

도경의 귓가에 요시다가 나지막이 말 표창을 꽂았다.

"시작은 네가 했지만 너의 끝은 내가 맺어주지. 기대해라, 요시다."

도경도 지지 않고 응수했다.

8

연주는 경합이 벌어지는 내내 뜬눈으로 밤을 샜다. 그리고 도경이 책임도공이 되었다는 소식을 듣고서야 다리에 힘이 풀려 자리에 주저앉았다. 아오이는 연주를 단장시키고, 도경과 연주가 함께할 처소를 청소하면서, 명치끝에 묵직한 것이 박힌 것 같아 내내 가슴을 쓸어내렸다. 도경이 인정받았으니 다행이라고 머리로는 수십 번 이해하면서도 심장이 저려오는 것은 어찌할 수가 없었다.

"연주야! 연주야!"

경합이 끝나자마자 도경이 연주에게 달려왔다.

연주야… 연주야. 수백 번도 더 불렀을 그 이름을 도경은 심장에 묻고 죽으려 했다. 늘 갈망했고 늘 열망했으며, 모든 생을 걸고 지키고 싶었던 그녀를 다시는 이승에서 못 볼 줄 알았다.

"연주야."

햇살이 부서지는 뜰 한편에 그녀가 서 있었다.

'나의 가마의 여신.'

도경은 왈칵 눈물이 솟구쳤다.

연주의 눈 속에도 도경의 모습이 오롯이 차올랐다. 늘 그리워했고 늘 기다렸으며, 모든 생을 걸고 가지고 싶었던 사람. 연주가 먼저 그에게 달려가 안겼다.

서로의 숨결이 닿을 만큼 가까운 거리에서 얼굴을 마주하고 서로의 심장 소리를 듣는 그 순간에도, 너무나 그립고 그립던 얼굴이었다.

"다시는 나를 버리지 마라."

그 말은 도경의 핏속에서 나와 연주의 심장을 물들였다. 도경이 연주의 얼굴을 따뜻하게 감쌌다. 천천히, 이마… 눈… 코… 그리고 입술에 입맞춤했다. 마치 그녀를 깊이 새기려는 듯 오래오래 입을 맞추었다.

뒤늦게 아오이가 뒤에 서 있다는 생각에, 연주가 도경을 살짝 밀치며 돌아보았다. 연주는 감정을 추스르며 아오이 덕분에 무사했다고 고마움을 표현했지만, 도경은 아오이에게 눈길을 주지 않았다.

'그 무정함이 좋아서 여기까지 왔으니까, 서운함도 가슴에 묻어야겠지…….'

아오이는 두 사람의 처소를 나오며 터지려는 울음을 겨우 삼켰다.

긴 여름이 가고 있었다. 아직 늦은 더위가 바람 속을 돌아다녔지만 어쩐지 아오이는 스산한 마음에 홀로 왜관의 뜰을 거닐었다. 머리맡에 내려앉는 달빛이 물었다.

'괜찮느냐.'

스치는 바람이 귓속말을 했다.

'정녕 견딜 만하느냐.'

아오이는 가슴을 그러쥐었다.

'잘했어. 잘한 거야.'

그 달빛과 그 바람에게 건네는 말끝에 울컥 터지는 감정은 온전히 그녀의 몫이었다.

요시다는 먼발치서 그녀의 울음소리를 내내 듣고 있었다.

그 밤은 길지도 짧지도 않았다. 도경과 연주에게 그 밤은 꿈만 같았으나 결코 행복할 수만은 없었다. 많은 것을 잃었고 너무 많이 돌아와 이제야 서로 마주 앉은 밤이었다. 다시는 그처럼 황망하게 죽지도 버려지지도 않겠다고 도경은 다짐했다. 연주는 그가 지금까지 버틴 이유였는지도 모른다.

"이게 꿈은 아니겠지? 아니, 꿈이어도 괜찮다. 네가 이렇게 무사하니까."

도경은 연주를 깊이 안았다. 그녀의 품은 언제나 따스하고 넉넉했다.

연주는 도경의 등을 쓰다듬으며 입술을 꾹 물었다. 여기까지다. 더 욕심을 부리면 안 된다. 박복한 팔자는 박복하게 풀어야 이승에서 업을 남기지 않는다고 홍루의 행수기생이 말했다. 그 운명을 어기면 어길수록 주변 사람들을 지옥으로 내몬다고 했다. 연주는 자신의 박복한 팔자가 도경의 운명을 망가트리고 있음을 너무도 잘 알았다. 많은 말을 가슴에 담고 많은 울음을 숨결에 묻으며, 연주는 도경이 이끄는 대로 그의 손길을 받아들였다.

"연주야… 이제 다시는… 정말 다시는, 우리 헤어지지 말자. 연주야."

"…네."

"연주야."

"네."

"연주야."

아무리 불러도 그 이름은 심장에 오롯이 담기지 않았다. 하여 핏속에 묻었다. 도경이 연주의 옷고름을 풀었다. 천한 사기장과 내상의 수양딸로 버티기에 조선은 너무 험난하여 도망가고자 했지만 실패했다. 가끔은 양반의 신분을 회복하고 연주를 지체 높은 가문의 안주인으로 살게 하고 싶은 생각도 했다. 그때마다 꿈길에 어머니를 보았다. 도경이 어지러울 때마다 어머니가 꿈에 나타나는 그 뜻이 무엇인지 알 길 없어 조급한 적도 많았다. 가문을 버리고 천한 여 사기장의 길을 택했던 어머니의 핏줄이 면면히 자신에게 이어져 있음을 느낄 때면, 설령 연주를 잃는다고 해도 흙을 버릴 수 없음을 알았다.

하지만 지금 이 순간, 도경에게는 '가마의 여신' 연주만이 전부였다. 촛불을 껐다. 달빛에 비치는 그녀의 뽀얀 속살이 도경의 욕망을 자극했다. 그토록 원했지만 온전히 갖지 못했던 그 아픔과 그 마음이, 항상 모든 것을 걸게 만들었다.

"은혜한다… 은혜한다… 영원히……."

도경의 입맞춤이 연주의 심장을 뜨겁게 달구었다. 연주도 온몸과 마음을 다해 도경을 받아들였다. 둘이 함께하는 그 순간이 영원하기를 간절히 바라며 도경은 연주의 품에서 마침내 깊은 잠에 들었다.

새벽바람이 문창에 기대어 울림 소리를 흘렸다. 연주가 조용히 일어났다. 잠든 도경의 모습을 잠시 눈에 담았다. 꿈길 어디선가 어머니를 만나고 있는지 입가에 미소가 어려 있었다. 그의 머리맡에 지난밤 도경에게 받은 노리개를 가만히 놓았다. 보라색 매듭에 옥반지가 묶인 단삭 노리개였다. 그의 어머니가 남긴 유일한 물건이라고 했다.

"부디 저를 잊으시고, 부디 몸을 챙기시고, 부디 뜻하는 것을 이루세요……."

연주는 도경에게 이불을 덮어준 뒤 조용히 방을 나섰다. 다시는 그를 못 볼지도 모르는 길, 잠시 머뭇거리는 순간 미련이 그녀를 붙들까 서둘러 왜관을 빠져나갔다.

날이 훤하게 밝아올 때까지 도경은 깊은 잠에 빠져 있었다.

도자기 전쟁

1

가을의 끝물에 들어선 오사카 성 주변으로 단풍나무가 붉게 타올랐다. 바람이 단풍나무를 흔들면 언뜻 불길이 치솟는 것도 같아서, 호위병들이 다급하게 물통을 들고 달려오다 돌아가는 경우도 왕왕 있었다. 해자° 위로 우뚝 선 성벽 주변엔 은행나무 군락지가 있었다. 조석朝夕으로 달려드는 찬 기운에 은행나무는 노란 열매를 맥없이 떨궜다. 그럼 일꾼들은 시큼하고 역한 냄새에 코를 막은 채, 사다리를 타고 올라가 열매를 털어내느라 아침부터 부산스러웠다.

들창 밖을 내다보고 선 태합은 왠지 깊은 시름에 잠겼다. 전국

° 적의 침입을 막기 위해 성을 둘러싸고 물길로 만든 곳.

통일은 아직 요원하고 경덕진에서 끌려온 이장평은 여전히 함구한 채 별도의 처소에 감금되어 있었다. 부산 왜관요 책임도공에서 밀려난 요시다는 소식이 없고, 간절히 원했던 푸른 천의 상자도 찾을 길이 없다. 계획은 실패했다. 정국을 돌파할 전략을 다시 짜야 하는가. 태합은 좀체 생각을 정리하지 못한 채 한숨을 내쉬었다.

"태합 전하를 뵙습니다."

익숙한 목소리에 태합이 돌아보았다.

"오! 차두!"

마치 오랜 벗을 만난 듯, 태합이 반갑게 센 리큐를 끌어안았다. 태합이 자리에 앉자, 센 리큐가 큰절을 올리고 마주 앉았다.

"그래, 지금 오는 길인가?"

"네. 태합 전하."

"부산포 왜관요는 계획대로 돌아가고?"

"네."

"허면 이제 우리도 사기를 생산하는 나라가 되는 것인가?"

"아직 조선 조정의 허락을 받아야 합니다. 동래헌에서 조정에 건의하기로 했으니 좀 더 두고 봐야겠지만, 이번 일에 소우의 공이 큽니다."

"맞네, 맞아. 내 이번 일만 성공하면 소우에게도 큰 상을 내릴 것이네."

"황공하옵니다."

"그래, 조선에서 있었던 일들을 좀 더 소상히 말해보게."

센 리큐는 조선에서 직접 보고 겪은 것들을 차근차근 전했다.

태합은 간간히 맞장구를 치며 흥분했지만 시종일관 센 리큐의 말에 집중했다. 원래 성정이 급하고 충동적인 태합이 유일하게 귀를 기울이는 사람이 차두 센 리큐였다. 가끔 측근들이 태합에게 어려운 건의를 하러 올 때면, 차두의 의견을 먼저 구하기도 했다. 태합은 센 리큐가 정치적이지 않고 권력욕이 없어서 좋다고 입버릇처럼 말했다. 센 리큐가 태합을 배신할 만큼 야망이 크지는 않다는 뜻이었다.

긴 이야기를 마친 센 리큐는 보자기에 싼 무언가를 태합 앞으로 내밀었다.

"이게 뭔가?"

센 리큐가 보자기를 풀자, 커다란 다완 하나가 나왔다. 도경이 빚은 막사발이었다.

"다… 다완인가?"

"네, 전하. 조선에서는 막사발이라고 합니다."

"막사발? 세상에……."

막사발을 본 태합은 한참이나 그것을 살펴보고 손에 그러쥐어보고 들어보기를 반복했다.

"투박하지만 큼직하고, 큼직하지만 손에 알맞게 쥐어져 만든 자의 숨결과 뜻을 오롯이 전해주는 다완입니다."

센 리큐의 설명을 듣지 않아도 태합은 그 느낌을 오롯이 느끼고 있었다.

"도대체 이걸 어디서 구한 것인가?"

그의 물음에 센 리큐는 그저 엷은 미소를 지었다.

조선을 떠나기 전, 센 리큐는 도경이 머물고 있는 산사에 들렀다. 연주가 떠난 뒤, 도경은 왜관요 책임도공 일도 보류한 채 산사에 들어가 칩거했다. 정인을 위해 목숨을 걸었기에 그녀가 떠난 현실은 허방을 짚는 것처럼 깊고 아득하겠지. 모든 것을 거는 자이기에, 그토록 형언할 수 없는 다완도 만들 수 있으리라.

"자네가 만든 막사발 한 점은 내가 가지고 돌아가네. 오래오래 곁에 두고 자네를 잊지 않겠네. 그 다완을 빚는 마음을, 경덕진에서 흠한을 완수하던 그 마음을, 부디 잃지 마시게나."

센 리큐는 끝내 도경을 보지 못한 채 돌아섰다.

그는 지금 이 순간에도 도경이 몹시 그리웠다. 연주를 찾은 건지, 못 찾고 여전히 방황하는지, 궁금하고 걱정스러운 마음이었다.

"가슴이 먹먹해지는군."

센 리큐가 생각에 잠겨 있는 동안 어느 새 태합은 막사발에 말차를 풀고 손에 가득 그러쥐었다. 정말 먹먹한지 눈가가 촉촉해졌다.

"막사발… 막사발이라… 투박하고 큼직하고… 만든 자의 마음도 오롯이 전달하는 것 같군……."

태합은 감격에 겨운 듯 연신 말끝을 흐렸다.

전국 통일에 나선 왜장들은 전쟁에 나서기 전 항상 다완에 차를 타서 돌려가며 나눠 마셨다. 그것은 결전을 앞둔 사내들이 의리와 충성을 맹세하는 의식이었다. 처음엔 포도아에서 수입한 금잔을 사용했지만 뜨거운 차를 부으면 잔까지 금새 뜨거워져 손에 제대로 쥘 수가 없었다. 중국의 다완은 술잔처럼 작아서 몇 명만 돌려 마셔도 차가 금방 바닥을 드러냈다. 부산 왜관을 통해 구한 조선의 다완 역시 크기가 아쉽기는 마찬가지였다.

그런데 이 막사발은 달랐다. 다완이라고는 하나 국그릇처럼 큼직해서 열 명이 넘는 왜장들이 돌려 마셔도 충분해 보였고, 뜨거움을 따스한 온기로 만들어주는 다완의 두툼함이 왜장들의 심장까지 정갈하게 만들어줄 것 같아 태합은 상기되었다.

"태합 전하를 뵙습니다."

마침 포도아 무역상 산토스가 방문했다.

"산토스, 어서 오시오."

목례를 하고 들어서던 산토스는 태합이 손에 쥔 막사발을 보고 눈이 휘둥그레졌다. 그 뒤에 조용히 따라 들어오던 오사카 대상도 그것을 유심히 쳐다보았다.

"태합 전하, 그 다완은 무엇입니까? 처음 보는 것인데요?"

"이게 말이오. 조선에서 온 막사발이라는 것이오."

"막… 사발?"

태합으로부터 막사발을 잠시 넘겨받은 산토스는 격식이 있는 듯 없고 자연스러운 듯 견고한 막사발의 오묘함에 입을 다물지 못했다.

"태합 전하. 혹시 이 막사발도 거래를 하시는 겁니까?"

"글쎄요… 차두?"

태합이 넌지시 센 리큐를 보았다. 그 눈빛은 막사발을 빚은 도공에 대해 묻는 것이었다. 하지만 센 리큐는 대답하지 않았다. 도경의 막사발이 그의 뜻과는 상관없이 정치적으로 거래되는 것을 원하지 않았다.

산토스가 상자 하나를 내밀었다. 풀어보니 최신식 조총이 들어 있었다. 태합의 입가에 미소가 번졌다.

"이게 그 머스…"

"네, 태합 전하. 최신 조총 머스킷입니다."

"아, 머스킷. 그러니까 이게…….."

"네. 구식 조총 아퀴버스보다 화력과 사정거리가 두 배 이상 됩니다."

"오호?"

태합은 머스킷을 들고 먼 곳을 조준해보는 시늉을 하며 그 말쑥한 모양새와 더 정교해진 구조에 흡족해했다.

"그 막사발 하나에 머스킷 오십 자루를 교환하겠습니다."

"뭐? 머스킷 오십 자루? 이 막사발 하나에?"

"네, 전하. 그 다완은 어디에서도 본 적이 없을 만큼 색다르고, 뭐랄까… 묘하게 마음을 끕니다. 그건 명나라 경덕진 어기창에서도 본 적이 없는 것입니다. 제가 무역선을 타고 여러 곳을 다녔지만 그런 다완은 처음 봅니다."

산토스의 제안에 더욱 놀란 것은 태합보다도 센 리큐였다. 태합의 눈빛이 좀 전과 다르게 상기되었다. 맨 처음 막사발을 보았을 때와 달리 욕망의 눈빛으로 변했다.

"태합 전하, 막사발 하나에 머스킷 오십 자루면, 막사발 천 개에 머스킷 오만 자루, 막사발 만 개에 머스킷 오십만 자루라는 계산이 나옵니다. 그 정도면 전국 통일은 물론, 조선을 넘어 명나라까지 손아귀에 쥘 수 있습니다."

뒤에 조용히 앉아 있던 오사카 대상이 흥분해서 덧붙였다. 센리큐가 경고의 눈짓을 보냈지만 그는 무시했다. 오히려 대상의 말을 들은 태합의 표정이 벌겋게 들떴다.

"상상만 해도 심장이 뛰고 가슴이 벅차구나!"

그 막사발이면 최신식 조총 머스킷을 충분히 확보할 수 있을 뿐 아니라 이 좁은 섬을 넘어 대륙까지도 정복할 수 있다. 아직 영지領地를 받지 못한 다이묘들에게 조선 땅이든 명나라 땅이든 나눠줄 수 있으니 불만도 잠재울 수 있다.

"설령 명나라를 정복하지 못한다고 해도 조선만 차지할 수 있다면, 아니, 조선의 도자기 기술만이라도 장악할 수 있다면 전쟁은 손해가 아니야……."

태합은 막사발을 바라보며 이미 모든 그림을 그린 듯 중얼거렸다.

센 리큐는 불안했다. 막사발은 그냥 다완일 뿐이라고 강조했지만 태합의 귀엔 이미 들리지 않는 듯했다. 센 리큐는 태합의 처소를 나와 오사카 대상을 불러 세웠다. 태합을 현혹시키는 말을 삼가라고 다그쳤다. 그러나 대상은 외려 태합의 심중을 똑바로 보라고 대거리했다.

"태합 전하께서 고작 섬나라에 만족하실 분이라고 생각하십니까? 태합께서 아무리 차두를 신망하셔도 그분과 뜻을 같이하지 않으면 언제든 내치실 분이지요."

오사카 대상은 돈과 권력을 위해서라면 무슨 짓이든 할 수 있는 사람이었다. 그의 비열한 성정을 잘 아는 센 리큐는 막사발을 가지고 온 것을 후회했다. 자신의 욕심이 파국을 몰고 올 것을 예감한 듯, 그 길로 자신의 다실茶室에 들어가서 나오지 않았다. 그것은 자책감의 표시이기도 했지만, 무언의 시위이기도 했다.

오사카 대상은 포도아 상인이 막사발 하나에 조총 백 자루를 주고 사갔다는 거짓 소문을 퍼트렸다. 다이묘들과 사무라이들은 벌써부터 들썩이기 시작했다. 또 척화파*를 선동하여 태합의 뜻에 따르지 않는다면 설령 태합이 아끼는 센 리큐라도 처단해야 한다고 목소리를 높였다. 그 목소리는 한나절도 되지 않아 태합에게도 전해졌다. 며칠 고민에 빠졌던 태합은 조용히 센 리큐를 불렀다.

"차두… 우리가 만난 지 꽤 되지?"

"네 전하."

"참 곡절 많은 세월을 함께했는데, 난 자네의 그 마음을 믿었고 그 성정이 좋았지!"

"항상 큰 광영으로 여기고 살았습니다."

"차두. 난 이제 바다로 나아가야 하는데, 그댄 여전히 바다 위에서 풍랑을 만나 배가 난파될 거라고 생각하는 거지?"

"네 전하. 풍랑을 만나지 않는다고 해도, 배가 온 바다를 품을 수는 없는 이치입니다. 그저 물이 흐르고 파도가 치는 대로 가는 것이 오히려 배가 살 길이지요. 물길을 바꾸고 파도와 맞서는 것만이 바다를 정복하는 것은 아니라고 사료됩니다."

---

* 적과 협상을 거부하고 끝까지 맞서 싸워야 한다는 일파.

"그래. 그럴 줄 알았지. 차두는 항상 나와는 달랐으니까. 그게 차두니까."

태합이 센 리큐를 바라보았다. 오랜 동무와 헤어져야 하는 먹먹함이 태합의 눈가를 붉게 만들었다. 센 리큐는 마지막으로 말차를 직접 타서 태합에게 올렸다.

"오늘따라 향이 쓰고 아프네."

태합은 차를 마시며 그렇게 말했다.

1592년 2월. 오사카 성에서 태합이 주재하는 차회茶會˙가 열렸다. 태합의 초대를 받은 다이묘들과 사무라이들이 일본 전역에서 모여들었다. 엄숙함과 긴장감이 감도는 가운데 태합은 처음으로 막사발을 공개했다. 다들 그 투박하고 담백하며 깊이 있고 오묘한 아름다움에 상기된 듯했다.

태합은 막사발에 말차를 풀어 조용히 한 모금 마신 뒤 옆에 있는 다이묘에게 다완을 넘겼다. 다이묘는 태합의 입술이 닿은 곳을 피해 한 모금 마신 뒤, 다시 옆으로 전했다. 태합이 첫 모금을 마심으로써 차에 독이 들지 않았음을 확인시켜주고, 또 한사람씩 차를 음미하고 나눔으로써 서로의 신뢰와 결속을 다졌다.

그 시각, 센 리큐는 마지막으로 오사카 성을 향해 절을 올렸다. 차회는 항상 태합의 차 선생 센 리큐가 주관해왔지만, 오늘 초대받지 못함으로써 태합의 뜻을 읽었다. 센 리큐는 끝내 막사발을 빚은

˙차를 마시며 나누는 회담이나 모임.

도공에 대해 함구했다. 그리고 마지막 서신을 남긴 채 할복했다. 피를 흘리며 죽어가는 그의 눈가에 회한의 눈물이 천천히 흘러내렸다.

서신에는, 막사발에 대한 새로운 명명이 들어 있었다.

이도다완井戶茶碗. 차를 따르면 그 투박함이 신비로운 기물이 되고, 햇살에 비치면 그 깊이가 우물 같은 환상을 불러일으키며, 자연스러움과 조용함과 청정함이 오롯이 담기는 그릇.

도요토미 히데요시는 차회가 끝나자마자 전쟁을 선포했다.

"우리는 최단기간에 조선을 점령한다! 조선을 장악하고 조선의 도자기 기술을 선점하여, 충분한 무기를 확보한 후 명을 공격한다!"

2

1592년 음력 4월 13일 새벽. 부산포 앞바다는 유난히 짙은 물안개가 끼어 한 치 앞도 분간하기 어려웠다. 근해까지 고기잡이를 나갔던 어부는 수평선 너머로 뭔가가 시커멓게 몰려오는 것을 보고는 화들짝 놀라 동래헌에 알렸다.

1년 전, 동래 부사가 뇌물 수수 혐의로 파직된 이후 새로 부임한 동래 부사 송상현이 읍성 곳곳을 돌아다니며 민생을 살피는 중이었다. 그는 왜구가 침략했다는 소식을 접하자마자 봉화를 띄워 소식을 알렸다. 부산 참사參事와 다대(다대포) 참사를 불러들여 군영의 병사와 군량미를 조사하고, 좌수영에 협조를 구해 왜선들이 근해에 접근할 수 없도록 방비책을 세우느라 여념이 없었다.

하지만 거대한 왜군의 병선들은 단숨에 부산포 해안을 접수했다. 동래성을 사수하기 위해 끝까지 고군분투했던 송상현마저 사망하자 길이 뚫렸다. 동래성을 함락한 선봉장 고니시 유키나가는 부대를 이끌고 곧장 한양으로 진격했다.

2진이었던 나베시마 나오시게 대장군은 후방 지원을 위해 남았다. 낙동강을 통해 본국에서 오는 보급품을 내륙의 부대로 전달하기 용이한 죽도*에 왜성을 쌓기로 했다. 조선인들은 영문도 모른 채 끌려가 맨손으로 왜성을 쌓고, 왜병들의 군량미를 실어 나르는 길을 닦고, 산을 깎다가 죽어갔다. 죽도 왜성은 단 열흘 만에 완성되었다.

나오시게 대장군은 죽도 왜성과 지리적으로 가까운 제포 왜관을 임시로 부활시켰다. 소우는 부산포 왜관을 폐쇄하겠다는 대장군의 명령서를 전달받자, 왜관에서 철수하기 위해 서둘렀다. 사실 소우는 전쟁이 나면 왜관을 온전히 소유할 수 없고 그만큼 수익도 줄어들 거라는 생각에 조선 침략을 반대했다. 하지만 이미 돌이킬 수 없는 상황임을 직감하고, 사카이 대상인 히사다에게 앞으로의 일에 대해 연락을 취했다. 히사다와 아오이는 센 리큐의 할복 소식을 듣고 충격에 빠진 채 산사에서 차두를 위한 제를 지내고 있다고 했다. 센 리큐가 사카이 상단 사람이라는 이유로, 이번 전쟁

• 지금의 김해.

에서 사카이 상단은 완전히 배제되었다. 소우는 왜관에 숨겨두었던 조선의 보물들과 비밀 문서들을 가지고 조용히 대마도로 옮겨갔다.

태합의 명령을 받은 요시다는 제포 왜관에 왜관요를 만들고 새롭게 책임도공이 되었다. 부산 왜관의 책임도공이었던 도경은 다시 노비로 격하시켰다. 도경은 사기장 몇 명과 함께 요시다에 맞서다가 잡혔다. 도공은 죽이지 말라는 태합의 명령 때문에, 요시다는 도경을 죽기 직전까지 고문한 뒤 왜관 감옥에 가뒀다. 책임도공 요시다는 본국으로 보낼 다완과 그릇을 굽기 위해 도공 색출에 혈안이 되었고, 조선의 사기장들은 자신의 신분이 드러날까 두려워 모두 뿔뿔이 흩어졌다.

태합은 '막사발'을 만든 사기장을 찾아내라는 별도의 명령도 내렸다. 요시다는 이제 겨우 책임도공이 되었는데 태합의 인정을 받을 기회를 엄한 놈에게 뺏길 수 없다고 생각했다. 막사발을 만든 자를 찾을 생각도 없지만, 설령 찾는다고 해도 죽여버릴 작정이었다. 그사이 해동 민요의 사기장들은 모두 도망쳤다. 해동 역시 가마를 폐쇄한 뒤 산사로 피신했다.

연주가 떠나고 난 뒤, 도경은 차라리 죽는 게 낫다고 생각하며 감옥 안에서 곡기를 끊었다. 아사餓死 직전인 도경을 발견한 건 아오이였다. 아오이는 사경을 헤매는 그를 왜관으로 데려와 의원의 치료를 받게 했다. 약을 달여 먹이고, 펄펄 끓는 몸을 하루에도 수십 번씩 찬 수건으로 닦고 또 닦았다. 아오이는 입술이 부르트고 손발이 저리는 아픔을 혼자 감당했다.

도경이 일주일 만에 겨우 눈을 떴을 때, 병구완을 하다 쓰러진 아오이를 보고 할 말을 잃었다. 눈길 한번 주지 않는 사내에 대한 이 무지몽매한 희생이 가슴을 저미게 했다.

아오이가 하직 인사도 없이 일본으로 떠났다는 말에 선착장까지 달려갔지만 보지 못했다. 그녀가 떠난 왜관에서 도경은 이상하게 공허함을 느꼈다. 연주를 떠나보냈을 때와는 또 다른 감정이 내내 그를 엄습했다. 아오이를 따라 조선을 떠났다면 모두 다 잊을 수 있었을까 혼자 주억거릴 때도 있었다.

5월의 꽃 향이 가끔씩 왜관 감옥으로 날아왔지만, 도경은 감옥 안의 찬 공기에 눌려 지독한 고뿔을 앓았다. 왜국이 이미 한양을 점령했고 임금이 도망가다 살해당했다는 소문이 떠돌기 시작했다. 도경은 가늠할 수 없는 조선의 운명이 마치 자신의 운명 같다고 생각했다. 곡기를 끊은 지 닷새 째, 정신을 잃었다. 요시다는 도경의 상태를 확인했다. 도공을 죽이지 말라는 태합의 명령을 어기면 추궁을 당할 게 불 보듯 뻔했다. 감옥의 간수들을 시켜 도경의 입을 억지로 벌리고 소금물을 들이붓게 했다. 도경은 온몸에 경련을 일으키며 괴로워하다가 피까지 쏟으며 축 늘어졌다. 상황이 다급해지자 의원을 불렀다. 도경이 죽게 생겼다는 소리를 듣고 덕배가 달려왔다. 의원은 침을 놓고 뜸을 뜨며 밤을 샜고, 덕배는 그 옆에서 수발을 들었다.

새벽 무렵 한기를 느낀 도경이 눈을 떴다. 또 살아남았구나. 헛웃음이 나왔다. 지친 듯 벽에 기댄 채 잠든 덕배를 불렀다.

"덕배야……"

"도경아! 니 살아난기가? 어? 니 내 보이나? 어? 일마야 내는 니 죽는 줄 알았다."

덕배가 도경을 끌어안고 울먹였다.

"나… 배가 고픈데……."

"어 그래, 쪼매만 기다리라, 내 퍼뜩 죽이라도 쒀올게."

도경은 덕배가 가져온 죽을 말끔하게 비웠다. 죽고 싶은 생각도 살고 싶은 생각도 없었다. 그냥 배가 고플 뿐이었다. 도경을 물끄러미 쳐다보던 덕배가 문득 뭔가를 내밀었다. 유정스님의 서신이었다. 며칠 전에 광해군의 간자인 말뚝이 편에 보내왔다고 했다.

왜관요에서 다완을 굽고 요시다의 명령대로 움직여라.

뜻밖이었다. 왜국에 협조하라는 말인가. 그러나 다른 뜻이 있을 거라는 생각이 들었다. 어차피 이래 죽으나 저래 죽으나 매한가지인 목숨, 유정스님의 말대로 움직이기로 했다.

전쟁 중 일반 백성들은 왜병의 허락 없이 이동할 수 없었지만, 수시로 흙과 땔감을 구해야 하는 사기장만은 유일하게 통행이 자유로웠다. 아마 유정스님도 그 점을 노렸을 거라 짐작했다. 도경은 그날부터 왜관요에서 착실하게 자기 소임을 다하는 척했다.

요시다는 그런 도경의 갑작스런 변화를 눈여겨보았다. 죽을 자리만 보던 자의 변심이 왠지 위험하다고 느꼈다.

어느새 녹음이 우거지는 8월로 접어들었다. 조선 왕실의 보물을 탈취한 왜병들이 낙동강을 지난다는 첩보가 전해졌다. 분조* 왕으로 전국의 전쟁을 지휘 중이던 광해군은 첩보를 듣고 유정 스님을 만났다. 전쟁이 발발하자 유정은 순안으로 가서 휴정(서산대사)과 함께 승병**을 모으고 왜병의 보급로를 차근차근 끊었다. 그 공로를 인정받아 선조로부터 의승도대장義僧都大將에 임명되었고, 지금은 의승병 이천 명을 이끌고 잠시 강릉에 머물고 있었다.

유정은 광해군의 방문을 맞아, 승병들이 산채로 사용하는 암자는 물론 암자로 오르는 산길까지 모두 승병을 세워 분조 왕의 호위에 예를 다했다. 광해군은 이미 지천명知天命에 접어든 유정이 나라의 변고 앞에 주저하지 않고 죽음으로 맞서는 모습에 고개가 숙여졌다.

"그들이 낙동강을 끼고 내려간다면 의령에서 승산이 있습니다."

유정 스님은 지도를 펼쳐놓고 설명했다.

"의령은 낙동강의 본류와 지류가 합쳐지는 곳이고 곳곳에 분지와 산지가 어우러져 있어서 적들의 전방과 후방에서 동시에 공격하기에도 최적의 장소입니다."

광해군은 고개를 끄덕였지만 낮은 신음을 흘렀다.

"허나 거기까지 우리 본진의 무기를 옮겨줄 자가 있어야 하지 않겠소?"

"있습니다."

광해군은 유정 스님이 누구를 생각하는지 알아챘다. 도경을 말

---

* 임진왜란 중 임시로 세운 조선 조정.
** 승려들로 조직된 군대.

하는 것이리라. 1년 전 푸줏간 뒷방에서 잠깐 본 것이 전부지만, 그자라면 믿을 수 있었다. 유정 스님은 늘 그가 불 같고 물 같다고 했다. 매번 죽기를 각오하듯 불길처럼 타오르다 막상 절망의 문턱에 다다르면 거센 물줄기가 되어 자신의 운명과 맞선다고 했다.

언젠가 광해군은 전하께 문후를 드리고 나오던 길에 이조판서 도윤수를 본 적이 있었다. 지병으로 사직 상소를 올리고 고향으로 내려가는 길이라고 했다. 혹시 아들의 소식을 아는지 넌지시 물었더니 당황하는 기색이 역력했다.

"잠행 길에 자네의 아들을 잠시 보았네. 아주 솜씨가 훌륭한 사기장이 되었더군. 아주 단단하고 담담하면서도 당당했네."

도윤수는 그저 송구하다는 말만 하고 돌아섰다. 그에게 아들 도경은 어떤 존재일까.

아비에게 아들은 '자신의 이면이자 적'이라고 송강 정철은 말했다. 선조에게 아들 광해군이 그랬다. 선조는 늘 광해군의 부드러운 듯 과감한 성정이 표리부동하다고 폄하했었다. 또한 영민한 광해군을 두고 서자 주제에 터무니없는 일을 벌려 호시탐탐 아비를 죽일 계획을 세운다고 경계했다. 하여 그 아비는 자신의 미래를 위해 마음만 먹는다면 아들을 제거할 수도 있었다. 아버지의 마음을 풀어드릴 길도 없고 인정받을 길도 막막할 때마다 광해군은 차라리 모든 것을 내려놓고 평범하게 살까 생각도 했다. 양반의 거죽을 벗고 자유로운 사기장의 신분으로 훨훨 날아다니는 도경이 부러웠다.

"만약에 발각되면 죽음을 각오해야 할 텐데, 도경 그자가 정말 가능하겠소?"

광해군이 재차 확인이라도 하려는 듯 유정에게 물었다.

"허니 그자가 적임자지요. 늘 죽음을 각오하고 사니 말입니다."

광해군은 고개를 끄덕이면서도 왠지 가슴 한편이 스산해졌다. 그토록 자신을 경계하던 전하께서, 전란이 터지자 다급하게 도성을 비우고 분조를 맡겼다. 광해군은 겁이 났다. 단지 이건 분조의 의미를 뛰어넘는 일이었다. 이 나라 조선의 지존至尊*으로서 자격을 시험받는 무대이기도 했지만, 전쟁이었다. 전쟁의 승패는 왕의 자격과 맞물려 있었다. 패배는 곧 일말의 가능성마저 잃는 것을 뜻했다. 적자嫡子가 아닌 서자로서 보란 듯이 대통을 이어받기 위해서는, 오직 자신의 운명에 맞서고 있는 지금 이 숱한 순간들에 모든 것을 걸어야 했다. 그런 점에서 도경이 자신의 운명과 매우 닮았다는 생각이 들어 광해군은 종종 도경이 그립기도 했다.

며칠 뒤 도경은 함안 쪽에서 벌목한 땔감을 싣고 왜관으로 돌아왔다. 뭔가 왁자한 소리에 살펴보니 죽도 왜성 마당에서 풍물패 공연이 벌어지고 있었다. 전쟁에 지친 왜병들을 위로하는 자리였다. 말뚝이의 입담에 왜병들의 폭소가 터졌다. 도경은 말뚝이를 유심히 보다가 돌아섰다.

왜성 뒷마당에 땔감을 쌓고 있는데 웬 사내가 다가와 친근하게 말을 붙였다.

---

* 임금을 높여 이르는 말.

"함안 쪽은 소나무 역병이 돌지 않나 봅니다?"

도경이 쳐다보자 그가 씩 웃더니 뒤춤에 차고 있던 말뚝이탈을 내보였다. 광해군의 간자였다. 얼굴을 보이지 않던 간자가 얼굴을 보이는 순간, 무언가 위험한 일이 벌어질 것 같아서, 도경은 긴장했다. 더구나 그는 전과 달리 사투리를 쓰지 않았다.

"아… 네, 함안 쪽은 아직 돌지 않아서… 거기까지 갑니다."

도경도 그가 초면인 양 담담하게 대답했다. 초로의 사내는 머리 끝이 희끗하고 눈가에 잔주름이 깊이 패여 있었지만, 선 굵은 콧매와 부리부리한 눈매가 언뜻 봐도 힘깨나 쓸 것처럼 보였다. 사내는 붙임성 있게 도경을 도와 땔감을 차곡차곡 쌓았다.

"며칠 전에 의령 쪽에서 왔는데, 그쪽도 역병이 아직 돌지 않은 듯합디다."

"아… 의령이요?"

"특히 낙동강 지류가 만나는 분지 쪽에는 아주 깨끗한 소나무 숲이 많더이다."

"아, 네……."

"아마 수일 내로 가봐야 할 거요. 함안 쪽에 옹기장들도 땔감을 찾아 사방으로 다닐 텐데, 늦으면 그쪽에 다 뺏길 것이니."

"네, 수일 내로……."

그 순간 도경은 눈치챘다. 이것이 광해군이 보낸 암호라는 것을.

3

이틀 뒤, 도경은 땔감을 구하러 간다는 핑계를 대고 왜관의 허가를 받아 의령으로 갔다. 의령 초입에 있는 작은 주막에 들러, 가지고 온 수레를 두고 미리 준비된 지게를 멘 후 산길로 들어갔다. 지게 위에는 새끼줄로 단단히 묶어둔 가마니 세 개가 쌓여 있었는데, 묵직한 걸로 봐서 광해군이 보낸 무기와 필요한 물품들이 들어 있는 것 같았다.

낙동강 본류와 지류가 만나는 의령은 들판 지대가 길게 이어져 있어 지게를 메고 가는 데에는 큰 어려움이 없었다. 하지만 산과 분지가 번갈아 나와서 지형을 잘 모르는 사람은 길을 잃고 헤매기 십상이었다. 얼마쯤 갔을까. 들판이 끝나는 지점에 울창한 송백 숲이 발길을 막아섰다. 숲 초입에 있는 송백나무에 걸린 빨간 천을 따라 안으로 들어가자 빽빽한 나무 그늘 때문에 아직 한낮인데도 어두웠다. 꼭 미로 속으로 빨려 들어가는 것만 같아서 도경은 긴장한 채 길도 없는 수풀을 헤치고 들어갔다.

"뻐어꾹! 뻐어꾹!"

뻐꾸기 울음소리가 신호였다. 도경이 그 자리에 멈춰 서서 지게를 내려놓자, 의병 서너 명이 어딘가에서 모습을 드러냈다. 한 명은 미행이 붙은 건 아닌지 주위를 살폈고, 두 명은 가마니를 확인했다. 어깨가 떡 벌어진 사내는 도경이 간자는 아닌지 몸수색을 했다.

"오느라 수고 많았소!"

짧은 인사가 끝난 뒤, 의병들은 각자 가마니를 나눠 짊어지고는 앞장섰다. 도경은 그들을 따라 숲의 산채로 들어갔다. 산채 안에는 오백 명도 넘어 보이는 의병들이 있었는데, 가족과 함께 온 자도 있었고, 왜병에 의해 가족들을 잃고 홀로 온 자도 있었다. 여자들은 산채에서 빨래를 하고 밥을 지으며 의병들을 지원했고, 아이들은 전쟁 속에서도 웃고 울면서 뛰어다녔다.

나무를 덧대 엉성하게 지은 움막과 계곡까지 길을 튼 좁은 산길, 흙으로 만든 작은 화덕, 단체로 훈련을 할 수 있을 만큼 넓게 빠진 조잡한 마당과 의병들이 전략을 짜는 임시 막사 등, 산채는 화전민 마을을 그대로 옮겨놓은 것 같았다.

그때 산채 한편에 있는 움막에서 여인의 비명소리가 들렸다. 한 산모가 열 시간 넘게 진통 중이라고 했다. 움막 밖에는 붉은 옷을 입은 사내가 초조한 낯빛으로 서성거렸다. 생사가 엇갈리는 전쟁통에도 새 생명이 태어난다는 것이 신기하여 도경도 움막을 주시했다.

"으앙~!"

드디어 아이의 우렁찬 울음소리가 산채에 울려 퍼졌다. 곧 움막 밖으로 산모의 수발을 들던 여인이 보자기에 싼 핏덩이를 안고 나왔다. 모두 핏덩이를 보기 위해 모여들었다. 아들이었다. 붉은 옷을 입은 사내는 아이를 안고 감격했고 사람들은 모두 "곽장군 만세!"를 외치며 환호했다. 여인도 미소를 지으며 바라보다가 사람들 속에 서 있는 도경을 보았다.

'연주야!'

도경은 차마 그 말을 내뱉지 못한 채 얼어붙었다.

때마침 망을 보던 의병이 온 숲에 산안개가 가득 찼다고 소리쳤다. 곽장군은 아비가 된 기념으로 며칠 전 잡은 멧돼지를 구우라고 명령했다. 산안개가 끼는 날에는 숲의 냄새가 고스란히 안개 속에 갇히므로 고기를 구워 먹기 딱 좋은 날이라는 것이다. 그동안 고기 굽는 냄새 때문에 왜병의 습격을 받을까 입맛만 다시던 산채 사람들은 누가 먼저랄 것도 없이 불을 피우고 물을 끓이고 커다란 도마까지 준비했다. 백정질을 했었다는 사내가 익숙한 솜씨로 멧돼지의 배를 갈라 창자를 꺼낸 뒤 "고수레"를 외치며 숲으로 던져 산짐승들에게 나눠주었다. 멧돼지 꼬리는 숭덩숭덩 썰어서 팔팔 끓는 물속으로 던졌다. 뽀얀 국물이 우러나면 산모를 구완하는데 좋겠다며 아낙들이 떠들었다. 손질이 끝난 멧돼지는 커다란 나뭇가지에 끼워 불 위에 걸쳐졌다. 산채 사람들은 모처럼 배에 기름칠을 하게 생겼다며 신이 났고, 아이가 복덩이라며 어깨춤을 추고 타령을 불렀다.

　　오직 도경과 연주만이 서로를 외면한 채 아무 말도, 아무 반응도 없었다. 도경은 그제야 유정스님이 굳이 의령까지 자신을 보낸 이유를 알 것 같았다.

　　산채의 밤이 깊어가고 있었다. 모처럼 포식을 한 사람들은 삼삼오오 모여앉아 고향 이야기를 하거나, 전쟁이 언제 끝날지 조선의 앞날을 걱정했다. 누군가 수심가를 불렀다.

　　"가을밤 사람도 없는 산속, 날도 다 저물었는데 황국이 피었구나. 생각을 해보니 세월 가는 것 덩달아 나 어이 할까나, 어렵고 어려운 일이도다. 어려운 일 위에 어려운 일이 겹치는구나. 어느 때나 좋은 시절을 만나 잘 살아볼까나……."

심금을 울리는 노랫소리에 여기저기서 흐느끼는 소리가 들렸다.

도경은 산채 마당 한가운데 서 있었다. 바람이 불때마다 서늘한 산안개가 도경의 볼을 훑고 지나갔다. 이런 곳에서 연주를 만난 것이 믿기지 않았다. 살아 있다면 만나게 되는 게 인연이라고 생각했지만 막상 마주하고 보니 이상하게 아무렇지도 않았다. 다시 보게 되면 왜 그렇게 매정하게 떠났는지 따지고 싶었으나 그마저도 부질없어 보였다. 가슴에 묻고 살 때가 더 간절하고 그리운 날들이었다. 가까이서 보니 애달팠던 시간들이 기억의 조각처럼 담담하게 느껴졌다.

도경은 침전물처럼 가라앉은 감정을 되새기며 산채 마당을 걸었다.

"여기 있었군."

어둠 속에서 곽 장군이 다가왔다. 며칠 뒤 왜병들이 낙동강을 지날 때 기습을 해야 하는데, 큰 비가 내린 터라 물살이 세서 걱정이라며 한숨을 쉬었다. 오늘 아들을 품에 안은 아비는, 무엇을 위해서 이 전쟁을 하는 걸까. 도경은 문득 그런 의문이 들었다. 나라를 위해서? 아니면 그 아들을 위해서? 사랑하는 사람을 위해 죽기를 각오했던 자신과 죽기를 각오하는 곽장군이 어떻게 다른지 가늠해보았다.

"왜병들을 강물 속에 수장시킬 방법만 있으면 되는데, 그게 쉽지 않아."

"왜병들을 강으로 유인하면 되지 않습니까?"

"그 유인책이 쉽지 않아."

전장의 장수에게 '쉽지 않은 일'은, 그 일만 해결되면 승산이 있다는 뜻이었다. 의병도 아닌 사기장 주제에 참견하는 것이 멋쩍어 돌아서려던 때, 번뜩 스치는 생각이 있었다.

"그 유인책! 제가 할 수 있을 것 같습니다."

"자네가?"

곽장군은 믿기지 않은 듯 도경을 쳐다보았다.

다음날부터 도경은 숲의 음기를 받아 축축해진 진흙들을 퍼 날랐다. 진흙을 한곳에 모아두자 놀 거리가 없어서 심심했던 아이들이 죄다 모여들었다. 도경은 아이들과 흙을 밟고 장난도 치며 한바탕 신나게 놀았다. 연주는 모르는 척했지만 아이들의 왁자한 웃음소리에 귀를 기울이며 빨래를 하고 아낙들과 식사 준비를 했다.

흙이 어느 정도 뭉쳐지자 도경은 수백 개의 매병 모양을 만들어 음지 쪽에 차곡차곡 쌓아놓았다.

밤이 깊어가고 있었다. 산채 어디선가 들리는 산부엉이 울음소리만이 적막을 깼다. 도경도 지쳐 잠이 들었다. 그의 곁에 조용히 다가서는 그림자가 있었다. 그림자는 한참 그를 내려다보다가 이불을 덮어주고 돌아섰다.

"연주야."

도경의 목소리가 그녀를 붙잡았다. 도경은 깨어 있었다. 그가 일어나 연주를 가만히 돌려 세웠다. 어둠 속에서 둘이 마주 보았다. 숲으로 스며든 달빛이 오롯이 연주의 눈 속에 머물렀다. 연주의 몸이 떨렸다.

"…살아 있어 다행이다. 다행이야."

아무 말도 필요 없었다. 도경은 많은 말들을 심장에 묻었다. 이렇게 살아 있으니 그것이면 되었다. 연주도 애써 감정을 삼키며 말했다.

"네. 어차피 죽었던 목숨. 그저 이렇게 제가 할 수 있는 일을 하고 있을 뿐입니다."

"…그래."

"허나 더는 저를 아는 체 마세요."

"…너에게 내가 그토록 힘든 사람이었니?"

"…네."

"……."

"우린 처음부터 안 될 인연이었어요. 그걸 이제야 깨달은 거죠."

도경은 돌아서는 연주를 잡지 못했다. 아니, 잡지 않았다.

'처음부터 안 될 인연'이라는 말은, 지금까지의 모든 인연에 이별을 고하는 말이었다. 도경은 연주의 마음을 이해했다. 모든 인연이 운명이 되는 게 아닌 것처럼, 정말 운명이 될 인연은 그냥 두어도 다가오는 것처럼. 누구의 마음이 움직여 운명으로 이어질지 아무도 알 수 없는 것처럼. 어느새 산채의 어둠이 희미해지고 있었다.

새벽 물안개가 거머리처럼 엉겨 붙는 낙동강 하류. 혹시 모를 의병들의 기습을 피해 좁은 산길을 택한 왜병 부대가 약탈한 왕실의 보물들을 지고 내려가고 있었다. 숲길을 따라 긴 강줄기가 능구렁이처럼 왜병들을 쫓아오고 있었다. 물안개 때문에 자칫 발이라도 잘못 디뎌 강으로 빠질까 서로를 독려하면서도 며칠 강행군을 한 탓에 왜병들은 걸으면서 졸았다.

강의 허리쯤에 다다랐을 때, 갑자기 왜장이 진군을 멈추게 했다. 물안개 속에 뭔가가 보였다. 왜장은 강물 위에 떠있는 것이 무엇인지 정찰병을 보내 살피게 했다.

잠시 후, 정찰병은 두 척의 작은 배 위에 '도자기 같은 것'들이 가득 실려 있다고 전해왔다. '도자기'라는 말에 회가 동한 왜장은 곧 병사들에게 강물로 들어가 배를 끌어오라고 명령했다. 빈 배에 매병이 실려 있는 것이 수상했지만, 이미 왜군이 점령한 지역이라 별 의심을 하지 않았다. 필시 강을 거슬러 피난 가던 어느 사대부가 도자기도 버리고 다급하게 갔겠거니 싶었다. 조선의 왕도 궁궐을 버리고 도망가는 판국이었다.

왜병들이 강물로 뛰어들었다. 생각보다 깊고 거센 물살에 다들 중심을 잃고 휘청거리며 서로를 붙잡느라 대열이 흐트러졌다. 왜병들이 강의 중간쯤에 도착하자 물안개가 서서히 걷히기 시작했다.

"배를 끌어내라! 배를 끌어내!"

왜병들이 배를 빙 둘러서서 뭍으로 끌기 시작했다. 그 순간 수백 발의 불화살이 날아왔다. 매병 안에 숨겨두었던 화약에 불이 붙으면서 연쇄 폭발이 이어졌다. 왜병들의 몸이 파편처럼 강 여기저기로 날아갔다. 물 밖에서 지켜보던 왜병들은 혼비백산해 달아나다 매복하고 있던 의병들에 의해 전부 몰살당했고, 충격에 빠진 왜장 역시 홀로 도망치다 곽장군의 손에 목이 날아갔다. 도경은 달아나는 왜병에 맨몸으로 맞섰다가 부상을 입고 정신을 잃었다.

도자기 위장술은 대승을 거두었다. 부상을 당한 도경은 급히 움막으로 옮겨졌다. 의원을 부를 수 없는 상황이라 상처에 약초를 붙이는 것 외엔 달리 방도가 없었다. 상처가 깊지는 않은데 도경이 좀체 의식을 차리지 못한다는 약초꾼의 말에 곽장군이 움막을 찾았다가 연주를 보았다. 그녀는 의식이 없는 도경의 몸을 주무르고, 그의 입속으로 당糖물을 넣어주며 울먹였다. 그제야 둘의 관계를 짐작한 곽장군은 그냥 돌아섰다. 살 수 있을지 없을지는 그자의 운명에 달렸다는 약초꾼의 말에 연주는 더 심란해졌다.

연주는 도경이 맥을 놓은 것이 또 자신의 탓인 것 같아서 고통스러웠다. 제발 도경을 살려주시고 대신 제 목숨을 거두어 가라고 누군가에게 울며 매달렸다.

새들도 집으로 돌아가는 시각, 산채 사람들도 지쳐 잠든 숲으로 서서히 어둑서니가 몰려들었다. 산채 경계를 서던 의병 몇은 어둑서니에게 발목이 잡힌 채 넘어져 잠이 들었고, 움막 한편에 피워두었던 장작불도 어둑서니에게 먹혔다. 이상한 기척에 도경이 눈을 떴다. 해괴한 그림자가 움막을 덮치는 순간, 도경이 비명을 지르며 깨어났다.

누군가 자신을 붙잡았다. 연주였다.

"연주야."

도경이 참았던 눈물을 터트렸다. 악몽을 꾸었다. 흔적도 없이 사라질까 무서웠다. 연주를 꼭 끌어안았다.

'다시는 날 버리지 마라. 다시는 날 떠나지 마라.'

그 말을 차마 내뱉지 못하고 그저 연주에게 매달려 흐느꼈다.

지옥 같은 운명도 운명이다. 꼭 손을 붙들고 가지 않아도 함께 가는 것이다. 이렇게 살아 있으면 보게 되는 그 인연에 기대는 것도 나쁘지 않다. 허니 연주야, 멀리 가지만 마라. 도경은 그저 그 마음이었다.

4

전쟁이 발발하고 벌써 다섯 해가 지나 정유년丁酉年(1597년)이 되었다. 이순신 장군이 전선戰船 열두 척을 이끌고 명량 임하도에서 왜선 백서른세 척을 격파했다는 승전보도 들려왔다. 이제 밀리는 쪽은 왜병들이었다. 다들 타국에서 개죽음을 당하는 건 아닌지 불안해했고, 곧 왜병들이 철수할 거라는 소문도 들렸다. 승기勝氣를 잡은 조선군도, 밀려나는 왜군도, 전쟁의 목적을 상실한 채 전쟁은 끝을 향해 가고 있었다.

어둠 저편으로 제포 해안이 가까워지고 있었다. 아오이는 조선 수군의 추적을 피해 밤에 은밀히 움직이는 왜병의 보급선에 무작정 몸을 실었다. 도경에게 인사도 못한 채 조선을 떠나온 뒤, 이렇게 오래 못 볼 줄 몰랐다. 도요토미 히데요시가 전쟁을 선포하리라는 것도 전혀 예상하지 못했다. 센 리큐 차두가 할복하고 사카이 상단이 배제된 뒤 아오이의 아버지 히사다는 작은 암자로 들어가 은거했다. 홀로 대마도로 온 아오이는 소우가 마련해준 처소에서 지내면서 조선으로 갈 기회를 엿보고 있었다. 나오시게 대장군이 죽도 왜성에 입성한 뒤로 제포 왜관으로 왜관요가 옮겨지고 요시다가 책임도공이 되었다는 소식도 들었다. 아오이는 도경이 무사한지 걱정이 되어 가만있을 수가 없었다.

일본의 병선들은 일단 대마도에 집결한 뒤 조선으로 향했다. 전쟁이 막바지로 접어들면서 병선은 대마도에 정박하지 않았다. 아오이는 보급선이라도 타고 갈 생각을 했지만, 퇴각이 임박하다는 소문이 돌면서 보급선마저 뜸해졌다. 아오이는 이번이 마지막 보급선이 될지도 모른다는 말을 듣고 당장 대마도 선착장으로 달려갔다. 대마도주 소우의 도움으로 겨우 배에 오를 수 있었다.

제포 왜관 선착장에 보급선이 입항하는 인시에 맞춰 요시다와 왜관요의 일꾼들이 기다리고 있었다. 본국으로 돌아가는 보급선 편에 실어 보낼 다완과 그릇을 옮기기 위해서였다. 보급선이 정박하자 물품들이 차례로 내려졌고 곧이어 대기하고 있던 수레로 옮겨졌다. 물품은 주로 무기였다. 수레는 새벽길을 달려 퇴각을 준비하는 왜병의 각 진영마다 전해질 예정이었다. 선착장은 물품을 확인하고 배로 옮길 짐들을 구분하느라 도떼기시장처럼 부산스러웠다.

보급선에 실어 보낼 다완과 그릇을 확인한 요시다는 일꾼들에게 나머지 일들을 맡기고 돌아섰다. 물량을 맞추느라 며칠 밤을 샜더니 피곤했다. 왜관의 주점에서 해장국이라도 먹어야겠다는 생각에 발길을 옮기다가, 아오이를 보았다. 그녀는 커다란 봇짐을 메고는 잰걸음으로 달려가다 만나는 사람마다 붙들고 왜관요가 어디인지 묻고 있었다. 퇴각을 준비하는 전쟁터에 오다니. 요시다는 도경을 보기 위해 목숨을 걸고 왔을 아오이의 무모함에 헛웃음이 나왔다.

마침 저쪽에서 야간 작업을 끝낸 한 무리의 사기장들이 걸어나왔다.

"도경님! 도경님!"

도경이 놀라 쳐다보자, 아오이가 한달음에 달려왔다.

"아, 아오이… 언제 온 것이오?"

"지금 막요. 조선에 도착하자마자 도경님을 보러 달려오는 길입니다."

"아… 그렇소?"

"도경님은 무탈하십니까? 그동안 제가 보고 싶지는 않으셨습니까?"

"아니, 반갑소, 반가운데…….."

"정말입니까? 정말 제가 반갑습니까?"

다른 사기장들이 잘해보라는 듯이 휘파람을 불며 돌아갔다.

도경은 잠시 난감한 듯 아오이를 쳐다보다가 묵을 곳이 있는지 물었다. 이 대책 없는 여인은 적당한 곳에서 자면 된다며 생글거렸다. 도경은 아오이의 짐을 짊어지고 성큼성큼 앞서 걸었다. 아오이가 같이 가자며 총총 뒤따랐다. 한편에서 지켜보고 있던 요시다는 일꾼을 시켜 둘을 뒤쫓게 했다.

왜관에서 나와 왜리로 들어간 도경은 아오이가 묵을 객관부터 잡았다. 방은 아담하고 깨끗했다. 짐을 한쪽에 두고는 배가 고프다는 그녀를 데리고 단골 주점에 마주 앉았다. 김이 모락모락 나는 선짓국이 나오자 아오이는 숨도 쉬지 않고 먹었다. 처음 먹는 맛인데 속이 든든해진다며 조잘대다가, 오는 길에 한 끼도 못 먹어서 죽는 줄 알았다며 넋두리를 했다. 도경은 그녀를 물끄러미 쳐다보다가 자신의 선지를 그녀의 그릇에 얹어주었다. 언제 봐도 참 씩씩하고 강단 있는 여인이었다.

"탁주 한잔 마셔도 될까요, 오랜만에?"

아오이가 눈을 찡긋했다. 도경은 너무 이른 새벽이라 잠시 망설였지만 술잔에 탁주를 부어 그녀에게 내밀었다. 아오이는 단숨에 술을 들이켜더니 이내 눈가가 붉어지며 눈물을 쏟았다.

도경은 당황하지 않았다. 사실 처음 볼 때부터 그녀의 눈에는 눈물이 그렁했다. 모두가 퇴각을 준비하는 곳으로 홀로 왔다는 것이 무엇을 의미하는지 알았다. 도경을 보기 위해서 죽기를 각오하고 온 것이다. 그래서 아무것도 묻지 못한 채 술잔을 채워주는 것으로 그녀를 위로했다. 그녀에겐 늘 고맙지만, 미안했다. 그녀와 마주하면 기분이 좋았지만 마음 한편이 저렸다.

도경은 취기가 오른 아오이를 업고 주점을 나섰다. 술에 취한 아오이는 씩씩하게 수심가를 불렀다. 그녀를 객관의 방에 눕히고 이불을 덮어주면서, 도경은 그녀와 어떤 인연이기에 이렇게 계속 만나게 되는 건지, 마음이 심란했다.

"차두님이 돌아가셨어요. 아버지도 암자에 들어가셨구요. 저 혼자 너무 무서워서……."

아오이가 조용히 흐느끼듯 말했다. 혼자가 된다는 것이 얼마나 무서운지 알기에 도경은 그녀의 등을 가만히 두드려주었다.

조선 침략을 반대하던 센 리큐가 할복했다는 소식은 충격이었다. 인자하고 기품 넘치던 차두를 생각하며 도경은 잠시 먹먹해졌다. 조선에는 '차두'라는 개념이 없어서 처음엔 그를 경계했지만 곧

288

그의 따뜻하고 인자한 성품을 따르게 되었다.

'부디 편안히 잠드소서.'

차두에게 마음으로 목례한 도경은 울다 지친 아오이에게 이불을 덮어준 뒤 한쪽 벽에 기대 쪽잠에 들었다. 한 시진 정도 지났을까, 눈앞에서 어른거리는 기척에 눈을 뜨니, 아오이가 도경의 얼굴로 떨어지는 햇살을 두 손으로 가려주고 있었다. 도경과 눈이 마주치자 아오이는 부끄러운 듯 두 볼이 발그레해졌다.

도경과 한 공간에 있다는 사실만으로도 아오이는 심장이 터질 것만 같았다. 왜관의 국밥집에서 그가 시켜주는 해장국을 후후 불어 먹는 그 순간이 모두 꿈만 같았다. 그냥 이렇게 멀리서 도경을 바라보며 사는 것도 좋지 않을까 혼자 생각했다.

객관을 나오기 전 도경은 아오이에게 부탁을 하나 했다.

전쟁이 나고 산사로 피신했던 스승 해동이 다시 민요로 돌아왔지만 아무도 만나지 않고 있었다. 지병도 있는데 식사는 제때 하시는지 걱정이 되어서 속만 태우던 참이라고 했다.

"혹시… 스승님을 좀 살펴주실 수 있겠소? 내가 몇 번 가보긴 했으나 도통 만나주시지 않으니……."

"그럼요. 걱정 마십시오, 도경님."

그 길로 아오이는 해동의 가마터를 찾아갔다. 폐허가 되어버린 가마터는 잡풀이 무성하게 자라 있었고 벌레들이 우글거렸다. 도저히 사람이 사는 곳이라고는 믿기지 않았다. 어디선가 잔기침 소리가 들려서 가보니 작은 움막이 있었다. 문을 두드려도 기척이 없자 조심스레 움막의 문을 연 아오이는 하마터면 비명을 지를 뻔했다. 앙상하게 뼈만 남은 해동이 몸을 누인 채 숨만 겨우 쉬고 있었다. 숨은 붙어 있지만 꼭 죽은 것 같은 해동의 모습은 충격이었다.

"어떻게 이런⋯⋯."

아오이의 눈에선 연신 눈물이 쏟아졌다. 해동은 방문객을 쳐다볼 기력조차 없는 듯 반응이 없었다. 아오이는 온기가 전혀 없는 화덕에 불을 지피고 대충 죽을 끓였다. 한사코 손을 내젓는 해동을 부축했지만 몸을 일으키는데도 한참이 걸렸다. 바람 한 줌도 안 되는 듯한 헐거운 모습에, 아오이는 또다시 터지려는 울음을 참느라 입술을 꾹 물었다. 전쟁은 모든 것을 다 앗아간다는 것을 새삼 절감했다. 이 전쟁을 반대하며 스스로 생을 마감한 차두 센 리큐가 떠올랐다. 아오이의 성의를 생각해 해동은 숟가락을 들었지만 그마저도 몇 숟갈 먹지 못하고 손을 놓았다.

"센 리큐 차두는⋯ 잘 있능교?"

그 물음에 아오이는 끝내 참았던 울음을 토해냈다. 해동은 뭔가를 짐작한 듯 표정이 어두워졌다. 해동은 센 리큐의 죽음에 대해 듣고는 한참 동안 말이 없었다. 그의 눈가에 누런 것이 흘러내렸다. 흙먼지를 뒤집어쓰고 있는 탓에, 눈물은 누렇게 천천히 번져갔다. 힘겨운 듯 가쁜 숨을 내쉬다가 연신 잔기침을 하며 온몸을 떨었다.

도경은 가마 밖에서 스승의 기침 소리와 숨소리를 듣고 있었다. 스승의 폐병이 더 심해진 것 같아서 마음이 저렸다. 사기장은 손에서 흙을 끊는 날이 제삿날이라고 했는데, 스스로 가마터를 폐쇄해버린 그 마음은 오죽할까 싶어서 고개를 떨구었다.

5

늦가을로 접어든 산은 작은 바람 소리에도 낙엽을 떨어뜨려 경계를 했다. 도경은 발끝에 차이는 단풍을 조심스럽게 밟으며 산채에 전해줄 무기를 짊어진 채 산을 올랐다. 길이 워낙 험하고 숲이 울창해서 필요한 조총과 검만 지고 가는 길이었다. 왜관요에서 동행하는 사기장의 눈을 피해 산채를 다녀와야 했으므로 발길을 서둘렀다.

뻐꾸기 소리를 따라간 곳에 뜻밖에 연주가 와 있었다. 퇴각하는 왜병들과 밤새 전투를 치른 탓에 의병들은 크고 작은 상처를 치료하느라 대신 자신이 왔다고 했다. 산채 여인들이 돌아가면서 주변의 동태를 살피고 연락책들과 접선하는 것 같았다. 도경은 많이 야윈 연주의 모습에 가슴이 저렸지만 내색하지 않았다. 그나마 이렇게라도 그녀를 볼 수 있어서 다행이라고 생각했다. 새롭게 옮긴 산채는 처음이라 도경은 연주의 뒤를 밟으며 길도 없는 숲을 헤치고 나갔다.

뻐꾹. 뻐꾹.

낯선 뻐꾸기 소리가 들렸다. 미리 약속한 신호가 아니었다. 위험을 직감한 도경이 무기와 연주를 덤불 속에 숨기고 숲을 살폈다. 낙엽 밟는 소리가 여기저기서 들려왔다. 도경은 최대한 몸을 낮춘 채 소리가 나는 방향으로 총을 겨누었다.

"울긋불긋한 낙엽 아래서 계집질이라도 하다 들켰나?"

등 뒤에서 요시다의 목소리가 들렸다. 도경이 반사적으로 조총을 당겼지만 총소리만 메아리 되어 돌아왔다. 뭔가 이상하여 몸을 곧추 세우고 보자 왜병들이 하나둘씩 도경을 둘러섰다. 곧이어 외 마디 비명과 함께 요시다가 연주를 끌고 왔다. 연주를 낚아채려는 도경의 다리에 요시다가 총을 쏘았다.

"이 더러운 새끼! 요시다 이놈!"

도경이 발악하자 요시다는 연주의 머리에 조총을 겨누었다.

"이 무기들은 의병의 산채로 가는 거겠지? 저놈이 의병을 도운 것이냐?"

"그 여인은 아무것도 모른다. 그냥 돌려보내라! 내가 한 짓이다! 전부 다 내가 한 짓이야!"

"과연 그럴까?"

요시다가 다시 총을 쏘았다. 도경의 어깨에서 피가 터졌다.

"제가 한 짓입니다! 저 사람은 모릅니다. 정말입니다. 저 사람은 보내주세요!"

연주가 요시다를 붙잡고 매달렸다.

요시다는 몹시 재미있다는 듯이 껄껄 웃었다.

"아주 눈물겨운 순애보군."

"내가 한 짓이다! 그러니 나를 잡아가고 그 여인은 놔줘!"

연주를 놔 달라는 도경의 절규가 산을 울렸다. 왜병들이 달려들 어 도경을 짓밟자 연주는 울부짖었고, 도경은 정신을 잃었다. 죽도 왜성으로 끌려온 도경은 감옥으로 던져졌다.

퇴각을 코앞에 둔 시점에서 굳이 의병의 산채를 캐내 습격할 필 요는 없다는 결론을 내렸다. 이미 감옥 안은 조선인 포로들로 발

디딜 틈이 없었다. 전쟁이 끝나면 이들을 모두 일본으로 데려가 노비로 삼을 거라는 소문도 돌았다.

요시다는 끈질기게 도경의 처형을 요구했다. 아무리 도공이라도 의병 활동을 도운 조선인을 살려둘 수 없다며 왜장들도 목소리를 높였다. 나베시마 나오시게 대장군은 고심 끝에 도경을 처형하라고 명령했다.

그날 밤, 대장군의 처소를 찾은 사람이 있었다. 뜻밖에 해동이었다. 저녁 무렵 덕배가 해동을 찾아가, 이번엔 정말로 도경이 죽게 생겼다며 통곡을 했다. 무엇을 어떻게 도와야 하는지 막막했던 해동은 깡마른 몸을 힘겹게 일으켰지만 어지러웠다. 혹시나 아오이는 도와줄 수 있지 않을까 싶어서, 덕배 편에 도경의 소식을 전했다.

아오이는 나오시게 대장군의 처소 앞에 자리를 깔고 도경을 살려 달라고 읍소하고 있었다. 나오시게 대장군은 아오이의 부친인 히사다와 막역한 사이였고, 살갑고 붙임성 좋은 아오이 역시 딸처럼 예뻐했다. 아오이가 성인이 된 뒤부터는 나베시마 번藩에서 열리는 모든 차회를 그녀가 주관할 수 있도록 배려도 했다. 하지만 의병 활동을 도운 도공에 대한 처분을 사사로운 정리로 결정할 수는 없는 노릇이었다.

아오이에게 상황을 들은 해동은 깊은 한숨을 내쉬었다. 그녀도 못하는 일을 보잘 것 없는 자신이 할 수 있을지 막막했다. 그러나 제자를 모사꾼이라 인정한 모질고 독한 스승이 그 제자를 위해 아직도 할 수 있는 게 있다면, 이승에서의 이 무겁고 부질없는 목숨도 내려놓고 한결 홀가분하게 떠날 수 있을 거라고 생각했다.

해동은 직접 빚은 도자기 몇 점을 대장군 앞으로 내밀었다. 다 부수고 남은 마지막 작품이었다. 한때 조선 최고의 사기장이었던 해동의 솜씨에, 나오시게 대장군은 입을 다물지 못했다. 허리도 제대로 펴지 못하는 해동은 제자 도경의 선처를 부탁하며 대장군에게 연신 머리를 조아렸다.

"다 소인이 잘못 가르친 탓임더. 부디 이 늙은이를 벌하시고, 도경은 살려줄소. 그 아아가 솜씨가 각별하니, 살려주면 큰 도움이 될 낌더."

나오시게 대장군도 도경의 솜씨는 알고 있었다. 그가 경덕진에서 요변을 빚었다는 소리에 놀랐고 중국 황제의 다완을 모사했다는 말에 눈여겨보았다. 전쟁이 끝나고 그를 나베시마 번으로 데려가 다완을 굽게 한다면 재정에 큰 도움이 될 거라는 생각도 했다. 허나 의병을 도운 사기장이었다. 대장군의 고민이 깊어졌다. 그리고 마침내, 결정을 내렸다.

"해동은 이미 늙고 병들어 본국의 충실한 도공으로서 역할을 다하기 힘드니, 그에게 도경의 죄를 대신 물게 하라! 그리고 도경은 왜관요에서 해동의 몫까지 성실히 임무를 다하라!"

시전 한가운데로 해동이 끌려 나왔다. 모두가 지켜보는 가운데 해동의 손이 단두대로 올려졌고, 그 순간 칼이 떨어졌다. 사방으로 피가 튀었고 잘려나간 손가락이 여기저기 나뒹굴었다. 그 광경을 지켜보던 사람들은 모두 경악했다.

"스승님! 스승님!"

뒤늦게 소식을 듣고 달려온 도경이 해동을 끌어안았다. 해동은 마지막 숨을 삼키며 도경을 보았다.

"미안하다……."

"스승님……."

천천히 감기는 해동의 눈가에 누런 눈물이 흘러내렸다.

"스승님! 스승님!"

도경은 차가워진 해동의 주검을 안고 짐승처럼 울부짖었다. 당장 요시다를 죽이겠다고 흥분하는 그를 덕배와 다른 사기장들이 말렸다. 도경은 가슴을 치고 바닥에 머리를 박으며 오열했다. 아오이도 통곡했다.

해동은 한 줌 재가 되어 산사에 모셔졌다. 덕배와 사기장들은 끓어오르는 분노를 주체하지 못하고 내내 울먹였다. 도경은 산사 구석방에 우두커니 앉아 있었다. 이제는 눈물까지 모두 말라버린 것 같았다. 그가 휘청하며 일어섰다. 아오이가 놀라 붙잡았다.

"걱정 마시오. 이제 도경은 죽었소. 다만 내가 살아 있는 이유는 그놈 요시다를 죽이기 위해서요. 놈을 죽이면 나도 그때 진짜 죽을 것이오."

독기를 품은 도경의 눈은 살벌해져 있었다.

6

해동의 죽음은 연주의 귀에도 전해졌다. 연주는 조용히 정화수를 떠서 해동의 명복을 빌며 밤새 눈물을 삼켰다.

'그리 허망하게 가시는 길, 뵙지 못하는 것을 용서하시고 그곳에서는 편안하십시오. 그리고 부디 도경의 앞길을 보살펴주십시오.'

도경과 함께 죽도 왜성으로 잡혀온 그날부터, 연주는 왜성의 찬방에서 왜병들의 식사를 준비하고 처소를 돌며 청소와 빨래를 했다. 의병 활동을 도왔으니 당장 죽여야 한다는 반발도 있었지만 전쟁 중이라 왜병들의 수발을 들 손길이 부족했고, 선처해 달라는 아오이의 간곡한 부탁에 나오시게 대장군은 그렇게 처분했다.

"언니, 지금은 상황이 어쩔 수 없으니 조금만 참으세요. 좀 편안한 곳으로 갈 수 있게 제가 알아볼게요."

연주는 자신을 언니라고 부르며 살갑게 구는 아오이가 정말 여동생처럼 느껴지고 의지가 되었다. 도경을 매번 나락으로 떨어트리는 자신이 미울 법도 할 텐데, 저렇게 순수하고 구김살 없다는 게 믿기지 않았다. 도경에게는 그런 아오이가 어울린다고도 생각했다. 그녀라면 분명 도경을 이 지옥에서 끌어내줄 수 있을 것 같았다. 이제는 정말 도경과는 무관한 삶을 살아야 한다고 매일 스스로 다짐했다. 무조건 살아남기 위해 이를 악물었다. 지금 그녀의 배 속엔 도경의 아이가 자라고 있었다.

연주가 왜병의 처소를 돌며 청소를 할 때마다 하얀 피부와 눈에 띄는 미모 덕에 왜병들은 괜히 입맛을 다시며 자기들끼리 수군거렸다. 그런 연주를 유심히 보는 건 왜병들뿐만이 아니었다. 나오시게 대장군은 밤이면 등창의 피고름을 짜내야 하는 고통 속에 잠을 이루지 못했다. 그러던 어느 깊은 밤, 머리를 식히러 나갔다가 어둠 속에서 들려오는 자장가 소리를 들었다. 배 속의 아이에게 자장가를 불러주는 연주의 목소리였다.

"품 안의 아가야 울지 마라. 살구꽃이 울타리에 피고 있단다. 꽃이 지고 살구 열리면 너랑 나랑 둘이서 함께 따먹자. 자장자장 우리 아가."

나오시게 대장군은 마치 어머니의 자장가를 듣는 것처럼 편안해 졌다. 비록 후방 지원을 위해 피비린내 나는 전장을 누비지는 않지만 여기도 전쟁터였다. 밤마다 목이 잘리는 악몽에 시달리던 대장군은 그날부터 연주의 자장가를 잘 듣기 위해 서쪽의 들창을 열어두고 잠이 들었다.

어느 날 나오시게는 자신의 처소에 약쑥을 놓고 돌아서던 연주와 마주쳤다. 그녀를 첩자라고 오해한 나오시게는 그녀의 목에 칼을 겨누었다.

"저건 무엇이냐?"

"약쑥입니다."

"웬 약쑥이냐?"

"대장군님의 옷을 빨 때 피고름이 묻어 있는 것을 보았습니다. 등창 같아서… 혹여 두고 가면 바르실까 하여……."

"그게 사실이냐? 조금의 거짓이라도 있으면 당장 네 목을 벨 것이다!"

"배 속에 아이를 품은 어미는 그 아이를 지키기 위해서라도 함부로 행동하지 않습니다."

오히려 당당한 그녀의 태도에 나오시게는 칼을 거두었다.

"그 약쑥을 붙여주겠느냐?"

대장군이 가만히 돌아앉았다. 사무라이는 그 어떤 경우에도 남에게 등을 보여선 안 된다. 하지만 대장군은 그녀가 자신을 무장해제시키는 무언가가 있다고 생각했다. 연주는 약쑥을 곱게 으깨어 그의 등에 꼼꼼히 붙여주었다. 그녀의 손길이 스칠 때마다, 천하의 왜장 나오시게는 심장이 덜컹 흔들리는 것을 느꼈다.

다음날부터 나오시게는 연주가 오직 자신의 수발만 들게 했다. 혹시라도 그녀와 눈이 마주치면 발그레해진 얼굴을 애써 돌렸다. 나오시게는 청소를 하러 들어올 그녀를 위해 꽃을 꺾어다놓기도 하고, 주전부리를 몰래 갖다놓기도 했다. 꽃향기를 맡으며 살짝 미소 짓는 그녀를 보는 것으로 대장군은 만족했다. 함께 끌려온 조선인들은 연주에게 왜놈의 여자라고 손가락질했지만 그녀는 개의치 않았다. 오직 배 속의 아이만 생각하기로 했다.

7

곧 조선과 명의 연합군이 총공격을 펼칠 거라는 소식이 들려왔다. 갈수록 수세에 몰리는 왜군들은, 이순신의 수군에 의해 보급로마저 차단당하자 더욱 불안해져 술렁거렸다. 살아서 돌아간다고 한들 전쟁에 참여하지 않았던 도쿠가와 이에야스 장군과 그의 측근들이 태합에게 전쟁의 책임을 물을 거라는 소문도 돌았다. 아직 태합의 명령이 내려지지 않았는데도 장수들은 왜군을 남쪽으로 후퇴시키기 시작했다.

상황이 심각하다고 판단한 나오시게 대장군도 제포 왜관 선착장에 퇴각선을 준비시켰다. 왜병들은 패전 후 재건에 필요한 인원을 채우기 위해 남녀노소 할 것 없이 조선인이라면 모두 끌어다 배에 태웠다. 농작물과 조선에서만 나는 희귀 종묘種苗, 간장이나 된장이 든 장독도 통째로 실었고, 소나 돼지 같은 가축들도 산 채로 퇴각선에 몰아넣었다. 무엇보다 왜관요의 도공들은 한 명도 빠짐없이 퇴각선에 태우라는 명령이 내려졌다.

마침 태토를 구해 돌아오던 도경은 그 아수라장을 목격했다. 이미 왜관과 죽도 왜성은 무법천지가 되었고, 죄수들은 감옥 문을 부수고 뛰쳐나왔다. 도경은 연주를 찾기 위해 죽도 왜성으로 잠입했다가 요시다에게 잡혔다.

"너도 이제 끝장이다!"

"안 돼요! 안 돼!"

요시다가 칼을 치켜드는 순간, 아오이가 그를 막아섰다.

"안 돼요! 도경님은 도공입니다. 대장군의 명령을 모르세요? 도공은 한 명도 죽이지 말고 본국으로 데려가라는 것을요!"

요시다는 칼을 거두었다.

"당장 이놈을 끌고 가라!"

"이거 놔! 놓으란 말이야! 연주는 어디 있느냐? 연주는 어디에 있어!"

끌려가면서도 도경은 바락바락 소리를 질렀다. 아오이는 고개를 떨구었다.

"똑똑히 보았느냐? 저놈은 너 따윈 안중에도 없어! 오직 연주! 연주! 연주뿐이란 말이다!"

아오이가 돌아섰다.

"대체 저놈이 어디가 그렇게 좋으냐?"

요시다의 물음 속에 허탈함이 묻어났다.

"도대체 어디가 그렇게 좋으냐 물었다!"

"그 물음에 왜 제가 대답해야 합니까?"

"해야 할 것이다! 그 답이 나를 움직여야 저놈을 살릴 테니까!"

아오이가 다시 돌아섰다. 요시다를 쳐다보는 그녀의 눈 속에 슬픔이 가득 담겨 있었다. 요시다는 멍해졌다. 차라리 자신을 원망하고 분노를 터트리는 것은 참을 수 있었다. 그러나 자신을 슬프게 바라보는 아오이의 저 눈빛은 참을 수가 없었다. 그건 불쌍하고 가여운 영혼에 대한 체념이었다. 완벽한 체념. 더이상 돌이킬 수 없는 인연에 대한 마지막 절망.

"오직 한 사람을 위해 죽음을 각오하는 그 무모한 배포가 좋지요."

"무모한 배포?"

"오직 한 사람을 위해 다른 사람은 끝까지 외면하는 그 무정한 의리가 더욱 좋지요."

"…무정한 의리?"

"무엇보다… 갖고 싶어도 억지로 뺏지 않고, 갖고 싶지 않아도 무조건 밀어내지 않는 그 무심한 배려가 마냥 좋지요."

요시다는 쓴웃음이 나왔다.

"나도 오직 너를 위해 죽을 수도 있고, 다른 것을 외면할 수도 있다! 오직 너를 갖고 싶은 이 마음을 억지로 다독이면서 여기까지 왔는데 도대체 왜! 왜 넌… 나는 보이지 않는 거니?"

"마음은 보이는 게 아니라 저절로 느껴지는 것입니다."

마음은 저절로 느껴지는 것이라… 요시다는 아오이가 사라진 뒤에도 한참이나 그대로 서 있었다. 어떻게 하면 너는 날 느낄 수 있는 거니. 내가 뭘 하면 내 마음을 느낄 수 있겠니……

요시다는 깊은 절망에 빠졌다. 그리고 도경을 풀어주었다. 그녀가 자신의 마음을 느끼지 못한다고 해도, 살면서 한 번쯤은 그녀를 위해 좋은 사람이고 싶었다.

왜병들의 마지막 퇴각선이 조선을 떠난 것은 묘시卯時(오전 5시~7시)를 지나서였다. 도경은 죽도 왜성에서 풀려난 뒤 연주를 찾아 헤맸지만 찾지 못했다. 연주가 퇴각선을 탔을지도 모른다는 생각에 덕배와 함께 제포 해안으로 달려갔고, 배에 매달렸다가 왜병에게 붙잡혔다.

배 안엔 끌려온 조선인들로 넘쳐났다. 말 그대로 아비규환이었다. 도경과 덕배는 배 아래 칸에 던져졌다. 곳곳에서 여인들과 아이들의 울음소리가 요란했고, 울며 보채거나 신열에 차 헐떡이는 아이들은 가차 없이 바다로 던져졌다. 절규하며 매달리는 여인들은 왜병의 손에 끌려가 아랫도리가 벗겨졌고, 울분을 참지 못하고 덤비는 사내들은 왜병들의 칼끝에서 숨을 거두었다. 왜병들은 조선인을 죽이고 코를 베어 목걸이처럼 자랑스럽게 차고 다녔다.

"안 돼!"

한 여인의 비명소리가 들렸다. 왜병이 솜털도 벗지 않은 갓난아이를 들어 올렸다. 그 어미가 살려 달라며 울고 매달렸다. 울음을 터트리던 아이가 구석으로 던져졌다. 어미가 사색이 되어 아이를 안았지만 아이는 온몸을 파르르 떨다가 축 늘어졌다.

"이 죽일 놈!"

도경은 더이상 참지 못하고 왜병의 멱살을 움켜쥐었다.

"네놈은 부모도 자식도 없느냐?"

죽일 듯이 덤벼드는 도경의 뒤에서 다른 왜병이 칼을 들었다. 모두 공포에 질려 말릴 생각도 못하고 물러났다. 덕배도 그대로 얼어붙었다.

"그래 죽여라, 죽여! 어차피 이래 죽으나 저래 죽으나 마찬가지다! 어서 죽여라!"

눈까지 뒤집고 덤비는 도경의 기세에 오히려 왜병이 멈칫했다.

"놔줘!"

나오시게 대장군이었다.

"그자는 도공이다. 도공은 죽이지 말라는 명령을 잊었느냐?"

"네, 장군. 송구합니다."

대장군의 말에 왜병이 칼을 거두었다.

"대신 더이상 난동을 부리지 못하게 잘 묶어두어라."

대장군은 무심한 듯 돌아섰다.

꼬박 닷새의 낮밤이 지나갔다. 찬 새벽바람이 파도를 부풀려 뱃전을 후려쳤다. 멀리 왜국의 섬이 보이기 시작했다. 도경은 초췌한 모습으로 갑판에 묶여 있었다. 자신도 알 수 없는 운명이 또 자신을 몰아간다는 생각에 자포자기의 심정이 되었다. 무엇을 갈망한들, 갈망의 늪에 빠지는 게 인생이고, 무엇을 위해 전부를 건다고 한들, 그 전부 때문에 지옥에 드는 것이 자신의 운명이라고 생각했다. 저 섬에 도착하면 또 어떤 지옥 같은 운명이 자신을 기다리고 있을지 이제 두렵지도 않았다. 그냥 뛰어내리면 끝이라는 생각에 몇 번이고 밧줄을 풀려고 몸을 움직였지만 그때마다 파도에 밀려 휘청거렸다.

곧 나베시마 번에 도착한다는 왜병의 소리가 들렸다. 도경은 힘이 다 빠져 주저앉았다. 자꾸만 눈이 감기고 졸음이 몰려왔다. 도대체 연주는 어떻게 된 건지… 그녀를 생각하다 고개가 기울었다. 그때, 웬 사내가 도경 쪽으로 걸어왔다. 잠든 도경을 잠시 쳐다보다가 스쳐 지나갔다. 사내는 연주였다. 그녀는 이제 천한 사기장의 아이를 가졌으니 조선에서 살 수 없었다. 나오시게 대장군은 연주를 남장시켜 배에 태웠다.

사무라이 조선 도공

1

퇴각선에 승선하지 못한 왜인들은 별도로 배를 물색하느라 분주하게 움직였다. 요시다는 왈패 두목에게 오사카로 돌아갈 배편을 알아봐 달라고 했다. 인근의 어부 몇이 모여서 버려진 사후선*을 수리했는데, 배편을 놓친 왜인들에게 웃돈을 받고 대마도까지만 운행한다고 했다. 거기서는 또 다른 배편을 구해야 했다. 소식을 접한 왜인들이 모여들었다. 왜관의 상인들을 비롯해 요시다와 아오이까지 오십 명은 넘어 보였지만 승선 가능한 인원은 고작 열 명 남짓이었다.

어부들은 금과 은을 내놓는 왜인들부터 태웠다. 그 다음은 담배

---

* 소형 군선으로 전쟁 때 정찰을 담당했던 배.

였고 조총도 받았다. 왜관의 상인들은 팔다 남은 물건을 건네며 사정했지만 단칼에 거절당했다. 요시다는 은 한 냥을 내밀었다. 수중에 아무것도 없었던 아오이는 그냥 돌아서야 했다.

"이건 저 여인의 몫이오."

요시다가 어부 앞에 은 한 냥을 더 던져주었다. 어부가 아오이에게 빨리 타라고 고함을 질렀다. 잠시 망설이던 아오이는 요시다에게 목례한 뒤 승선했다.

조선 수군들이 퇴각하는 왜선을 기습하는 일이 왕왕 있어서 배는 자시를 넘어 출발했다. 불을 밝힐 수도 없어서 어부들은 오직 바람의 방향과 자신의 감각만 믿고 대마도를 향해 노를 저었다. 아무리 바다에서 잔뼈가 굵은 어부들이라고 해도 칠흑 같은 어둠을 밀어내고 방향을 잡기란 쉽지 않았다.

밤바람이 제법 차가웠다. 왜인들은 다들 뱃전에 기대 불안한 쪽잠을 자다 깨다 했다. 아오이는 몸을 잔뜩 웅크리고 보이지도 않는 바다 저편으로 막막한 시선을 던지고 있었다. 요시다가 자신의 옷을 벗어 그녀의 어깨에 둘러주었다.

"괜찮습니다."

"입고 있어라. 이건 그저 평범한 호의일 뿐이다."

요시다도 아오이도 한동안 말이 없었다. 이 전쟁의 승자와 패자가 누구인지 알 수 없듯이. 이 무모한 전쟁을 벌인 이유가 무엇인지 어느 누구도 말할 수 없듯이. 이제 돌아가면 또 어떤 평범하지 않은 일상이 자신들을 기다리고 있을지 아무도 장담할 수 없듯이. 아무것도 가늠할 수 없는 자신들의 운명 앞에서 할 말을 잃었다.

바람에 아오이의 긴 머리카락이 흩날렸다. 그새 아오이도 여인 티가 물씬 풍겼다. 언제 저렇게 컸을까. 요시다는 새삼 그 어느 때 우리에게 아름다운 시절이 있었는지 기억마저 빛바랜 듯한 느낌이 들었다. 아오이와 나는 왜 이렇게 타인보다 못한 인연이 된 것일까, 깊은 회한에 젖었다.

요시다가 열다섯 살이 되던 해, 사카이 대상 히사다는 요시다가 아직 모르고 있던 그의 어머니에 대한 이야기를 들려주었다.

찬 겨울비가 내리던 어느 날, 사카이 상단의 일꾼들이 해변에 떠밀려온 배 하나를 발견했다. 그 안엔 만삭의 조선 여인이 홀로 타고 있었는데, 출산할 기미가 보이자 일꾼들은 그녀를 상단으로 데려왔다. 여인은 곧 아들을 낳았고, 히사다는 그녀가 그곳에 계속 머물 수 있도록 배려해주었다. 여인은 아들을 키우면서 히사다의 딸 아오이의 유모가 되었다. 그러던 어느 날, 그녀가 조선에서 사기장이었다는 사실을 알게 된 오사카 대상은 그녀에게 다완을 빚게 해 큰돈을 벌 요량으로 그녀를 납치했다. 하지만 그녀의 단아한 모습에 마음이 동해 그녀를 유린하려했고, 거부하며 도망치던 여인은 그만 절벽에서 떨어져 죽고 말았다.

사카이 상단의 일꾼들이 그 광경을 목격했고, 이에 분노한 히사다는 전국의 상단 협회에서 오사카 상단을 제명시켜버렸다.

사건의 전말을 들은 요시다는 큰 충격에 빠졌다. 그저 어머니가 향수병에 걸려 여러 날 우울증을 앓다가 병사한 것으로만 알았기 때문에 뒤늦게 분노가 들끓었다. 어머니가 절명하던 그 즈음, 요시다는 에도(도쿄)에 있는 주쿠*에 다니느라 그 내막을 소상히 알지 못했다. 어머니의 소식을 듣고 달려왔을 때는 이미 모든 것이 수습된 뒤였고, 히사다는 요시다가 주쿠를 마칠 때까지 상단의 사람들에게 입단속을 시켰던 것이다.

모든 진실을 알게 된 요시다는 그 길로 칼을 들고 오사카 대상을 찾아갔다. 그는 마치 기다렸다는 듯이, 태연히 말차를 풀어 차를 마셨다. 요시다가 휘두르는 칼을 오사카 대상이 마주 잡았다. 그의 손을 타고 피가 뚝뚝 떨어져 내렸다.

"언젠가는 나를 찾아올 줄 알았다."

"이 천하의 무도한 놈, 내 널 반드시 죽여 내 어머니의 한을 풀 것이다!"

"네까짓 게 무슨 힘으로 네 어미의 한을 풀겠느냐?"

"닥쳐라, 이 죽일 놈! 그 더러운 입도 갈기갈기 찢어줄 것이다!"

손이 칼날에 베어 살점이 뚝뚝 떨어져 나갈 기세인데도 오사카 대상은 눈 하나 깜짝하지 않고 요시다를 제압했다. 그의 악랄한 배포에 기가 질려 요시다는 그만 칼을 놓치고야 말았다. 오사카 대상은 피에 흥건히 젖은 소매춤을 단정하게 걷고, 자신의 머리끈을 풀어 칼에 베인 상처를 칭칭 감더니 마시다 만 차를 음미했다.

"정말 네 어미의 한을 풀고 싶으냐? 그럼 나의 양자로 들어오는 것은 어떠냐? 나를 가까이 두고 지켜보면서 내 목을 칠 기회를 엿보는 것도 나쁘지 않을 것 같은데."

---

* 일본 막부 시대, 지식인을 위한 일종의 교육 기관.

오사카 대상은 한술 더 떴다.

'끔찍하게 비열하고 진저리 나도록 비루한 자가 바로 오사카 대상이다.'

히사다의 말을 떠올렸지만, 요시다는 이 비열한 작자에게 이상하게 흔들리고 있었다.

"양자? 내가 당신을 죽일 건데, 양자라?"

"해서 얼마나 좋은 기회냐? 잘 생각해보거라. 나를 칠 일생일대의 기회일지도 모르니까."

"헛소리 집어치워!"

"그 맹랑한 점도 마음에 든다."

오사카 대상은 어머니를 닮아 손재주가 남다르다고 소문이 자자한 요시다를 오래 전부터 눈여겨보고 있었다. 그의 솜씨와 배짱이라면 경덕진에 가서 명의 도자기 기술을 익히고 빼돌릴 수도 있지 않을까 생각했다. 요시다는 그의 양자가 되기로 했다. 호시탐탐 그의 곁에서 목을 칠 기회를 엿보며 오사카 상단까지 손아귀에 쥔다면 완벽한 복수라고 생각했다.

'조금만 기다려라. 내 언젠가는 네놈을 반드시 죽이리라!'

요시다는 그 말을 삼키며 아오이를 등졌다. 가지 말라고 매달리는 아오이를 매정하게 뿌리치며 경덕진으로 떠났다.

"우리는? 우리의 마음은 아무것도 아니야? 오직 복수만 중요한 거야?"

아오이의 울부짖음이 요시다의 등에 박혔다. 그랬기에, 복수가 끝나기 전에는 아오이에게 돌아갈 수 없었다.

배가 대마도에 도착한 것은 하루가 꼬박 지나서였다. 뱃멀미를 하는 몇 명은 뭍에 도착하자마자 토악질을 해대며 힘겨워했다. 아오이는 요시다에게 겉옷을 돌려주고 바쁘게 사라졌다. 그녀가 소우를 찾아가는 것을 확인한 요시다는 안심했다.

다시 널 만나러 갈 때까지 잘 있거라. 요시다는 진심을 가슴에 묻고 항구 쪽으로 이동했다. 거기서 오사카로 가는 배편을 또 구해야 했다. 마침 오사카로 향하는 관선官船을 얻어 탈 수 있었다. 주로 대마도와 오사카, 사카이 지역에 공무로 오가는 신료들을 태우는 배였다. 요시다가 도공이라는 말에 관선장이 호의를 베풀었다. 조선과 달리 일본은 평화로워 보였다. 분명 이번 전쟁의 패전국인데도 이렇게 조용할 수 있는지 요시다는 의아했다.

5일 만에 오사카에 도착했다. 태합을 먼저 뵙는 게 맞는지 고민했지만 패전으로 인해 정신병을 앓는다는 소문이 돌았다. 사람들은 모이기만 하면 도쿠가와 이에야스 대장군이 전후戰後 세력 판도를 장악할 거라고 수군거렸다.

요시다는 태합을 보는 것을 미루고 오사카 상단으로 향했다. 15년 만에 귀국이었다. 환영은 바라지도 않지만 아버지라는 작자가 어떤 반응을 보일지 궁금했다. 이번 전쟁의 최일선에 나서서 물자를 조달하고 태합에게 힘을 실어주었던 상단의 말로가 보고 싶었다.

상단으로 향하는 길목은 큰 시전을 끼고 있었다. 그 시전에서 거래되는 물목들은 대부분 오사카 상단에서 나오는 것들이었다. 행수들은 각자의 점포를 운영하면서 상단에 일정 수입을 바치고 물건을 받았다. 더러는 조선이나 명나라까지 무역을 하러 가기도 했는데, 태합을 등에 업고 일본 전역으로 사세 확장을 한 덕에 오사카 상단은 한때 명실상부 최고 상단이 된 적도 있었다.

하지만 지금, 시전은 텅 비었고 가게들은 문을 닫았다. 크고 웅장해서 오사카 성 같다고 자랑하던 상단의 건물은 잡풀이 우거져 폐가 같았다. 상단의 몰락을 예감한 행수들은 이미 수장고의 물건을 빼돌려 나눠 가졌다. 오사카 대상의 처소와 집무실에 있던 진귀한 물건들도 모두 흔적도 없이 사라졌다. 요시다를 발견한 행수들이 몰려와 오사카 대상의 행방을 대라고 협박했지만, 그들은 이미 알고 있었다. 양자 요시다는 상단의 노비만도 못한 신세였다는 것을. 오히려 요시다는 이용만 당하고 경덕진에 버려졌다는 것을.

시전을 빠져나온 요시다는 요시노산*으로 향했다. 거기 아무도 모르는 대상의 비밀 수장고가 있었다. 겉보기에는 평범한 암자지만 지하에 어마어마한 보물과 귀중품을 숨겨두고 있었다. 대상이 사라졌다면 분명 거기로 갔을 것이다.

산은 높지도 낮지도 않아서 반나절이면 정상에 닿았다. 봄이면 벚꽃이 흐드러지게 피어서 사람들이 자주 차회를 열었고, 정상에 있는 그 암자로 구경을 오는 이들도 많았다. 암자를 지키는 주지승은 앞을 보지 못했는데, 그가 오사카 대상의 친아들이라는 소문도 있었다.

암자 마당에 주지승이 홀로 서서 산 아래를 내려다보고 있었다.

---

* 오사카 근교의 산.

볼 수도 없는데 뭘 보고 있는 걸까. 인기척을 느낀 주지승이 다급하게 돌아서는 순간, 요시다가 그의 목에 칼을 겨누었다.

"대상은 어디에 있느냐?"

주지승은 아무 말도 못하고 바들바들 떨었다.

"말을 안 듣는 놈은 죽음으로 가르치라고 네 아비는 말했지. 날 원망 마라!"

요시다가 칼을 치켜들었다.

"안 된다! 안 돼!"

늙고 초라한 노인이 모습을 드러냈다. 오사카 대상이었다.

"그 아인 안 된다!"

비루하고 비열했던 그의 말로가 저토록 비참하다니. 요시다는 허탈해졌다. 대상이 수장고 열쇠를 던져주었다. 그리고 무릎을 꿇었다.

"그 아이를 살려주면 내가, 내가 대신 죽겠다."

"아들을 위해 대신 죽겠다……."

자신의 진짜 핏줄을 지키기 위해 양자인 나는 평생 이용만 하고 버렸단 말인가. 당신을 아버지라고 여긴 적은 단 한 번도 없었다. 핏줄의 막역함은 없어도 인정받기 위해 그 먼 타국까지 갔고 오랜 세월 기꺼이 충성을 다했으니, 어느 한때든 단 한 번만이라도 아들로서 품어주길 바랐다. 허나 그것마저 운명의 사치였단 말인가. 요시다는 목까지 차오르는 설움과 심장이 터질 것 같은 분노를 겨우 삼켰다. 그러나 복수는 해야겠지.

요시다는 주지승의 목을 움켜쥔 채 대상 앞으로 칼을 던져주었다. 대상의 눈가에 눈물이 번졌다. 두려움에 헐떡이는 주지승을 잠시 바라보다가 할복했다. 그의 피가 암자 마당으로 흘러내렸다. 주지승을 놓아주자 아비에게 달려가 끌어안고 울부짖었다.

이제 또 무엇이 남았나. 이 정도면 다 끝난 것인가. 산을 내려오는 요시다의 발걸음이 휘청거렸다. 가까스로 시전 주막에 도착해 허겁지겁 국밥 한 그릇을 먹고 나니 졸음이 쏟아졌다.

2

나베시마 번으로 돌아온 나오시게 대장군은 다시 성주의 자리로 복귀했다. 도요토미 히데요시 태합이 정신병을 앓는다는 소문이 돌았다. 도쿠가와 이에야스 대장군이 정권을 인수하기 시작했다는 소식도 공공연히 들려왔다. 퇴각선에 실어온 조선인들은 나베시마 번 감옥과 임시 막사에 수용되었다. 나오시게 성주의 명령에 따라 조선인 사기장들이 성안에 있는 넓은 공터에 도열했다. 각자의 출생지와 나이, 이름을 기록한 뒤 인원을 나누어 가마촌으로 간다는 설명이 이어졌다. 일본에는 가마가 없다고 들었는데 무슨 소리인가 싶어 사기장들이 수군거렸다. 이미 나베시마 번에서 가마촌을 일구고 있는 사무라이 도공 서너 명이 모습을 드러냈다. 가마촌을 일구는 촌장에게는 공식적으로 사무라이 직함이 주어지며 일본과 천황에 충성을 다하면 사무라이에 준하는 대접을 해준다고 했다.

그들 중에 이장평이 있었다. 도경은 유카타*를 입은 그가 너무

---

* 일본의 전통 의상.

낯설어 처음에는 알아보지 못했다. 경덕진에서 납치된 이후 죽지 않았다면 왜국 어딘가에 있을 거라고 생각했다. 하지만 다시 마주한 그는 너무 평온해 보였고 살집이 붙어 후덕한 인상마저 풍겼다. 살아서 변절한 것인가. 이장평이 아는 척을 했지만 도경은 시선을 피하다가 그 옆에 서 있는 요시다를 보았다. 도경의 표정이 굳어졌다. 요시다는 나오시게 성주의 부름을 받아 새로운 가마촌의 촌장으로 왔다. 도경을 본 요시다는 흥미롭다는 듯 미소를 지었다.

나오시게 성주는 촌장들에게 조선에서 온 도공들을 적당히 나누어 데려가라고 명했다. 조선에서 사기장과 도공은 엄연히 달랐다. 사기장은 다완과 사기를 빚었지만 도공은 옹기를 빚는 자들이었다. 다 같이 천한 신분이지만 조선 사기장들은 자신들을 도공이라고 통칭하는 말을 용납할 수 없었다. 사기와 옹기는 태토부터 빚는 과정은 물론 가마의 구조와 불의 온도까지 모든 게 다 다르지만 왜국에서는 일괄적으로 도공이라고 했던 것이다. 조선 사기장들은 마지막 자존심마저 짓밟히는 것 같아서 부르르 떨었다.

"나는 도경과 덕배를 데리고 가겠소."

이장평이 먼저 나섰다.

"그건 안 됩니다. 도경은 제포 왜관요에서 제가 부린 도공이니 제가 데려가는 게 이치에 맞지요."

요시다도 물러서지 않았다.

"그럼, 도경이 직접 선택하게 합시다."

이장평의 제안에 나오시게는 그렇게 하라고 거들었다. 모두 도경을 주시했다. 도경은 요시다를 쳐다보았다.

'기억하니? 요시다. 나의 복수가 아직 끝나지 않았음을.'

도경의 눈빛을 알아챈 요시다가 어서 오라는 듯 손짓했다.

"저는 요시다 촌장의 가마촌으로 가겠습니다."

이장평은 의아한 눈빛이 되었다. 덕배는 이게 무슨 객기냐는 눈빛으로 황당해하면서도 도경을 따라 요시다의 가마촌을 자청했다.

그렇게 도경과 덕배를 비롯한 일곱 명의 도공들이 요시다의 가마촌으로 갔다. 그의 가마촌은 나베시마 번의 동쪽에 있었는데, 도공들이 묵을 수 있는 처소와 별도의 가마 시설이 있는 공간, 가마촌에서 허드렛일을 하게 될 일꾼들의 숙소 공간으로 나누어져 있었다. 작은 마을 같은 분위기였지만 조선처럼 담벼락으로 구역이 나누어져 있지 않아서 커다란 들판에 집들만 덩그러니 있는 느낌이었다. 가마촌에서 식사나 빨래를 맡아줄 일손으로 조선 여인들이 배정되었다. 그 밖에 장정들은 일꾼으로 분류되어 도공들과 함께 가마 작업에 동원되었다.

요시다는 자신의 가마촌으로 온 도공들이 조선에 있을 때 주로 어느 가마에서 어떤 작업을 전담했는지 조사했다. 조선 사기장들은 장작을 패는 일부터 태토를 고르는 일은 물론 반죽과 시유, 채색과 불 때기에 이르는 전 과정을 배우지만 각자 전담하는 작업은 따로 있었다. 조선 가마의 특징을 잘 알고 있는 요시다는 일의 효율성을 높이겠다며 각각의 사기장들이 원하는 일을 맡겼다.

하지만 도경에게는 마을의 공동변소를 관리하는 일이 주어졌다. 도경은 마다하지도 따지지도 않았다. 그저 죽은 듯이 살다가 기회를 엿보면 된다고 생각했다. 한번은 요시다의 명을 받은 일꾼들이 도경을 분뇨통에 던져버린 일도 있었다. 그때도 도경은 전혀 당황하거나 흥분하지 않고 담담히 분뇨통에서 걸어나와 가마촌을 돌아다녔다. 사람들이 악취에 코를 잡고 인상을 찡그리고 침을 뱉었지만, 역시 개의치 않았다. 결국 똥독이 올라 도경이 몸져눕자 마을의 공동변소는 관리가 되지 않아 꽉 차올랐고, 파리가 들끓어서 마을에는 피부병까지 퍼졌다. 그때부터 사람들은 도경을 건드리지 않았다.

"정말 지독히도 독한 놈이 아니냐?"

요시다는 도경의 배짱에 고개를 저었다. 스스로가 곤경에 처할 것을 알면서도 자청해서 자신의 가마촌으로 들어온 도경의 속내를 모르는 바는 아니었다. 자신이 오사카 대상에게 복수하기 위해 그의 양자가 되었듯이, 배에 칼을 품은 도경의 눈빛과 대담한 응수는 요시다를 종종 긴장하게 만들었다. 언제 어느 때 조금이라도 방심하면 자신의 목에 칼이 들어올 것이다. 허니 싹을 빨리 잘라버릴 생각으로 요시다 역시 기회를 엿보고 있었다.

아오이가 나베시마 번에 온 것은 나오시게 성주의 부름 때문이었다. 대마도에서 사카이로 돌아간 뒤 아오이는 아버지 히사다의 병구완을 하고 있었다. 히사다의 병세가 꽤 호전되자, 잠시 바람도 쐴 겸 나베시마에 다녀가라는 나오시게 성주의 말을 듣고 떠나온 길이었다. 실은 그곳에 도경이 있다는 소식을 들었다. 아오이는 벌써부터 설레는 마음을 가다듬고 나베시마에 도착했다.

나오시게 성주는 패전 후 백성들의 사기 진작 차원에서 대대적으로 차회를 여는 것은 어떤지 아오이에게 물었다. 그러나 그녀의 생각은 달랐다. 출정했다가 행방불명되거나 주검으로 돌아온 병사의 숫자가 적지 않은데 섣불리 차회를 열었다가 백성들의 원성을 살 수 있다는 게 그녀의 대답이었다.

나오시게 성주는 자신의 생각을 차근차근 풀어내는 아오이가 기특했다. 사실 아오이는 나오시게 성주에게 별도의 간청이 있었다.

나베시마에 도착한 아오이는 곧바로 요시다의 가마촌으로 달려갔다가 똥물을 뒤집어 쓴 채 고초를 겪는 도경을 보고 가슴이 철렁했다. 똥물이 말라 엉겨 붙은 몸에서 악취가 진동했고 파리가 쉴 새 없이 달라붙었지만, 모든 것을 포기한 듯한 그의 모습에 아오이는 가슴을 쳤다.

"어떠냐? 너의 도경님의 모습이?"

그녀의 등 뒤에서 요시다가 비웃었다.

"도대체 왜 도경님에게 저렇게까지 하는 거죠? 저 때문인가요?"

"그럴 리가? 저놈이 스스로 선택한 거다. 스스로 죽을 자리만 보는 것을 내가 무슨 수로 막겠느냐?"

"정말 치졸합니다. 예전에 당신은 이렇게까지 망가지지는 않았는데."

요시다는 껄껄 웃었다.

"그랬지. 어리석게도! 너 하나 가지려고 난 그랬지. 허니 이제부터 내가 어디까지 망가지는지 잘 보거라!"

"요시다!"

"참 오랜만에 내 이름을 다 불러주고. 허나 거기까지다! 저놈은 그저 내 가마촌의 일꾼일 뿐이야. 섣불리 도와주거나 간섭하다간 너마저 망쳐버릴 수 있다, 나는."

요시다의 경고에 아오이는 일단 물러났다. 하지만 그대로 있을 수 없어 성주에게 독대를 청하고 마주 앉았다. 늘 근엄하던 성주의 얼굴에 전에 없이 미소가 잔잔하게 번져 있는 것을 보았다. 그에게 뭔가 변화가 있음을 감지했다.

"그래. 이렇게 독대를 청할 때는 뭐 하고 싶은 말이 있는 게지?"

아오이가 입을 떼려던 그 순간, 문이 열렸다. 연주가 찻물을 들고 들어섰다. 아오이가 놀란 눈으로 그녀를 쳐다보았지만 연주는 잠깐 목례할 뿐 아는 척은 하지 않았다. 그저 늘 그래왔던 것처럼, 성주 옆에 앉아서 조용히 차를 타고, 성주와 아오이 앞에 찻잔을 내려놓았다.

"말해보거라. 독대를 청한 이유를."

나오시게 성주가 차를 한 모금 마시고 다시 물었다.

"아, 그게… 요시다의 가마촌에 있는 도경님 말입니다."

도경이라는 말에 연주의 손이 떨리는 게 보였다.

"그자가 왜?"

"그 도경님이 바로 경덕진 어기창에서 명나라 황제의 흠한을 받고 요변자기를 빚은 분입니다. 조선에서도 그분의 솜씨는 제가 알기로는 천하제일이고요."

"해서?"

"그런 분이 무슨 연유로 요시다의 가마촌에서 노비처럼 일하고 있는 것입니까? 심지어 돼지우리 같은 곳에서 살며 변소를 청소하고 있습니다. 도경님은 그런 대접을 받을 분이 아닙니다."

"그러니까 아오이 네 말은, 그 도경이라는 자의 솜씨가 출중하니 가마촌의 촌장이면 모를까 노비 취급을 받을 사람은 아니다. 그 말이냐?"

"네. 도경님에게 별도의 가마촌을 꾸리게 하는 게 성주님께도 이득이 되실 겁니다."

"그건 그자의 선택이었다."

"아무리 그래도 그건……."

"혹시 그자를 연모하느냐?"

너무 단도직입적인 질문에 아오이는 말문이 막혔다.

"귓불이 상기되는 걸 보니 전혀 틀린 말은 아닌 듯하구나. 허나 가마촌에도 나름의 규칙이 있다. 그자의 솜씨가 그토록 출중하다면 뭘 해도 잘해내지 않겠느냐? 그 출중함이 자신의 운명을 만들어가겠지."

아오이는 더는 말을 잇지 못하고 성을 나왔다. 아니, 사실은 그곳에서 연주를 보고 머릿속이 하얘졌다. 그녀가 왜 거기에 있는 건지, 왜 성주의 여인처럼 구는지, 그녀를 붙들고 당장 물어보고 싶었지만 그럴 수 없었다. 성문을 나서며 수문장에게 넌지시 연주에 대해 물었다. 수문장은 나오시게 성주가 출병한 뒤 본부인이 죽었고, 전쟁이 끝난 뒤 조선 여인을 데려와 첩으로 삼았다고 했다.

"모르셨어요? 성주님의 아이를 가졌답니다."

마침 성안에 고기를 배달하고 돌아가던 육간肉間 주인이 말을 거들었다. 아오이는 더 큰 충격으로 다리가 후들거렸다. 이 사실을 도경님이 알게 된다면… 생각만 해도 끔찍했다.

아오이는 성 밖을 나와서도 한참이나 걷지 못하고 우두커니 서 있었다.

"아오이님."

돌아보니, 아오이를 기다리고 있었던 듯 연주가 담담히 다가왔다. 햇살에 오롯이 드러난 그녀의 배가 제법 불룩했다. 아오이는 왠지 그녀가 낯설게 느껴져서 아무 말도 못한 채 어색하게 목례를 했다.

"절 여기서 봤다는 건, 아무에게도 말하지 않으셨으면 합니다."

아무에게도. 그 아무가 '도경'이라는 것을 아오이는 알았다. '왜?'라는 말이 목구멍까지 차올랐지만 꾹 삼켰다. 무슨 이유가 있겠지. 무슨 사연이 있겠지. 아니, 연주를 본 사실을 도경에게 말해야 할지 말지 마음이 복잡했는데, 말하지 말라고 하니 차라리 다행이지 싶었다.

"다행입니다. 아오이님이 있어서."

"네?"

"그분을 잘 부탁드려요……."

연주는 그 말을 남긴 채 돌아섰다. 아오이가 있어서 다행이라는 말과 도경을 부탁한다는 말은 같은 의미 같았다. 이제 도경과 자신은 아무 상관이 없다는 말 같기도 했다. 설령 자신의 소식을 듣고 도경이 달려오더라도, 더는 그에게 돌아갈 수 없는 상황이 돼버렸다는 뜻으로도 읽혔다. 그런데 아오이는 기쁘지도 안타깝지도 않았다. 이건 무슨 감정일까, 그저 혼란스러울 뿐이었다.

3

　나오시게 성주는 곧 가마촌의 도공들을 전부 불러 모았다. 그는 전쟁으로 바닥난 재정을 메우기 위해 다완을 만들어 교역을 하겠다고 선포했다. 가마촌에서 생산되는 다완과 그릇들은 향후 나베시마 번의 주요 수입원이 될 거라고 강조했다. 그런 의미에서 경합을 열 것이며, 최고의 다완을 선보인 도공을 뽑아 새로운 가마촌의 촌장으로 임명하겠다고 약속했다.

　"요시다 가마촌의 도공 도경."

　맨 뒷줄에 무료하게 서서 눈을 감고 있던 도경은 자꾸만 쏟아지는 졸음을 쫓으며 겨우 버티고 있었다. 그는 자신을 부르는 나오시게의 목소리에 귀찮은 듯 눈을 떴다.

　"도공 도경도 다완을 굽도록 하라."

　도경은 의아한 표정이 되었다.

　"주군! 도공 도경은 그저 저희 가마촌 일꾼에 지나지 않습니다. 아직 그럴 자격이 없습니다."

　요시다가 나섰다.

　"아닙니다. 주군! 도경은 손에 꼽는 사기장입니다."

　이장평도 나섰다. 도경은 자신의 의사와 상관없이 서로 대거리를 하는 요시다와 이장평을 무심하게 바라보았다.

　"도공 도경."

　다시 성주가 불렀다.

　"네."

"내 말 들었나? 다완을 구워 내게 바쳐라."

도경은 역시 말이 없었다. 아니 반응을 하지 않았다. 마치 다완을 어떻게 굽는지조차 기억나지 않는다는 표정으로 나오시게를 쳐다보았다.

사실 나오시게가 이번 경합에 도경을 참가시킨 것은 연주 때문이었다. 조선을 떠나온 이후 우울해하던 연주는 도경이 나베시마번에 왔다는 사실을 알고 잠을 설쳤다. 연주는 아무것도 청하지 않았지만 나오시게는 그렇게라도 그녀의 마음을 달래주고 싶었다. 이번 경합에서 도경이 실력을 인정받아 촌장이 되든, 자신의 운명을 방치한 채 더 나락으로 떨어지든, 그건 모두 그의 몫이라는 것을 알려주고 싶었다. 도경이 매번 지옥을 경험하는 것은 결코 연주 때문이 아니라는 것을, 그녀가 똑똑히 확인할 수 있기를 바랐다.

"왜 아무 말이 없느냐?"

나오시게 성주가 재차 물었다.

"저는 그저 허드렛일을 하는 일꾼일 뿐입니다."

"해서, 내 명을 거역하겠다는 것이냐?"

"제가 명을 거역하면 절 죽이실 겁니까? 허면 거역하겠습니다."

"명을 받들든 거역하든 널 죽이지 않는다. 허니 다완을 구워라."

도경은 더이상 성주의 말을 거역하지 못했다. 요시다는 도경과 경쟁하게 된 것이 당황스러웠다. 아니 겁이 났다. 저놈이 성주의 눈에까지 들까 불안했다.

도경은 무념무상의 표정이었다. 역시 죽기를 각오하는 눈빛이었다. 이미 죽었고 여러 번 죽었기에 다시 죽는다고 해도, 아니 죽지 않는다고 해도, 더는 바라는 것도 원하는 것도 없다는 듯한 저 눈빛. 그래서 요시다는 더 두려웠다.

"왜 다완을 굽지 않겠다고 한 것이냐?"

돌아가는 길에 이장평이 도경을 붙잡았다.

"경덕진에서 끌려와서 왜 살아남았습니까?"

도경은 마치 이장평이 왜국에 협조하면서 비루한 목숨을 부지한 것을 힐난하는 말투였다.

"편수 어르신이 빚은 그 분청 말입니다."

"그 분청에 대해서 알고 있느냐?"

"요시다가 어기창 밖으로 빼내려던 걸 제가 조선으로 가지고 갔었지요."

"다행이구나!"

"무엇이 다행이라는 말입니까? 어기창의 기밀이 왜국으로 유출되지 않아 다행이라는 겁니까? 그 기밀이 조선에 이로움이 될 것이기에 다행이라는 겁니까?"

"그 분청의 비밀을 풀 수 있는 자가 오직 자네밖에 없다는 것이 다행이라는 거네."

"네?"

"그 분청에 새겨진 비밀을 알려면 암호를 푸는 방법을 알아야 하는데, 설령 요시다가 그걸 가져갔다고 한들 내가 토설하지 않으면 방법이 있겠느냐?"

"제가 그 방법을 안다고 한들 무엇이 달라집니까? 편수께서 왜국에 협조를 했건, 협박을 받았건, 불법을 저지른 건 똑같은데요?"

"그래서 내가 지금까지 살아남은 게지."

"…?"

"앞으로 여기서 살아남으려면, 전부를 다 포기하되 마지막 하나만은 꼭 거머쥐고 있어야 하네. 그것이 무엇이든 자네를 살려줄 수 있을 것이니. 내가 그 분청의 비밀을 함구하고 살아남은 것처럼. 자네도 무언가를 꼭 숨겨야 해."

알 듯 모를 듯한 말을 남기고 이장평이 돌아섰다. 마치 이장평이 어기창에서 자신을 만난 뒤로 이 모든 것을 짐작하고 계획한 건 아닐까 하는 의심마저 들었다. 분청을 달빛에 비춰보라는 암호 같은 말을 남긴 것도, 그 암호를 푸는 방법을 스승 해동에게 배운 것도, 그 암호를 푸는 유일한 자가 도경이라는 것도. 이장평은 마치 모든 것을 알고 먼 곳을 내다본 사람 같았다. 심지어 왜선에서 죽을 수 있었는데 때마침 등장하여 살려주라고 명령하던 나오시게 성주마저 의심스러웠다. 이 모든 것이 음흉하기 짝이 없어 보였다.

4

섬의 가을은, 조선의 겨울보다 더 스산해서 찬 기운이 뼛속까지 느껴졌다. 이른 새벽 들창을 우악스럽게 흔드는 바람 소리에 뒤척이다 깨어나면, 산기슭을 따라 달려온 산안개들이 도경을 향해 손짓했다. 산 곳곳에 숨어 사는 귀신들이 도경을 유혹할 때도 있었다. 뿌연 안개밭을 헤매다가 정신을 차리고 보면, 누군가의 무덤일 때도 있었다. 덕배는 전에 없이 도경이 몽유병을 앓는다고 걱정했다.

도경은 그새 자신이 많이 늙었을 거라고 생각했다. 불혹을 넘긴 나이. 세상일에 정신을 뺏기거나 미혹되지 않는 나이. 오직 하나에만 매몰되어 나락으로 떨어질 수도 있는 나이. 욕망도 욕심도 기꺼이 버릴 수 있지만 여전히 부대끼는 운명 때문에 갈등하는 나이. 도경은 그 형언할 수 없는 세월의 문 앞에서 자꾸만 문고리를 놓치고 있는 자신을 보았다.

그날 아침, 요시다 가마촌의 도공들은 가마 고사를 지낼 멧돼지를 잡기 위해 안개숲으로 떠났다. 나오시게 성주의 명령으로 다완을 굽게 된 도경도 행렬의 끝에 붙어 따라갔다. 얼마 전 다리를 다친 덕배는 남기로 했다. 산의 중턱쯤 오르자 안개가 걷히면서 의외로 따스한 햇살이 머리맡에 올라섰다. 일행은 거기서 두 편으로 갈라져 멧돼지를 몰기로 했다.

도경과 다른 도공이 함께 더 깊은 숲으로 들어갔다. 방향도 가늠이 안 될 만큼 깊숙이 들어가다보니 어느새 뒤따라오던 다른 도공은 보이지 않았다. 이상할 일이 아니었다. 도경은 이미 가마촌을 떠날 때부터 그들이 무언가 모의를 하고 있음을 알았다..

"내 꿈자리가 사납다. 니 조심해라. 저것들 눈이 누구 하나 잡아묵을 기세다."

덕배가 도경의 품에 부적을 넣어주며 말했다. 어차피 뭘 해도 죽을 인생. 오늘 이 자리가 마지막이라고 해도 어쩔 수 없다고 생각했다. 다만 아직 운명의 틈새가 남아 있다면, 요시다를 죽이고 난 뒤 그 죽음의 시간이 와주길, 도경은 그것만 바랄 뿐이었다.

숲을 얼마나 헤맸는지 벌써 산 노을이 붉은 그림자를 누이기 시작했다. 붉게 묻어나는 쪽이 서쪽이었다. 도경은 반대편으로 향했다. 그쪽이 가마촌이었다. 날이 어두워지기 전에 내려가려면 서둘러야 했다. 혹시라도 멧돼지가 나타날지도 몰라서 나뭇가지 하나를 꺾어 무기 삼아 숲을 헤치고 나가던 중, 갑자기 땅이 쑥 꺼졌다.

"악!"

도경이 아래로 떨어졌다. 도경의 비명소리를 들으며, 나머지 일행들은 산을 내려갔다.

산의 밤은 길고 낯설었다. 낮의 온기가 기운 자리마다 싸늘한 밤안개가 장막을 치며 숲을 끌어안았다. 살아 있는 모든 것을 가두어버린 안개숲은 간간히 날아드는 바람 소리에도 예민한 깃대를 세웠다. 비상飛上을 포기한 바람은 야윈 달빛을 따라 숲의 가장 낮은 자리로 무겁게 가라앉았다.

"여기 사람이 있소! 살려주시오! 살려주시오! 여기 사람이 있소!"

그 낮은 자리에서 비명 같고 신음 같은 소리가 들렸다. 소리를 들은 밤의 전령들이 하나둘씩 모여들었다. 퍼런 불빛들이 웅덩이 쪽을 주시했다.

"여기 사람이 있소! 여기!"

추위에 졸음까지 겹쳐 정신이 혼미해질 무렵, 두툼한 손이 불쑥 내려왔다. 도경은 잠이 확 깼다.

"누, 누구요?"

"사람 냄새를 맡고 짐승들이 근처까지 몰려와 있소. 누군지 모르지만 빨리 내 손을 잡으시오."

도경이 그 손을 잡자 두툼한 손이 있는 힘껏 그를 끌어올렸다. 웅덩이 밖으로 몸이 빠져나오는 순간, 날쌘 무언가가 그들을 덮쳤다. 반사적으로 도경이 그것을 밀쳐냈다.

"캐캥!"

날카로운 비명과 함께 늑대가 바위에 부딪쳤다. 잠시 휘청하던 놈이 재빨리 숲으로 달아나자, 주변에 몰려와 있던 푸른빛들도 순식간에 사라졌다.

"다치지 않았소?"

도경이 엎어진 누군가를 부축했다.

"아니, 편수 어르신이 아닙니까?"

뜻밖에 이장평이었다.

"역시 자네였군."

"여긴 어떻게? 제가 여기 있는 줄 알고 오신 겁니까?"

"내가 무슨 수로 알겠나. 가마신께 올릴 멧돼지를 잡으러 왔다가, 숲을 지나는데 어둠속에 모인 빛들이 보이기에 필시 어딘가에 사람이 있다고 생각했지."

"그러다 공격이라도 당하면 어쩌시려고."

"그럼 뭐 후련하지."

"네?"

도경이 의아한 듯 되묻자, 이장평은 그저 낮게 웃으며 "후련하지" 하고 다시 읊조렸다. '후련하다'는 말 속에 담긴 그의 고뇌가 왠지 도경을 먹먹하게 만들었다. 새삼 왜국에 협조했다고 비난을 퍼붓던 자신의 독설이 떠올라 미안한 마음이 들었다.

"여기 숲은 조선의 숲과는 다르네."

이장평은 적당한 곳에 자리를 잡고 잔가지들을 모아 불을 지피며 말했다.

"조선의 숲은 사시사철 색도 다르고 기운도 다르고 소리도 다르지, 허나 여기 숲은 울창해 보여도 황량하고, 단풍이 들어 울긋불긋해도 땅은 축축해, 눈꽃으로 뒤덮여 있어도 그 아래는 그지없이 메말라 있어. 본시 척박한 땅이고, 시시때때로 지동地動(지진)이 일어나 나무도 산도 온전히 뿌리를 내리지 못하지."

그런 땅엔 좋은 태토도 좋은 땔감도 없는 법이었다. 사기는 물과 불과 흙의 기운을 온전히 입어야 하는데 그 흙부터 제대로 된 게 없으니, 왜국에 왜 사기장이 없는지, 그리고 그들이 전쟁에서 지고도 왜 사기장부터 끌고 왔는지 알 것 같았다.

이장평은 준비해온 주먹밥을 도경과 나누어 먹으며 이런저런 이야기를 풀어놓았다. 그는 경덕진에서 납치당할 때 도경이 쫓아오다가 봉변을 당했다는 사실을 알고 있었다. 총소리를 듣고 도경이 죽었을 거라고 생각했는데, 뜻밖에 여기서 다시 만나니 감개가 무량하여 말도 제대로 나오지 않았다고 했다.

"왜국은, 조선과 달리 사기장을 천하게 생각하지 않는다고 하던데요⋯⋯."

도경이 조심스럽게 물었다. 왜관요에서 왜인들에게 늘 듣던 소리였다. 조선에서 천하게 대접받는 사기장이 왜국에서는 부귀영화를 누릴 수 있다는 게 믿기지 않았다.

"그럴 수도 있고 아닐 수도 있고. 적어도 함부로 죽임을 당하지는 않지. 허나 여긴 지옥도 천당도 아닌 그저 타국일 뿐이네."

이장평은 한숨처럼 그렇게 말했다.

"조선에서 떠나올 때 스승님은 뵙고 온 것인가? 하긴 저들이 무자비하게 끌고 왔으니, 그럴 겨를이 있었겠나."

도경은 스승 해동만 생각하면 가슴 한편이 무너져 내렸다. 도경이 말이 없자, 이장평이 이상한 듯 쳐다보았다. 도경은 스승 해동이 돌아가시게 된 그 참담한 이야기를 꺼냈다. 어둠 속에서도 이장평의 표정이 굳어진 것을 느꼈다.

"해서, 요시다를 죽이겠다는 것인가? 스승님의 복수를 위해서?"

"비단 복수 때문만은 아닙니다."

어디서부터 어떻게 꼬인 것인지 알 수 없었다. 도경은 요시다와의 인연이 경덕진 저잣거리에서 어깨만 잠시 스치고 지나가는 소소한 우연일 거라고 생각했다. 하지만 한 걸음 한 걸음 다가갈수록 더 깊고 무겁고 참담한 무언가가 둘 앞에 놓여 있는 것 같았다. 이제 되돌아갈 수도, 돌이킬 수도 없는, 운명보다 더한 악연의 굴레에 함께 묶인 것 같았다.

"본디 복수란, 그것을 할 수 있을 만큼의 힘을 길렀을 때 하는 것이다."

그러니 지금은 그저 죽은 듯 바닥에 엎드려 있으라는 말을, 이장평은 끝내 삼켰다. 지금 도경에게 그런 말이 들리지 않을 거라는 걸 알기 때문이었다.

어슴푸레 새벽빛이 숲으로 번졌다. 이장평이 숲의 허공을 올려다보았다. 그도 많이 힘들어 보였다. 도경은 끝내 풍화선사가 이평관, 그의 아버지라는 사실을 말하지 못했다.

둘은 새벽안개가 가득 차오른 숲을 밟으며 산을 내려왔다. 가는 길에 덫에 걸려 죽은 멧돼지를 본 이장평의 입가에 미소가 번졌다. 적당한 나무줄기를 엮어 멧돼지의 다리를 묶으면서, 이장평은 왠지 조짐이 좋다고 말했다.

도경은 산을 내려오는 내내 멧돼지 덫이 뇌리에서 떠나지 않았다. 자신이 아직도 이렇게 살아 있는 것은 커다란 운명의 덫에 걸려 있기 때문이라고 생각했다. 그 덫을 풀기 전에는 죽을 수도 없는 자신의 앞날이 불안한 바람 소리를 내며 따라왔다.

5

나베시마 성안은 밤새 분주했다. 안채에 산실産室이 마련되고, 시종들은 물을 끓이고 깨끗한 광목 면과 솜이불을 날랐다. 연주는 벌써 열 시간 넘게 진통을 하고 있었다. 아이가 거꾸로 있어서 이대로는 산모도 아이도 위험하다는 산파의 말이 전해졌다. 산실 밖에서 초조하게 기다리던 성주는 반드시 산모를 살려야 한다고 산파에게 당부했다. 연주는 아이를 살리기 위해 이를 악물었다.

"더, 더, 더! 조금만 더 힘을 주세요!"

산파의 목소리가 커졌다. 연주의 비명소리도 커졌다. 살려야 한다. 살려야 한다. 연주는 죽을 것 같은 고통 속에서도 그렇게 되뇌었다. 반드시 이 아이를 살려야 한다. 온전히 사랑하기 위해 모든 것을 던진 그를 위해서, 아이는 살아야 한다. 매순간 운명을 거스르고 지옥을 살아내는 그 아비가 세상에 남기는 유일한 증거이기에, 아이는 살아야 한다.

'제발 저를 죽이시고 이 아이를 살려주소서!'

연주가 다시 아랫배에 힘을 주었다. 제발. 제발. 그녀의 외마디 비명이 터졌다.

"으앙!"

아이의 울음소리도 터졌다. 성주가 산실 쪽을 쳐다보았다. 산파가 솜이불에 감싼 아이를 안고 나왔다.

"도련님입니다, 도련님! 아주 잘생기셨어요!"

나오시게 성주는 마치 자신의 아들인 양 눈물이 그렁해져서 아이를 받아 안았다.

"이놈아, 왜 이렇게 어미를 힘들게 했느냐?"

어미의 따스한 자궁 속에서 빠져나온 핏덩이는 아직 눈도 뜨지 못한 채, 나오시게의 품 안에서 한참을 울다가 꼬물거리며 하품을 했다. 그 귀여운 모습에 나오시게 성주는 활짝 웃었다.

그날 아침, 나베시마 성안의 병사들과 시종들에게는 아이의 출생을 기리는 떡과 술이 내려졌다. 한껏 들뜬 성주는 지하 감옥에 투옥되어 있는 잡범들을 방면하라는 명령도 내렸다. 그리고 오전 내내 아이의 이름을 짓느라 분주했다. 성주가 다시 연주를 보러 왔을 때, 어미젖을 배불리 먹은 아이는 새근새근 잠들어 있었다.

"아이의 이목구비가 반듯한 것이 그대를 쏘옥 빼닮았소."

나오시게가 아이를 보며 연신 생글생글 웃었다. 연주가 그를 가만히 쳐다보았다.

"왜 그리 보시오?"

"이렇게 아이를 친자식처럼 여겨주시니 제가 무슨 복이 터졌나 싶어서요."

"복은 복이지? 그대가 나를 만난 것은 확실히 복이요."

나오시게의 농담에 연주가 미소를 지었다.

"웃은 것이오? 지금 분명 웃었지?"

"네. 웃었습니다. 고맙습니다."

"또 그 소리. 참, 내가 아이의 이름을 지었는데. 히로시. 히로시 어떻소?"

"히로시."

"넓고 크다는 뜻이오. 사내대장부는 모름지기 넓고 큰 포부를 지니고 살아야지. 허허허!"

"좋은 이름입니다."

"우리 히로시! 히로시, 잘도 자는구나."

나오시게가 잠든 아이에게 가만히 속삭였다. 그런 성주를 보며 연주는 울컥하여 고개를 돌렸다.

"왜 우시오?"

"그냥요. 그냥 모든 것이 다 죄송하고 감사해서요."

나오시게는 그녀가 무슨 생각을 하는지 알고 있었다.

"걱정 마시오. 나는 이 아이를 내 아들로 키울 것이오. 그대는 이 아이의 장래만 생각하시오."

연주는 아이의 방패막이 되겠다는 나오시게가 한없이 고마우면서도, 아이의 존재조차 모르는 도경을 생각하면 가슴이 저렸다.

나오시게가 연주의 손을 잡았다. 전장을 호령하던 거친 맹장의 모습은 온데간데없이 그저 온화한 한 사내가 연주를 쳐다보았다.

"내가 그대에게 언제 반한 줄 아시오?"

"언제입니까?"

"배 속의 아이에게 자장가를 불러줄 때"

"……."

"당신이 아이를 위해 모든 것을 걸었듯, 나도 이제 당신을 위해 다 걸어보려 하오."

"……."

"허니 나와 혼인해주겠소?"

"네?"

"나는 그러고 싶은데."

"허나 제가 어찌……."

"나는 이 모든 것이 다 운명 같소. 그대를 만난 것도, 지금 이 순간까지도."

연주의 눈가가 또 흐려졌다.

"오늘같이 좋은 날 울면 안 되지."

성주가 연주의 눈물을 닦아주었다.

"이제 나 나오시게는 그대와 아이를 위해 살 것이오."

나오시게는 그녀의 볼을 부드럽게 감쌌다. 그의 눈가도 촉촉하게 젖었다.

"연모하오."

성주는 연주에게 깊은 입맞춤을 했다.

산에서 내려온 도경은 일단 이장평의 가마촌으로 갔다. 이장평의 몸 상태가 심상치 않았다. 예순을 바라보는 나이에 소갈증消渴症*도 앓고 있는데 한뎃잠까지 잤으니 탈이 안 나는 게 이상하다며 살림을 봐주는 제천댁이 공연히 도경에게 눈을 흘겼다. 도경도 자신의 탓 같아서 마음이 불편했다.

이장평은 기진맥진하여 쓰러진 뒤, 잠시 눈을 붙이고 깨어났다. 돌아가겠다는 도경에게 여기서 자신의 몫까지 다완을 빚으라고 당부했다. 이대로 가면 요시다의 방해로 성주의 명령을 완수하지 못할 게 분명했다. 도경은 지병을 핑계로 자신에게 기회를 주려는 이장평의 마음을 읽었다. 복수를 위해서라도 나오시게 성주의 인정을 받는 게 먼저라고 생각했다.

이장평의 가마촌은 나베시마 번에서 규모가 가장 컸다. 한 번에 백 벌 이상의 다완과 그릇을 구울 수 있는 가마가 있었고, 가마촌 뒤로는 낮은 산이, 앞으로는 개천이 있어서 입지도 나쁘지 않았다.

도경은 태토부터 살폈다. 역시 예상했던 대로 토질이 퍽퍽하고 거칠었다. 땅의 기운이 척박하니 흙이 윤택할 리 없었다. 가마촌 도공들은 태토를 해결해 달라고 나오시게 성주에게 여러 번 건의했지만 성주도 딱히 해결책을 찾지 못한 채 고심하고 있었다.

요시다의 가마촌에선 얼마 전부터 대마도에서 태토를 공수하고

있었다. 전쟁이 끝나고 왜관이 폐쇄된 탓에 조선과의 무역은 단절되었지만 대마도주 소우는 내상으로부터 조선의 태토를 은밀히 수입하고 있었다. 대마도에서 질 좋은 조선 흙을 판다는 소문은 삽시간에 퍼졌고, 가마촌을 소유한 몇몇 성주들이 서로 구매하겠다고 나섰다. 그야말로 부르는 게 값이었다. 나오시게 성주도 시간을 내어 이장평과 함께 대마도에 다녀올 생각이었다.

문제는 이번 경합에 사용할 태토였다. 이장평은 그동안 자신이 연구하면서 기록해둔 것들을 도경에게 보여주었다. 이곳의 토질이 퍽퍽하고 거친 이유는 불순물이 많기 때문이었다. 이장평은 자신이 시도해본 다양한 방법들 중에 가장 가능성이 높은 방법을 권했다.

도경은 이장평의 기록을 꼼꼼하게 읽으면서 하나씩 구현해 나갔다. 우선 구덩이를 파고 숯에 불을 피워 파묻었다. 그 위에 태토를 두껍게 깔아 흙을 굽는 것처럼 데우고, 어느 정도 데워지면 물속에 가라앉혀 불순물을 충분히 걸러낸 뒤, 햇볕에 말리고 다시 음지로 옮겨 새벽이슬을 흠뻑 입혔다. 꼬박 하루를 태토의 기운과 성질을 바꾸는데 쏟았다.

처음엔 도경이 뭘 하는지 곁눈질하던 가마촌 도공들은, 과정이 진행될수록 몰려들어 구경을 하거나 아예 기록하는 이들도 있었다. 도경은 음지에서 발효를 끝낸 태토를 조금씩 떼어 씹어보고 뱉어서 그 잔해를 살펴보았다. 손끝에서 만져지는 입자가 적당히 뭉쳐지고 적당히 펴졌다. 이장평에게 보여주니 얼추 조선의 흙냄새가 난다고 인정했다. 도경은 다른 도공들에게도 태토를 나누어주었다. 도공들은 부드러운 듯 단단하고 향긋하며 손에서 자유롭게 뭉쳐지는 점도에 다들 감탄했다.

그렇게 반죽을 끝낸 태토는 물레 위에 걸쳐지고 도경의 손길에 따라 다완의 모양이 잡혀갔다. 다완은 1차 건조 후 채색과 그림을 입힌 뒤 유약을 발라 다시 건조하고, 초벌구이와 재벌구이로 이어지는 일련의 과정이 더해졌다. 도경은 마지막까지 다완의 선과 면과 색과 기운을 살폈다. 삼벌구이를 앞두고 도공들은 저마다 자신의 다완을 들고 모였다. 이장평의 최종 점검을 받은 다완만 가마에 들어갈 수 있었다. 드디어 가마에 불이 타올랐다. 도경은 가마촌 사람들과 함께 모든 상념을 태워버릴 듯, 밤새 가마 앞을 지켰다.

약속한 시간이 되었다. 나오시게 성주에게 다완을 선보이기로 한 날이었다. 나베시마 번의 가마촌 도공들은 속속 성안으로 모여들었다.

다완을 만드느라 며칠째 제대로 먹지도 자지도 못했던 도경은 다완을 완성한 후 새벽에 잠이 들어 한나절이 다 되어서야 일어났다. 해가 지기 전에 성안으로 들어가려면 서둘러야 했다.

이미 성안에 도착한 도공들은 자신의 다완을 차례로 공개했다. 모양이 균일하지 않거나 색이 고르지 않은 것들은 일차적으로 제외되었다. 마지막까지 남은 것은 세 점이었다. 요시다와 다른 가마촌에서 내놓은 것인데, 단연 요시다의 다완이 돋보였다. 그곳에 모인 도공들의 의견도 다르지 않았다. 그러나 성주는 최종 결정을 미루고 있었다. 아마도 도경을 기다리는 눈치였다. 수문장이 성문을 닫았다고 보고했지만 성문 밖을 한 번 더 살펴보라고 명령했다. 성주는 땅거미가 진 뒤에야 마음을 정한 듯 요시다를 이번 경합의 우승자로 발표했다. 요시다는 500석의 녹祿을 받는 사무라이 도공으로 승급했다.

가마촌의 촌장이 되면 자동적으로 300석의 녹을 받는 사무라이 도공이 되었다. 가마촌에서 빚은 다완과 사기가 무역에서 큰 수익을 올릴 때마다 촌장의 녹봉도 올라갔고 그 가마촌에 돌아가는 혜택도 늘어났다. 이장평이 1000석의 녹을 받는 사무라이 도공이자 서열 1위였고, 요시다가 500석의 녹을 받게 되면 그 다음 위치가 되었다. 요시다의 가마촌 사람들에겐 쌀과 가축이 하사품으로 내려졌다.

뒤늦게 도착한 도경은 굳게 닫힌 성문 앞에서 발만 동동 굴렀다.

"문 좀 열어주시오! 오늘 다완을 선보일 도공이오!"

그러나 성문은 열리지 않았다. 이장평 대신 도경이 다완을 빚는다는 소식에 분개한 요시다가 수문장을 매수했던 것이다.

도경은 포기할 수 없었다. 무작정 성벽을 타고 올라가 성주의 침소 앞까지 들어갔다. 드디어 용기를 내 방문을 여는 순간, 아이를 안고 활짝 웃고 있는 나오시게 성주와 그 옆에서 차를 따르는 연주를 보고야 말았다. 놀란 연주가 찻잔을 떨어트렸다. 어미의 변화를 느낀 아이가 갑자기 자지러지게 울기 시작했다. 도경이 아이를 보았다. 연주가 얼른 아이를 감싸 안았다. 아이의 울음소리를 들은 집사와 유모가 달려왔지만 성주의 손짓에 물러났다.

"무슨 일이냐?"

나오시게의 물음에, 도경은 애써 감정을 추스르며 떨리는 손으로 가지고 온 보자기를 풀었다.

"너무 늦었습니다. 도공 도경, 주군의 명령을 완수하였습니다."

보자기 속에서 '흰색 귀얄 분청사기'*가 나왔다. 다완에 문외한인 성주였지만 도경의 솜씨에 눈을 떼지 못했다. 그 경이로운 빛깔에 압도당한 표정이었다.

"도공 요시다! 요시다를 불러라!"

성주가 외치는 소리에 집사가 재빨리 요시다를 데리고 왔다. 경합을 끝내고 도공들은 성주가 내린 술과 고기를 먹으며 회포를 푸는 중이었다.

처소로 들어서던 요시다는 도경을 보고 긴장했다.

"요시다!"

"네, 주군."

"도공 도경의 다완에 대해 평가해보아라!"

"네?"

갑작스런 명령에 요시다는 당황했다. 요시다는 도경의 분청사기를 조심히 들어 이리저리 살펴보았다. 그의 손끝이 떨렸다. 어느새 눈빛도 흔들리고 있었다.

"어떤가?"

"아름답고 자유분방한 그릇입니다."

"자유분방? 어째서?"

"색의 조화가 튀지 않아 서로를 보완하는 느낌이 들고, 날렵하

• 흰색 백토에 녹색으로 채색하여 상감기법을 쓴 분청사기.

지도 우둔하지도 않은 그릇의 선이 상감의 기법과 절묘하게 조화를 이룬 듯하면서도 결코 정형화되지 않습니다."

요시다는 다완에 매료된 말투였다. 그것이 도경의 솜씨라는 것도 잊은 채, 자신의 마음속에 들끓는 도경에 대한 분노와는 상관없이, 그의 심장이 먼저 반응했다.

나오시게 성주 역시 흡족한 표정을 거두지 못했다.

"문외한인 내가 봐도 이렇게 벅차구나… 도공 도경은 들어라."

"네, 주군."

"내 너를 지금부터 300석의 녹을 받는 사무라이 도공에 봉한다!"

요시다는 놀랐지만, 도경은 놀라지 않았다. 아무것도 원하지 않았기에 놀라울 것도 없었다. 단지 이장평 대신 자신이 기회를 얻었을 뿐이었다.

요시다는 사무라이 도공이 된 도경을 노려보았다. 이제 도경을 이기기 위해 얼마나 더 많은 것을 걸어야 한단 말인가. 엄습하는 불안과 두려움이 요시다의 목을 죄는 것 같았다.

성 밖으로 나서던 도경은 다리가 풀려 주저앉았다. 도경에게 눈길 한 번 주지 않던 연주의 모습이, 아이를 안고 좋아하던 나오시게 성주의 그 환한 웃음이, 뇌리에서 내내 떠나질 않았다. 연주가 왜 그곳에 있는 건지, 도대체 무슨 일이 일어나고 있는 건지 알 수 없어서 심장이 터질 것 같았다.

요시다는 성안에 심어둔 간자로부터 이미 연주가 나오시게 성주의 여인이 된 것을 들었다. 그녀가 아이를 낳았다는 것도, 성주의 청혼을 받아들였다는 것도 들었다. 도경이 그 사실을 알게 되면 어떻게 나올지 생각만 해도 짜릿했다. 연주의 변심 앞에서도 모든 것을 걸 수 있을지 확인하고 싶었다.

"아까 본 그 아이가 성주의 아이다. 참! 연주가 성주의 청혼을 받아들였다던데 알고 있느냐?"

요시다는 도경을 막아선 채 나불거렸다.

"이제 어쩐다? 연주를 위해서 모든 걸 걸었는데 이렇게 허망하게 됐으니."

"미친놈! 그 입 다물지 못해?"

격분한 도경이 요시다를 후려쳤다.

"그래! 그래야 도경이지! 당장 성주의 방으로 쳐들어가서 연주를 데리고 나와야지, 안 그래? 이대로 포기할 셈인가? 어?"

"이 죽일 놈이!"

도경의 주먹에 요시다의 코와 입에서 피가 터졌다. 요시다에게 달려들어 목을 조르는 도경을 보고는 덕배와 가마촌 사람들이 달려와 말렸다.

그날 밤 술에 취한 도경이 다시 나오시게 성주를 찾아갔다.

"문 열어! 문 열어!"

수문장이 돌려보내려고 했지만 역부족이었다. 결국 도경은 호위병들에게 붙잡혀 성안 마당으로 끌려왔다. 헐렁한 유카타 차림의 성주가 맨발로 모습을 드러냈다.

"이 야심한 밤에 무슨 일이냐?"

"연주는 내 사람입니다!"

"……."

"내 사람을 데리러 왔습니다!"

도경은 술에 취해 흐느적거렸지만 그 눈엔 살기가 서려 있었다. 나오시게는 그저 덤덤히 도경을 보았다.

"내 여자를 데리러 왔단 말이야! 내 여자라고! 연주야! 연주야!"

도경이 발악하자 호위병들이 제압했다. 성주에게 행패를 부렸으니 여차하면 죽은 목숨이었다. 나오시게는 그런 도경의 배짱이 오히려 부러웠다.

"거기 있는가? 여기로 나오게."

성주의 부름에 연주가 나왔다.

"연주야! 연주야!"

연주에게 가려고 도경이 몸을 일으켰지만 호위병들에 의해 제지당했다. 연주는 도경을 외면했다.

"그대가 직접 대답해보시오."

성주는 연주가 스스로 말해주기를 원했다.

연주는 잠시 망설였다. 그 짧은 순간, 연주의 머릿속에 수많은 일들이 주마등처럼 지나갔다. 어느 한때 아름답던 시절이 있었고, 그 시절을 살아내던 순간들이 서로를 갈망하게 했다. 그 갈망이 불우한 현실에서 벗어나고 싶어 서로를 부추겼지만 모두 실패했다. 시절은 과거로 이어지고, 과거는 아픔이 되어 오늘 이 아픔을 목도하게 할 뿐. 현실은 운명이라는 이름으로 찬란히 빛나지 않고, 돌아서야 할 때를 미루면 더 깊은 수렁의 지옥에 던져질 터.

드디어 연주는 긴 침묵을 깨고 단호하게 말했다.

"저는 이미 성주님께 의탁한 몸입니다."

"아니야! 연주야 아니잖아. 아니라고 말해! 연주야! 연주야!"

도경은 손과 발이 묶인 채 질질 끌려가면서도 소리쳤다. 성문 밖으로 내팽개쳐진 그를, 이장평이 달려와서 데리고 갔다. 도경은 바닥에 머리를 쿵쿵 찧고 칼로 손목까지 그었다. 덕배가 도경을 붙잡고 의원이 지혈을 하느라 또 한바탕 소동이 벌어졌다.

도경의 소식을 전해들은 연주는, 아이에게 젖을 물리다 말고 울음을 터트렸다. 어미의 울음에 놀란 아이도 함께 울었다. 성주가 그녀를 꼭 안아주었다.

"지금이라도 늦지 않았소. 그자에게 가도 되오."

"아닙니다."

"허나, 이대로 만약……."

"성주님의 뜻을 받아들이겠습니다. 성주님과 혼인하겠습니다."

"진심이오?"

"네."

연주는 이것만이 이승에서 도경과의 질긴 연을 끊는 방법이라고 생각했다. 더이상 자신 때문에 도경이 죽음의 늪에 빠지지 않는 길은, 이것뿐이라고 믿었다.

햇살이 눈부시던 날, 연주는 나오시게 성주와 조촐한 혼례식을 올렸다. 며칠 사경을 헤매다 겨우 깨어난 도경도 이 소식을 들었지만 아무런 반응이 없었다. 벽에 머리를 기댄 채 먼 허공을, 어딘지 알 수 없는 그 먼 곳을, 눈으로 더듬기만 할 뿐이었다.

7

혼례를 치르고 난 뒤, 나오시게 성주는 자신의 영지 일부를 도경에게 하사했다. 그곳을 다스리면서 다완을 굽는 것이 사무라이 도공 도경의 임무였다. 도경의 가마촌 마을이 생겼다는 소식이 돌자 여기저기서 자원하는 사람들이 많았다. 덕배와 열 명 남짓한 조선 도공들도 자발적으로 합류했다. 모두의 뜻을 모아 '조선촌'이라는 이름을 붙였다.

겉으로 도경은 매우 평온해 보였다. 직접 조각한 장승을 마을 어귀에 세우고, 사람들과 함께 마을로 오가는 길을 닦고, 그 주변에 들꽃을 심었다. 덕배는 가끔 들르는 아오이에게, 모든 것이 너무 순조롭게 흘러가서 오히려 불안하다고 말할 정도였다.

하지만 300석의 녹을 받는 사무라이 도공 도경은 500석의 녹을 받는 요시다의 통제 하에 있었다. 요시다가 1000석의 녹을 받는 이장평의 통제를 받듯이. 그것은 가마촌의 서열을 통해 서로 견제하고 경쟁시키려는 나오시게 성주의 의도였다.

도경은 조선촌에 필요한 흙과 땔감을 받기 위해 매번 요시다에게 허락을 받아야 했다. 요시다가 흙과 땔감을 주지 않아 조선촌 도공들이 손 놓고 있어야 하는 상황도 종종 벌어졌다. 조선촌의 도공들은 요시다의 부당한 대우에 울분을 터트렸고, 요시다 측 도공들과 패싸움을 벌이기도 했다.

그때마다 성주는 조선촌에 흙이나 땔감을 줄이는 것으로 벌을 내렸다. 도경은 요시다가 자신을 자극하기 위해 일부러 도공들을 부추긴다는 것을 알고 있었다. 하여 반응하지 않는 것으로 대응했다. 사무라이 도공들끼리의 대립은 주군인 나오시게 성주에 대한 반역으로 간주되었다. 자칫하면 300석의 녹을 받는 도공이 500석의 녹을 받는 도공에게 하극상을 일으켰다는 누명을 쓸 수도 있었다. 도경은 요시다의 함정에 빠지지 않기 위해서 감정을 절제하고 또 절제했다.

어느덧 계절은 겨울옷을 벗고 봄의 심장으로 뛰어들었다. 나베시마 번에는 벚꽃의 향연이 펼쳐졌다. 그 무렵이면 으레 벚꽃 차회가 열렸다. 원래 벚꽃 차회는 나베시마 번 백성들의 단합을 위해 열리던 행사였는데, 이번에는 도공들의 단합을 위해 열기로 했다. 도공들이 만든 그릇들과 다완들은, 본토는 물론 유럽과의 교역에서 큰 이윤을 창출하고 있었다. 나오시게 성주는 이런 행사를 통해 자신의 세력을 과시하고 도공들에게도 힘을 실어줄 생각이었다.

따뜻한 햇살 아래 벚꽃 숲에서 열린 차회는 아오이의 주관하에 이루어졌고, 나오시게 성주를 비롯하여 가마촌의 모든 도공들이 다 모였다. 나오시게는 도공들에게 일일이 차를 따라주며 그들의 노고를 치하했다. 그 자리에서 성주는 도경과 요시다를 각각 1000석의 녹을 받는 사무라이 도공에 봉했다. 이제 도경은 요시다와 동등한 위치에서 경쟁하게 되었지만 기쁘지 않았다. 조선촌 도공들은 나베시마 번에서 가장 많은 수익을 올리는 자신들과 그에 못 미치는 요시다의 가마촌이 같은 대우를 받는 것에 불만을 토로했다. 그러나 정작 도경은 아무런 반응도 하지 않았다.

도경과 요시다를 붙여놓는 것은 성주의 계획이었다. 경쟁이 격화될수록 더 좋은 다완이 탄생하고 더 많은 수익을 올릴 수 있기 때문이었다. 그 계획을 제일 먼저 눈치챈 이장평은 성주에게, 도경은 누군가 부추긴다고 해서 현혹될 사람이 아니라고 누누이 강조했다. 정말 이장평의 말처럼 그럴지, 성주도 내심 궁금했다.

아오이가 말차를 풀어 모든 도공에게 일일이 나누어주었다. 성주의 건배사가 끝나자 3000석의 녹을 받는 이장평이 인사말을 했다.

"오래 전, 조선에서 잠깐 뵈었던 휴정스님이 해주신 말이 문득 생각납니다. 눈 덮인 들판을 지날 때 어지럽게 함부로 걷지 마라. 오늘 내가 걸은 이 길이 뒷사람의 이정표가 될 것이다. 그땐 그 말뜻을 몰랐는데, 인생을 이만큼 살며 온갖 우여곡절을 다 겪어보니 이제 그 말뜻이 아주 조금은 이해됩니다. 그대들도 각자 이 말 뜻을 생각해보면 좋을 것 같소."

천한 대접을 받던 사기장에서 경덕진 어기창 편수로, 다시 왜국의 사무라이 도공이 되기까지, 누군가는 그를 입지적 인물이라고 했다. 이장평의 명성은 나베시마 번을 넘어서 왜국 전역에서 모르는 자가 없었다. 그가 나베시마 번으로 오게 된 것도, 도쿠가와 이에야스와 나오시게 성주의 남다른 인연 때문이라는 말도 있었다. 이장평을 보유한 성주는 그만큼 교역에서 우위를 점유할 수 있으니 나오시게는 뭇 성주들의 부러움을 샀고 나오시게 역시 뿌듯해했다. 이장평을 손에 넣은 데다 이제는 그에 못지않은 도경까지 보유했으니 절로 흥이 올랐다.

다음으로는 각 가마촌 마을의 장기자랑이 차례로 열렸다. 가마촌 사람들의 단합과 소속감을 키우기 위한 행사였는데, 모두에게 각

가마촌을 선보이는 자리인 만큼 다들 며칠씩 밤을 새며 장기자랑에 매달렸다.

먼저 요시다의 가마촌에서는 천주교 신자들을 풍자하는 연극을 올렸다. 도쿠가와 이에야스 쇼군*은 선교사들이 백성들을 선동하여 일본을 혼란에 빠트린다며 천주교를 탄압했다. 쇼군의 명령으로 모든 사람들은 절에 등록하여 천주교도가 아니라는 증명서를 받아야 했다.

천주교 신자였던 아오이는 늘 조심스러웠다. 조선촌 사람들도 언제부턴가 천주교의 평등사상에 심취해 아오이를 중심으로 은밀히 기도회를 열었던 터라, 혹시라도 발각될까 늘 긴장했다. 도경은 이런 사실을 알고 있었지만 모르는 척했다. 조선촌에서는 사물놀이패 공연을 신명나게 풀어놓았다. 나오시게 성주는 어깨를 들썩이며 흥겨워했고, 이장평도 춤을 추었다.

어느새 벚꽃 차회는 절정을 넘어서고 있었다. 그러나 도경은 맨 뒷줄에 앉아 묵묵히 먼 산만 바라볼 뿐이었다. 무슨 생각을 하고 있는지, 초점 없는 그 눈빛은 어딘가를 향해 있어도 늘 공허해 보였다. 아오이는 혼자 떨어져 있는 도경에게 조용히 다가가 무언가를 권했다. 무심코 받아 마신 것은 뜻밖에도 술이었다. 도경은 아오이에게 미소를 지었다.

차회는 오후가 넘어가면서 술 모임으로 바뀌었고, 분위기는 점점 무르익었다. 아오이는 평소와 달리 춤을 추고 노래를 부르며 흥

---

* 일본 무신정권 막부의 수장을 가리키는 칭호.

을 돋우었다. 사람들은 그녀의 묘한 매력에 취해 더욱 흥이 올랐다. 점점 얼큰하게 취해 하나둘 자리를 떴고, 마지막에는 도경과 요시다만 남았다. 나오시게 성주는 이들에게 특별히 아끼던 술 한 병을 내주었다.

술을 마신 도경과 요시다는 동시에 온몸에 붉은 열꽃이 피었고 숨이 막힌 듯 헐떡거렸다. 그 술은 마유주였다. 공교롭게도 도경과 요시다는 모두 마유증*을 가지고 있었던 것이다. 도경은 흐릿해지는 정신을 억지로 가다듬고 쓰러진 요시다를 부축한 채, 찬 수건으로 그의 몸 구석구석을 닦았다. 잠시 후, 요시다는 열꽃이 가라앉고 숨소리가 편안해졌다. 그제야 도경도 휘청휘청 일어나서 찬물이 든 목욕간에 몸을 누였다. 악연이라고 생각한 자신과 요시다가 똑같이 마유증을 가지고 있다는 것에 쓴웃음이 나왔다. 인생은 그처럼 허술하다고 생각하며 도경은 눈을 감았다.

누군가 그의 앞에 섰다. 눈을 떠보니 아오이였다. 아오이가 조용히 옷을 벗고 물속으로 들어왔다. 한동안 바라보고 있던 도경은 가만히 그녀를 안았다. 술기운 때문인지, 아직도 밑바닥에 남아 있는 연주에 대한 배신감 때문인지, 아니면 정말 아오이에 대한 마음 때문인지 알 수 없었다. 그녀의 도톰한 입술을 탐했다. 하얀 목덜미를 파고 들 때, 그녀의 낮은 신음 소리에 풍겨오던 벚꽃 내음은 도경을 더욱 동하게 만들었다. 그녀의 풍만한 가슴은 달콤했다. 도경은 아오이의 깊숙한 곳까지 닿았다. 도경의 입에서도 신음이 터

---

* 소나 말 젖에 대한 알레르기 반응.

졌다. 아오이는 그를 꼭 끌어안고 마치 리듬을 타듯, 그 순간을 오롯이 함께했다. 목욕간 위로 바람을 따라온 벚꽃 잎들이 떨어져 내렸다. 둘의 어깨 위로, 등 위로, 그리고 마음속으로, 더 깊이깊이 그것들의 향연이 이어졌다. 마침내 도경은 아오이의 몸속 깊숙이 자신의 모든 것을 쏟아냈다.

8

벚꽃이 진 자리에 여름마저 바래면, 섬의 가을도 빨리 시들해졌다. 단풍이 노을처럼 떨어진 자리에 바람이 머리를 풀어헤치면, 숲을 떠난 안개는 마을을 온통 눈으로 덮었다.

그렇게 조선촌에서 8년이 흘러갔다.

가끔 도경이 성주의 주문장을 받으러 성안에 들어올 때면 뒷짐을 지고 생각에 잠긴 채 걷고 있는, 연주의 아들 히로시가 있었다. 총명한 눈빛과 야무지게 꾹 다문 입술이 어딘가 낯설지 않아서 종종 다시 돌아보곤 했다.

"주문장을 받으러 왔느냐?"

히로시가 도경에게 말을 걸었다. 도경은 목례로 대답을 대신했다. 히로시는 "잠깐!" 하고 말한 뒤 어디론가 사라졌다가 다시 나타났다. 손에는 흙으로 만든 것들이 가득했다.

"이건 가끔 숲에서 만나는 다람쥐다. 이건 우리 집, 이건 어머니. 어떠냐? 내 솜씨가 쓸 만하냐?"

이제 겨우 여덟 살 아이의 솜씨라고 하기엔 뛰어났다. 특히 어머니. 그건 영락없는 연주의 모습이었다.

"훌륭합니다. 도련님."

도경의 대답에 히로시가 활짝 웃었다. 그 웃음도 어딘가 낯설지 않았다.

"히로시!"

멀리서 연주의 목소리가 들렸다. 히로시는 도경에게 함구하라는 듯, 자기 입술에 손가락을 갖다 대며 미소를 짓더니, 다른 방향으로 달아났다. 도경은 왠지 가슴 한편이 아려와 한참을 쳐다보다가 돌아섰다.

"아악!"

히로시가 사라진 곳에서 날카로운 비명소리가 들려왔다. 견사犬 舍쪽이었다. 곧 나오시게 성주의 친아들 가토가 달아나는 것이 보였다. 도경은 무슨 일이 벌어졌음을 직감하고 달려갔다. 커다란 개가 히로시를 막 덮치려는 순간, 도경이 몸을 던져 아이를 안았다. 파랗게 질린 연주와 수비병들이 달려왔다. 개는 사살되었다. 개에게 물려 피투성이가 된 도경이 가까스로 히로시를 연주에게 건넸다. 그녀는 바들바들 떨며 아이를 꼭 끌어안은 채 오열하다 도경에게 고맙다는 말도 없이 그냥 사라졌다.

도경은 수비병의 부축을 받은 채 겨우 조선촌으로 돌아왔다. 허벅지와 등에 심한 상처를 입어서 한동안은 거동을 자제해야 한다고 의원이 말했다. 하지만 상처의 고통보다도 파랗게 질려 있던 연주의 모습이 뇌리에서 떠나지 않아 마음이 무거웠다.

성주의 전처 소생인 가토는 거칠고 난폭하기로 소문이 자자했다. 조선인 여인을 겁탈하고 이유 없이 시종의 목을 친 적도 여러 번이었다. 그때마다 성주는 가토를 감옥에 가두는 것으로 벌을 내렸지만 그때뿐이었다. 나오면 언제 그랬냐는 듯이 저잣거리에서 패거리를 몰고 다니며 난장을 부렸다. 그런 가토가 이복동생인 히로시를 그냥 놔둘 리 없었다. 저대로 두면 무슨 변고가 생길지 걱정이 되어 도경은 심란했다.

연주는 아오이를 통해 도경에게 은밀히 약을 보냈다. 연주의 부탁대로 아오이는 아무런 내색 없이 의원에게 약을 건네 도경을 치료하게 했다. 거동을 자제하라는 의원의 말에도 불구하고 도경은 답답한지 마당에 나와 밤하늘을 올려다보고 있었다. 아오이는 왠지 화가 났다.

"당신이 잘못되면 조선촌은 어쩌라고 그러십니까?"

아오이가 따지듯 물었지만 도경은 말이 없었다.

"아직도 그분을 마음에 담고 계십니까?"

역시 아무런 말이 없었다. 아오이는 도경의 침묵이 무엇을 의미하는지 알고 있었다. 한번 담은 마음은 쉽게 버려지지도 흘려지지도 않는다. 그렇게 품은 마음 때문에 자신도 이렇게 조선촌까지 와서, 곁도 주지 않는 도경의 곁을 지키고 있으니 말이다.

"지금이라도 늦지 않았습니다. 차라리 그분과 도망가세요."

도경이 그저 쓸쓸하게 웃었다.

그 웃음에 담긴 슬픔이 아오이를 먹먹하게 만들었다.

"멀리 도망간다고 한들 운명에서 벗어날 수 있을까."

체념한 듯한 그가 혼잣말처럼 말했다. 아오이는 터지려는 울음을 가까스로 참으며, 도경이 올려다보는 밤하늘 그 어딘가로 막막한 시선을 던졌다.

유난히 눈이 많이 내리는 겨울이었다. 한번 내린 눈이 채 녹기도 전에 쌓이고 또 쌓여서 이제 치우는 것도 일이라며 사람들은 질척거리는 눈을 그대로 내버려두었다. 그 눈바람 속에, 일본으로 끌려온 조선인들을 데려가기 위해 사명대사*가 쇄환사**로 왔다. 전쟁이 끝나고 조선과 일본 간 평화협정이 맺어지기까지 꼭 8년이 걸렸다.

다시 사명대사를 만나게 된 도경은 그저 감개무량했다. 조선촌의 여인들은 아침부터 음식을 준비하느라 부산을 떨었고, 남정네들은 대사가 오는 입구부터 줄을 서서 환영의 인사를 건넸다. 사명대사는 사람들에게 일일이 합장을 하며 고단한 타국 생활을 위로했다. 오랜만에 조선촌은 먹고 마시고 웃고 떠들며 잔치가 벌어졌다.

사명대사는 작지만 꽤 알차게 꾸며진 조선촌을 둘러보며 남다른 감회에 젖었다. 늘 죽을 자리만 찾아들던 도경이 이제 어엿한 촌장이 되었다는 것이 믿기지 않았다.

"이제 다 내려놓은 것이냐?"

사명대사의 뜬금없는 질문에 도경은 쓴 미소를 지었다. 무엇을 다 내려놓은 것인지, 내려놓을 게 있긴 했는지 이제 그마저도 가물

---

* 유정스님. 임진왜란 이후 공을 인정받아 '사명당'이라는 당호로 불렸으며, 사람들은 존경의 뜻으로 '사명대사'라 불렀다.
** 임진왜란 때 일본에 포로로 잡혀간 조선인들을 쇄환하기 위해 파견된 사신.

거렸다.

"광해군께서는 무탈하십니까?"

도경은 일부러 화제를 돌렸다.

"글쎄다, 무탈하신 건지."

"무슨 변고가 있으십니까?"

"주상께서 작년에 적자를 보셨지."

"허면? 광해군이 왕이 되지 못하시는 겁니까?"

"그것 역시 누가 알겠나?"

"전쟁터를 그리 누비시면서 온전히 백성들의 편이셨는데."

"그것 역시 그분의 운명이겠지. 그 운명과 맞서는 것도, 자네처럼 그 운명을 벗고 다른 운명의 칼날 위에 서는 것도 다 그분의 선택이네."

도경은 가슴이 아렸다. 자신은 운명을 벗고 다른 운명을 입느라 지옥 같은 삶을 살고 있지만, 광해군은 자신의 운명대로 살기 위해 지옥 같은 삶을 살아야 하겠구나 싶어서 마음이 무거웠다.

"자네 아버지 소식은 궁금하지 않느냐?"

사명대사의 갑작스런 질문에 도경의 표정이 굳어졌다.

"무탈하시겠죠. 혼자도 잘 견디시는 분이니."

무심하게 툭 던진 말이었지만 명치 끝이 뻐근하게 느껴졌다.

"오래전 지병 때문에 사직하고 고향에 내려가 계신다고 들었다."

"그렇군요."

오히려 다행이었다. 전쟁에 휩쓸리지 않고 여전히 홀로 잘 버티며 고향땅에 묻힐 날을 기다리는 삶도 그리 나쁘지 않을 거라고 애써 생각했다.

사명대사는 도경의 마음이 편치 않을 것을 알면서도 굳이 도윤수의 얘기를 꺼냈다. 지난날 서로에게 칼날을 세우던 부자지간이라고 해도, 늙고 병든 아비에게 자식은 회한이자 자신이 유일하게 남길 존재이기에, 아픈 것은 아픈 대로 견디고 보듬을 것은 보듬어서 치유해야 한다고 생각했다. 사명대사는 그 아픈 아비에게 돌아가지 않겠냐고 넌지시 물었다.

"돌아가기에는 너무 멀리 돌아왔습니다."

사명대사는 도경의 말도 이해했다. 무엇이 옳은 길인지 아무도 장담할 수 없기에 더는 조선행을 강요하지 않았다. 어디에 뿌리를 내리든 그저 도경이 편안하길 바랐다.

다음날, 사명대사가 떠나기 전 연주가 히로시를 데리고 찾아왔다.

사명대사는 나고야 성에서 나베시마로 오기 전에 도쿠가와 이에야스와 회합을 가졌다. 도쿠가와 이에야스는 쇼군의 자리를 아들에게 물려준 뒤 오고쇼*로서 한 발 물러나 있었지만, 사실상 모든 실권을 장악하고 있었다. 회합 후 만찬이 열렸는데, 그 자리에서 오고쇼의 배려로 이장평을 만났다. 이번 만찬에 올려진 모든 그릇과 다완이 이장평의 솜씨라며, 오고쇼는 특별히 그를 격찬했다.

사명대사는 이 좋은 재주를 조선에서는 펼칠 기회조차 얻지 못했던 이장평이 새삼 안타까웠다. 이장평은 사명대사와 독대하는 자리에서, 도경의 소식과 나베시마 성주의 후처가 된 연주의 얘

---

* 쇼군에서 물러났지만 실질적인 정권을 장악한 인물.

기를 들려주었다. 쇄환사로 온 김에 도경을 만나봐야겠다고 생각했지만 일본에서조차 그의 삶이 녹녹치 않았다는 사실이 마음 아팠다.

나베시마 번에 도착하자 나오시게 성주가 마중 나와 있었다. 첫 느낌은 대범한 장수의 기운이었지만 감춰진 정갈함과 부드러움이 공존하는 모습에서 연주에 대한 걱정을 조금은 내려놓았다. 그래서 연주는 만나지 않아도 되겠다고 생각했는데 그녀가 아들을 데리고 찾아온 것이다.

연주는 히로시가 조선에서 좋은 부모를 만나 자라주길 바랐다. 아이는 나오시게 성주의 사랑 속에 잘 자라고 있지만, 적자인 가토가 상대적으로 천대받는 것이 마음 한편에 늘 짐으로 남아 있었다. 가토는 감히 아버지에게는 대들지 못한 채 히로시에 대한 원망만 하루하루 키워갔고, 견사에 히로시를 처박아버리는 일까지 벌였던 것이다. 그때 도경이 없었다면… 연주는 생각만 해도 끔찍해서 내내 손발이 후들거렸다.

사명대사는 히로시가 도경의 아들이라는 것을 첫눈에 알아보았지만 내색하지 않았다. 그저 연주의 말을 들으면서, 천륜은 그렇게 아비와 아들을 이어주었다는 생각에 먹먹했다.

"정녕 아이를 보내고 살 수 있겠느냐?"

"이보다 더한 일도 견뎌냈습니다."

"하지만 어미가 아이를 떼어놓는 것은 천륜을 끊는 것인데."

"그래야만 이 아이가 살 수 있습니다. 저는 어떻게 되든 상관없습니다."

"아이와 함께 조선에 가지 않겠느냐?"

"저와 함께 가면 히로시는 왜인의 자식이라고 또 천대를 받겠지요. 이 아이가 누군지 아무도 모르는 곳에 가서 좋은 양부모님 만나 잘 자랐으면 합니다. 이것이 제가 히로시에게 할 수 있는 마지막인 것 같습니다."

어린 히로시는 조선으로 가야 한다는 어미의 말에 입을 꾹 다물었다.

"이 못난 어미는 다 잊고 좋은 부모님 만나 말씀 잘 들어야 한다, 알겠느냐?"

히로시의 눈에 눈물이 그렁해졌다.

"저는 어머니가 더 걱정입니다……."

히로시는 아이답지 않게 어른스럽게 말했다.

"난 널 버리는 어미다. 그러니 잊어라."

"어머니."

"어서 가거라! 돌아보지 말고."

연주가 냉정하게 아들을 밀어냈다. 히로시의 어깨가 들썩이고 볼 위로 조용히 눈물이 떨어졌다. 가지 않겠다고 떼를 쓰면 약한 어미가 무너질까 차마 소리 내어 울지도 못하고 돌아섰다. 연주는 몇 번이고 달려가 그 어린 것을 끌어안고 싶었지만 가까스로 참아냈다. 그것만이 아들을 지키는 길이라고 생각했다.

조선으로 떠나기 전, 사명대사는 이장평을 찾아가서 훗날 때가 되면 도경에게 전해주라며 보자기 하나를 맡겼다. 그리고 히로시와 수백 명의 조선인들을 데리고 조선으로 돌아갔다.

9

히로시를 떠나보낸 뒤, 연주는 매일 조선촌을 찾아갔다. 먼발치에서 도경을 보고 돌아오는 길에 바닷가에 들러 수평선 너머 조선에 있는 아들을 그리워했다. 히로시를 위한 선택이었지만 아이를 보낸 후 이렇게 고통스러울 줄은 몰랐다. 밤마다 울음으로 지새는 그녀를 지켜보면서 나오시게 성주도 힘이 들었다. 고민이 깊어가던 성주는 뭔가 결심을 했다.

곧 단오 축제가 시작되었다. 축제 기간 동안 나베시마 항구는 일본 전역과 유럽에서 온 상단의 배들로 장사진을 이루었다. 그때 조선에서 온 내상의 배편에 연주를 보낼 생각이었다.

"조선으로 돌아가면 부디 히로시를 만나서 행복하시오."

연주는 성주의 마음에 고개를 숙인 채 울먹이기만 했다.

"살아서 성주님의 은혜는 다 갚지 못하겠지만, 항상 잊지 않겠습니다."

나오시게는 연주를 꼭 끌어안았다. 이번 생은 잠시 만났다가 영원히 헤어지는 운명이라고 생각했다.

"다음 생이 있다면 그땐 내가 당신에게 처음이면 좋겠구려."

연주가 고개를 끄덕이며 울음을 토해냈다. 성주도 감정이 북받치는지 흐느꼈다. 축제 당일, 성주는 회합을 핑계로 연주도 보지 않은 채 먼저 나베시마를 떠났다. 집사가 은밀히 연주를 데리고 뒷문으로 빠져나갔다.

간자로부터 그 사실을 전해 들은 요시다가 이들을 조용히 미행했다. 연주는 약속된 배에 태워졌다. 그 시각 나베시마 번의 수비대장 앞으로, 나오시게 성주의 첩이 탈출을 감행한다는 제보가 들어왔다. 곧 수비대장은 항구에 정박 중인 내상의 배를 덮쳤다. 놀란 연주는 얼떨결에 화란의 상선으로 뛰어들었다.

도경은 도자기 전시회를 둘러보고 돌아가던 길이었다. 그는 조선촌에서 선보인 분청들이 호평을 얻고 나마(이탈리아)의 상단과 즉석 교역까지 체결해 한껏 상기된 상태였다. 무엇보다 왜국 전역에서 온 사기들을 한 자리에서 훑어볼 수 있어 최근의 도자기 흐름을 파악할 수 있는 좋은 기회였다. 덕배와 조선촌 사람들은 모처럼 회포라도 풀 양으로 주점가로 갔고, 도경은 혼자 느긋하게 저잣거리를 지나다가 사람들이 몰려 있는 곳을 보았다.

가까이 가보니 노예시장이 열리고 있었다. 일본에서는 필요에 따라서 노비를 사고파는 일이 허용되었고, 영지마다 각기 다른 차별이 존재했다. 나오시게는 비교적 사람에 대해 후하다고 평이 난 성주였지만 그 역시 노예를 사고파는 일은 눈감아주었다. 노예시장에 끌려온 노예들은 대부분 다른 번에서 죄를 짓고 도망쳐온 자들이거나, 늙고 병들어서 효용 가치가 없어진 권세가의 일꾼이거나, 윤간을 하고 도망친 남녀 등 다양했다.

한 여인이 끌려 나왔다. 그녀를 본 순간 도경은 얼어붙었다. 손이 묶인 여인은 밧줄을 풀려고 안간힘을 쓰다 화란의 상인이 휘두르는 채찍에 맞아 쓰러졌다.

"그만두시오!"

도경이 상인을 밀치고 여인을 부축했다. 그제야 도경을 알아본 듯 여인이 온몸을 떨며 울음을 삼켰다. 도경은 가지고 있던 분청다완 한 점을 상인에게 건넸다. 다완을 살펴보던 상인의 눈이 휘둥그레졌다. 곧바로 여인을 내주었다.

여인을 데리고 돌아오는 내내 도경은 말이 없었다. 아니, 아무 말도 할 수 없었다. 연주가 왜 노예시장에 나온 건지, 그 연유를 알아보려 했으나 성주는 회합이 있어 나베시마 번을 떠난 상태였다. 뭔가 복잡한 내막이 있을 거라는 생각에 일단 연주가 쉴 수 있도록 조선촌에 처소를 마련해주었다.

"왜 아무것도 묻지 않으십니까?"

"들을 말이 없습니다."

도경은 성주의 여인에게 함부로 말을 낮출 수 없어 존대를 했지만 어색했다.

"물어보시면 답을 하겠습니다."

"아닙니다. 이제 제가 들을 말은 아무것도 없습니다."

그건 진심이었다. 그녀에 대한 마음을 내려놓는 그 순간부터, 도경은 자신에게 남은 모든 감정을 다 칼로 도려냈다. 아니, 그러기 위해 안간힘을 썼다.

"혹시 성안에 불순한 무리가 있을 수도 있으니 잠시 여기 머물다가 성주께서 오시면 돌아가십시오."

"고맙습니다."

도경은 잠시 머뭇거리는 듯했으나, 이내 조용히 방을 나갔다.

아오이는 연주가 머무는 처소 앞에 한참이나 서 있었다. 그녀가 왜 노예로 끌려간 건지 의아했지만 도경이 그녀를 데리고 온 것을 보자 맥이 빠졌다. 아직도 둘의 인연은 끝나지 않았단 말인가. 이제 정말 그에 대한 마음을 접어야 하는가. 아오이는 도경에 대한 원망과 서운함을 삼키며 돌아섰다.

아오이가 떠났다는 소리에 놀란 도경이 선착장으로 달려갔지만 그녀를 만나지 못했다. 요시다는 먼발치서 도경을 주시하며 회심의 미소를 지었다.

얼마 후 히사다가 운영하는 차전茶廛*에 갑리甲利** 전주錢主가 들이닥쳤다. 아직 변제 기일이 남아 있는 가게 세와 빌려간 돈에 대한 이자를 빨리 갚으라며 차전을 뒤엎었다. 그에 맞서 응수하던 히사다가 전주에게 끌려갔다는 소식을 들은 아오이가 배를 돌렸다. 그녀가 도경을 따라 조선촌에 정착하자 아버지 히사다도 나베시마 항구에 작은 차전을 열었다. 목이 좋아서 장사는 잘되는 편이었지만 사카이 상단을 다른 행수에게 물려준 뒤라 자금 여유가 없었던 히사다는 갑리를 빌렸다. 아오이는 차전에 갑리를 빌려준 실제 전주가 요시다라는 걸 알고 당장 찾아갔다.

"왜? 왜 제게 이렇게까지 하는 겁니까?"

요시다는 그녀의 방문을 예상한 듯 말없이 다완에 말차를 풀어 음미했다. 그 태연한 모습에 아오이는 기가 막혔다.

"이 차를 마셔보면 말이다, 처음엔 그 맛이 뭔지 알 수 없어서

---

* 차를 파는 가게.
** 고리대금.

혼란스럽고, 그 다음엔 무슨 맛인지 자꾸 생각하게 되고, 그 다음엔 차의 끝맛이 쓰다는 것을 알게 되고, 또 그 다음엔 그 쓴맛 끝에 조금이라도 남았을 향을 그리워하게 되고, 그러면 그때야 비로소 차에 대해서 알게 되지.”

“왜 제게 이렇게까지 하는지 물었습니다!”

“나는 지금 너의 물음에 답을 하고 있는 것이다.”

아오이를 쳐다보는 요시다의 눈빛이 강렬하고 잔인하면서도 어쩐지 처연했다.

“너와 이별하고 나는, 그 이별이 우리가 다시 만나기 위한 잠깐의 아픔이라고 막연하게 생각했다. 정녕 그땐 아픔이 무엇인지 몰랐지. 그 다음엔 과연 내가 한 일이 옳았는지 자꾸 생각하게 되었고, 그 다음엔 이 심장이 쓰리고 아파서 숨이 멎을 것 같다는 것을 알았고, 그 다음엔 조금이라도 남았을 우리들의 지난 시절을 그리워했고, 나는 그 시절에 기대 살았다. 그리고 이제 비로소 알았지. 내가 너를, 가져야겠다고.”

“왜! 왜 제게 이렇게까지 하는지 물었습니다!”

“너는? 너는 왜 너만 바라보는 나를 이렇게까지 외면하느냐?”

“그런 저를 왜 가지고 싶어 하십니까? 그건 잘못된 집착입니다.”

“집착?”

“가질 수 없기에 더 원하게 되는 것일 뿐, 진심이 아닙니다.”

“진심이 아니다? 그럴지도 모르지, 허나 한 사람을 위해 다른 한 사람을 끝까지 외면하는 너의 그 무정한 의리가 좋은데 나는?”

한 사람을 위해 다른 한 사람을 끝까지 외면하는 무정한 의리.

그것은 오래 전, 도경이 왜 좋은지 묻는 요시다에게 아오이가 했던 대답이었다. 그게 얼마나 고달픈 기다림인지, 고통스러운 외사랑인지 알고 있는 아오이는 가슴이 저렸다. 아오이의 볼 위로 눈물이 흘러내렸다.

"제 아버지를 풀어주세요."

"그렇게 하면 내 손을 잡겠느냐?"

아오이의 눈빛이 흔들렸다.

"나는 지금 너에게 청혼을 하는 것이다."

"저도 묻겠습니다."

"무엇이냐?"

"후회하지 않겠습니까? 저는 여전히 다른 곳을 보고 있을지도 모릅니다."

"상관없다."

"저는 영원히 겉돌 수도 있습니다."

"그것도 상관없다. 네가 내 손만 잡고 있으면."

"……."

"내 손을 잡겠느냐?"

"그 손… 잡겠습니다."

아오이는 돌아서서 흐느껴 울었다. 요시다는 그녀를 안아주었다. 그녀의 손을 꽉 잡았다. 그것이면 되었다. 진심이든 집착이든, 아오이만 옆에 있다면 되는 것이다. 이 낯선 타국에서 도경이 그나마 버틸 수 있었던 이유는 아오이 때문이었다. 그건 도경도 알고 있을 것이다. 알면서도 아오이의 마음을 받아주지 않는 도경의 비

겁한 진심은, 무정한 의리가 아니라 무참한 폭력이다. 평생 바라만
보겠다는 그 마음이 얼마나 무섭도록 사무치는 것인지, 그 사무치
는 마음이 떠나면 자신의 삶이 얼마나 허방을 짚고 있는지 알게 되
겠지. 그 허방 속으로 무너질 수도 있겠지. 요시다는 그런 생각을
하며 아오이의 손을 꼭 붙들었다.

10

그날 오후, 수비대장 앞으로 연주가 조선촌에 있다는 제보가 전
해졌다. 물론 제보자는 요시다였다. 도경은 곧 나오시게 성주의 아
내를 탐했다는 누명을 쓴 채 끌려갔다.

"성주가 오기 전에 도경을 처리하지 않으면 당신이나 나나 둘
다 위험해질 수 있소."

요시다는 수비대장을 부추겼다. 수비대장은 탐욕스런 눈빛으로
요시다를 쳐다보았다.

"우린 이미 한 배를 탔는데, 이제 그 속내를 좀 털어놓지."

"속내라니?"

"도경 그자가 성주의 총애를 받아서 그러는 건가?"

"알면서 묻는 거요?"

"글쎄. 가만 생각해보니까 일이 틀어지면 나만 독박을 쓸 것 같
더군."

요시다가 수비대장 앞으로 상자를 내밀었다. 상자 속 은을 본
수비대장은 비식 웃었다.

"그러니까 나는 그저 성주의 아내를 탐한 자를 처벌했을 뿐이고, 자네는 이 일에 아무 관련이 없는 것이고. 그것인가?"

요시다는 수비대장의 잔에 술을 따르며 묵묵부답으로 답했다.

나오시게 성주가 돌아오려면 이틀이나 더 있어야 했다. 오사카성에서의 회합은 끝났지만 연주가 이미 조선으로 돌아갔다고 생각한 성주는 다른 회합에 참가하고 있었다.

연주는 도경이 갇혀 있는 감옥을 찾았다. 고문을 받고 참혹한 몰골로 쓰러져 있는 도경을 보는 것이 고통스러웠다. 간수에게 부탁해 잠깐 옥문을 열고 들어갔다. 피범벅이 된 그의 얼굴과 몸을 정성스레 닦아주고 오래전 그를 위해 만들어두었던 옷으로 갈아입혔다. 히로시를 보내고 마음 둘 길 없이 헤매다가 멈춘 곳은 늘 조선촌이었다. 가끔 먼 하늘을 올려다보던 도경을 멀찍이서 지켜보다 돌아서던 날들이었다. 스스로 끊어낸 인연을 다시 붙일 수는 없어도 언젠가 꼭 한 번은 그에게 옷 한 벌을 지어주고 싶었다. 따뜻했던 그의 품을 생각하며 천을 재단하고 함께했던 모든 소중한 기억들을 엮듯이 한 땀 한 땀 바느질했다. 과연 이 옷을 전해줄 날이 올까 싶었는데, 이렇게 허망하게 입힐 줄이야… 연주는 터지려는 울음을 삼키느라 가슴을 그러쥐었다.

뭔가 익숙한 느낌에 뒤척이던 도경이 힘겹게 눈을 떴다. 눈앞에 연주가 보였다. 꿈인가 싶어서 다시 눈을 감았지만 그녀의 손길이 너무 생생해서 다시 눈을 떴다.

"연주야……."

"아무 말도 마셔요. 힘들어요."

"연주 맞니? 연주…?"

"네. 연주 맞아요."

퉁퉁 부어오른 도경의 눈에 눈물이 고였다. 연주도 끝내 울음을 터트렸다. 둘은 서로를 부둥켜안고 한참을 울었다.

"우리… 도망갈까?"

"…네 그래요, 우리 도망가요…….."

오래 전에도 도경은 그렇게 물었다. 그때 하지 못한 답을 이제 하면서 연주는 애써 미소를 지었다. 은혜했다. 은혜하고, 은혜할 것이다. 이것이 어쩌면 마지막 인사일지도 모른다고 둘은 생각했다. 때로는 말보다 더 절절하게 와닿는 눈빛과 숨결과 눈물이 그 순간을 기억하게 하니까. 둘은 서로의 모습을 오래오래 눈 속에 새겨 넣었다.

그날 밤, 연주는 수비대장의 처소를 찾아갔다. 도경을 풀어 달라고 요구했지만 그는 음흉한 눈빛으로 연주를 훑어보기만 했다. 갸름한 턱선과 길고 흰 목을 볼 때마다, 수비대장은 그녀의 저고리 속 뽀얀 속살을 상상하며 아랫도리가 꿈틀거려서 미칠 지경이었다.

한번은 수비대장이 숲에서 연주를 막아선 적이 있었다. 연주는 자신을 덮치려는 그를 피해 달아나다 언덕에서 굴렀지만 나오시게 성주에게는 말하지 않았다. 성주에게 충심을 다하는 부하를 공연히 음해한다는 소문이 돌까 두려워 그저 입을 다물었다.

"네년이 성주의 여자만 아니었다면, 벌써 내 것이 되었을 텐데."

연주가 감히 자신에 대해 토설하지 못할 거라고 생각한 수비대장은 연주와 마주칠 때마다 그렇게 더 노골적으로 지껄였다. 성주의 여자였지만 그들이 천하게 여기는 조선인이었기에 성주가 없는 자리에서 연주는 언제나 능욕을 견뎌야 했다. 성주의 아내로서, 성의 안주인으로서 얼마든지 그들을 단죄할 수도 있었지만 혹여 자신에게 원한을 품고 아들 히로시에게 해코지라도 할까 몸을 사릴 수밖에 없었다. 이제 연주에게 히로시는 없었다. 하지만 또 자신 때문에 도경이 궁지에 몰렸다. 이제 더는 물러설 곳이 없었다.

"이런 무도한 짓을 하고도 목숨을 부지할 수 있다고 생각하시오?"

연주의 목소리는 그 어느 때보다 날이 서 있었다.

"성주님이 돌아오시면 내가 가만있지 않을 것이오! 내 반드시 당신의 죄를 물을 것이오!"

"그런가? 헌데 그동안은 왜 가만있었나? 기회는 얼마든지 있었을 텐데?"

수비대장은 야비한 웃음을 흘리며 술잔을 기울였다.

"날 원망하지 마라. 이건 다 요시다가 꾸민 짓이니까."

역시 요시다, 네놈이었구나… 연주는 피가 거꾸로 솟는 것 같았다. 가까스로 감정을 누르며 단호하게 소리쳤다.

"조선촌 촌장 도경을 풀어주시오!"

"그건 어렵지 않지. 헌데 네년의 저고리를 푸는 것은 언제나 어려워서 말이야."

수비대장이 더러운 혓바닥을 날름거리며 연주를 단숨에 삼키는 시늉을 했다. 연주는 입술을 꾹 물었다. 곧 수비대장 처소의 불이 꺼졌다. 그의 탐욕스런 눈빛이 연주를 향해 이글거렸다. 그의 더러운 욕망이 연주를 덮쳤다. 도경은 곧 감옥에서 풀려나왔다.

　새벽빛이 으스러질 무렵, 수비대장의 처소 쪽에서 비명소리가 들렸다. 경비를 서던 호위병들이 달려갔다. 처소 앞 벚나무에 매달린 무언가가 바람에 흔들렸다.
"어서 끌어내려라! 어서!"
　새파랗게 질린 부 수비대장의 고함소리에 호위병들은 매달린 것을 끌어내렸다. 빳빳하게 굳은 시체는 나오시게 성주의 후처였다. 모두 얼어붙었다. 무언가 이상하다는 생각에 부 대장이 수비대장의 처소 안으로 들어갔다. 문을 열자 확 풍겨오는 피비린내가 역했다. 수비대장은 가슴에 칼을 꽂은 채 잠자듯이 죽어 있었다. 심장에서 흘러내린 벌건 피가 방 안을 잔인하게 물들이고 있었다.
　연주의 죽음이 전해진 것은 그날 오후였다. 고문 때문에 온몸이 퉁퉁 부어서 제대로 눕지도 못하고 벽에 반쯤 기대 있던 도경은, 소식을 듣자마자 한사코 막아서는 덕배를 뿌리치고 정신없이 달려갔다. 연주의 시체는 흰 천에 가려져 수비대장의 처소 안에 놓여 있었다. 도경은 연주의 차가운 시신을 끌어안고 숨이 멎는 듯 고통스러워했다. 자신을 살리고자 능욕을 당하고 목숨을 끊어버린 그녀의 마지막을 도저히 감당할 수 없었다. 도경은 자신의 가슴을 치고 머리를 벽에 짓이기며 오열했다.
　뒤늦게 소식을 듣고 달려온 나오시게 성주도 충격에 빠졌다. 연주는 죽기 전에 이 모든 것을 꾸민 자가 요시다라는 사실을 유서로

남겼다. 눈이 뒤집힌 도경은 당장 칼을 들고 나섰다.

마침 작은 산사에서 아오이와 요시다의 혼례식이 거행되고 있었다. 양측의 지인들만 모여 올리는 조촐한 식이었다. 요시다는 연신 웃음을 흘렸고, 아오이는 어두운 표정이었다. 조금 전 연주의 죽음을 전해 들은 뒤부터는 자꾸만 몸이 떨려 견딜 수가 없었다. 요시다는 휘청이는 아오이를 억지로 부축한 채, 사람들의 환호를 받으며 앞으로 걸어 나갔다.

"요시다! 네 이놈!"

도경이 달려오고 있었다. 그의 손에 쥔 칼이 번쩍했다. 아오이의 얼굴에서 핏기가 가셨다.

"안 돼요!"

그녀는 생각할 겨를도 없이 도경을 막아섰다.

"비키시오!"

"안 됩니다!"

아오이가 온몸으로 도경을 끌어안았다. 사태의 심각성을 감지한 요시다가 달아났다.

"거기 서라, 요시다! 거기 서!"

도경은 아오이를 밀쳐내고 요시다를 뒤쫓았다. 아오이는 망연자실하여 주저앉았다. 혼례식에 모인 사람들은 술렁거렸다.

산으로 도망치던 요시다는 성주가 보낸 병사들에 의해 체포되었다. 도경은 요시다를 직접 죽이겠다고 덤볐다가 병사들에게 제지당했다. 도경의 울부짖음이 메아리가 되어 산을 흔들었다.

새벽바람이 사납게 허공에서 질주했다. 불길 속에 연주의 주검이 활활 타올랐다. 울음소리를 내며 잿빛 연기가 바람 속으로 떠올랐다. 덕배와 아오이, 조선촌 사람들은 연신 흐느끼며 그녀의 마지막을 배웅했다. 도경은 마치 표정을 잃어버린 사람처럼 내내 그 타오르는 것의 끝을 따라 먼 허공만 올려다보았다.

구름을 뚫고 떠오른 태양이 수평선 위쪽으로 불그스름하게 묻어났다. 물살이 햇살을 퍼 올릴 때마다 파도가 질주했다. 파도가 바위에 부딪쳐 떨어지는 곳에 흰 거품이 꽃송이처럼 피었다가 밀려났다. 그 위로 연주가 한 줌 재가 되어 뿌려졌다. 도경은 담담히 마지막을 배웅하며 그 바다에 오래오래 서 있었다.

운명을 건 경합

1

　요시다가 체포되었다는 소식을 전하기 위해 집사는 성주의 처소로 갔지만 아무도 없었다. 집무실과 다실까지 모두 훑어보았지만 보이지 않았다. 뒤뜰을 살펴보다가 이팝나무 아래 서 있는 그를 보았다. 봄꽃들이 다 지고 나면 그제야 늦바람 난 여인처럼 흰 꽃술을 터트리는 게 이팝나무였다. 연주의 고향 마을에 지천으로 널려 있다는 나무. 성주는 그녀가 타국에서 홀로 외롭지는 않을까, 직접 이팝나무 묘목을 구해 심었다. 마치 새의 깃털처럼 여러 겹으로 갈라진 꽃잎이 바람에 흩날릴 때는, 새떼들이 승천하는 것 같아 신비롭기도 했다. 가지가 휠 정도로 많은 꽃송이가 열리는 해에는 어김없이 풍년이 들었다며 연주는 엷은 미소를 짓곤 했다. 그때마다 성주는 그녀의 눈을 가만히 들여다보았다. 마치 따뜻한 고향 들판을 평화롭게 걷는 그녀의 어린 시절이 보이는 것 같았다.

이 나무의 주인은 이제 여기 없구나… 성주가 기적을 느끼고 눈물을 닦았다. 집사는 아무 말 없이 우두커니 서 있었다.

"놈을 끌고 왔느냐?"

"네, 주군. 그리고 분부하신 대로……."

집사가 말끝을 흐렸지만 성주는 알겠다는 듯 앞장섰다.

요시다가 추국장에 끌려와 있었다. 성주가 모습을 드러냈지만 요시다는 목례도 하지 않고 두려운 기색도 없이 눈을 내리깔고 있었다. 조사관은 요시다가 한 마디도 하지 않고 버티는 중이라고 했다. 성주가 요시다를 쳐다보았다.

"도경을 죽이려고 연주를 죽였느냐?"

성주의 말에 요시다가 히죽거렸다.

"네가 수비대장을 사주하여 연주를 능욕했느냐?"

요시다가 껄껄 웃었다.

성주는 요시다를 당장이라도 죽이고 싶었지만 두 주먹을 움켜쥐며 겨우 참았다.

요시다는 오히려 태연해 보였다. 수비대장마저 죽은 마당에, 연주가 남긴 유서는 아무런 증거가 되지 못했다. 그것이 연주가 직접 쓴 게 맞다고 증명해줄 목격자가 있는 것도 아니었고, 더욱이 직접 살해도 아닌 자살이었다. 게다가 요시다는 가마촌의 촌장이자 사무라이 도공이었다. 그를 처결하려면 쇼군과 오고쇼에게 보고하고 의견을 구해야 했다. 역모를 꾸몄거나 그에 준하는 죄를 짓지 않았다면 대개의 경우 몇 달의 감금이나 벌금형에 처해질 뿐이었다. 성안에서도 의견이 분분했다. 신의를 중요하게 여기는 나오시게는 감히 오고쇼의 뜻을 저버리지 못할 거라는 게 대부분의 생각이었다. 하지만 목숨처럼 아꼈던 여인을 지켜주지 못한 자괴감 때문에라도 성주가 요시다를 죽일 거라는 말도 무성했다.

나오시게 성주는 불길처럼 타오르는 분노를 삼키느라 온몸이 부들부들 떨렸다.

"사무라이 도공을 함부로 죽일 수 없다는 걸 다 알고 벌인 일이겠지?"

요시다는 아예 성가시다는 듯 눈을 감았다.

"네놈이 나의 가장 소중한 사람을 죽였으니, 나 역시 너의 가장 소중한 사람을 죽이면 되겠구나. 어떠냐? 꽤 괜찮은 방법이 아니냐?"

요시다가 무슨 소린가 싶어 눈을 떴다.

"데려오거라!"

성주의 명령에 아오이가 끌려왔다.

"뭐하는 짓입니까?"

요시다의 입이 드디어 터졌다.

"너와 같은 방법대로 하는 것이다."

"주군!"

"내가 너의 주군이 맞느냐?"

"주군!"

"너 대신 아오이가 희생되는 것이다! 그 두 눈으로 똑똑이 보아라!"

나오시게 성주가 칼을 빼들었다.

"안 됩니다! 아오이는 안 됩니다!"

뜻밖에 도경이 달려와 그를 막았다.

"비켜라!"

"안 됩니다! 아오이는 안 됩니다! 주군! 제가 하겠습니다! 제가 저놈을 죽이도록 허락해주십시오!"

"비켜서라!"

"주군의 손에 피를 묻히면 오고쇼의 명을 어기시는 게 됩니다. 허니 제가, 제가 할 수 있게 해주십시오! 제가 모든 걸 다 떠안고 가겠습니다! 제가 저놈을 죽일 수 있게 해주십시오!"

도경은 나오시게 성주에게 매달렸다.

"아닙니다, 그냥 저를 죽여주십시오."

아오이가 울음을 터트리며 주저앉았다. 성주도 칼을 떨어트리며 오열했다. 모두가 고개를 떨구었다. 요시다만 이 장면을 묵묵히 지켜보았다.

겨우 마음을 진정시킨 성주가 도경을 보았다.

'한 여인을 마음에 담았던 우리 둘은 그녀를 잃었다. 그녀를 보내주는 것으로 지켜주고자 했던 나는 평생 회한을 짊어진 채 살 것이고, 그녀를 마음에서 내려놓는 것으로 지켜주고자 했던 너는 평생 고통 속에 살겠지.'

성주가 자신의 칼을 도경에게 건넸다.

"도공 도경은 요시다를 죽여 연주의 한을 풀어주어라! 이 일로 내가 파멸되어도 상관없다. 만약 그렇게 되더라도 내 명령을 수행한 너는 죄가 없다!"

376

도경이 성주에게 깊게 목례하고 칼을 집어 들었다. 태연하던 요시다의 눈빛에 당혹감이 깃들었다.

도경이 칼을 들고 다가섰다.

"이 질긴 악연도 이제 끝이구나."

"나를 죽이면 오고쇼께서 널 가만두지 않으실 거다."

"상관없다."

"이건 복수가 아니야! 진짜 복수는 누군가의 힘을 빌리지 않고 네 힘으로 해야지!"

"닥쳐라!"

"정말 날 죽일 수 있을 것 같으냐?"

"닥쳐!"

마침내 도경이 칼을 치켜들었다.

"멈추시오! 멈추시오!"

두 기마병이 다급하게 달려오며 소리를 질렀다. 오고쇼가 보낸 병사들이었다. 이들은 성주에게 목례를 한 뒤 오고쇼의 서신을 전했다. 서신을 읽어 내려가던 성주의 눈가가 파르르 떨렸다.

전국의 성주들에게 고한다.

각 영지에 소속된 도공들 중에서 최고 사무라이 도공을 뽑는 경합을 열겠노라. 경합이 끝나기 전까지는 감옥에 갇힌 도공도 임시로 석방하여 경합에 참여하게 하라. 처벌 직전의 도공도 잠시 형 집행을 유예하고 경합에 참여하게 하라. 경합의 장소는 나베시마 번으로 할 것이며, 경합은 익월 보름 미시(未時)(오후 1시~3시)로 정한다. 이것은 나 오고쇼의 준엄한 명령이니 각별히 유념하여 경합을 준비하는 것에 소홀함이 없도록 하라.

성주의 표정이 굳어졌다.

'이것이었구나! 요시다 네 놈이 이토록 태연했던 이유가.'

성주가 다시 소리쳤다.

"도경은 칼을 거두어라."

"주군!"

"거두어라!"

"그럴 수 없습니다!"

"오고쇼의 명령을 어기면 죽음이다! 도경 너마저 잃고 싶진 않다. 경합이 끝나면 내 반드시 요시다를 죽이게 해줄 것이다."

도경이 칼을 치켜들었지만 기마병들에게 제압당했다.

"놔라! 요시다 이 놈! 이 죽일 놈!"

칼을 뺏긴 도경은 울분을 삼키지 못하고 요시다를 후려치고 그의 목을 졸랐다. 병사들이 도경을 말렸다. 요시다는 바닥에 쓰러진 채 회심의 미소를 지었다.

요시다는 최악의 상황까지 예상하고 미리 오고쇼에게 밀지를 보냈었다. 오고쇼인 도쿠가와 이에야스는 에도 막부의 집권 초기부터 철저한 중앙집권제를 원했다. 하지만 그 방법이 마땅치 않았다. 아들 도쿠가와 히데타다에게 쇼군 자리를 물려주고 난 뒤에도 여전히 그는 안정적인 막부 정권을 유지하는 방법에 골몰했다. 오고쇼의 속내를 간파한 요시다는, 막부 정권의 안정을 위해서는 성주들의 재력을 제어해야 하며, 그러기 위해서는 재력의 원천이 되는 도자기 무역을 주관해야 한다고 적었다. 이번 기회에 전국의 도공들을 한곳에 모아 경합을 벌이게 하면, 도공의 수를 파악해 통제하기 쉬울 거라고 건의했다. 무엇보다 이번 경합을 통해서 '이도다완'을 빚은 도공을 찾을 필요가 있다는 미끼를 던져 오고쇼를 동하게 만들었다.

도쿠가와 이에야스는 권력을 잡은 뒤 도요토미 히데요시의 모든 흔적을 지우는 데 골몰했다. 그러나 센 리큐가 이도다완이라고 명명한 그 다완만은 온전히 지키고 싶었다. 가끔씩 성주들과 그 다완에 말차를 타서 차회를 열 때면, 손에 알맞게 담기는 온기에 마음이 편안해졌고, 투박한 질감이 듬직하게 느껴져서 위로받는 느낌마저 들곤 했다. 성주들도 돌아가면서 다완을 만져보기를 갈망했고, 만져본 자들은 하나같이 그윽한 깊이와 묵직한 존재감이 범상치 않음을 알았다.

표현할 수도, 규정할 수도 없는 것에 대한 경외는 오고쇼의 갈망을 부추겼다. 하여 이도다완을 빚은 자를 찾는 것은 오고쇼의 바람이었다. 그 다완을 빚은 주인을 찾아 더이상 다완을 빚지 못하게 한다면 이도다완은 단순히 오묘하고 깊이 있는 다완을 넘어 더욱 공고한 막부 정권의 상징물이 될 것이었다.

요시다는 이번 경합이 성공적으로 끝날 수 있도록 오고쇼에게 충성을 맹세했다. 요시다의 편지는 혈서였다. 검게 엉겨 붙은 혈서 속에 요시다의 욕망이 섬뜩하게 꿈틀댔다. 오고쇼는 자신의 심중을 꿰뚫고 그 방법까지 제시한 요시다의 욕망에 즉시 답신을 보냈다.

요시다는 이번 경합에서 승리해 최고 사무라이 도공이 되는 길만이 오직 자신이 살 길이라고 생각했다. 나오시게 성주도 도경도 감히 자신을 넘볼 수 없는 곳까지 올라가서, 보란 듯이 그들을 짓밟아주겠다고 생각하며 유유히 일어나 옷에 묻은 먼지를 털고 돌아섰다.

2

전국의 도공들이 나베시마 번으로 속속 모여들었다. 대부분은 이번 기회에 자신의 실력을 검증받고 최고 사무라이 도공까지 되겠다는 야무진 포부를 안고 일찌감치 나베시마 번에 도착했다. 항구와 저잣거리의 객관은 때 아닌 호황을 누렸고, 임시 사창가까지 생겨났다. 경합을 피해 도망가는 도공들은 오고쇼의 무사들이 추포하여 나베시마 번으로 끌고 오느라 항구는 늘 소란스러웠다. 심각한 중병에 걸린 것이 아닌 이상 모든 도공들은 나베시마 번으로 소환되었다.

경합 날짜가 다가오자 도공들의 존경을 한몸에 받는 이장평과 또 한 사람, 경덕진 어기창의 태감이 심사관으로 왔다. 1년 전, 누군가 태감의 비리를 황제에게 고했고, 불시에 어기창은 감찰을 받았다. 그동안 뇌물을 받은 정황이 밝혀질 경우 죽음을 면치 못할 거라는 생각에 태감은 은닉해둔 재물을 챙겨 나마의 상선에 탔다. 그리고 그 상선이 교역을 위해 에도에 잠시 정박한 사이 왜국 구경을 나섰다가 마침 나베시마 번에서 최고 사무라이 도공을 뽑는다는 경합 소식을 들었다. 나마 상단의 행수가 오고쇼의 측근과 밀접하다는 사실을 알고는 자신의 경력을 내세워 이번 경합의 심사관으로 추천받는데 거액의 뇌물을 썼다. 물론 경합 후 왜국에 정착하는 게 태감의 속셈이었다. 태감은 나베시마에서 촌장이 된 이장평을 보고 깜짝 놀랐다. 그런데 도경까지 만나게 되자 왠지 재미난 일이 벌어질 것 같아서 상기되었다. 도경은 잠깐 목례만 했을 뿐 더는 아는 체하지 않았다.

경합 당일 날, 어림잡아도 백 명은 넘는 도공들이 나베시마 번의 성안으로 들어왔다. 수문장은 그들의 이름과 출신을 기록하느라 분주했고 병사들은 혹시 모를 불상사를 대비해서 이중 삼중으로 경계를 섰다. 혹시라도 도공들이 도망칠 것을 우려하여 항구 곳곳에 경비가 삼엄했다.

드디어 나오시게 성주가 오고쇼를 대신하여 경합의 시작을 선포했다. 그리고 세 가지 경합 과제 중, 첫 번째 과제가 주어졌다.

〈명과 조선의 특징을 조화시킨 청화백자〉

왜국으로 끌려온 도공의 태반이 조선인이니 조선의 특징은 익히 알겠지만, 명의 청화백자를 접해보지 못했다면 제아무리 천하제일의 도공이라고 해도 쉽게 수행하기 힘든 과제였다. 필시 요시다가 이번 과제를 주동했을 거라고, 도경은 생각했다.

과연 요시다는 어기창 부관까지 지냈으니 명의 청화백자에 대해선 통달한 상태였다. 하지만 명나라에서 온 도공이 열 명이 넘는다는 사실을 안 요시다는, 그들을 자신의 가마촌으로 불러 잔치를 벌였고, 음식에 설사를 유발하는 약초물을 타서 후하게 대접했다. 밤새 뒷간 출입을 하느라 탈진한 도공들은 힘없이 쓰러졌다. 이 상태로는 경합에 나간다 해도 실력 발휘는커녕 다완을 완성할 수 있을지도 알 수 없었다. 만약 기권을 한다면 첫 번째 경합은 인정받지 못하기 때문에, 두 번째 경합부터 승부를 걸어야 해서 당연히 더 불리했다.

도경의 가마촌에도, 요시다의 잔치에서 음식을 먹고 밤새 혈변을 보다 몸져누운 도공이 한 명 있었다. 요시다의 짓임을 직감한 도경은 이를 고하기 위해 성주를 찾아갔지만, 그 길에 자객들에게 폭행을 당해 갈비뼈에 금이 가는 일이 벌어졌다. 조선촌 사람들은 요시다 짓이라며 흥분했고, 잘못하면 도경이 이번 경합을 포기해야 할지도 모른다고 요란을 떨었다.

요시다는 아는 체하지 않았지만 속으로 쾌재를 불렀다. 이장평은 도경에게 경합의 과정에 집중하지 않고 결과에만 몰두하는 사기꾼 같다고 힐난했다. 그러나 도경의 귀에 이장평의 충고는 들리지 않았다.

드디어 첫 번째 경합 날이 되었다. 아침부터 무겁게 내려앉은 하늘을 보며 다들 장대비가 쏟아질 것 같다고 걱정했다. 도공들은 성안에 별도로 마련된 장소로 모여들었다. 이번 경합을 위해 평소 병사들이 사용하던 훈련장을 다듬고 숲의 일부를 넓혀서 총 다섯 개의 커다란 가마를 지었다. 도공들은 자연스럽게 다섯 개 조에 스무 명씩 나누어 정해진 자리에 집결했다. 도경과 덕배는 같은 조에 배정되었다. 각자 가지고 온 태토와 유약만 사용할 수 있었고, 장작은 준비된 것만 사용할 수 있었다. 스무 명이 공동 가마를 사용하는 만큼 도공장을 지정하고 규칙도 자율적으로 정하게 했다. 총 120시간 동안 각자 청화백자를 한 점씩 완성하면 심사관이 순위를 매기는 방식으로 진행되었다.

경합을 알리는 축포가 터졌다.

각자 자리를 잡고 경합에 들어갔지만 도경의 유약이 감쪽같이 사라져 소동이 벌어졌다. 도경과 같은 조에 요시다의 가마촌 도공이 있어 뭔가 사주를 받았을 거라는 심증은 갔지만 그런 것을 따질 시간이 없었다. 경합장 밖을 나갈 수 없다는 규칙 때문에 외부에서 유약을 공수할 수도 없었다.

심사관들은 도경의 유약이 없어졌다는 것을 알고 주시했다. 예기치 못한 돌발 상황에 어떻게 대처하느냐도 심사 기준에 속했다.

도경은 침착하게, 가지고 온 소금을 미온수에 녹이고 베 보자기에 부어서 이물질을 걸러냈다. 유약 대신 소금물을 사용한다는 사실에 모두 관심을 보였다. 도경의 스승 해동은 갑자기 유약이 떨어질 경우 임시방편으로 소금유약을 사용했다.

"소금에 들어 있는 간수 성분이 불 속에서 도자기의 광택을 살려주고 강도를 높여준다."

해동의 말을 떠올리며 도경은 태토를 반죽하고 다완의 모양을 잡아갔다. 금이 간 갈비뼈에 복대를 칭칭 감아서 압박이 심했지만 어쩔 수 없었다.

오후가 되면서 갑자기 장대비가 쏟아졌다. 경합을 위해 서둘러 만든 탓에 가마는 빗물에 여기저기 균열이 생기거나 무너졌다. 기권하는 도공들도 속출했지만 경합은 계속 진행되었다.

요시다가 속한 조의 가마는 별 탈은 없었지만, 빗물이 가마에 스며들지 않도록 물길을 내느라 모두 발 벗고 나섰다.

도경이 속한 조의 가마 역시 일부가 무너졌다. 도공들과 덕배는 망연자실했고, 이 무모한 경합을 왜 하는 거냐며 몇 명은 울분을 터트리기도 했다.

그때 도경의 뇌리를 스치는 것이 있었다. 경덕진에서 황제의 흠한을 받을 때 사용했던 돌가마였다. 그것에 대해서는 푸른 천의 하례품 속 분청사기에도 기록돼 있었다. 도경은 같은 조 도공들과 함께 주변에 있는 돌들을 모으기 시작했다. 도경과 덕배는 무너진 가마 위에 장작으로 지지대를 만든 뒤, 적당한 크기의 돌들을 골라 차근차근 쌓았다. 그런 다음 흙에 석회를 넣어 잘 섞어준 뒤 돌 사이에 채워 넣었다. 석회는 흙이 빨리 마르게 하는 효과가 있었다. 다른 도공들은 돌과 흙이 빗물에 젖지 않도록 와가사*를 가마 위로 펼쳐 들었다.

처음 보는 돌가마에 모두 눈이 휘둥그레졌다. 태감은 도경이 구현하는 돌가마가 어기창의 것을 응용했다는 사실에 감탄했다. 문득 황제의 흠한을 받던 도경을 떠올리며 이번 경합에서 어떤 청화

---

* 일본의 전통 우산.

백자를 선보일지 혼자 상기되었다.

차츰 비가 그치고 돌가마도 굳었다. 도경과 같은 조의 도공들은 다시 각자의 다완을 만드는 것에 집중했다. 이미 비와 땀에 흠뻑 젖은 도경의 몰골은 말이 아니었다. 벌써 50시간이 넘도록 도경은 물만 조금 마셨을 뿐 음식은 입에 대지도 않았다. 보다 못한 아오이가 주먹밥을 만들어왔지만, 수문장과 병사들이 지키고 있어서 안으로 들이지도 못했다.

이제 시간은 70시간도 채 남지 않았다. 도공들은 가마 안에 각자의 다완을 넣고 순번을 정해 돌아가면서 불을 땠다. 돌과 흙을 충분히 건조시킬 여유도 없이 가마에 불을 때야 하는 상황이라 결과가 어떻게 될지 알 수 없었다. 가마의 열기가 돌을 녹일 수도 있고, 밖의 공기가 가마 안까지 스며들어 다완을 굽는 데 실패할 수도 있었다. 도경과 같은 조의 도공들은 다완 굽는 시간을 단축하기 위해 가마 앞에서 연신 부채질을 해댔다. 모두 얼굴은 시커먼 재로 뒤덮였고 뻘겋게 익어 화상을 입을 지경이었지만 지친 기색은 조금도 보이지 않았다. 오히려 서로를 다독이며 승패와 상관없이 하나가 되었다.

날이 밝고 약속된 시간이 되었다. 각각 가마의 투시공이 열리고, 안의 열기를 빼낸 뒤, 도공들은 자신의 다완을 차례로 공개했다. 나베시마 성안은 순식간에 청화백자 전시관으로 변했다. 도경과 요시다의 청화백자를 본 사람들은 우열을 가리기 힘들다고 입을 모았다. 태감은 단연 도경의 청화백자에 엄지를 치켜들었다. 특히 청화백자와 상감기법을 함께 넣은 도경의 작품 앞에선 다들 감탄을 연발했다.

하지만 이장평은 요시다의 손을 들어주었다. 이장평은 의아해하는 사람들에게, 그 이유를 조목조목 설명했다.

"명의 청화백자는 형태의 미와 위엄을 최고의 기준으로 치는데, 도공 도경의 작품은 선의 미를 추구했소. 특히 상감기법은 조선 백자의 기법이라기보다 고려청자나 분청사기의 기법에 가까우니, 이번 과제에서 요구하는 것과 맞아떨어진다고 보기 어렵소."

어기찬 편수였던 이장평의 평가에 누구 하나 토를 달지 못했다. 도경은 자신의 손을 들 줄 알았던 이장평이 전혀 다른 의견을 내놓자 화가 치밀었다. 이장평은 완성도는 조금 떨어지지만 명의 기준과 조선의 철화* 청화백자 기법을 살린 요시다의 다완에 점수를 주었다.

네 명의 심사관 중 한 명은 요시다에게 한 표를 주었고 태감은 도경에게 한 표를 주었다. 다른 한 명은 무승부를 선언했다. 마지막 심사관이었던 이장평이 요시다에게 한 표를 주면서 결국 첫 번째 경합은 요시다의 승리로 끝났다. 요시다는 회심의 미소를 지었고, 도경은 억울하다는 눈빛으로 이장평을 노려보았다.

첫 번째 경합이 끝난 뒤 도경은 당장 이장평을 찾아가서 따졌다.

"명과 조선의 청화백자는 그 기법과 정형성이 섞이기도 하고, 때로는 조선이 명의 기법을, 때로는 명이 조선의 기법을 차용했던 것이 공공연한 일인데 굳이 그것을 따지고 들어 저를 저평가하시는 저의가 무엇입니까?"

---

* 산화철 안료를 사용한 기법.

"저의라니? 설마 내가 요시다의 손을 들어주었다고 이러는 것이냐?"

"어르신께서 의도적으로 요시다의 손을 들어주었다고는 믿지 않습니다. 하오나 제 백자가 그자의 것에 비해 못하다고 생각하지 않습니다."

"너의 청화백자는 최고였다."

"헌데 왜 제가 진 것입니까?"

"그 청화백자를 빚는 동안 네 눈에, 네 마음에, 네 손길에 깃든 그 욕망이 너를 지게 만들었다."

"도대체 그게 무슨 말씀입니까?"

이장평은 아무런 말없이 보자기 하나를 내밀었다. 그건 오래전 사명대사가 쇄환사로 왔을 때 주고 간 것이었다. 해동이 죽기 전에 사명대사를 찾아와, 훗날 그 보자기를 도경에게 전해 주라고 했다는 것이다. 그러나 도경은 그것을 거들떠보지도 않았다.

3

나베시마 항구는 밤낮없이 사람들로 붐볐다. 경합이 열린다는 소문이 왜국 전역으로 빠르게 퍼지면서 일생일대 구경거리를 보기 위해 사람들이 모여들었다. 어부들은 고기잡이까지 작파하고는 아예 난전亂廛•을 열거나 임시 점포를 열어 대목 장사에 열을 올렸다.

• 허가 없이 길에 벌여놓은 가게.

덩달아 사창가는 호황을 누렸고 갑리를 갚지 못한 조선 여인들은 포주들에게 잡혀와 몸을 파는데 동원되었다. 가끔은 반항하다가 바다에 빠져 죽는 여인들도 있었는데, 그때마다 아오이와 조선촌 여인들이 이들의 시체를 건져 숲에 묻어주었다. 조선인의 무덤은 재수 없다며 밤에 무덤을 파헤쳐놓는 일도 많았지만 다들 울분을 참고 버렸다. 조선촌 사람들은 모두 도경이 이번 경합에서 최고 사무라이 도공이 되어 자신들의 한을 풀어주길 바랐다.

그 사이 두 번째 경합 과제가 주어졌다.

〈고비끼. 일명 보성다완.〉

보성다완은 물을 부으면 그릇 안쪽에 검은 점이 생기는 다완이었다. 첫 번째와 달리 두 번째 경합은 어떤 방법을 구사하든 지정된 날짜까지 다완을 제출하기만 하면 되었다. 조건은 단 하나, 나베시마 번을 떠나지 않는 것이었다.

첫 번째 경합에서 진 도경은 연일 술을 마시거나 연주가 잠든 바닷가에 하루 종일 앉아 있기만 했다. 거기서 바다 너머 조선을 생각할 때가 많았다. 끝없는 고비의 연속인 자신의 삶에 염증이 났다. 이대로 바다로 몸을 부린다고 해도 무엇 하나 아쉬울 것 없는 허한 삶에 이상하게 부아가 치밀었다.

어느 날은 난전에서 술을 마시던 도경과 왜인들 사이에 사소한 시비가 붙었다. 조선인 주제에 사무라이 도공이 가당키나 하냐며 도경을 위협하는 그들 앞에 도경은 보란 듯이 누워버렸다. 때리면 때리는 대로 짓밟으면 짓밟는 대로, 아무런 저항도 하지 않았다. 엎어지고 넘어지고 무너지는 순간들은 언제나 도경의 삶이었다. 이제는 맷집만 세져서 웬만한 일은 두렵지도 아프지도 않았다. 도경은 이상하게 웃음이 터졌다. 우연히 그 옆을 지나던 요시다가 그 광경을 보고 달려오자, 왜인들은 달아났다.

"왜 나서? 그냥 두지 왜?"

돌아서는 요시다에게 도경이 소리쳤다.

"정신 차려! 지금 경합중이야."

"세상 참 오래 살고 볼 일이네. 네놈에게서 그런 말을 다 듣고."

"조금만 기다려. 이 경합이 끝나면 내 손으로 죽여줄 테니. 그때까진 꿋꿋하게 살아 있어. 자포자기 따위도 하지 마! 네겐 안 어울려."

"지금은 어떤가? 취기도 적당히 올라서 나는 죽음의 고통도 덜할 것이고, 내 손엔 칼도 무기도 없으니 나는 무력할 것이고, 너는 그저 내가 왜인들과 시비가 붙어 죽었다고 해도 상관없을 텐데?"

죽기 딱 좋은 상황이라는 도경의 말이 이상하게 요시다를 침착하게 만들었다. 항상 죽기를 각오하는 자의 저 여유. 늘 죽음을 마주하고 서 있는 자의 저 당당함. 요시다는 도경이 죽기를 각오하고 이 경합에 참가한다면 자신이 질 수밖에 없다는 사실을 알았다.

"그렇게 쉽게 널 죽이면 재미가 없잖아."

"재미라."

"어차피 나는 너를 이길 것이고 넌 내 손에 죽을 텐데, 뭐 그렇게 서두를 필요는 없지 않나. 아주 천천히 즐기면서 죽여줄 테니 기다려라."

"그 말을 들으니까 왠지 기다려지네. 누가 정말 죽게 될지. 기대
가 되네, 엄청."

도경이 손을 흔들며 먼저 돌아섰다. 요시다는 이미 알고 있었
다. 언제부턴가 도경을 증오하면서도 그를 인정하고 있는 자신을.
도경이 자신을 죽이든, 혹은 자신이 도경을 죽이든, 평생 그 어떤
아픔보다 큰 상처가 될 것임을.

다음날부터 도경은 배를 타고 근해까지 나가서 낚시를 했다. 경
합을 포기한 건지 포기한 척하는 건지, 도통 속을 알 수 없어서 아
오이와 조선촌 사람들은 속을 끓였다.

하루 종일 낚싯대를 걸어놓고 졸다 깨다를 반복하던 도경은 한
기를 느껴 눈을 떴다. 그새 날이 졌다는 사실을 알고 서둘러 배를
돌렸다. 그때, 어둠속에서 괴한들이 바다에 포대 자루를 던지고 달
아나는 것을 보았다.

"살려주세요! 살려주세요!"

뜻밖에 조선말이 들려왔다. 도경은 물속으로 뛰어들어 포대 자
루를 건져 올렸다. 포대 자루 속엔 초죽음이 된 웬 백발의 여인이
들어 있었다.

"이보시오! 이보시오! 정신 좀 차려보시오!"

도경이 여인의 볼을 때리고 차가워진 손과 발을 주무르자 그녀
는 겨우 정신을 차렸다.

"정신이 좀 드시오?"

"여기가 어디오?"

"나베시마요."

"나베시마?"

"집이 어디오? 데려다 주겠소."

"조선인이오?"

"그렇소."

조선인이라는 말에 안심이 되는지 여인이 울음을 토해냈다. 죽다 살아난 것이 믿기지 않은 듯 한참을 울었다. 도경은 여인이 울음을 그칠 때까지 기다려주었다. 다리를 다친 것인지 그녀는 잘 걷지 못했다. 도경은 그녀를 배에 태우고 가르쳐주는 방향대로 노를 저었다.

뜻밖에 도착한 곳은 아리타 현에서 가장 큰 가마촌이었다. 여인은 그곳의 촌장 백선이라고 했다. 지병으로 인해 이번 경합에 참가하지 못했는데, 경합을 회피한다는 오해를 받고 병사들에게 위협을 받고 있다고 했다. 여자 사기장은 드문 편이라 도경은 호기심을 가지고 물었다.

"혹시 해동에 대해서 아십니까?"

"조선 사기장이 그분을 모르면 이상한 일이지. 한때 관요 최고 사기장이었으니. 헌데 자네가 그분을 어떻게 아는가?"

"제 스승님이셨습니다."

"스승님? 자네도 사기장인가?"

"네."

"허면 전쟁이 끝나고 그분도 여기에 온 것인가?"

"아닙니다. 그 전에 돌아가셨습니다."

해동의 죽음을 알게 된 백선은 혀를 찼다. 가슴이 아프다는 것을 그렇게 표현한 것 같았다.

"혹시, 스승님의 가마에 있었다는 정부인에 대해서 들으신 적이 있습니까?"

"정부인? 글쎄. 나도 해동의 가마에 있진 않아서 잘 모르지만, 웬 양반가의 여인이 그분께 사기장 일을 배웠다는 소리를 풍문처럼 듣긴 했네."

"네."

"그런데 그건 왜 묻는가?"

"아닙니다. 그저 아시는가 해서… 그럼 전 이만 가보겠습니다."

백선은 생명의 은인에게 사례를 하겠다고 붙잡았지만 도경은 마음이 급했다. 두 번째 경합 중에 나베시마 번을 무단으로 이탈했으니, 이 사실이 알려지면 경합의 유무를 떠나서 징계를 받을 수 있었다. 그렇게 되면 요시다에 대한 복수도 무용지물이 된다.

백선에게 인사를 하고 돌아서던 도경은 방 한편에 그려져 있는 초상화 속 남자가 이평관이라는 것을 알고 놀랐다. 그제야 이평관의 수제자 중 여인이 있었다는 소릴 얼핏 들은 기억이 났다. 백선은 이평관이 조선 관요에서 일하기 전 잠깐 민요를 운영하던 당시 그의 제자였다. 그녀는 사기장들 사이에서도 손재주가 좋기로 소문이 자자했다.

이평관은 고비끼(보성다완)의 일인자였다. 그의 수제자라면 당연히 스승의 비법을 잘 알고 있을 것이었다.

도경은 백선에게 고비끼의 비법을 알려 달라며 무릎까지 꿇었다. 이번 경합에서 반드시 이겨야 할 이유가 있다고 하자 그녀는 황당한 눈빛이 되었다. 그런 사람이 경합은 뒷전이고 낚시나 하고 있었다니 의아했다. 그런데 고비끼의 비법을 알려 달라니, 처음부터 그에게 무슨 의도가 있었던 건 아닌지 의심스러웠다.

"경덕진 어기창에서 유일하게 황제의 다완을 감수하고 파쇄하는 풍화선사라는 분이 있었지요. 그분이 바로 이장평 나으리의 부친이신 이평관 어르신이었습니다."

뜻밖의 말에 놀란 듯, 백선은 들고 있던 찻잔을 놓쳤다. 찻물이 쏟아졌다. 어느 날 갑자기 스승이 행방불명이 된 후 사방팔방으로 그를 찾아다녔지만 허사였다. 스승도 없는 조선에서 더이상 살아갈 자신 없었다. 일본에서는 사기장이 천대받지 않는다고 해서 아리타 현까지 왔다. 살아 있다면 언젠가는 스승님을 볼 날도 있으리라 생각했는데 예상치 못한 곳에 있었다니. 풍화선사의 소식을 들은 백선은 내내 뭔가를 중얼거리며 두 손을 합장했다.

"헌데 이 경합에서 반드시 이겨야 하는 이유가 무엇이냐?"

한참 후 백선은 도경에게 물었다.

"반드시 죽여야 할 자가 있습니다."

"경합에 이기면 그자를 죽일 수 있느냐?"

"최고 사무라이 도공이 되면 힘을 가질 수 있겠지요."

"그 힘으로 누군가를 죽이겠다? 허허! 사기장이 권력에 휩쓸리면 희생당한다는 것도 모르느냐? 너의 스승이 그랬고, 나의 스승이 그랬다."

백선의 차가운 말이 거절이라고 생각한 도경은 목례를 하고 일어섰다.

"헌데, 네 솜씨는 궁금하구나."

경덕진에서 황제를 감화시킨 조선 사기장이 있다는 소문은 백선
도 들어 알고 있었다. 그자의 흠한이 요변이었다는 말에 솔깃했다.
백선은 그자가 눈앞에 있는 도경이라는 사실이 믿기지 않았다. 직
접 자신의 눈으로 확인해보고 싶었다.

다음 날부터 백선은 도경에게 불 때는 일을 시켰다. 그다음 날
엔 뜬금없이 어떤 장작의 화도火度가 가장 높은지 물었다. 도경은
그 말뜻을 잘 이해하지 못했다. 장작마다 화도가 다르다는 걸 처음
알았다. 불에 잘 타는 나무와 잘 타지 않는 나무가 있었지만 그것
이 화도의 차이라는 건 미처 몰랐다. 화도의 차이가 바로 가마 안
열기의 차이를 만든다는 것도 처음 알았다.

그 다음 날 백선은 침엽수부터 활엽수까지 다양한 나무를 태워
그 재를 모으게 했다. 그 일이 끝나면 재들을 분류하고 각각 유약
에 풀어서 점성을 확인하게 했다. 그다음 날엔 유약들에 다완을 넣
고 초벌, 재벌, 삼벌을 굽고 난 뒤, 무엇이 어떻게 달라졌는지 일
일이 기록하게 했다.

그 다음 날 백선이 물었다.

"어느 나무의 재가 유약의 점성을 가장 좋게 해주느냐?"

"느릅나무는 진액이 나와서 유약에 풀어 사용하면 점성이 좋습
니다."

"허면 어느 나무의 재가 사기의 부드러운 질감을 살려주느냐?"

"가문비나무의 재를 유약에 풀어 사용하면 사기의 빛깔을 선명

하고 유약을 부드럽게 하는 효과가 있습니다."

"허면 어느 나무의 재가 유약 속에서 화도를 높여주느냐?"

"소나무입니다."

"허면 어느 나무의 재가 화도를 낮춰주느냐?"

"궐람초입니다. 특히 궐람초는 석회질을 많이 함유하고 있어서 유약을 만들어 쓰면 저화도低火度 그릇에 은은하게 광택을 만들어줍니다."

도경은 날마다 밤을 새고 또 샜다. 스승 해동에게는 감각으로만 배웠던 일들을 정확하게 비교하고 연구하며 기록하는 것에 희열을 느꼈다. 그리고 어느 순간 스스로 고비끼의 비밀을 알아냈다. 그것은 흙과 불과 유약의 화도가 각각 달라서 생기는 기이한 현상이었다. 완성된 다완에 물을 부으면 그 화도의 간극이 서로 충돌하면서 그릇 표면에 검은 점들이 생겨나는 것이다.

백선은 도경이 이미 어느 경지를 뛰어넘었다는 것을 알았다. 이제 그는 스스로를 이기는 길만 남았다. 도경에게는 아무런 내색을 하지 않은 채, 백선은 다시 물었다.

"아직도 경합에서 이기고 싶은 것이냐?"

"아닙니다."

"그럼 이제 무엇을 할 것이냐?"

"그냥 원래대로 천하게 살아야겠지요. 천한 사기장으로."

백선은 흡족한 듯 엷은 미소를 지었다.

"흉내만 내는 사기장은 머리로 그릇을 만들고, 그냥 사기장은 손끝으로 그릇을 빚는다. 허나 진정 천한 사기장은 심장으로 그릇을 낳는다. 명심하거라."

도경은 백선에게 큰절을 한 뒤, 완성한 고비끼를 들고 나베시마 번으로 돌아왔다.

두 번째 경합이 약속된 날이 되었다. 도공들은 고비끼를 속속 제출했지만 모두 물을 붓자 표면이 회색으로 변하거나 아무 반응이 없었다. 요시다가 내놓은 고비끼는 다완의 모양 자체가 엉성했다.

두 번째 경합 과제를 고비끼로 정한 것은 이장평이었다. 다완은 흙과 물과 불이 결합하여 완성되는 것이기에 서로 다른 성질을 품은 것들이 하나로 합쳐질 때 생기는 간극까지 살필 수 있어야 진정한 도공이라고 할 수 있었다. 고비끼는 그의 아버지 이평관이 조선을 떠나기 전에 이장평에게 마지막으로 전수했던 다완이기도 했다.

도경은 끝내 경합장에 고비끼를 내놓지 않고 연주를 뿌린 바닷가에 앉아 있었다. 고비끼를 빚으면서 이 경합에서 무조건 이기기 위해 혈안이 되었던 자신을 돌아보았다. 뒤늦게 이 사실을 안 아오이는 덕배를 보내 도경의 고비끼를 경합장에 제출했다. 도경의 고비끼에 물을 담자 검은 반점이 선명하게 돋아났다. 이장평은 도경의 솜씨에 놀랐다. 고비끼의 비법은 조선에서도 아는 사기장이 몇 되지 않는데, 그는 어떻게 이토록 완벽하게 재현한 것인지 입을 다물지 못했다. 심사관 전원은 도경을 두 번째 경합의 우승자로 뽑았다.

하지만 요시다는 도경이 나베시마 번을 떠나면 안 된다는 규칙을 어겼다고 이의를 제기했다. 도경이 경합도 포기한 채 낚시만 한다는 소리에 뭔가 꿍꿍이가 있을 거라고 생각한 요시다가 도경에게 사람을 붙였던 것이다. 도경이 나베시마 번을 떠난 뒤 꼭 달포 만에 모습을 드러내자, 분명 그 사이 어디선가 고비끼를 완성했을 거라고 짐작했다. 물증이 없어서 더이상 발고는 못 했지만 경합의 규칙을 어겼으니 도경은 실격이었다.

심사관 이장평은 덕배와 조선촌 도공들에게 도경이 나베시마를 떠난 적이 있는지 물었다. 나베시마를 떠난 것은 알 수 없으나 며칠 그를 보지 못했다는 증언들이 이어졌다. 결국 도경은 두 번째 경합에서 제외되었다. 심사관들은 두 번째 경합의 승자는 없는 것으로 결론지었다.

며칠 잔잔하던 바다가 어느 틈엔가 파도를 몰고 달려왔다가 부질없이 바위만 후려치고 다시 달아났다. 무수히 떨어져 내린 물거품만 모래사장에 누워 햇살을 기다렸다. 도경은 물에 젖는 줄도 모른 채 한자리에 묵묵히 앉아 있었다. 그토록 진저리쳤던 조선을 떠나왔는데, 요즘은 부쩍 그곳이 그리웠다. 바다로 달려와 하루 종일 햇살과 바람에 몸을 던지고 있으면 마음이 편안해졌다.

"여기 계셨어요?"

아오이가 조용히 도경 곁에 앉았다.

"저 수평선 너머에 조선이 있겠지요?"

아오이의 물음이 바람결에 흩어졌다. 도경은 대답하지 않고 수평선 너머 있을 조선을 눈 속에 그리고 있었다.

"왜 묻지 않으세요?"

"경합 말이오?"

"네."

"관심 없소."

"왜요?"

"……."

"이제 복수는 안 하기로 하셨어요?"

"글쎄……."

'관심 없다'는 그 말속에 담긴 헛헛함이 아오이의 가슴을 저미게 만들었다. 도경이 최고 사무라이 도공이 되지 못할까봐 조바심이 나는 건 아니었다. 도경이 이대로 삶의 끈을 놓을까봐 두려웠다. 늘 죽기를 각오한 자는, 더이상 그 죽기를 각오할 일이 없으면 스스로 삶을 놓을지도 몰랐다. 오랜 세월 도경을 지켜보고 연모해 온 아오이는 도경의 그 쓸쓸한 미소가, 그 외로운 등이, 그를 어디로 몰아갈지 자꾸만 두려운 생각이 들었다.

4

아침부터 나베시마 항구가 술렁거렸다. 입항과 출항이 모두 금지되었고, 항구부터 나베시마 성까지 병사들의 삼엄한 경비가 이어졌다. 나오시게 성주를 비롯한 이번 경합의 심사관들도 모두 항구에서 대기 중이었다.

이윽고 정박 중인 의문의 배에서 줄다리가 내려졌다. 잠시 후 도쿠가와 이에야스가 모습을 드러냈다. 마지막 경합을 참관하기 위해서 직접 온 것이었다. 오고쇼의 등장에 모두가 긴장했다. 여러 전장에서 잔뼈가 굵은 사무라이답지 않게 온화한 첫인상이었다. 좁은 이마는 언뜻 편협해 보였지만 비루하지 않고, 반달눈썹은 동정심을 유발했지만 측은해 보이지 않았다. 꾹 다문 작은 입술은 고집스러운 듯 뚝심이 있어 보였고 넓적한 하관은 강인한 존재감을 풍겼다.

오고쇼는 이번 경합에 거는 기대가 자못 컸다. 자신의 손으로 최고 사무라이 도공을 뽑겠다는 욕망이 그를 나베시마 번까지 달려오게 했다. 마지막 경합 과제는 그의 마음에 달렸다.

나오시게 성주는 대기하고 있던 수레로 오고쇼를 안내했다. 두 사람이 탄 수레 행렬이 시작되자, 거리마다 백성들이 이마를 바닥에 대고 엎드려 오고쇼에 대한 예의와 존경을 깊이 표했다. 오고쇼는 수레 밖으로 모습을 드러내지 않았지만 밖의 분위기를 충분히 느끼고 있었다. 그는 배를 타고 오느라 다소 피곤한 듯 푹신한 의자에 몸을 기댄 채 눈을 감고 물었다.

"두 번째 경합까지 두각을 나타내는 자가 있는가?"

"첫 번째 경합은 요시다의 승이었고, 두 번째 경합은 승자가 없었습니다."

마주 앉은 나오시게 성주가 머리를 숙인 채 대답했다.

"그대가 지난 번 회합에서 그토록 입에 침이 마르게 칭찬했던 그 도공은 이번 경합에 참가하지 않았는가?"

"참가했으나……."

나오시게 성주의 말끝이 흐려지자 오고쇼는 더이상 묻지 않았다. 그 사이 수레는 나베시마 성에 도착했다. 아침 일찍부터 성안에 집결하고 있던 도공들은 오고쇼의 등장에 모두 엎드렸다.

도쿠가와 이에야스는 임시로 마련된 단상 위로 올라가 도공들을 쭉 훑어보았다.

"그대들의 노고에 깊은 치하를 보낸다. 부디 마지막 경합까지 실력들을 한껏 발휘해주길 바란다. 마지막 경합 과제는… 이도다완이다."

이도다완이라는 말을 듣는 순간, 일시에 적막이 흘렀다. 도공들은 의아하다는 눈빛으로 감히 올려다보면 안 될 존재인 오고쇼를 일제히 주시했다. 도공들에게 이도다완은 참으로 생소한 것이었다. 본 적도 없는 것을 만들라니, 여기저기서 불만이 터졌다.

곧이어 이도다완의 실물을 그대로 모사한 그림이 공개되었다. 오고쇼는 이런 반응을 예견한 듯 미리 정묘화를 준비해서 왔다. 실물은 분실 우려도 있고 정권의 상징물을 함부로 내돌릴 수 없어서, 아쉬운 대로 화공에게 그림을 그리게 했지만 실물의 깊이와 느낌과 색을 온전히 담아낼 수는 없었다. 물론 오고쇼는 이 점을 충분히 감안하고 있었다. 아무리 솜씨가 뛰어난 도공이라고 해도 정묘화만 보고 다완을 온전히 구현하기는 힘든 일이었다.

그러나 단 한사람, 진짜 이도다완을 빚은 도공이라면 말이 달랐다. 그는 실물을 보지 않아도, 정묘화가 없어도, 이미 손끝으로 그것을 구현할 수 있을 것이다. 아니, 그저 자신의 생각대로 만들기만 하는 되는 일이었다. 도쿠가와 이에야스는 이 수많은 도공들 중에 이도다완을 빚은 자가 누구인지 궁금해서 얼굴이 상기되었다.

"저게 뭐여? 무슨 국그릇 같은디?"

"저게 정말 실물 크기란 말이유? 내 참 머리털 나고 저렇게 투박한 건 또 첨 보네."

"크기도 그렇고 굽 모양도 희한하고… 아니 저 굽에 있는 뭉글뭉글한 모양은 또 뭔가? 나 원 참!"

도공들의 반응은 다양했지만, 대체적으로 들도 보도 못한 다완의 생김새에 난감한 듯한 모습이었다. 오고쇼는 묵묵히 도공들의 반응을 지켜보았다. 유일하게 아무런 동요 없이 정묘화를 바라보는 한 도공을 주시했다. 이도다완을 처음 본다면 다른 도공들처럼 궁금증이나 허탈함을 표현하는 게 정상인데, 그는 너무 담담해 보였다. 마치 이미 오래전부터 이도다완을 알고 있었던 것처럼.

"저기 저자는 누군가?"

나오시게 성주는 오고쇼가 가리키는 사람을 쳐다보았다.

"제가 일전에 말씀드렸던 도공 도경이라고 합니다."

"도경이라……."

오고쇼는 도경을 유심히 살폈다. 처음 이도다완을 봤을 때의 눈빛은 담담했는데, 점점 그의 눈빛이 당혹감으로 흔들리는 것을 놓치지 않았다.

'저게 왜 저기 있지?'

도경은 정묘화에 그려진 이도다완이 자신의 막사발이라는 것을 단번에 알아보았다. 저 막사발이 오고쇼가 목숨처럼 아끼는, 정권의 상징물이라는 게 믿기지 않아서 당혹스러웠다. 물론 실물이 아니니 자신의 막사발이 맞는지 확인할 길은 없다. 어쩌면 자신처럼 쓰고 남은 태토를 모아 막사발을 만든 사기장이 또 있을지도 모른다고 생각했다.

조선촌으로 돌아오자마자 덕배가 도경을 찾아왔다. 그도 이도다완이라는 것이 묘하게 낯이 있다고 생각했다.

"아까 이도다완인가 뭔가 하는 거 말이다. 그거 니 막사발 아이가? 내는 암만 봐도 그거 같던데? 아니 만약에 그기 맞다고 해도 우찌 니 막사발이 여기꺼정 와서 이도다완인가 뭔가가 됐단 말이고? 그건 파는 것도 아닌데."

도경도 그 내막은 알 길이 없었다. 그 막사발은 항상 스승 해동의 가마 맨 구석에 아무렇게나 포개져 있다가, 하루 일과를 끝낸 사기장들이 탁주를 부어 마시고는 다시 엎어놓고, 다음날은 물을 부어 마시고는 대충 씻어서 엎어놓던 것이었다. 그러다 이가 깨지기라도 하면 가마촌의 개 삼돌이 차지가 되었던 그것이 여기까지 올 리가 없었다. 전쟁이 끝나고 왜인들이 조선을 떠날 때 돈이 되는 것은 모조리 싹쓸이했으니 어쩌면 그때 딸려왔을 수도 있었다. 그렇다 해도 그 막사발이 오고쇼의 눈에 들어 막부의 상징이 된다는 것은 아무래도 설명이 되지 않았다. 도경은 스승 해동이 센 리큐에게 막사발을 건넨 사실을 까마득하게 잊고 있었다.

5

마지막 경합 과제는 한 달 안에 완성해서 제출하라는 별도의 지침이 내려졌다. 그리고 중요한 과제인 만큼 지원자에 한해서만 경합에 참가할 수 있도록 규칙이 다시 정해졌다. 이미 1차와 2차 경합에서 승산이 없다고 판단한 도공들이 계속 나베시마에 머무르는 것도 문제가 되었다. 각 번의 성주들은 소속 도공들이 빨리 돌아와 다완을 굽기를 원했다. 성주들은 최고 사무라이 도공을 배출하는 것 보다 당장 유럽과의 무역에서 수익을 올리는 것이 훨씬 급했다. 최종적으로 마지막 경합의 참가자는 스무 명으로 압축되었다. 1차 경합의 우승자인 요시다와 2차 경합에서는 실격 처리 되었지만 가장 월등한 고비끼를 선보인 도경도 최종 참가자에 들었다.

도경은 얼마 전부터 오랜 지병인 생인손*이 심해져 극심한 고통을 겪고 있었다. 의원에게 치료를 받고 있지만 별 차도가 없어서 최종 경합은 포기하려 했다. 하지만 마지막 경합에 참가하라는 오고쇼의 특별 명령을 받았다.

요시다는 의원으로부터 도경의 상태에 대해 들었다. 그리고 의원을 포섭하여 도경의 생인손 치료약에 미량의 독을 타게 했다. 약이 잘 들면 잠자듯이 죽을 수도 있고, 못해도 일시적으로 기억을 잃을 거라고 의원이 말했다.

요시다는 도경이 완벽한 이도다완을 내놓을까봐 두려웠다. 어기창에서 잠깐 본 황제의 다완도 완벽하게 모사한 실력이니 불가능한 것은 아니었다. 다만 손의 감각을 잃고 기억마저 잃으면 제 아무리 요변을 빚은 도경이라고 해도 승산이 없으리라고 생각했다.

약을 먹은 도경은 정신을 잃고 쓰러져 이틀 만에 깨어났다.

---

* 손끝에 종기가 나는 질병.

"아오이."

"정신이 좀 드십니까?"

"여기가 어디요?"

도경의 물음에 아오이는 당황했다. 도경은 전쟁이 끝난 것도, 일본에 끌려온 것도, 연주가 죽은 사실도, 심지어 자신이 사기장이라는 것도 기억하지 못했다. 그 와중에 도경이 기억하는 것이 오직 아오이라는 사실이 이상했다. 덕배가 의원을 부르러 달려갔지만 무슨 연유인지 나베시마 번을 떠났다고 했다. 사가 현에서 의원을 모셔와 도경의 상태를 보였지만 도통 원인을 알 수 없었다. 도경은 밖으로 나가 하루종일 하늘만 멍하니 올려다보았다. 조선촌 사람들은 이번 경합에서 도경이 이겨 최고 사무라이 도공이 될 거라고 믿어 의심치 않았다. 하지만 그의 갑작스런 변화에 모두 할 말을 잃었다.

정작 도경은 그 어느 때보다 평온해 보였다. 하루 종일 아오이의 무릎을 베고 깊은 잠에 빠져들 때가 많았다. 항상 따스한 햇살이 도경의 머리맡을 비추었다. 무심코 머리맡에 놓인 물그릇을 들이켰다. 물맛이 시원하고 달콤했다. 막사발이었다. 잠에서 깨어난 도경은 내내 그 꿈에 대해 생각했다.

어느 날, 대나무 숲을 거닐다가 중심을 잃고 넘어져 얼결에 대나무 가지를 붙잡았다. 그때 꺾인 대나무의 모습이 이상하게 도경의 뇌리에 강하게 박혔다. 도경은 닥치는 대로 대나무를 잘라 돌아왔다. 사람들은 도경이 실성을 한 것 같다고 걱정했다.

덕배는 이러다가 큰일을 치르겠다며 불안해했다. 나오시게 성주에게 사정을 이야기하고 도경을 에도에 있는 큰 의원으로 데려가자고 했다. 아오이는 어떻게 해야 할지 고민에 빠졌다. 도경이 기억을 잃었다는 사실을 요시다가 알게 되면 또 무슨 짓을 꾸밀지 두려웠다.

모두의 염려에도 아랑곳 하지 않고 도경은 숲에서 가지고 온 대나무를 잘라 그릇의 밑둥에 붙여보았다. 자신이 사기장이라는 것은 기억하지 못했지만 무의식에 남은 그의 본성이 그를 움직이는 것 같았다.

"죽절竹節굽."

자신도 모르게 그렇게 중얼거렸다.

제기는 다른 그릇과 차별을 두기 위해서 굽이 좁고 높은 죽절굽으로 만들었다. 죽절굽… 죽절굽… 도경은 죽절굽을 읊조리다 문득 돌아보았다. 어느새 해동의 가마터에 서 있었다. 천천히 가마 안으로 들어갔다. 구석에 홀로 놓여 있는 커다란 다완이 보였다. 언뜻 봐도 투박하고 볼품없어서 덕배가 실패작이라고 놀렸던 것이다. 도경은 일부러 그 다완에 물을 부어 마시고 술을 부어 마시고 국과 밥을 말아 먹었다.

"막 부어 마시고, 막 말아 먹고, 막사발이네! 막사발!"

덕배의 너스레를 들으며 도경은 막사발을 지그시 들어 보았다. 우물물을 퍼서 막사발에 부어 벌컥벌컥 마실 때의 그 청량감이 좋았다. 사기장들의 식사를 챙겨주는 함안댁이 가끔 그 막사발에 탁주를 부어 마시고는 곤하게 낮잠을 잘 때도 있었다. 물을 담으면 물처럼, 술을 담으면 술처럼, 막사발은 무엇을 담아도 그 무엇이 되었다.

　도경은 천천히 눈을 감았다. 어느새 산속을 헤매고 있었다. 숲의 허공에서 쏟아지는 햇살이 오롯이 떨어지는 자리, 밤이면 달빛이 더해져 음양의 기운이 충만한 자리, 그곳의 흙을 퍼 자루에 담았다.

　자루를 지고 내려오는 길, 콧노래를 부르며 어깨춤을 추다보면 어느새 새벽별은 이슥해지고, 능선을 밟고 미끄러지는 산안개를 따라 달려가는 발걸음은 빨라졌다. 발길이 멈추는 곳에서 계곡을 건너고, 계곡물이 뿌리처럼 땅속으로 스며든 습지의 점토도 열심히 긁어모았다. 그렇게 가지고 온 산토山土와 점토粘土를 적당히 섞고 백토와 물토를 넣어 서로의 성질을 뭉칠 때, 소나무 재와 조개껍데기 가루까지 골고루 입히면 손에서 미끄러질 듯 부드럽고 단단하게 뭉쳐지는 태토가 완성되었다.

　태토를 물레 위에 소담하게 쌓으면 왠지 심장이 벌렁거렸다. 자칫 리듬을 잃고 그릇의 균형을 깨뜨릴까봐 빠르고 정확하게 물레를 돌리며, 그릇에서도 우물의 깊은 맛이 나면 좋겠다고 혼잣말을 하며, 그릇 안을 깊고 그윽하게 파냈다. 비록 천한 사기장이지만, 스스로 격식을 만들어주고 싶어서, 제기처럼 '죽절굽'으로 마무리하는 순간은 오롯이 비장했다. 돌이 섞여 있고 손자국이 남아야 자신의 그릇이라며 표시를 하고는, 유약에 덤벙 담갔다가 유약이 질질 흐르는 그대로 굽 언저리에 몽글몽글 매화피梅花皮*를 남겼다. 일부러 가마의 맨 구석자리에 겹겹이 포개놓고 막사발이 다 구워질

---

*다완의 아랫면과 굽 주변에 물방울처럼 맺힌 유약이 그대로 굳은 모양.

때까지 불가마 앞에 앉아 내내 졸던 시절의 그는 행복했다. 마치 가마 안의 막사발처럼 천천히 불의 열기에 데워지고 있는 자신에게 미소를 지었다. 밤의 시간을 버티며 가마신의 기운을 받은 막사발이 비파색*으로 남겨지는 순간, 그는 오롯이 천한 사기장이었다.

다들 다완도 아니고 그릇도 아닌 것을 만들었다고 타박했지만, 스승 해동은 그 투박한 것을 들어보고는 아무런 말도 하지 않음으로써 인정했다.

도경이 잠에서 깨어났다. 벽에 등을 기대고 앉았다. 문 밖에 바람 소리가 윙윙 울림소리를 흘리며 산산이 부서졌다. 아주 잠시 꿈을 꾼 것 같았다. 오래 전 이미 다 잊었다고 생각했던 순간들이 도경의 기억을 깨웠다. 소름 끼칠 만큼 모든 것이 또렷이 떠올랐다. 기억들이 칼날을 세워 도경의 심장을 겨누는 것 같아서 고통스러웠다. 심장을 쓸어내리는데 눈물이 쏟아졌다. 꾸역꾸역 눌러두었던 감정들이 일시에 터져 주체할 수가 없었다.

그러고 보니 오늘이 스승의 기일이었다. 도경은 연주를 뿌린 그 바닷가로 나갔다. 새벽바람이 온몸으로 스며들어 뼛속까지 설움이 밀려들었다. 달려오는 파도에 술을 부어주고 나머지 술을 한입에 털어 넣었다.

'그곳에서 저를 보고 계십니까? 스승님. 이 못난 놈을 무던히도 원망하셨지요?'

---

* 노란빛을 바탕으로 붉은색과 회청색, 상아색이 감도는 것.

도경은 먼동이 터오는 수평선을 향해 두 번 절을 올리다가 그만 주저앉았다. 스승에 대한 뒤늦은 그리움과 참회의 눈물이 하염없이 쏟아졌다.

바닷가에서 돌아온 도경은 스승 해동이 남긴 보자기를 풀어보았다. 언젠가 쇄환사로 왔던 사명대사가 적당한 때 도경에게 전해주라며 이장평에게 맡긴 것이었다. 그 속엔 오래전 일본으로 간 도경의 생모 정부인과 차마 전할 수 없었던 도경의 동복同腹동생에 대한 얘기가 적혀 있었다.

해동의 아들과 자신의 어머니 사이에 태어난 동복동생에 대한 얘기는 생각도 해본 적이 없었다. 자신의 아들이 이조판서 도윤수가 보낸 자객에 의해 죽음을 당한 뒤, 해동은 배 속에 손주를 품은 정부인을 밀선에 태워 멀리멀리 떠나보냈다. 편지에는 그렇게 정부인을 보내고 훌쩍 자라 찾아온 도경을 품기까지의 그 고단한 세월과, 도경의 남다른 솜씨를 귀하게 여기면서도 내색하지 못했던 애잔함이 모두 담겨 있었다. 도경은 혼란스러웠다. 그러면서도 한편으로는 다행이라고 생각했다. 적어도 어머니가 살아 계시는 동안엔 외롭지 않게, 누군가에게 의지하면서 살았다는 사실이, 아오이에게 의지하고 있는 자신의 모습과 닮아서 그저 다행이었다.

그날부터 도경은 감각마저 무뎌진 손가락에 천을 칭칭 감고는 다시 물레를 돌렸다. 우물처럼 깊고 햇살이 그득하게 차오를 만큼 웅숭깊으며, 무엇을 담아도 그 무엇이 되어주는 익숙함으로 질박한 모양을 만들었다. 그것을 빚는 사기장에게 힘을 실어주는 마음으로 굽을 높이고, 바람처럼 빨리 유약에 덤벙 담가 질질 흐르는 모양만으로도 경쾌함을 느낄 수 있도록 빚었다.

하지만 막사발은 매번 모양이 찌그러지고 깨지고 금이 간 채로 완성되었다. 수십 번 만들고 깨고 또 만들고 깨기를 반복했지만 모두 실패했다. 막사발은 온전히 고향땅의 흙으로만 빚을 수 있다는 사실을 절감했다. 도경은 가슴이 답답했다.

다시 바닷가로 달려갔다. 조선 땅에 닿을 듯이 소리를 질렀다. 그 고향이, 그 땅의 흙냄새가 그리웠다. 눈물이 나왔다. 다시는 조선으로 돌아가지 않으리라 다짐했지만, 실은 그곳을 너무나도 그리워하고 있었다. 도경은 조선으로 돌아가기로 결심했다.

6

새벽부터 잔뜩 흐린 하늘가에 바람이 떼를 지어 몰려왔다. 아오이가 따뜻하게 데운 찻물을 들고 조용히 도경의 침소로 들어왔다. 가마에서 밤을 샌 도경이 지친 듯 다다미 방 한가운데 아무렇게나 널브러져 있었다. 아오이는 이불을 덮어주다가 가만히 도경을 보았다. 요 며칠 무얼 하는지는 알 수 없으나 무엇을 생각하고 있는지는 뻔히 느껴져서, 되도록 그와 마주치지 않으려고 애썼다. 모든 기억을 오롯이 회복한 뒤, 도경은 수도 없이 흙을 반죽하고 가마에 굽고 다시 부수기를 반복했다. 마치 죽기를 각오한 자가 다시 살고자 발버둥 치는 것 같았다. 떠나온 곳을 향해 가슴을 치며 울부짖을 때도 많았다. 언젠가는 그런 날이 올 거라는 것을 알았지만 어떻게 이별을 준비해야 할지 몰라서, 아오이는 도경을 피해왔다.

이렇게 잠든 모습마저도 그리운데 처음 만났을 때처럼 해맑게 웃으며 잘 보내줄 수 있을지… 아오이는 벌써 마음이 부대껴서 눈물을 삼키고 일어섰다.

"오늘 바람은 어떻소?"

언제 깨어났는지 도경이 나지막이 물었다.

"저 때문에 깨신 거예요?"

"아니오."

도경이 힘겹게 일어나 앉았다. 잔뜩 까치집을 지은 그의 머리를 보고 아오이는 잠깐 미소를 지었다.

"오늘은 바다 쪽으로 나가볼까 하는데."

"채비하라고 할게요."

"아니, 우리 둘이만."

우리 둘이만. 그 말끝에 담긴 낯섦이 아오이를 불안하게 했다.

도경 역시 내색하지 않았지만, 이제 조선으로 돌아가면 다시는 그녀를 볼 수 없을 거라는 걸 알았다. 조선으로 돌아가 천한 사기장이라고 손가락질받는 것보다 앞으로 그녀를 못 보고 사는 것이 더 힘들 것이다. 하여 그녀를 조선으로 데려갈까 생각도 했지만 왜녀라는 이유로 평생 당할 고초를 생각하면 안 될 일이었다. 자신의 마음을 잘 읽어내는 아오이가 이미 자신의 변화를 알면서도 내색하지 않는 것이 더 가슴이 저려, 어떻게 마지막을 말할까 내내 고민이 많았다.

그 새벽에 둘은 함께 말을 타고 바닷가를 달렸다. 아오이는 도경의 등을 꼬옥 끌어안았다. 맨 처음 그를 만났던 경덕진에서부터 여기까지 정말 모든 것이 순식간에 지나간 것 같았다. 그 순간과 고비들마다 그의 연인으로 살진 못했지만 그의 좋은 벗이자 동지로 살았다면 그것으로 충분히 행복하다고 생각했다. 아오이는 그저 담담히 이 모든 상황을 맞을 준비를 하고 있었다.

수평선에서 밀려오는 물결이 점점 붉게 물어나고 구름에 가린 해가 뭉글하게 퍼지는 것이 느껴졌다. 그제야 둘은 해안가에 말을 멈추고 서서, 오래도록 그 막막한 일출을 지켜보았다. 아오이가 모래 위에 자리를 깔고, 미리 준비해온 술을 따라 도경에게 내밀었다.

"일출에 취하게 생겼군."

"오늘은 맘껏 취하세요."

"웬일이오. 늘 먹지 마라, 줄여라, 잔소리만 하고는."

"제가 그랬나요?"

도경은 멋쩍은 듯 웃음을 흘리는 아오이를 지그시 쳐다보았다.

"당신도 많이 늙었구려."

"네. 당신 곁에서 나이만 먹었습니다."

"내 탓이라고 들리는데."

"아닙니까?"

아오이가 다시 술을 따라주었다. 술병은 언젠가 도경이 만들어준 '아오이 매병'이었다. 도경도 아오이에게 술을 따라주었다. 술잔을 부딪치며, 둘은 오래도록 서로를 바라보았다. 눈물이 아오이의 볼을 타고 흘러내렸다. 도경도 눈물을 삼켰다.

"미안하오. 그리고 고맙소."

모진 세월, 고비마다 등을 내주던 그 마음만으로 충분히 여생을 살아갈 수 있을 거라고, 도경은 말하지 못했다. 그 말이 너무 마지막처럼 들릴까, 그 때문에 아오이가 매달린다면, 도저히 그녀를 거절할 자신이 없어서.

"당신 곁이어서 충분히 전 좋았습니다."

아오이가 먼저 이별의 인사를 건넸다. 늘 다른 곳을 보는 사람을 마음에 품었고, 오랫동안 홀로 아팠고, 더 오랜 시간 도경의 곁을 지키면서도 섣불리 그의 옆자리를 탐하지 않았다. 지금까지 그랬듯 마지막 가는 길을 선선히 보내주는 것으로, 그가 마음에 걸리지 않고 갈 수 있게 해주고 싶었다.

"마지막 잔은 제가 따르겠습니다."

아오이의 손이 떨렸다. 그 손을 도경이 잡았다.

"이 순간을 절대 잊지 않겠소."

도경이 아오이에게 깊은 입맞춤을 했다.

"은혜하오. 영원히."

섬광 같은 한순간을 살아도 영원히 기억될 오늘이 둘에게 남았다. 영원히 이별한 채, 영원히 하나인 채로 살게 될 것임을, 아오이도 도경도 느끼고 있었다.

제왕의 잔

안개를 뚫고 배 한 척이 다가오고 있었다. 도경이 조용히 일어섰다. 아오이는 배웅하지 않았다. 배웅하지 않음으로써 더 처절하게 배웅하고 있음을 도경은 알았다. 그래서 떨어지지 않는 발길을 서둘렀다. 지체하면 할수록 돌아서지 못하게 될까봐, 마음을 다잡았다.

　배에 한 발을 내딛는 순간, 해무 속에서 인기척이 느껴졌다. 혹시라도 아오이가 오지 않았을까, 도경이 돌아보았다.

　"탕!"

　총소리가 울렸다. 도경이 쓰러졌다. 해무를 뚫고 나타난 것은 뜻밖에 요시다였다.

　도경이 기억을 되찾은 후로, 하루 종일 흙을 빚고 가마에 불을 땐다는 사실을 알았다. 그때부터 내내 도경을 지켜보았다. 그가 만들고 부수어버린 다완의 파편들을 몰래 가지고 가던 괴한도 보았다. 그 괴한이 오고쇼의 호위무사라는 것을 알았다. 요시다는 도경이 버린 파편들을 가지고 와서 맞춰보았다. 영락없는 이도다완의 모습이었다. 온몸이 떨렸다. 도경이 빚은 막사발이 막부의 정치적 상징물일 수도 있다고 생각하니 도저히 가만있을 수가 없었다. 무엇보다 이도다완을 빚은 자가 도경이라는 사실을 오고쇼가 확인하게 된다면, 그는 반드시 도경을 잡으려 할 것이었다.

요시다는 도경이 마지막 경합을 포기하고 은밀히 조선으로 가는 배를 구한다는 사실을 알았다. 오고쇼의 무사들이 도경을 잡기 위해 조선촌을 덮쳤다는 소식을 듣자마자 요시다는 총을 들고 다급하게 달려왔다. 그리고 도경을 덮쳤다.

'정말 네놈이 이도다완을 만든 자란 말이냐? 네가 정말?'

둘은 엎치락뒤치락하다가 바다로 떨어졌다. 물속에서도 요시다는 도경을 잡고 늘어졌다. 찬 바닷물에 심장이 얼어붙을 것 같았지만, 도경은 죽을힘을 다해 요시다를 떨쳐냈다. 그 긴 세월 바람처럼 스치고 간 우연이 매번 악연이 되어 이제는 지독한 운명이 되었다. 서로를 죽일 듯 덤비고 버티던 시간 속에 복수의 대상이 되었고, 이제는 마치 하나가 죽으면 나머지 하나도 필요가 없는 존재처럼 되었다.

수면 위로 헤엄쳐 오르던 도경은 문득 밑을 내려다보았다. 요시다가 바둥거리며 물 밑으로 가라앉고 있었다.

요시다는 헤엄을 치지 못했다. 저대로 내버려두면 그것이 그의 마지막일 것이었다.

'복수'. 도경은 그 단어를 떠올렸다. 늘 마음속에 칼처럼 품었던 그 마음이 불쑥 솟아났다.

'애증'. 죽일 듯 미워하면서도 정말 죽일 수 있는 순간이 오면 냉정하게 칼을 뽑아들 수 있을까, 도경은 늘 상상했었다. 요시다의 몸이 축 늘어지는 게 보였다. 도경은 다시 물 아래로 내려가 요시다를 안고 해변가로 나왔다.

찬바람이 둘을 스쳐 지나갔다. 잔잔한 물살이 바람을 타고 수평선에서 밀려왔다. 도경은 처음으로 요시다의 얼굴을 자세히 보았다. 마흔을 넘긴 요시다의 얼굴을 보니, 이상하게 얼굴도 모르는 동복동생이 생각났다. 살아 있다면 꼭 요시다 나이쯤 되었을까.

요시다가 눈을 떴다.

도경이 자신을 살렸다는 사실이 믿기지 않았다. 아니 너무 믿어졌다. 그는 그런 자였다. 늘 죽기를 각오하면서 살아남았기에, 죽도록 죽이고 싶었을 자신을 살려서 죽일 수도 있는 자였다. 그 순간 요시다는 그를 뼈저리게 이해하게 된 자신이 더 믿을 수 없어 고통스러웠다. 만약 어기창에서 도경이 푸른 천의 상자를 흔쾌히 내주었더라면. 만약 경덕진에서 총을 맞은 순간 장강으로 떨어져 살아남지 못했더라면. 오늘의 이 고통은 없었을까.

고통. 그게 맞나.

오고쇼가 도경을 잡기 전에 자신이 먼저 그를 만나야 한다고 생각했다. 오고쇼는 이도다완의 주인인 도경을 최고 사무라이 도공으로 등극시켜 모두의 추앙을 받게 할 것이다. 그러나 그 모든 것을 누리는 순간, 도경은 평생 감금된 채 더이상 흙을 만지지 못하는 고통에 절망하며 술로 세월을 때우다 죽어갈지도 몰랐다. 오고쇼는 도경을 최고로 만들어 최악의 폐인이 되게 할 위인이었다. 요시다는 사실 그런 도경을 볼 자신이 없었다. 폐인이 된 도경을 보는 것은 고통이었다. 이유는 몰랐다. 왜 그런 생각을 했는지 모르겠다. 차라리 자신의 손에 죽는 게 도경다운 마지막이라고 생각했다. 죽이고 싶었지만 늘 죽일 수 없었던 그가 자신을 살렸다고 생각하니, 갑자기 속에서부터 솟구치는 뜨거운 것이 요시다를 흔들었다.

"내게 자네 나이쯤 되는 동복동생이 하나 있네. 이제 얼굴조차 생각나지 않는 나의 어머니 정부인과 한 천한 사기장 사이에서 태어난 동생이라고 하더군. 천한 사기장의 씨를 품었으니 어머니는 아마 조선에서는 살 생각도 못하고 왜국에서 그 아이를 낳은 것 같더군. 나는 얼굴 한 번 본 적도 없는 동생인데, 오늘 문득 자넬 보니 왜 얼굴도 모르는 그 아이가 생각나는 걸까.

나를 버리고 떠난 어머니를 찾기 위해 나선 길이 이렇게 멀고 험할 줄이야. 정작 어머니도 찾지 못하고 동생의 존재도 알지 못한 채, 나는 너무 오래 떠돌았네. 이제 돌아가고 싶어. 이젠."

도경의 입에서 '정부인'이라는 말이 흘러나온 순간, 요시다는 숨이 멎는 듯했다. 그의 어머니. 아니, 자신의 어머니. 어려서부터 사카이 상단 사람들은 가끔 어머니를 조선에서 온 '정부인'이라고 부르곤 했다. 주로 어머니를 못마땅하게 여긴 자들이 일부러 그렇게 불러서 그녀가 조선인임을 은근히 각인시키곤 했다. 어머니의 일본 이름은 '히토미'였다. 어머니가 맨 처음 사카이 상단 사람들에 의해 발견되었을 때, 그 큰 눈 속에 담긴 슬픔과 아이를 품은 여인의 결기가 느껴져 히사다 대상이 그렇게 지어주었다고 했다. 요시다는 '정부인'이라는 소릴 들을 때마다, 어머니는 왜 조선을 떠나왔을까 궁금했지만 묻지 않았다. 자신의 뿌리를 버리고 먼 길을 떠나올 때는 그만큼 죽을 각오를 해야 한다는 걸 알기에, 어머니에게도 그만한 이유가 있을 거라고 짐작했다.

하지만 도경이 말하는 '정부인'이 자신의 어머니인지는 알 길이 없었다. 물론 어머니가 동복형의 존재를 얘기한 적이 단 한 번도 없는 걸 보면, 도경과 자신은 아무 관계도 아닐 것이다. 그런데도 도경의 말을 듣는 순간, 요시다는 이상하게 서로 피를 나눈 형제처럼 그에게 막역함을 느꼈다. 서로가 모르는 사이 이미 서로는 강물이 되어 한곳으로 흘러가고 있었던 것이다. 그 어떤 말로도 다 말할 수 없는 숨 가쁜 감정들이 요시다의 심장을 할퀴었다. 요시다가 가까스로 일어섰다.

"왜 그렇게 나를 미워했나?"

문득 도경이 물었다. 요시다는 목이 메었지만 애써 담담하게 말했다.

"난 너를 미워한 게 아니었다. 두려워했지."

"……."

"나는 도저히 가질 수 없는 것을, 너는 가지고 있었으니까."

"천한 사기장의 솜씨가 그토록 탐이 나서 죽이고 싶었다고?"

'틀렸다. 나는 그 천한 사기장이 황제의 마음을 움직이고 여인의 마음을 움직이는 것이 부러웠다. 항상 죽음의 순간을 살아내고 늘 벼랑 끝에서 살아나는 네가, 나는 내내 두려웠다.'

요시다는 이 말을 가슴에 묻었다.

"너도 참 고단했구나… 참 외로웠구나… 나처럼……."

도경의 말이 요시다의 목에 걸렸다. 그 말에 담긴 도경의 아픔이 요시다의 피로 스며 그의 눈가를 붉게 물들였다. 요시다는 이상하리만치 북받치는 감정을 가까스로 삼키며 입술을 악물고 주먹을 꽉 쥐었다.

멀리서 오고쇼의 병사들이 몰려오는 게 보였다. 시간이 없었다. 때마침 바다 한편에 누군가의 수장水葬 행렬이 지나가고 있었다. 장의사의 슬픈 장송곡이 온 바다에 퍼졌다.

"오고쇼의 병사들이 오고 있다! 어서 가라, 어서!"

"요시다!"

"어서 가라고! 빨리!"

요시다의 진심이 왠지 모르게 도경을 울컥하게 만들었다. 도경은 마지막으로, 요시다를 어색하지만 깊이 끌어안았다.

"잘 있게, 요시다."

요시다는 도경을 떠밀었다.

"빨리 가!"

도경이 바다로 뛰어들어 수장 행렬 쪽으로 헤엄쳐갔다.

"저기다!"

요시다는 달려오는 병사들을 향해 총을 쏘며 수장 행렬이 멀리 사라질 때까지 필사적으로 맞섰다.

탕! 탕! 총을 맞은 요시다는 바닷속으로 떨어졌다. 여기까지가 자신의 운명이라고 생각했다. 그런데 슬프지 않았다. 너무 많은 이들을 증오했고 거침없이 살육했다. 어느 순간부터 자신도 버거울 만큼 탐욕적이고 비열하게 변해갔지만 멈출 수 없었다. 그건 고통이었고 두려움이었고 외로움이었다. 적은 많지만 내 편은 단 한 명도 없다는 처절함. 사랑했던 아오이마저 자신을 밀어낼 때 느꼈던 절벽. 하지만 이제 스스로 그 절벽에 섬으로써 도경을 지켜주고 싶었다. 그렇게 마음 먹고 나니 이상하게 처음으로 외롭지도 두렵지도 않았다.

'이제 내게도 그리워할 기억이 생겼구나.'

요시다는 점점 깊은 바닷속으로 잠겨갔다.

'반드시 살아서 조선으로 돌아가시오……'

마지막 그 말만이 깊은 바닷속에서 소용돌이처럼 퍼져갔다.

오고쇼의 병사들은 멀어지는 수장 행렬을 바라보다가 그냥 돌아갔다.

조선으로 돌아온 도경은 제일 먼저 사명대사와 스승 해동의 위패가 모셔진 암자를 찾아가서 제를 올렸다. 스승의 가마터를 돌아보는 것으로 조선에서의 삶을 시작했다. 이제 다 허물어지고 흔적만 겨우 남은 가마터를 일구고, 초가를 짓고, 나무를 나르면서, 여기저기 남아 있는 기억들을 맞춰보는 나날을 보냈다.

하지만 도경이 돌아온 것을 본 누군가가 그를 밀고했다. 도경은 사무라이 도공이 되어 왜국에 협조했다는 죄로 동헌에 끌려가 죽지 않을 만큼 매를 맞았다. 그에게 그런 벌을 내린 동래 부사는 오래 전 쇄환사 편에 조선으로 돌아갔던 연주의 아이, 바로 도경의 친아들이었다.

곤장을 맞고 피투성이가 된 도경은 백성들로부터 사기장 주제에 배신까지 했다며 돌팔매질을 당했다. 그는 이제 눈도 멀고 귀도 잘 들리지 않았지만 끝까지 손에서 흙을 놓지 않았다. 아직 감각이 살아 있는 혀끝으로 흙의 점도를 알아내고, 유약을 손등에서 굴려 묽기를 맞추고, 장작의 향을 맡아 화도를 조절했다. 그는 어느새 흥겨운 노랫소리에 어깨춤을 덩실덩실 추었다. 유약에 덤벙 담가 유약이 줄줄 흐르는 그릇을 그대로 들고 가마 맨 끝에 포개놓는 그 순간들을 오롯이 즐겼다.

밤이 깊어가고 있었다. 가마의 불이 활활 타올랐다. 도경은 문득, 불속에서 자신을 향해 손짓하는 스승을 보았다. 그 옆에 서 있는 연주도 보았다. 가만히 일어섰다. 앞으로 천천히 걸어갔다. 문득 도경의 입가에 미소가 걸렸다. 불속으로 온전히 자신을 던졌다.

다음날 새벽, 텅 빈 가마 안. 한 줌 빛살이 내려앉는 곳에 영롱한 비파색의 막사발 한 점이 놓여 있었다.

에필로그

도요토미 히데요시가 임진왜란을 일으킨 것은 이도다완 때문이라고도 한다. 그래서 일본의 학계에서조차 임진왜란을 일명 '도자기 전쟁'이라고 부른다. 그들은 조선의 사기술을 바탕으로 조선을 넘어 중국 대륙까지 도모하고자 했다. 조선의 사기술이 있다면 전쟁에 필요한 무기와 전쟁 물자를 확보하는데 큰 도움이 될 거라는 계산을 했을 것이다. 일본이 전쟁을 통해 납치해간 조선 사기장의 수는 정확한 통계마저 어려울 정도이고, 전쟁 후에도 사기장들을 싹쓸이해갔다는 기록도 남아 있다.

현재 일본이 보관 중인 이도다완 중, 일급보물이 된 조선의 막사발은 단 세 점뿐이다.

그중 센 리큐가 가져간 막사발은 '기자에몬 이도다완'으로, 일본 국보 26호로 지정되어 현재 교토 다이도쿠샤 고호에 보관되어 있으며 일본인들의 경외를 받고 있다.

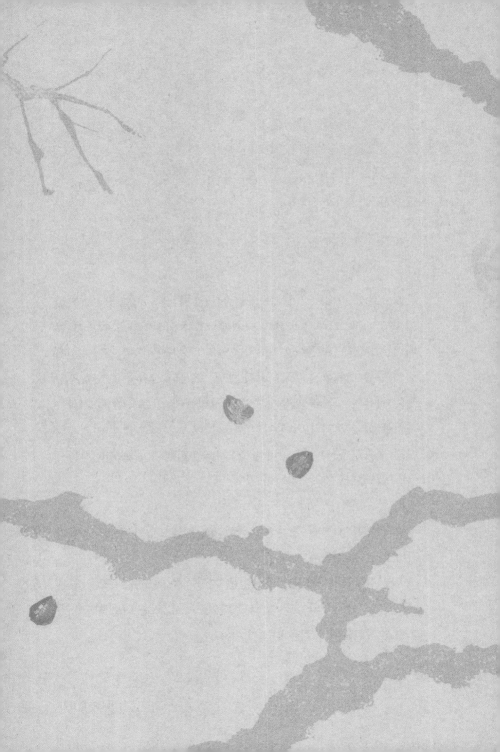

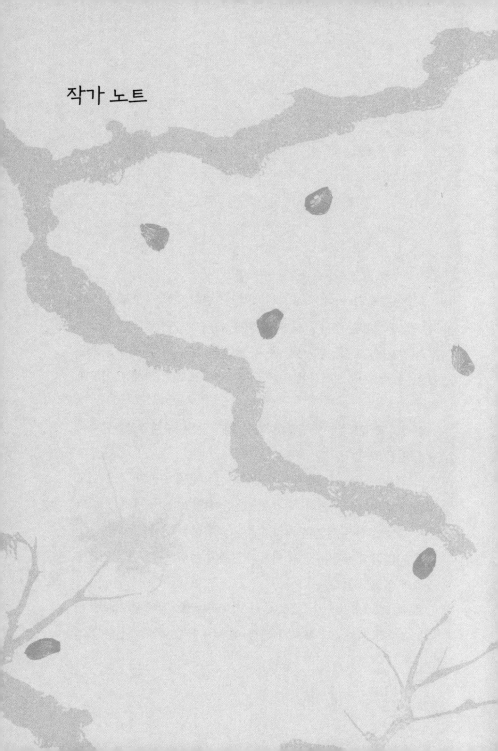

작가 노트

지금으로부터 30여 년 전의 일이다. 우연히 일본 출장길에 일본 국보를 공개하는 행사를 보게 되었다. 한 주지승이 커다란 오동나무 상자를 안고 등장했는데, 총 일곱 개의 상자 속에 고이 보관된 것은, 현재 교토 대덕사에 있는 일본 국보 26호 '기자에몬 이도다완'이었다.

큼직하고 투박한 개 밥그릇 같은 막사발. 이도다완을 본 나의 첫 느낌은 그랬다.

아니나 다를까. 그 행사를 마친 뒤 한국에선 일본의 국보 이도다완이 조선의 막사발이 아니냐는 논란이 일었다. 조선의 개 밥그릇을 국보로 삼은 일본의 미적 수준을 조롱하는 기사도 실렸다. 일본은 자존심이 상했는지 그 이후 지금까지 이도다완을 공식적으로 공개하지 않고 있다.

그로부터 10년이 지난 2004년, MBC에서 3.1절 특집 다큐멘터리로 〈조선 사기장과 도자기 전쟁〉을 방영했다. 국내에선 처음으로 일본의 국보 이도다완을 조명했는데, 16세기 이도다완의 가치가 쌀 5만 석, 지금의 화폐 가치로 환산하면 무려 1,000억 원이 넘는다는 사실에 솔깃했다. 도대체 저 투박하고 볼품없어 보이는 막사발이 어떻게 그런 천문학적인 가치가 있단 말인가. 그리고 저것이 어떻게 일본의 국보가 된 것인가. 그때부터 나는 마치 뭔가에 홀린 듯 막사발에 관심을 갖게 되었다.

먼저 자료 수집부터 시작했다. 그러나 막사발에 대한 기록을 찾는 일은 쉽지 않았다. 누가 언제 어떻게 빚었는지 알 길이 없었다. 그저 조선 민요의 어느 사기장이 남은 흙으로 대충 자신이 쓸 그릇을 빚었을 거라는 추측만 난무했다. 도자기에 문외한이었기에 일단 나는 한국의 도자기 역사부터 공부하기 시작했다. 조선시대 조정에서 운영하던 관요와 개인이 운영하던 민요에 대한 기록을 살펴보면서, 임진왜란 이후 일본에 끌려간 조선 사기장들의 발자취도 자연스럽게 찾아보게 되었다. 도공(조선에서는 사기장이라고 하고 일본에서는 도공이라고 한다) 하나 없던 일본이 오늘날 세계적인 도자기 생산국이 된 배경에는 조선에서 끌려온 사기장들의 피와 땀, 눈물이 있다는 것도 알게 되었다. 자료를 조사하면서 나는 뭔가 답답하고 뭉클한 심정에 여러 번 휩싸였다. 내친김에 조선 사기장들의 마을이자 현재는 그 후손들이 도자기를 만들며 살아가고 있는 일본 아리타 현에 대해서도 취재했다.

그 대목에서 나는 의문이 생겼다. 일본은 왜 이렇게까지 조선 사기장들에게 집착하고 조선의 도자기에 열광하게 되었을까.

16~17세기 도자기 기술은 지금의 IT나 반도체 기술에 버금가는 것이었다. 무엇보다 일본은, 도자기를 자체적으로 생산할 수 있다면 유럽과의 무역을 통해 원하는 만큼 조총을 사들일 수 있다는 사실도 알았다. 도자기 기술이 없는 일본 입장에서는 도자기 선진국이었던 조선과 명나라가 부러움의 대상이었을 것이다. 도자기를 팔아 조총을 점유하고 조선을 넘어 중국 대륙까지 손아귀에 넣겠다는 일본의 야심, 임진왜란은 그렇게 시작되었다. 일본에서 임진왜란을 '도자기 전쟁'이라고 공공연히 언급하는 것도 이런 이유에서다. 그리고 그 정점에 있었던 조선의 '막사발'. 이 막사발이 일본 최고의 국보가 된 비밀을 밝히기 위해서는, 조선과 명나라, 일본의 역학관계와 정치적 정세, 삼국의 도자기 기술을 분석해야 한다는 생각에 이르게 되었다.

결국 나는 한국과 일본뿐 아니라 중국의 도자기 역사까지 섭렵했고, 중국 황실의 도자기를 빚던 중국 경덕진 어기창에 주목했다. 그때나 지금이나 어기창은 중국 정부의 엄격한 통제와 보호 아래 있어서 접근하기가 쉽지 않았다. 어기창에 대한 자료를 찾아보는 것도 여간 힘든 것이 아니었다. 중국 공안 당국의 검열이 엄격했기에 중국 주재원으로 있는 지인에게 부탁했고, 지인은 어기창의 자료를 열람하고 한국어로 번역해서 틈틈이 조금씩 보내왔다. 중국의 도자기 역사, 경덕진 관련 자료, 중국 황실의 도자기 목록, 어기창의 구조와 기록들을 모으는 데만 꼬박 3년이 걸렸다.

그렇게,

한중일 삼국의 도자기 관련 논문 30여 권

삼국의 도자기 역사와 비교 분석 자료 8,000여 장

관련 서적 40여 권

이도다완 관련 자료 5,000여 장

임진왜란 관련 자료 4,000여 장

부산 왜관 및 일본과의 무역 기록 2,000여 장

일본 내 조선 사기장에 대한 기록 500여 장

관련 인터뷰와 신문 기사 및 그 외 자료 1,000여 장

일본 전국시대 정치 상황과 일본의 차 문화 관련 자료 500여 장

영상 자료 12개와 사진 자료 300여 장

중국 경덕지 어기창, 경남 사천의 이도다완 가마, 일본 아리타 현 방문 취재 등

자료 수집 기간만 총 5년에 자료 분석 2년, 실제 구상과 소설화 작업 1년 정도의 대장정을 마쳤다.

처음엔 너무 방대한 내용이라 사극 드라마로 구상했다가 소설로 먼저 남겨야겠다는 생각에 『제왕의 잔』을 쓰게 되었다. 앞으로 소설에서 다 하지 못한 내용은 드라마로 풀 생각이다.

소설은 소설일 뿐이지만 역사 소설은 고증을 토대로 구성되기에, 등장하는 실존 인물이나 한중일 삼국의 정치적 상황들은 역사적 사실에서 벗어나지 않도록 구현했다. 그럼에도 재미와 서사극의 묘미를 위해 작가적 상상력이 가미된 부분이 있음을 밝힌다. 또

한 막사발을 빚은 사기장이 누구인지는 알 수 없으므로 주인공 도경은 허구의 인물이며, 도경의 스승이나 연인 연주, 아오이, 요시다 역시 허구의 인물이다. 다만 이장평은 일본 도자기의 시조로 일컬어지는 조선 사기장 '이삼평'을 모티브로 했다. 그리고 후반부를 장식하는 최고 사무라이 도공을 뽑는 도자기 경연 역시 소설의 재미를 위해 덧붙인 픽션이다.

현재 한국에 남아 있는, 이도다완을 빚는 사기장은 몇 되지 않는다. 한국에서는 여전히 이도다완이 낯선 도자기다. 하지만 일본에서 이도다완 전시회가 열리면 관람객들이 밀물처럼 모여들고, 심지어 이도다완 한 점에 수천만 원에 거래되기도 한다. 그걸 보면 내심 뿌듯하면서도 한편으로는 씁쓸할 때가 있다. 뿌리는 우리였지만 전혀 다른 나무가 되어 일본에 뺏긴 느낌이랄까.

그런 복잡한 마음으로 소설 『제왕의 잔』을 완성했다.

소설 한 편으로 세상을 바꾸겠다는 거창한 신념에서 시작한 작업도 아니었고, 오랜 자료 수집 과정에서 많이 지쳐 포기하고 싶은 때도 많았다. 하지만 『제왕의 잔』을 쓰면서, 그저 담담히 자신의 삶을 살아낸 한 이름 없는 사기장에 대한 무한한 존경과 경의를 보내게 되었다.

우리의 삶이 미래에 대한 거창한 목표나 설계는커녕 그저 하루하루 살아가는 것에 급급한 것처럼 보여도, 그 급급한 하루하루가 모여서 때로는 거대한 파도가 되어 운명과 맞서기도 하고, 때로는 잔잔한 수평선이 되어 삶을 견뎌낸다는 사실에 홀로 가슴 벅차는 순간들이었다. 그렇게 평범한 삶이 주는 벅찬 마음을 많은 사람들과 공유하고 싶었다. 이것이 21세기에 '막사발 사기장' 도경을 소환한 이유이자 『제왕의 잔』을 꾸역꾸역 완성한 나의 변辯이다.

박희

제왕의 잔
© 박희, 2023

초판 인쇄 | 2023년 3월 27일
초판 발행 | 2023년 4월 10일

지 은 이 | 박희
펴 낸 이 | 서장혁
책임편집 | 원예지
디 자 인 | 김현우 이가민 이새봄
펴 낸 곳 | 토마토출판사
주   소 | 서울시 마포구 양화로161 케이스퀘어 727호
T E L | 1544-5383
홈페이지 | www.tomato4u.com
E-mail | story@tomato4u.com
등   록 | 2012. 1. 11.
I S B N | 979-11-92603-20-9 (03810)